별이 내려다 본다

(The Stars Look Down)

A.J. 크로닌 저

③

지성문화사

A.J. 크로닌 장편소설

별이 내려다 본다

이정빈 / 옮감

주요등장인물
●●●●●●●●●

데이비드 펜윅 ● 소년 광부로 일하다가 대학에 진학, 졸업후 고향에서 교사로 재직. 넵튠 탄광의 사고로 아버지와 형이 죽자 정치가로 변신, 외롭게 정의를 부르짖는다.

죠 가우런 ● 기회주의자이며 호색한(好色漢). 기만과 술수로 여자를 능욕하고, 온갖 악행을 일삼는다.

아더 발라스 ● 리차드 발라스의 아들. 이상주의자이며 휴머니스트. 광부들의 복지를 위해 애를 쓰지만, 도리어 광부들의 의심을 받고 원한을 사서 파산함.

리차드 발라스 ● 넵튠 탄광의 주인. 철저한 영리주의(營利主義)자로 치밀하고 오만, 냉정한 성격의 사업가. 위험을 알면서도 작업을 계속하여 100여명의 광부를 몰살당하게 하는 사고를 불러일으킨다.

제니 선리 ● 허영심이 강한 미모의 여자. 처음에 죠 가우런과 관계를 가졌지만 죠의 계략으로 데이비드와 결혼.

로버트 펜윅 ● 데이비드의 아버지. 광부로 묵묵한 성격의 폐병환자. 탄광 수몰 사고로 죽음.

마사 펜윅 ● 데이비드의 어머니. 강한 성격으로 대대로 훌륭한 광부 집안임을 자랑으로 여김.

샘 펜윅 ● 데이비드의 맏형. 광부로 일하는 도중에 참전(參戰)하여 전사.

휴이 펜윅 ● 데이비드의 둘째 형. 위대한 축구선수가 되는 꿈을 실현하기 위하여 노력하지만 탄광 수몰 사고로 죽음.

힐다 발라스 ● 리차드 발라스의 맏딸로 아버지를 숭오함. 스스로 지원하여 전선에 나간 후 의사가 됨.

그레이스 발라스 · 리차드 발라스의 막내딸. 자유분방한 성격으로 언니와 함께 지원하여 전선에 나감.

해리어트 발라스 · 아더의 어머니. 투병생활을 계속하다 약물로 인하여 의문의 죽음을 당함.

캐럴라인 윈들리스 · '캐리 고모'로 불리우는 리차드 발라스의 의남매. 발라스 가의 모든 일을 헌신적으로 돌봄.

스탠리 밀링튼 · 주물공장 사장. 애국심에 불타 자원하여 전선에 나간 후 전쟁공포증에 걸림.

로러 밀링튼 · 스탠리 밀링튼의 부인. 남편이 전선에 나간 후 죠와 불륜의 관계를 맺음.

헤티 토드 · 아더 발라스의 애인으로 무척 계산적인 성격의 아가씨. 리차드 발라스와 묘한 감정에 빠진다.

애니 메이서 · 데이비드의 여자친구, 샘 펜윅과 결혼하여 유복자를 낳음.

찰리 가우런 · 죠의 아버지, 약삭빠른 탄광부.

제임스 라메지 · 비열하고 냉정한 성격의 정육점 주인.

해리 뉴전트 · 하원의원, 탄광 노동자 연맹의 대행자로서 데이비드의 정치활동을 도움.

클레먼트 베빙튼 · 자기과시욕이 강한 하원의원.

톰 헤든 · 성격이 거칠고 선동가적인 기질을 타고난 타인캐슬 노동조합 사무소장.

별이 내려다본다

차례

● ● ● ● ●
제3권

새로운 출발

바람 한 점없이 햇빛 찬란한 겨울날이었다. 11월 중순의 날씨라고 할 수 없을만큼 포근했다.

1918년 11월 15일 넵튠 탄광의 반출탑은 밝은 햇빛을 듬뿍 받아 부드러운 윤곽을 드러내고 있는 받침대 위에서 도르래가 무지갯빛으로 번쩍이면서 회전하고 있었다. 기관실에서 양털처럼 부드러워 보이는 수증기가 푹 솟구쳐 올라와서는, 마치 조그마한 후광인 양 환기통 위에 걸려 있었다.

아더 발라스는 카우펀 가를 경쾌한 걸음으로 걸어가고 있었다. 탄광 위에 떠도는 맑은 대기와 무지개 빛깔의 도르래, 그리고 후광처럼 보이는 수증기까지, 보이는 것 모두가 아름답고 즐겁게 느껴졌다. 모든 것이 넵튠 탄광의 미래를 축복하는 어떤 손길로 느껴졌기 때문에 그는 살포시 미소지었다.

아더는 자기가 이렇게 행복해지리라고는 생각지도 못했다. 암흑과 불행만을 안겨 주던 탄광의 모든 일이 잘 해결되어 이토록 놀랍고 멋지게 변한 것이다. 그는 이 변화를 도저히 믿을 수 없었다.

전쟁이 계속되는 몇 년 동안, 얼마나 인생에 대해 회의하고 공포에 싸여 괴로워했던가. 그 얼마나 큰 괴로움에 빠져 있었던가! 자기 인생은 완전히 끝장났다고 느끼고 있었다.

그런데 지금은 활기찬 미래가 자기 앞에 웅장한 노래라도 부르는 듯 펼쳐져 있는 것이다. 그것은 그동안 겪었던 모든 고뇌에 대한 보상인지도 몰랐다.

아더는 활짝 열린 큰문으로 들어가 활기찬 걸음걸이로 아스팔트가 깔린 구내를 천천히 걸었다. 그는 재색의 트위드 양복의 널따란 칼라에 청백색 나비 넥타이를 매고 있었다. 매우 훌륭하고 점잖은 복장이었다. 스물여섯이라는 나이에 비해 나이가 더 들어 보였는데, 그것은 그의 표정에 나타나 있는 지나친 진지함 때문이기도 했다.

암스트롱과 허즈페드가 사무실에서 그를 기다리고 있었다. 아더는 그들에게 고개를 끄덕여 보이고 문 뒤에다 모자를 벗어 걸었다. 정수리에는 벌써 머리털이 빠지기 시작하고 있었으나 아직 윤기가 도는 아름다운 머리를 쓰다듬었다. 그는 자기 책상 앞에 앉았다.

"그렇다면 다 결말이 난 것 같군요. 베너먼이 어제 마지막 서류를 완성했습니다."

암스트롱이 헛기침을 하며 아첨하는 목소리로 얼른 맞장구를 쳤다.

"사장님, 저는 정말 기쁩니다. 저는 처음부터 사장님께서 하시는 일은 무엇이나 성공하실 줄 알았습니다. 지혜로운 사장님께서 성공 못 하실 까닭이 없죠. 사실 과거부터 저희들은 모든 것을 다 잘해 왔다는 것을 말씀드리고 싶습니다."

"그러나 암스트롱, 장차 우리가 하고자 하는 것에 비하면 그건 아무것도 아니오."

새로운 출발 · 11

"아, 알고 있습니다, 사장님!"

암스트롱은 아더를 힐끔 곁눈질하면서 말을 급히 끊었다.

잠시 침묵이 흐른 후 아더는 의자에서 몸을 젖혀 앉으며 천천히 이야기를 시작했다.

"여러분께 할 말이 있소. 출발부터 만사를 명확히 이해하는 가운데 일을 시작하는 것이 좋겠다고 생각해서 이야기하는 것이오. 여러분은 지금까지 여기서 일을 하면서 제 아버지의 방법에 익숙해 있을 것입니다. 그런데 지금은 아버지 대신 내가 일을 해야 하므로 이제부터는 내 방식을 따라주셔야 합니다. 그것이 이 넵튠 탄광에서의 제일 첫번째 개혁이 되겠지만, 이건 시작에 불과합니다. 우리는 이 시작을 통해서 많은 개혁을 해야 합니다. 그리고 지금이 그러한 개혁을 하기에 가장 알맞는 때라고 봅니다. 전쟁도 끝났고, 이제 다시는 전쟁같은 불행은 없을 겁니다. 전쟁을 하는 동안 어떻게 해 왔든 우리는 평화가 왔다는 사실을 다 같이 긍정하고, 이 평화를 계속 누려야 할 것입니다. 파괴 행위가 중지된 이 시점에서 다행히도 우리는 하나의 혁신을 위한 재건설을 시작하려하고 있습니다. 바로 그게 우리가 여기서 하려는 것과 똑같은 것이라 하겠습니다. 우리는 이제 또 다른 재난 사건이 일어날 위험성이 전혀 없는 안전한 탄광을 건설코자 하는 것입니다. 아시겠습니까? 안전한 탄광을 말하는 겁니다. 그리고 누구에게나 공평하자 이 말입니다. 나는 지금 말하는 이것이 빠른 시일 내에 실천되리라는 것을 보여주기 위해서……."

여기서 잠시 말을 뚝 끊었다가 다시 이었다.

"암스트롱, 지금까지 월급이 얼마였소? 400파운드, 맞소?"

암스트롱은 얼굴을 붉히면서 눈길을 아래로 떨구었다.

"네, 그렇습니다만, 그 액수가 너무 많다고 생각하신다면……."

"그리고 당신, 허즈페드는?"

허즈페드는 잠깐 둔한 웃음소리를 냈다.

"저는 3년 동안 250파운드 그대로입니다만……."

"지금부터 두 분의 봉급을 올려주겠소. 다음달부터 암스트롱 당신은 500파운드를 받게 하겠소. 그리고 허즈페드 당신도 같은 날짜로 350파운드요."

암스트롱의 붉은 얼굴이 더욱 붉어졌다. 그는 감사한 듯이 더듬거리며 말을 꺼냈다.

"정말, 각별한 배려를 해 주셔서 무엇이라고 감사드려야 할지 모르겠습니다, 사장님."

"네, 그렇구말굽쇼."

허즈페드도 둔한 눈빛을 빛내면서 말꼬리를 이었다.

"그럼, 그것도 결정이 났습니다."

아더는 가볍게 자리에서 일어섰다.

"두 분 다 이곳에서 좀 기다려 주십시오. 타인캐슬에서 토드 씨가 11시까지 이곳에 오시도록 약속이 돼 있으니까. 이제부터 완전한 내사(內査)를 할 작정이오. 아시겠소?"

"네, 발라스 사장님."

암스트롱은 황송하다는 듯 넙죽 절까지 하고는 허즈페드와 함께 밖으로 나갔다.

아더는 사무실에 혼자 남았다. 그는 창문 쪽으로 걸어가 잠시 서서 탄광 구내를 내다보았다. 광부들이 이리저리 바삐 오가고 있고, 탄차가 선로 위를 내려오는 옆에는 기관차가 의기 양양하게 달리고 있었다. 마음속의 감정이 격렬해짐에 따라 그의 눈은 더욱 빛났다.

'나는 공연한 고생을 한 것이 아니었다. 이제부터 본때를 보여 주리라. 드디어 그 기회가 온 것이다.'

아더는 입술을 꾹 다물면서 미소를 띠었다.

아더는 책상으로 되돌아서 왼편의 맨 위쪽 서랍에서 청구서와 송장철을 끄집어 냈다. 이 송장들은 너무 많이 들여다보아서 거의 다 암기하고 있을 정도였지만, 그래도 그에게는 충격적인 것이 될 수밖에 없었다. 불량 자재, 싸구려 벽돌, 약해 빠진 기둥, 금방이라도 내려앉을 것 같은 천정 갱목 등 싸구려만 찾아다니며 사 모은 것이 분명한 형편없는 것들이었다.

그 가격들을 보면 너무나 터무니없는 것이어서, 거의 공짜라고 해도 좋을 물품들은 재주를 부려서 규정 위반의 경계선을 묘하게 피하고 있었다. 이를테면 여분으로 남겨 둔 윈치 같은 것도 10여 년이 넘은 물건으로서 파산으로 경매된 것을 사들인 중고품이었다. 아버지가 해 놓은 일들은 모두 이랬다. 이제 그가 이러한 모든 것을 개선하여 깜짝 놀랄 정도로 뒤바꾸어 놓을 것이다.

아더는 책상 앞에 앉아서 여러 가지 계산을 하고 있었다. 그때 일흔 넷의 나이에도 여전히 건강한 소울 피킹즈가 문 쪽에서 얼굴을 내밀며 애덤 토드가 왔다는 것을 알렸다. 아더는 벌떡 일어나서 토드를 맞았다. 그와의 만남은 언제나 유쾌하고 기쁜 것이었다.

토드는 거의 변한 데가 없었다. 여전히 과묵하며 어딘가 몸이 편치 못한 듯 피곤한 기색의 눈자위에는 노란 빛이 감돌고 있었다. 그에게서는 아직도 옛날의 그 정향나무 향기가 풍겨나왔다. 그는 아더가 자리를 내주는 대로 책상 옆에 앉았다. 여전히 조용했다. 자기를 드러내고 싶어하지 않는 소박한 성품 탓이었다.

짧은 침묵이 흐른 후에 아더가 서류철을 토드에게 건네주었다.

"이걸 한번 봐 주십시오."

토드는 손가락에 침을 묻혀 가면서 천천히, 그러면서도 정확히 넘기면서 훑어보았다.

"싸구려 물건들이 제법 있구먼."

그는 담담히 말했다.

"물건이라고 할 수 없는 것들 뿐입니다. 몽땅 쓰레기로 갖다버려야겠어요."

토드 노인은 그윽한 눈빛으로 아더를 보면서 아무말도 하지 않았다. 그러나 아더의 말에 동감하고 있다는 것을 알 수 있었다. 아더는 조심스럽게 목소리를 낮추면서 말했다.

"저 좀 보십시오, 토드 아저씨. 아저씨에겐 아주 툭 털어놓고 말씀드리겠습니다. 아저씨께선 모든 것을 다 알고 계시니까요. 아저씬 저의 아버지께 경고를 해 주셨습니다만, 저에겐 경고 같은 건 하지 않으셔도 될 겁니다. 이제 저는 사태를 올바르게 수습할 수 있는 지위에 올랐습니다. 전 넵튠 탄광을 우리 나라 탄광 지대에서 가장 안전한 곳으로 만들어 볼 작정입니다."

"잘 생각했네, 아더."

토드 노인은 그 노란 기가 도는 눈을 책상 위에 던진 채 말했다.

"자네는 이제 그러한 능력을 갖게 됐으니까."

"배너먼이 잘 주선해 주었습니다. 선서서에 서명하여 관리를 일임할 수 있도록 해준 것입니다."

아더의 목소리는 낮았으나 정열에 불타고 있었다.

"지금 저와 함께 탄갱 구내를 비롯하여 갱내를 돌아보도록 하시죠. 그리고 제 아버지께 하신 것처럼 저에게도 여러 가지 조언을 해 주십시오. 아마 아버지때와는 좀 다를 겁니다. 저는 아저씨의 조언을 받아들일 테니까요."

"좋다, 아더."

"이 쓰레기들을 바꾸는 것부터 시작하겠습니다. 우선 이 위험하기 짝없는 갱속의 모든 썩은 지주들을 갈아내고 재목을 불태워버린 다음, 벽돌로 만든 것들도 다 뜯어내 버릴 겁니다. 새로 만든 갱도는 철근을 두르도록 하겠습니다. 천정은 시멘트로 굳히고 신품 색인기를 투입할 작정입니다."

"그러자면 돈이 많이 들 텐데……."

"돈이라구요!"

아더는 짤막하게 웃었다.

"돈이라면 전쟁 동안에 이 탄광으로 마구 쏟아져 들어왔습니다. 그 재난 사건 때 쏟아지던 물과 마찬가지로 말씀입니다. 전 그 돈 중의 얼마를, 아니 필요하다면 그 전부를 다 투자할 작정입니다. 전 새로운 넵튠 탄광을 만들어 보겠습니다. 전 안전한 탄광을 이룩하는 데에서 멈추지 않겠습니다. 전 광부들이 진짜로 좋은 환경이 어떤 것인가 하는 것을 알 수 있도록 본때를 보이겠습니다. 갱구 욕탕, 건조실, 탈의실 같은 모든 후생 시설까지 철저히 갖춰 볼 작정입니다."

"그래, 이해가 가네."

아더는 급히 자리에서 일어섰다.

"자, 함께 가 보시겠습니까?"

그들은 갱구, 기관실, 그리고 펌프실을 둘러본 다음 갱내로 들어갔다. 암스트롱과 허즈페드를 대동한 두 사람은 땅 위와 땅 밑을 철저히 점검했다. 그리고 그것에 대해 구체적인 의견을 나누면서 가능 여부의 시험까지 해 보았다. 아더는 뚜렷한 자기 주관을 가지고 있었고, 그것은 언제나 훌륭했으므로 토드와 별문제없이 합의를 볼 수 있었다.

그들이 사무실에 돌아온 것은 2시였다. 토드는 약간 피로해 보였다. 토드와 아더는 자리를 떠나면서 잠깐 쉬었다. 위스키를 한 잔 마시고 나자, 토드는 다시 기운이 나는 모양이었다. 그는 정향을 씹으면서 종이쪽지 위에다 오랫동안 연필로 무엇인가를 계산했다. 이윽고 토드는 머리를 들었다.

"이렇게 하는 데 얼마만큼의 돈이 드는지 대강이라도 생각해 보왔나?"

그는 천천히 물었다.

"해보지 않았습니다."

아더는 큰문제가 아니라는 듯이 대답했다.

"약 10만 파운드 가량은 들 것 같네."

"그만큼 썩어빠졌다는 이야기입니다."

아더는 급작스런 감정의 충동에 불끈 주먹을 움켜쥐었다.

"그 정도의 비용은 감당할 수 있습니다. 그 두 배가 든다 해도 상관없습니다. 전 어떤 희생이 따른다해도 해낼 생각입니다."

"알겠네, 아더."

토드 노인은 다시 말했다.

"그러나 명심할 것은 그 재료들을 구하는 데 좀 애로 사항이 있다는 것일세. 기계 생산으로 전환한 공장들이라 해도 눈치빠른 몇몇 공장들뿐이니 말일세."

노인은 잠시 머뭇거리다가 다시 말을 이었다.

"소문을 듣자니까 플래트 소로에 있는 공장이 그래도 제일 괜찮게 한다더군."

"밀링튼 공장 말씀입니까?"

"밀링튼 공장, 그래 바로 그 공장이야."

토드는 한숨을 내쉬었다.

"스탠리가 그걸 모슨과 가우런에게 팔아 넘겼지."

그는 서류를 가방에 챙겨 넣고는 천천히 가방을 닫았다.

아더는 토드의 팔을 잡았다.

"피곤하시죠?"

그가 상냥한 얼굴로 묻자 토드 노인은 가볍게 고개를 저었다.

"아직은 괜찮아."

"점심을 잡수셔야죠. 시간은 좀 늦었지만 저의 집에서 모두 아저씨를 기다리고 있습니다. 힐다가 집에 와 있고 그레이스와 댄도 며칠 묵고 있는 중입니다. 아저씨, 같이 가셔요."

토드는 거절하지 않았다. 두 사람은 따뜻한 햇볕을 받으며 발라스 저택으로 차를 몰았다. 따뜻한 햇볕탓인지 토드는 오랜만에 기분이 유쾌해지는 듯했다. 언제나 마음을 채우고 있던 그 비관적인 음울함도 좀 덜 느껴지는 것 같았다.

아더의 일도 기분이 썩 좋아지는 일이었다. 그의 아버지로서는 도저히 생각도 못할 일이다. 아니, 아더의 아버지뿐만 아니라 보통 사람으로는 누구든지 실천에 옮기기가 아주 어려운 훌륭한 일인 것이다.

"여보게, 아더! 넵튠에서 자네 아버지를 만나지 않는다는 게 이상스럽게 여겨지는군그래."

아더는 조용히 고개를 흔들었다.

"아버지께서는 아마 다시는 그곳에 나타나시지 못하실 겁니다."

그러나 곧 밝은 음성으로 덧붙였다.

"그렇지만 많이 회복되셨습니다. 아주 좋아지신 편이죠. 거동은 어려우시지만 몇 년이든 사실 수 있다고 루이스 의사가 말하더군요. 바른쪽 몸을 완전히 쓰시지 못하고 말씀도 하시지 못하는 상태입니다만 뇌 속의 신경선 중의 하나가 끊어진 모양입니다. 솔직히 말씀드린다면 토드 아저씨, 아버지의 정신 상태는 정상이 못됩니다."

거기서 잠시 말을 끊었다가 한참 후에 나직한 목소리로 말했다.

"저의 유일한 희망은 제가 넵튠에서 하고 있는 일의 결과를 아버지께서 보실 수 있을 만큼만 오래 살아 주셨으면 하는 겁니다."

어떤 뜨거운 감정이 급작스럽게 토드의 몸을 휩쌌다. 날씨와 아까 마셨던 위스키, 그리고 아더가 이루고자 하는 원대한 포부에 대한 감탄과 감동이 일었다. 토드는 겨우 감정을 누르면서 말했다.

"나도 자네 아버님이 그걸 볼 수 있기를 진심으로 바라네."

두 사람은 서로 너무나 잘 이해하고 있다는 뿌듯함을 느끼며 유쾌한 얼굴로 집안으로 들어갔다. 시간은 좀 늦었지만, 식구들은 식당에서 두 사람을 기다리고 있었다. 그들은 인사를 나누었다. 캐리 고모가 맨 아래쪽, 토드와 힐다가 한편에, 그리고 그레이스와 댄이 그 맞은편에 앉았다.

모든 사람이 즐거워 보였다. 너무나 평화스럽고 행복한 분위기는 어떤 기적을 보는 듯했다. 토드는 발라스 가의 식탁이 이처럼 화기 애애한 것은 자기 평생 처음으로 본다고 마음속으로 생각했다. 물론 뭔가 잃어버린 것같은 섭섭함이 마음 한구석에 밀려드는 것은 어쩔 수 없었다. 그것은 꼭 있어야 할 사람이 없다는 느낌이었다. 그 사람은 이층에서 말도 못하고 반신 불수가 된 채 누워 있었다. 그러면서도 이상스럽게도 중요한 존재라는 것을 은연중에 나타내고 있는 것이다.

토드는 잠시 그러한 생각에 잠겼다가 힐다를 바라보며 말했다.

"힐다가 제일 많이 아빠를 닮은 것 같구나. 너도 그렇게 생각하지 않니? 하여튼 네가 유능한 간호사니 아버지를 위해서는 정말 다행스러운 일인지 모르겠다."

힐다는 머리를 내저었다.

"이 집 간호사는 캐리 고모랍니다."

아더가 방안이 울리도록 큰소리로 웃었다.

"아저씬 힐다가 지금 무엇 때문에 이 집에 와 있는지 추측도 못하실 겁니다. 이 아가씨는 의학 공부를 시작하겠다는 겁니다. 다음달에 런던으로 떠납니다."

"의학이라!"

토드는 말을 되받았다. 그러나 그는 양고기 먹는 일에 정신이 팔려 있는 척하며 놀란 기색을 감추었다.

"힐다 누나는 아주 기뻐하고 있죠. 그래서 요즈음은 식구들에게도 아주 상냥하답니다."

아더는 댄을 향해 싱긋 웃어 보였다.

댄의 얼굴이 붉어졌다. 힐다의 차가운 눈초리를 다시 느꼈기 때문이다. 그는 이 집에서 자기의 위치가 어딘가 어색하다는 것을 잘 알고 있었다. 그러나 그가 이 집에 온 것은 어디까지나 그레이스를 즐겁게 해주기 위해서이다. 지금도 그는 식탁 아래에서 자기 손을 더듬고 있는 그레이스의 손을 느꼈다. 댄은 그레이스와 이층에 재워 둔 아기, 그리고 미래를 생각하면서 그녀의 손을 꽉 잡아주었다. 따뜻하고 안심이 되는 포근한 감정이 두 사람을 에워쌌다. 힐다가 자기를 냉대하는 태도 따위에는 전혀 신경 쓰지 말자고 다시 다짐했다.

댄은 붉어진 얼굴을 쳐들다가 토드의 시선과 부딪쳤다.

"이젠 전쟁도 끝났으니, 다시 넵튠에서 일을 시작할 작정인가?"

토드의 물음에 댄은 감자 조각을 잘못 삼켜 캑캑거렸다.

"아닙니다. 전 농사를 지을 작정입니다."

그레이스가 식탁 아래로 댄의 손을 더욱 꽉 잡으며 말을 이었다.

"저도 아기 아빠가 탄광으로 되돌아오는 것을 원하지 않아요. 토드 아저씨, 우리는 서섹스 주로 내려갑니다. 저희는 그곳 윈러시에다 토지를 조금 사 놓았답니다. 아기 아빠가 제대하면서 받은 돈으로 산 거죠."

"이 사람들은 고집쟁이 부부랍니다."

아더가 설명하듯 다시 말했다.

"전 사실 댄이 탄광에서 저와 함께 일해 주길 간절히 바랐습니다. 그걸 납득시키려고 무진 애를 썼죠. 그런데도 이 사람들은 조금도 굽히려 들질 않아요. 막무가내로 독립해 나가서 살겠다는 겁니다. 한푼도 받고 싶어하지 않아요. 자기들 힘으로 해보겠다는 겁니다. 이게 바로 그레이스가 하는 짓이죠. 그레이스는 아이들을 키우기는 그 지방이 썩 좋을 거라는 사실을 알자, 아이뿐만 아니라 병아리와 돼지새끼도 키워 보고 싶다는 겁니다."

그레이스는 아더의 말을 전적으로 긍정한다는 듯이 고개를 끄덕이며 방긋 웃었다.

"토드 아저씨, 한번 꼭 오셔서 구경해 주세요. 손님방도 멋지게 준비해 놓았으니까요. 그런데 숙박비는 비싸답니다."

모두들 한바탕 유쾌하게 웃었다.

토드는 그레이스의 인생에 대한 열의와 결연한 태도에 놀라며, 여간해서 보이지 않는 조용한 미소를 그녀에게 보냈다. 그는 그레이스의 이야기가 유쾌하고 멋있으면서도 어딘가 아픔을 느끼게 한다고 생각했다. 어찌 되었든 그런 말들을 듣노라니 새삼 자신이 매우 늙었다는 느낌을 어찌할 수 없었다.

캐리 고모는 머리를 한쪽으로 갸우뚱하게 기울인 채 자리에서 일어나더니 소리없이 빠져 나갔다. 해리어트는 죽고 없지만, 또 다른 환자를 간호해 주기 위해서였다. 캐리 고모는 더러운 내의나 방바닥 깔개를 갈아치우고 요강을 비우고 하는 일에 있어 그녀의 재치있는 손길은 이 집에서는 역시 없으면 안될 귀중한 존재였다.

캐리 고모가 자리를 뜸으로 해서, 식탁에 남아 있는 사람들에게는 거의 잊고 있었던 이층의 발라스에 대한 연민을 갑자기 되살아나게 해 주었다. 홍겹던 식탁에 잠시 침묵이 흐르다가 모두 자리를 일어섰다.

아더는 토드를 부축하여 자동차까지 모셔다 드렸다. 역까지 그를 태워다 드리기로 한 것이다. 토드는 이층의 발라스는 만나지 않기로 했다. 그는 자신의 얼굴을 비추는 것이 도리어 발라스의 마음을 괴롭게 할지도 모른다고 생각했던 것이다. 잠시 동안 아더와 토드는 차 옆에 서 있었다.

"그럼, 거기에 필요한 자재에 대해서는 추후에 알려 주겠네."

토드는 잠시 입을 다물었다가 다시 말했다.

"자네가 하려는 일은 참 좋은 일이야, 아더. 그 계획이 그대로 이루어질 수 있다면 틀림없이 모범 탄광이 탄생할 걸세."

그 말은 아더의 마음에 새로운 흥분을 일으켰다.

"그게 바로 제가 꿈꾸던 일입니다."

그는 나직한 목소리로 말했다.

"지금까지 없었던 모범 탄광이라는 것 말씀입니다."

침묵이 흘렀다. 이윽고 토드는 악수를 하고 차에 올랐다. 차가 떠난 후에도 아더는 차도에 서 있었다.

아더는 눈을 들어서 하늘을 올려다보았다. 태양이 그의 몸 위에 밝은 햇살을 쏟아붓고 있었다. 세상은 따뜻한 기운으로 그를 감싸안아 주고 있었고, 무서운 과거는 어디에서고 흔적을 찾아볼 수 없었다. 아더 자신은 기적적으로 부활하였고, 자신의 이상은 지금 그의 앞에 활짝 펼쳐져 있는 것이다.

"오, 영광스러운 부활이여!"

아더는 행복감이 흐트러질 것을 두려워하는 듯 천천히 몸을 돌려서 이층으로 올라가기 시작했다. 매일 빠뜨리지 않고 실행하고 있는 아버지를 방문하기 위해서였다. 방안에 들어서자 침대 쪽으로 다가갔다.

발라스는 축 늘어진 자세로 꼼짝 하지도 못하고 누워 있었다. 그의 오그라든 바른손은 색깔마저 적갈색으로 죽어 있었다. 얼굴의 근육도 반쯤은 딱딱하게 굳었고, 주름살이 깊이 패인 턱으로는 침이 흐르고 있었다. 생기라고는 조금도 찾아볼 수가 없었다. 다만 눈만이 살아 있어서 아더가 방안으로 들어서자, 동물의 눈처럼 예민하게 번득이는 눈매로 아더 쪽을 바라보았다.

아더는 침대 옆에 앉았다. 아버지에게 가졌던 온갖 증오심과 적대 감정은 다 사라지고 없었다. 침착하게 가라앉은 마음에 연민이 일 뿐이었다. 그는 아버지에게 이야기하기 시작했다. 자신이 계획하고 시작하고 있는 일에 대해서 설명을 했다. 의사는 그렇게 하는 것이 아버지의 회복에 도움이 될 것이라고 말했다. 아더는 정말로 아버지가 자신이 하고자 하는 일을 이해하고 있음을 알 수 있었다.

아더는 결박당한 짐승의 눈과 같은, 둔하게 움질거리는 눈을 바라보면서 천천히 이야기를 계속했다. 그러다가 말을 멈추었다. 아버지가 뭔가를 말하려는 것을 알았기 때문이다. 그의 마비된 입술은 말을 하고 싶어 애쓰는 것이 분명했다. 그러나 아무리 그의 입 가까이 몸을 굽혀도 전혀 알아들을 수가 없었다. 아더는 아버지가 무슨 말을 하고 싶어하는지 알 수가 없었다.

정치가의 길

12월 17일 토요일 저녁 6시, 데이비드는 전쟁이 끝나고 영광스러운 평화로 인해 고향으로 돌아왔다. 기차가 타인캐슬 중앙역에 멈추자마자 차에서 펄쩍 뛰어내려 플랫폼으로 급히 내려섰다. 기대에 찬 눈을 개찰구 쪽으로 보내며 제니와 로버트가 나왔나 열심히 찾기 시작했다.

데이비드가 제일 먼저 발견한 사람은 샐리 선리였다. 그는 손을 흔들었다. 식구들이 자기의 전보를 받았음이 확실하다는 것을 알 수 있었다. 샐리도 조심스럽게 손을 마주 흔들어 보였지만 데이비드는 그녀가 보낸 신호를 보지 못했다.

데이비드는 역무원에게 자기 증명서에 관한 설명을 하느라 바빴다. 드디어 개찰구를 헐떡거리며 겨우 빠져 나온 그의 얼굴에는 웃음이 가득했다.

"햐아, 샐리! 식구들은 모두 어디에 있지?"

그의 명랑한 인사에 끌려 그녀 역시 미소를 지었다. 그러나 아까와 똑같은 당혹스러워하는 태도가 엿보였다.

"무사히 돌아오셔서 기뻐요, 데이비드. 그런데 잠깐 이야기할 게 있어요. 기차가 어찌나 오랜 시간 연착했는지! 너무 오랫동안 기다렸기 때문에 커피라도 한 잔 해야겠어요."

"커피가 마시고 싶으면 빨리 집으로 가면 되잖아."

"아니에요."

샐리는 고개를 흔들었다.

"난 지금 마시고 싶어요. 이리 들어가요."

그는 알 수 없다는 표정으로 그녀를 따라 역의 식당 안으로 들어갔다. 샐리는 카운터에서 커피를 두 잔 시켜 냉기가 도는 둥근 대리석이 깔린 테이블 쪽으로 가지고 왔다. 데이비드는 그녀를 유심히 바라보다가 손을 내저었다.

"난 마시고 싶지 않아. 기차에서 막 마시고 내리는 길이었어."

그러나 그녀는 그의 말을 무시하는 듯했다. 샐리가 테이블 앞에 앉았기 때문에 그도 따라 앉을 수밖에 없었다. 테이블 위에는 누가 방금 맥주를 마시고 간 듯 맥주 거품이 그대로 있었다.

그녀가 먼저 입을 열었다.

"하고 싶은 말이 있어요, 데이비드."

"무슨 말인데……. 이렇게 급하게 해야만 하는 거야?"

"그래요, 집으로 가기 전에 알아두는 것이 좋을 거예요."

샐리는 스푼을 들어 커피를 휘저었다. 그러나 마시지는 않았다. 그녀의 눈은 데이비드를 바라보고 있었다. 짙은 연민이 담긴 애절한 눈빛이었다. 데이비드도 그녀의 광대뼈가 두드러져 둔하게 보일 뿐 매력이라고는 느껴지지 않는 얼굴을 한동안 바라보았다. 그제야 그는 샐리에게 무슨 일이 있구나 하는 것을 느끼기 시작했다.

샐리는 커피를 아주 천천히 마셨다. 그녀는 커피를 천천히 마심으로써 시간을 더 끌고 싶어하는 것 같았다. 커피를 다 마시자 데이비드는 이제 더 이상 참을 수가 없는 듯 배낭으로 손을 뻗쳤다.

"그럼, 가자! 지난번 휴가왔다가 간 지 9개월 만이라는 걸 샐리도 알고 있겠지. 난 지금 제니와 아기가 보고 싶어서 못 견디겠어. 아기는 어때? 로버트, 내 아들놈 말이야?"

그녀는 급작스럽게 어두운 눈빛을 그를 향해 치켜들었다.

"데이비드, 정말 제니의 잘못은 아니었어요."

"무슨 이야기야?"

"언니가 군수 공장에 일하러 갔다든가 뭐 그런 것 때문은 아니란 말이에요."

그녀는 잠시 말을 중단했다.

"아기의 몸이 아주 허약했다는 걸 알고 있었죠? 데이비드, 내 말은 결코 제니 언니의 실수가 아니었다는 걸 믿어 달라는 거예요."

데이비드는 맥주거품 자국이 있는 테이블 저편의 샐리를 바라보았다. 바깥에서는 귀국하는 군인들을 환호하며 맞는 소리들이 들려 왔다. 기관차가 빈정대듯 삑 하고 기적을 울렸다.

데이비드는 말을 할 필요가 없었다. 그는 이제 왜 샐리가 그런 식으로 자기를 바라보는지를 알았다. 그는 로버트가 보고 싶어서 손가락을 꼽으며 고대했었다. 그러나 이제 그것은 아무 소용없는 일이었다. 로버트는 이 세상에 있지 않았다.

샐리가 나지막한 목소리로 이야기를 하는 동안, 데이비드는 입술을 깨문 채 말없이 듣고 있었다. 그녀는 로버트는 8월에 장염에 걸려 겨우 이틀 간을 앓았을 뿐이며, 제니가 그에게 이 사실을 알리는 것을 두려워하고 있다고 말해 주었다. 전쟁터에 가 있는 덕분에 그는 자신을 억제하는 법을 익혀 두었다. 데이비드는 샐리가 말을 다 끝낸 후에도 움직일 생각을 하지 않았다.

"제니 언니를 심하게 야단치지 말아요."

그녀가 애원했다.

"언니가 내게 간절히 부탁했어요."

"그러지. 아무 말도 안 할 테니까 걱정 말아."

데이비드는 자리에서 일어나 배낭을 어깨에 둘러메고 그녀가 앞서 나가도록 문을 열어 주었다. 두 사람은 정거장 밖으로 걸어나와 스코츠우드 로를 따라 걸었다. 117번지 앞까지 오자, 샐리는 걸음을 멈추었다.

"난 지금 들어가지 않겠어요. 먼저 들어 가세요."

데이비드는 되돌아서서 가고 있는 그녀의 뒤를 바라보며 서 있었다. 그의 가슴에는 고통스러움이 폭풍처럼 일고 있었다. 그런 가운데서도 자기를 만나준 샐리의 다정스러움이 자꾸 되새겨졌다.

샐리는 알고 있었는지도 모른다. 데이비드가, 제니가 워틀리 공장에서 일하는 것과 로버트를 슬리스캐일의 맑은 바다 공기에서 이 혼탁한 도회로 데려 오는 것을 싫어했다는 것을. 그는 그러한 생각들을 툭툭 털어 버렸다. 어두운 표정을 억지로 밝게 하며 집 안으로 들어갔다.

제니는 거실의 소파에 웅크리고 앉아 명주 스타킹을 신은 발을 어루만지고 있었다. 그것은 제니가 곧잘 하는 행동이었다. 그 모습을 보니 데이비드의 마음이 그리움으로 요란스럽게 고동을 쳤다. 그가 문에서 소리쳤다.

"제니!"

제니는 눈을 들었다. 두 사람은 잠시 서로 바라보기만 했다. 제니가 울먹이며 먼저 양팔을 내밀었다.

"여보, 드디어 돌아오셨군요!"

그는 천천히 다가갔다. 그녀는 발작이라도 일으키듯이 격하게 그를 얼싸안으며 저고리 옷깃 안으로 얼굴을 파묻었다.

"그런 눈으로 보지 마세요. 내게 화내지 말아요, 여보. 부탁이

에요. 어쩔 수가 없었어요. 정말 어쩔 수가 없었어요. 우리 아기는
한창 재롱을 피우며 잘 걸어다녔죠. 정말 귀여운 꼬마였어요. 그
런데 전 공장에서 일하느라 늘 바빴어요. 의사를 불러야겠다는 생
각은 하지 않았어요. 별로 아픈 것 같지 않았거든요. 그런데 어느
날 갑자기 예쁘던 얼굴이 핼쑥하게 핏기를 잃더니 엄마를 알아보
지도 못하는 거예요. 그러다가……, 천사가 우리 아기를 데리고
가 버렸을 때 제가 얼마나 슬펐는지 아세요. 여보, 아아, 여보…
…!"

제니는 다시 흐느껴 울기 시작했다. 그녀의 마음속에 어떤 두려
움이 생기기 시작하고 있었다. 울면서 하소연하다 보니 말하지 않
았으면 좋았을 이야기까지 모두 해버린 것이다.

로버트가 죽을 당시의 상황을 말해 놓고 보니 역시 자기의 잘못
이 없다고 볼 수가 없는 것이다. 그러나 데이비드는 아무런 변화
없이 그저 조용히 듣고만 있었다. 제니는 당황함을 감추기 위해
필요 이상으로 소리를 높여 말했다.

"여보, 당신이 돌아오시지 않았다면 아마 제 마음은 터지고 말
았을 거예요. 정말 기뻐요. 지금의 제 마음을 당신은 몰라요. 여
보, 이 몇 달 동안 내가 얼마나 괴로웠는지……. 여보, 이해할 수
있다고 말해 주세요. 그건 정말 제 잘못이 아니었어요. 난 견딜 수
가 없었어요. 너무너무 괴로웠어요."

그녀는 가쁜 숨을 꿀꺽 삼키고 나서 계속 이야기했다.

"그렇지만 당신이 돌아오셨으니, 위대하고도 용감한 당신이 전
쟁에서 무사히 돌아오셨으니 이젠 아무 걱정없어요. 여보, 정말
난 잠도 잘 수 없고 식사도 제대로 할 수 없었다구요……."

데이비드는 어린아이처럼 매달리는 그녀를 꼭 안아 주었다. 그
때 쿠션이 방바닥으로 미끄러지며 떨어졌다. 그 순간 반쯤 먹은
초콜릿 상자와 통속 잡지가 한 권 밖으로 삐져 나왔다. 데이비드

는 여전히 아내를 위로하려고 애쓰면서 쿠션을 제자리에 올려놓 았다.

그녀는 여전히 눈에 눈물이 가득 담긴 채 미소지었다.

"당신, 저를 다시 만나서 기쁘세요? 그렇다고 말씀하세요, 여 보, 네, 여보?"

"그래, 돌아오니 행복하군, 제니."

그는 잠시 멈추었다가 말을 이었다.

"그 악몽 같은 전쟁은 이제 끝났어. 지금부터 우리는 새출발을 해야 하는 거야."

"물론 그래야죠."

그녀의 목소리가 약간 떨렸다.

"나도 그러고 싶어요. 당신은 정말 이 세상에서 가장 훌륭한 남 편이에요. 당신은 이제 문학사 자격증을 얻으셔야죠. 그래서 얼른 교장선생님이 되셔야지요."

"아니야, 제니."

그는 이상하게 딱딱한 말투로 제니의 이야기를 가로막았다.

"이제 교편 생활은 다시는 안 해. 그건 막다른 골목이야. 이제 그 직업은 끝났어. 난 옛날에 이미 그 직업을 그만 뒀어야 했어."

"그럼, 뭘 하시려고요?"

그녀는 다시 눈물이 쏟아질 것 같은 얼굴로 물었다. 데이비드의 눈가에 굵은 주름살이 생겼다. 전에 없이 엄격하게 굳어진 데이비 드의 얼굴을 본 제니는 그 변화에 깜짝 놀라지 않을 수 없었다.

"해리 뉴전트가 타인캐슬의 연맹 사무국의 헤든에게 보내는 편 지를 내게 주었어. 그곳에 취직이 될 것이 거의 확실해. 제니, 별 것은 아닐 거야. 그러니까 처음엔 사무원이 되겠지만 그건 출발일 뿐이야. 새로운 인생이 시작되는 거야, 제니."

그의 목소리는 평범했으나 뜨거운 열의가 번득이고 있었다.

"이렇게 해서 성공으로 향하는 그 제일 단계가 시작되는 거야."

"그렇지만 여보……"

"아아, 알고 있어. 수입은 적을 거야."

그는 제니의 말을 막으며 성급하게 말했다.

"운이 좋으면 주당 2파운드 받겠지. 그러나 우리 둘이 살아가기에는 충분할 거야. 당신은 내일 당장 슬리스케일로 떠나 집을 청소하고 살 준비를 해 놓도록 해요. 난 헤든과 일을 결정한 다음에 집으로 갈 테니까."

"그러나 여보,"

그녀는 당황해서 다시 숨을 헐떡이며 급히 말했다.

"주당 2파운드라니, 난 지금까지 4파운드를 받고 있었어요."

그는 제니를 똑바로 쳐다보았다.

"돈 같은 것은 전혀 문제가 안 돼, 제니. 난 돈을 벌려는 게 아니라는 걸 알아둬. 이제 타협은 절대로 하지 않을 거야."

"그렇지만 난…….."

그녀는 전에 하던 대로 그의 저고리깃을 하릴없이 만지작거리며 애원했다.

"나 좀더 일하면 안 돼요, 데이비드? 보수가 좋잖아요."

그의 입술이 꽉 다물어지며 눈썹이 찌푸려졌다.

"제니,"

그는 조용한 목소리로 말했다.

"이번만은 내 말을 들어요. 서로 이해하고 나가도록 우리의 일을 분명히 해야겠어."

"아니, 여보, 우린 서로를 잘 이해하고 있잖아요."

그녀는 그의 저고리 속으로 한 번 더 얼굴을 파묻으며 갑자기 울먹거렸다.

"그리고 난 정말 당신을 사랑하고 있단 말이에요!"

"그래, 나도 당신을 사랑해, 제니."

그는 천천히 말했다.

"우리 짐을 싸서 어서 슬리스케일의 집으로 떠나자구."

"그래요, 여보."

그는 마치 미래를 꿰뚫어보듯 앞을 노려보았다.

"난 이번에야말로 진짜 직장을 얻게 된 거야. 해리 뉴전트는 내 친구야. 나는 연맹 사무국에서 출발하여 읍의원에 출마할 거야. 알겠지? 성공한다면 ……."

"어머나, 여보 ……! 읍의회, 너무너무 멋있어요, 여보."

그녀는 눈물에 젖은 눈을 동그랗게 뜨며 그에게 매달렸다.

제니는 벌써 자기가 읍의원의 사모님이나 된 것 같은 기분이었다. 그녀는 얼굴에 기쁜 표정을 지으면서 자신의 모습을 내려다보았다. 그녀는 취미가 고상한 여자답게 아름다운 옷을 입고 있었다. 꼭 맞는 명주의 짧은 저고리와 엉덩이가 꽉 끼는 멋진 스커트, 한 쌍의 예쁜 반지까지 끼고 있었다.

제니가 매력적이라는 것은 의심할 여지가 없었다. 그런데 최근에 좀 지나치게 일을 했던 모양이었다. 그녀의 두 뺨에는 엷은 화장기가 번져 있는 아래로 붉은 기가 도는 실낱같은 작은 핏줄이 내비치고 있었다. 그러나 그것 때문에 활짝 핀 꽃송이처럼 얼굴이 더욱 아름다워 보였다.

제니는 머리를 한쪽으로 젖힌 채 매력이 넘치는 표정을 지었다. 그러고는 입을 벌리고 웃으면서 남편을 바라보았다.

"어때요? 당신, 아직도 저를 좋아하세요?"

제니는 뭔가를 암시하는 듯한 미소를 보냈다.

"아빠하고 엄마는 휘틀리 만에 내려가셨어요. 샐리가 그곳 오락장의 입장권을 사 드렸거든요. 모두 늦게까지 돌아오지 않을 거예요."

그러나 그는 일어나서 창가로 다가가 마당을 바라보는 듯 서 있었다. 그는 대답하지 않았다.

제니의 입술이 삐쭉거렸다. 그녀는 데이비드가 아주 묘하게 변했다는 것을 다시 한번 느꼈다. 그는 전보다 더욱 엄격해졌고, 더욱 반항적이며 매사가 확실해졌다. 그리고 소년다운 외고집은 이제 확고한 결단의 의지로 변해 있었다.

조금 후 앨프와 애더가 돌아왔을 때, 제니는 그의 변한 모습을 더욱 뚜렷이 볼 수 있었다. 데이비드는 기분이 아주 유쾌해 보였지만, 제니와 함께 다음날 램 소로의 자기들 집으로 떠나야 한다는 결심을 굽히지 않았다. 금세 못마땅해하는 애더의 불만 같은 것은 모른척 해 버리는 것이었다.

제니는 그저 따를 수밖에 없었다.

그 다음날 아침 9시 45분 차로 제니는 슬리스케일을 향하여 출발했다. 데이비드는 헤튼과 만나기 위해 그곳에 남았다.

연맹 사무국의 지부는 중앙역에서 아주 가까운 러드 가에 있었다. 사무실은 검소한 방이 두 개 있을 뿐이었다. 바깥쪽 방에는 약간 읽은 자국이 있는, 광부 출신임이 분명해 보이는 노인이 커다란 캐비닛 앞에서 카드를 정리하며 서 있었다.

안쪽의 작은 방문에는 사실(私室)이라는 팻말이 붙어 있었다. 그 방은 리놀륨이나 카펫 같은 것은 볼 수도 없었고, 더러운 마룻바닥이 그대로 드러나 있었다. 벽에도 아무것도 걸려 있지 않았다. 다만 한 장의 도표와 그 지방의 지도 한 장, 그리고 '방바닥에 침을 뱉지 마시오'라는 공고가 붙어 있을 따름이었다.

톰 헤튼이 안쪽 사무실에서 나오면서 짧은 파이프를 입에서 뺐다. 그는 불도 없는 빈 난로 쪽으로 가려다가 그 공고문 따위는 상관없다는 듯 바닥에다 침을 뱉었다.

"그래, 군이 펜윅이군?"

그가 먼저 말을 시작했다.

"전쟁 전 심문회에서 군을 본 적이 있었지. 난 군의 아버지도 잘 알고 있었네."

헤든은 재빨리 악수를 나누고는 데이비드가 들고 있는 소개장은 손을 흔들어 물리쳤다.

"해리 뉴전트가 직접 나한테 편지를 보냈더군. 그 속에 돈이 들어 있지 않다면 내게 보일 필요도 없네."

헤든은 데이비드에게 음침한 미소를 지어 보였다. 톰 헤든이라는 사람 자체가 음침해 보였다. 숱이 많은 검은머리에 두터운 검은 눈썹, 흙빛의 깨끔찮은 피부를 가진 키가 작고 성질이 불 같은 사나이였다.

헤든은 무시무시한 정력을 지닌 사나이였다. 땀을 많이 흘리는 그는 어느 곳에서나 침을 함부로 내뱉고, 욕설도 서슴지 않는 괴팍한 사람이었다. 음식과 술과 일, 또 신성한 것을 모독하는 것에도 묘한 재주를 갖고 있었다. 그가 입버릇처럼 내뱉는 말은 'X같이 지독한'이라는 말이었다.

그런가 하면 굉장한 웅변가인 데다가 어떤 질문에도 임기 응변으로 즉석 응답이 막히는 법이 없어, 패기가 넘치기도 했다. 그러나 때를 잘못 타고 났는지 이 후미진 읍내인 슬리스케일 지부에 15년간이나 붙들려 있는, 말하자면 희망을 잃어버린 사나이였다.

헤든은 그 이상 더 성공할 기미가 전혀 보이지 않았는데, 자신도 그것을 잘 알고 있는 듯했다. 그는 세수도 자주 하지 않았다. 일생 동안 잠옷 같은 것은 입을 일이 없는, 형식이란 걸 지독하게 싫어하는 그런 사람이었다.

"그래, 군은 그놈의 X같이 지독한 전쟁터에 해리와 같이 출전했단 말이지?"

헤든은 빈정대는 어투로 물었다.

"좋아서 전쟁터에 나갔다느니 하는 말 따위는 듣고 싶지 않네. 자, 이리 와서 엉덩이나 걸치지."

두 사람은 자그마한 사무실 안으로 들어갔다. 그들은 이야기를 나누는 동안 서로를 좀더 잘 알 수 있었다. 전쟁통에 헤든이 데리고 있던 사무원이 전사해 버린 것이다. 헤든의 말을 흉내내자면, 그 ×같이 지독한 더비 징병 제도 때문에 끌려 나가 상프뢰 숲의 전투에서 재수없게도 대가리에 관통을 당했던 것이다.

헤든은 헤리 뉴전트의 얼굴을 봐서 데이비드의 임시 고용을 허락한다고 말했다. 그러나 모든 것은 데이비드에게 달려 있다고 했다. 노동자들의 요구와 부양금 지급과 통신 사무를 한꺼번에, 그리고 민첩하게 해 나가야 한다는 것이 조건이었다. 게다가 데이비드는 자기 봉급을 좀 과하게 생각했던 것 같았다. 봉급은 주당 겨우 35실링뿐이었다.

"내 문체를 익혀야 할 거야. 자, 이걸 한번 보게."

헤든은 퉁명스럽게 내뱉고는 권태로운 표정으로 서랍을 열었다. 그러더니 신문을 한 장 꺼내 데이비드에게 집어 던졌다. 〈주간 노동〉지라는 노동 신문으로 몇 해 전 신문이었다. 누렇게 찌든 신문을 얼마나 소중히 간직해 왔는가 하는 것을 알 수 있었지만, 김이 다 빠진 시시한 것이 되고 만 듯한 느낌이었다. 그 신문의 논설문에 청색 연필로 줄이 그어져 있었다.

"내가 쓴 거니까 한번 읽어 봐, 내가 ×같이 지독한 그걸 썼지."

헤든이 바라보지 않는 척하는 동안 데이비드는 그 논설문을 읽었다. 그것은 '궁정(宮廷)과 뒷골목'이라는 제목을 달고 있었다. 글의 내용은 상당히 사납고 신랄한 것이었다. 버킹검 궁전의 왕실과 또 다른 궁전, 즉 불호그즈 뒷골목을 대조하고 있었다. 어휘는 서툴고 천했지만 비교 및 대조하는 방법은 아주 효과적이었다.

'젊은 드폴링튼 부인은 하얀 비단 드레스를 걸치고 장식품이 요란스러운 치맛자락을 끌고 있었다. 값을 붙일 수 없을 정도로 귀한 진주목걸이가 그녀의 귀족적인 목덜미를 장식하고 있었고, 모자의 깃털은 다이아몬드로 장식된 밴드로 매여 있었다.'

이 문장 바로 밑으로 이어지는 문장은 다음과 같았다.

'슬래니 노파는 잡역부이다. 그녀는 아무런 깃털모자도 쓰고 있지 않았고, 스커트 모양을 한 낡은 삼베 자루 같은 옷을 입고 있었다. 그녀는 뒷골목 아파트의 단칸방에 살고 있으며, 주당 12실링을 벌면서 폐렴을 앓고 있다.'

데이비드는 그 문장의 진지성과 어떤 힘에 이끌려 자기도 모르게 그 논설문을 다 읽고 말았다. 그것은 성실하면서도 계급 사회에 대한 지독한 증오가 스며 있는, 말하자면 헤든이라는 인간 자체를 요약한 것이었다.

"좋군요."

데이비드는 겨우 말했다. 그것은 진심에서 우러나온 말이기도 했다. 헤든은 미소지었다. 그렇게 미소를 보이는 것은 곧 자신의 가장 큰 약점을 보이는 것이지만, 또한 그 미소는 바로 데이비드를 친구로서 인정한다는 의미이기도 했다. 그는 그 신문을 받아 다시 서랍 속에 조심스럽게 넣으면서 말했다.

"이게 바로 내가 놈들에 대해 생각하는 것을 나타낸 거지. 난 그 새끼들을 증오해. ×같이 지독한 새끼들을 모두 다. 난 이 근처에 사는 그 새끼들 중 몇 놈에게 원한을 사고 있어. 그것들은 내 글장단에 춤추고 있는 형편이지. 이를테면 군이 사는 ×같이 지독한 슬리스케일을 한번 예로 들어 보자구. 그곳에서도 조금 장난을 해 볼까 하는데 말야, 멀지 않은 장래에."

데이비드의 얼굴에 몹시 흥미로워하는 표정이 나타났다.

"꼭 그렇게 해 볼 작정이네."

헤든은 다시 음침하게 웃었다.

"내가 지금 말하고 있는 것을 앞으로 보게 될 테니까 좀 기다리게. 늙은 발라스는 드디어 쓰러졌지만, 그 자식새끼는 무슨 쇼를 벌이려고 하는 모양이야. 그 새끼는 자기 아비가 광부의 피를 빨아 번 돈의 일부를 사용해서 갱구에 목욕탕과 아무 곳에서도 볼 수 없는 위생 세안장치를 하겠다고 자기 자랑을 떠벌이고 있어. 그렇게 해서 잉여 이득에 부가되는 부가세를 면하려고 꾀를 쓰는 모양이야. 뭐, 그 ×같이 지독한 곳에 새 예루살렘 같은 이상향을 세운다면서 우리를 속이려 드는데……. 그렇지만 기다려 보라구, 기다려 봐! 그 재난 사건 때 그놈들이 한 짓을 우리는 잊지 않았지. 그놈들은 그 사건에서 너무 수월하게 빠져 나갔어. 내가 전쟁이 끝나기를 지금까지 기다리고 있었던 것은 그 새끼들의 뒷덜미를 잡기 위해서였지. 그 새끼들도 내가 ×같이 지독하게 한바탕해 줘서 끝장내기 전에 다시 자세를 고쳐 앉도록 좀더 깨달은 바가 있어야 한다 이 말씀이지."

헤든은 갑자기 말을 뚝 끊고 앞을 노려보았다. 잠시 그의 표정이 기분 나쁘도록 침통하게 변했다. 이윽고 그는 불이 꺼진 담배 파이프에 다시 불을 붙였다. 그리고는 아직 답장을 내지 않은 통신물이 담긴 접시를 자기 앞으로 끌어당겼다.

"월요일부터 근무를 시작하게, 그럼……."

그는 말을 끝내면서 다시 농담을 던졌다.

"가 보게! 더 이상 자가용을 밖에 세워 두었다간 운전수가 도망가 버릴 테니까. 어서 가 보도록 하게."

데이비드는 슬리스케일행 열차에 올랐다. 차 안에서 내내 자신의 앞으로의 계획을 생각하기에 바빴다. 이제 그 첫단계가 시작된 것이다. 그것은 굉장한 것이 못 되는, 아니 그와는 정반대되는 겸손한 첫걸음이었다. 그러나 그것은 앞으로의 목적을 달성하기 위해서 거치지 않으면 안 되는 것이었다.

그의 목적은 그의 머리 속에 명백히 정의되어 있었다. 그러므로 이렇게 시작한 이상 어떤 일이 있어도 도중 하차를 해서는 안 된다고 단단히 결심을 했다. 이번의 출발은 전부냐, 아니면 전무(全無)냐를 판단 짓는 중요한 시작인 것이다.

제니는 집을 정리하면서 그녀다운 가벼운 흥분에 싸여 있었다. 그녀는 자신이 이 집으로 돌아오기를 주저했었다는 사실은 까마득히 잊어버리고, 새로운 일에 몰두하여 흥분된 소리를 지르곤 했다.

"여보, 이 예쁜 도자기 촛대를 까맣게 잊고 있었지 뭐예요."

그리고는 또 다음과 같이 말하면서 깔깔대곤 했다.

"어머나, 이것 봐! 이 과자 접시가 베껴진 것 좀 봐요. 그 젊은 장사꾼이 이건 순전히 니켈로 만든 접시라고 몇 번이나 맹세를 했었는데 ……. 아이 참, 난 너무 수다스러운 것 같아요. 안 그래요, 여보?"

데이비드도 저고리를 벗고 옷소매를 걷어 올린 후 가재 도구를 옮기기 시작했다. 그리고 나서 숫돌과 파라핀을 꺼내 무릎을 꿇고 앉아서 난로의 쇠살대의 녹을 베껴 냈다. 그는 마루를 문지르고 나서 잡초가 무성한 작은 마당의 풀을 뽑았다. 그 마당은 언젠가 제니가 아름다운 정원으로 만들겠다고 약속했던 것이었다.

제니와 데이비드는 3시까지 집안 정돈과 청소를 하고 나서 간단히 식사를 했다. 그 다음에 데이비드는 몸을 씻고 매무새를 고친 후 밖으로 나왔다.

생사의 갈림길인 전쟁터에서 이처럼 고향에 돌아올 수 있었다는 것은 정말 흐뭇한 일이었다. 데이비드는 램 가를 천천히 걸어가면서 슬리스케일의 친밀함이 자신을 다시 감싸 주는 것을 느꼈다. 검은 반출탑이 읍내와 항만, 바다 위로 높이 솟아 있는 것을 보는 것도 기뻤다.

데이비드는 고지촌으로 가는 도중이었으나, 그 사이에 여러 사람을 만나게 되어 악수를 나누었다. 사람들은 무사히 돌아온 그를 축하해 주었다. 그들이 보여 주는 인정은 데이비드의 마음을 기쁘게 해주었다. 또한 타오르고 있는 희망에 더욱 용기를 북돋아 주는 것이었다.

데이비드 제일 먼저 어머니의 집으로 가서 한 시간쯤 있었다. 샘의 죽음은 마사에게 깊은 상처를 주었다. 특히 샘이 결혼했다는 사실이 그녀에게는 다른 어떤 것보다도 큰 영향을 끼쳤음을 알 수 있었다.

마사는 샘의 결혼을 강력히 거부했으며, 자기 마음에서조차 그것을 완전히 지워 없애고 있는 것 같았다. 그러나 샘이 결혼했다는 사실은 전 읍내 사람들이 다 알고 있었다. 그리고 애니가 낳은 사내아이도 벌써 12개월이나 되어 사무엘 펜윅이라는 세례명까지 받았다. 그러나 마사는 그 결혼을 인정하지 않으려고 애썼다.

마사는 그러한 사실에 대해 스스로 벽을 높이 쌓고 그 속에 들어앉아 있었다. 그리고는 샘은 자기 이외의 다른 어떤 사람에게도 속해 있지 않다는 망상을 굳게 굳히고 있었다.

데이비드가 어머니의 집을 나와 잉커먼을 지나서 해리 오글의 집에 왔을 때는 5시가 되어서였다. 해리 오글은 톰 오글의 장남으로서, 그 재난 사건에서 목숨을 잃은 봅 오글의 형이다.

나이는 마흔다섯이며, 로버트 펜윅이 살아 있을 때에는 그를 따르던 사람으로, 데이비드의 아버지가 그를 늘 칭찬했었다. 그는 이상하게 목이 쉰 답답한 목소리에 창백한 안색을 하고 있었고, 몸은 바싹 말라 있었다. 목소리는 못쓰게 되었지만, 그는 광부들 사이에서 '머리 좋은 사람'으로 인기가 있었다. 그리고 총회의 서기와 의료보조회의 회계원으로 슬리스케일 읍의회의 노동자 대표였다.

해리 오글은 데이비드를 보자 반가워했다. 두 사람은 집 뒤쪽의 부엌에 마주 앉아 그동안의 소식을 나누었다. 데이비드는 인사가 끝나자, 해리는 앞으로 몸을 굽히며 진지하게 말했다.

"해리 아저씨! 부탁이 좀 있어서 왔습니다. 다음달에 있는 읍 의회 선거에 저를 지명해 주도록 협조해 주십사 하고 말입니다."

해리는 여간해서 남에게 질문하는 일도 없었고, 또 놀란 표정도 보이지 않는 사람이었다. 지금도 그는 오랜 시간 동안 입을 다물고 있었다.

"추천하는 것은 아무것도 아니지만 데이비드, 아무래도 당선될 가망이 없는데 소용없는 일이 아닌가. 머치슨이 자네 출마 지구에 서 출마할 걸세. 그놈은 10년 간이나 출마해 왔으니까."

"그건 알고 있습니다! 그러나 그치는 여섯 번이나 있는 의회에 한 번밖에 참석하고 있지 않아요."

데이비드의 흥분이 해리에게 흥미를 주는 듯했다.

"그래서 그놈은 언제나 당선하는지도 모르지."

"한번 입후보해 보겠습니다, 해리 아저씨."

데이비드는 지난날의 급한 성격이 다시 되살아나오는 것을 겨우 누르면서 말했다.

"한번 출마해 보는 것은 밑져야 본전이니까요."

다시 침묵이 흘렀다.

"좋아 자네가 그러기로 작정했다는 걸 알고 있는 이상, 나도 할 수 있는 데까지는 다 해 보겠네."

데이비드는 그날 밤, 자기는 이것으로 두 번째의 걸음을 내디딘 것이라고 마음속 깊이 느끼면서 집으로 돌아왔다. 그는 제니에게 는 아무 말도 하지 않았다. 10일 후 그의 추천이 실제로 확정되었 을 때, 비로소 그녀에게 말을 했다.

"읍의회, 데이비드가 읍의회 의원에 입후보를 한다……, 아아!"

제니는 미친 듯이 흥분했다.

"왜 그는 나에게 진작 이야기해 주지 않았을까?"

그가 군에서 돌아온 날 밤 스코츠우드 로의 친정집에서 그런 말을 했을 때는 다만 농담이라고만 생각했었다. 그런데 그것은 사실이었다.

"아아, 사랑하는 내 남편!"

제니는 기쁨에 겨워하면서 선거전에 뛰어들었다. 투표 권유를 하러 돌아다녔고, 아름다운 선거 표지물을 만들기도 했다. 클래리에게는 자동차 판매 상회에 근무하는 남자 친구가 있어서, 그가 자동차 한 대를 빌려줄지도 모른다며 뛸 듯이 기뻐했다.

만일 그렇게 된다면 그녀는 데이비드와 함께 그 차를 타고 선거구를 돌 계획을 세웠다. 또 새로 온 영화관의 지배인을 설득시켜서 스크린을 통해 데이비드에 관한 선전을 하면 어떻겠냐는 아이디어를 내놓기도 했다.

제니는 집안의 모든 창문에다 빨간 색깔로 '펜윅에게 표를 던지자!'라는 글을 쓴 포스터를 붙여 놓았다. 이 포스터가 그녀를 가장 기쁘게 해주었다. 그녀는 곧잘 바깥으로 나가서 하루에도 몇 번씩 그 포스터를 우러러보는 것이었다.

"여보, 드디어 당신이 유명해지려는군요!"

제니는 들뜬 기분을 참을 수 없다는 듯이 하루에도 몇 번씩 이렇게 종알거렸다. 그러나 그녀는 그런 말을 할 때, 왜 데이비드가 화난 것처럼 입을 꽉 다물고 돌아서 버리는지 그 까닭을 알 수 없었다.

제니는 데이비드가 당선되는 것을 당연한 것으로 여기고 있었다. 그래서 벌써부터 읍의원 부인들과 티 파티를 열 것을 구상하고 있었다. 그리고 슬루스 모래언덕의 꼭대기에 신축한 으리으리한 라메지 씨 저택으로 그의 부인을 방문하는 자신의 모습을 그려보기도 했다. 이 모든 것은 진정한 출세를 하기 위한 어떤 계기가 되어 줄 것이 틀림없다고 생각하는 것이었다.

읍의원이 된다고 해도 사실상 돈과 인연이 닿는 것은 절대로 아니었다. 그래도 그것은 뭔가 중요한 단계로 나아가게 해 줄 밑받침이 될 것이라는 기대에 부풀어 있었다. 제니는 그 외의 것은 생각하지 못했다. 데이비드의 행동 배후에 있는 동기 같은 것을 이해하고 알아들을 능력이 없었던 것이다.

투표일이 닥쳐왔다. 데이비드는 당선될 것이라는 자신은 가지고 있지 않았다. 그러나 그의 이름은 슬리스케일에서는 잘 통하는 이름이었다. 그리고 아버지가 탄광에서 죽었고, 형이 전사했으며, 그 자신은 3년 동안 전선에서 지냈다는 경력은 별로 나쁜 것도 아니었다.

전선에서 귀국하여 입후보를 한다는 것 속에는 달콤한, 그리고 유리한 면이 있는 것이었다. 비록 데이비드 자신은 그것을 경멸하고 있었지만, 사실임은 부정할 수 없었다.

그러나 그는 한 번도 입후보해 본 적이 없었고, 또 읍의원의 경험도 없었다. 게다가 머치슨은 가볍게 보아 넘길 적수가 아니었다.

머치슨은 속이 빤히 들여다보이는 수작이긴 하지만, 선거 기간 중에 자기네 상점을 찾는 고객을 위해 특별한 상자나 정어리 통조림 같은 것을 슬쩍 넣어 주는 선심을 잊지 않았다. 그것은 머치슨의 인기를 올리는 강력한 선거 전술이었다.

선거 당일인 토요일 오후, 데이비드는 거리를 걷고 있었다. 그때 투표소인 신 베들 가 국민학교에서 나오는 애니와 마주쳤다. 애니는 반갑게 웃으며 걸음을 멈추었다.

"지금 막 당신에게 투표하고 나오는 중이에요."

애니는 솔직하게 말했다.

"투표 시간에 맞추려고 장사도 일찍 끝내 버렸어요."

데이비드의 표정이 금세 밝아졌다. 애니가 자기를 위해 없는 시간을 내면서 투표했다고 생각하자 즐겁지 않을 수 없었다.

"고마워요, 애니."

그들은 말없이 한동안 서로 마주 보고 서 있었다. 애니는 원래 말이 없는 편이었다. 오늘도 더 이상의 다른 이야기는 하지 않았지만, 데이비드는 그녀의 착한 염원이 자기 쪽을 향하고 있다는 것을 느낄 수 있었다.

데이비드는 갑자기 그녀에게 많은 이야기를 하고 싶은 생각이 들었다. 그녀를 위로해 주고 싶고, 아기의 건강도 물어 보고 싶었다. 그리고 또 자기의 죽은 아들 로버트에 관해서도 털어놓고 싶었다. 그러나 소란스러운 혼잡한 거리에서 그런 이야기들을 할 수는 없었기 때문에 그는 시무룩해지면서 엉뚱한 말을 했다.

"난 절대로 당선이 안 될 겁니다."

"과연 그럴까요?"

그녀는 엷은 미소를 머금으며 말했다.

"될지 안 될지는 두고 봐야죠. 이런 일은 뚜껑을 열어 봐야 알 수 있으니까요."

애니는 이렇게 말한 다음 고개를 가볍게 끄덕여 보이고는 그의 곁을 떠났다.

데이비드는 애니가 가 버리자 그녀가 한말이야말로 현명하고, 또 가장 최상의 격려임을 느낄 수 있었다.

결과가 발표되었다. 의외의 결과가 나왔다. 그는 불과 마흔일곱 표차로 머치슨을 물리치고 당선된 것이다.

제니는 표차가 너무 근소했기 때문에 조금 실망한 듯 했으나, 데이비드가 당선되었다는 것에 정신이 나가도록 기뻐했다.

"내가 말했잖아요！"

그녀는 마치 자기 자신이 읍의원이라도 된 듯이 들떠서 새로 개최될 읍회의 제1차 회의를 손꼽아 기다리기 시작했다.

데이비드에게는 그러한 들뜬 기분은 없었다. 데이비드는 의사록과 의사 일정 같은 것들을 쭉 훑어보면서 자질구레한 지방 정치의 복잡한 실정을 조사하였다. 그리고 사회적, 종교적, 개인적인 이해로 빚어지는 통상적인 일들과 어디서나 있을 수 있는 주고받는 식의 불성실한 정치의 전례들을 들추어 보았다.

물론 그러한 모든 것의 좋은 본보기는 라메지였다. 라메지는 과거 4년 동안 읍의회를 제멋대로 휘둘러 왔다. 데이비드는 그 첫출발부터 라메지와 심하게 부딪쳐야 한다는 사실을 예감하고 있었다.

11월 2일 밤, 읍의회가 소집되었다. 의장은 라메지였다. 출석 의원은 해리 오글, 데이비드, 베들 가 교회의 이녹 로 목사, 동 국민학교 교장 스트로더, 양복점의 베이츠, 가스 회사의 커놀리, 그리고 서기 러터였다.

벽두부터 라메지와 베이츠, 커놀리 사이에는 뒷방에서 안하 무인격으로 인사가 교환되었다. 껄껄대며 너털웃음을 웃는가 하면 상대방의 등을 툭툭 치기도 하면서 의기 양양하게 세상 돌아가는 이야기를 늘어놓았다.

한편 그들의 떠들어대는 야비한 농담이 들리지 않는 곳에 있던 로 목사는 커놀리에겐 경건하게, 그리고 라메지에게는 아첨하는 태도를 보였다. 데이비드와 해리 오글에게는 아무도 아는 체하는 사람이 없었다. 일동이 회의실 안으로 들어가자, 라메지는 데이비드에게 차가운 시선을 보냈다.

"우리의 옛 동료인 머치슨이 지금 이 자리에 없다는 것을 매우 유감스럽게 생각합니다."

그는 특유의 외쳐대는 듯한 높은 목소리로 말했다.

"그 대신 낯선 사람이 와 있기 때문에 여러분들께서 좀 어색하겠지만 잘 참아 주시기 바랍니다."

"염려 말게 이 사람아."

해리가 데이비드에게 속삭였다.

"저 새끼의 씨부렁거리는 말투에는 곧 익숙해질 테니까."

일동은 자리에 앉았다. 러터가 지난 의회의 마지막 의사록을 읽기 시작했다. 그는 빠른 어조로, 그러나 몹시 권태롭게 노래라도 부르는 듯이 읽어 나갔다. 그리고는 거의 숨도 쉬지 않고 같은 목소리로 설명을 덧붙였다.

"우선 첫째는 식육과 의료(衣料) 계약을 가결하는 건이 되겠습니다. 여러분께서는 이미 본건이 가결된 것으로 생각하고 계시겠지만……."

"맞았어!"

라메지가 맞장구를 치며 하품을 했다. 그는 테이블 맨 위쪽의 의자에 뒤로 벌렁 몸을 젖히고 가장 편안한 자세로 앉아 있었다. 크고 붉은 얼굴은 천장을 치켜보고 있었고, 두 손은 그의 어마어마한 배 위에서 깍지를 끼고 있었다.

"그렇소, 그 건은 통과요!"

베이츠가 양쪽 엄지손가락을 물레방아처럼 빙빙 돌리며 테이블을 열심히 바라보면서 동의했다.

"가결되었습니다, 여러분."

러터어가 말하고는 의사록 쪽으로 손을 뻗쳤다. 그때 데이비드가 조용히 말참견을 했다.

"잠깐만!"

침묵이 흘렀다. 아주 묘한 침묵이었다.

"본인은 그 계약이라고 하는 것을 본 적이 없습니다."

데이비드는 지극히 침착하고 당연하다는 듯한 목소리로 말했다.

"그건 볼 필요도 없어요. 다수 가결이 되었으니까."

라메지가 냉소를 지어 보였다.

"오, 그런가요!"

데이비드는 놀랐다는 듯이 말했다.

"본인은 우리가 투표를 한 일이 없다고 생각하는데요."

서기인 러터는 근엄하고 불편스런 표정으로, 마치 펜촉에 커다란 오점이 붙어 있기라도 한 듯 펜촉 끝을 조사하고 있었다. 서기는 데이비드가 자기를 바라보고 있다는 것을 깨달았다. 드디어 그의 힐문하는 듯한 눈초리와 마주치지 않을 수 없었다.

"그 계약서를 좀 봅시다."

데이비드가 요구했다. 그는 그 계약에 관한 모든 것을 다 알고 있었다. 다만 의사록에 기입되는 것을 지연시키려는 것뿐이다. 이같은 계약은 슬리스케일에서는 꽤 오랫동안 묵인되어 온 것이었다.

의료 계약은 별로 중요한 것이 못 되었다. 그것은 위생 검사관과 보건 순시관, 그리고 기타 잡다한 읍직원에게 입히는 제복 공급에 관한 것이었다. 양복점 주인인 베이츠가 그 거래에서 부당한 이익을 올리고 있다고는 하지만 그 총액은 빤한 것이었다.

그러나 식육 계약은 달랐다. 읍내의 공립 병원에 공급하는 일체의 권리를 라메지에게 주는 이 식육 계약은 공공연하게 저지르고 있는 부정 행위였다. 청구액에서는 최고의 가격으로 견적을 내나, 실제로 라메지의 손을 통해 나가는 고기는 언제나 찌꺼기 고기뿐이었다.

데이비드는 러터의 신경질적인 손에서 식육 계약서를 받아 조사하기 시작했다. 금액도 상당해서 총액이 300파운드나 되었다. 그는 일동의 눈길이 자기에게 쏠리고 있음을 느끼면서, 그 청회색의 서류를 일부러 천천히 넘겨 회의를 지연시켰다.

"이건 경쟁 입찰입니까?"

데이비드가 천천히 질문을 하자 이제는 더 이상 자신을 억제할 수 없게 된 라메지가 테이블 건너에서 몸을 앞으로 내밀었다. 그의 붉은 얼굴이 분노와 적의를 뚜렷이 드러내고 있었다.

"난 15년 이상이나 그 계약을 맺어 왔소. 그런데 이제와서 무슨 이의라도 있단 말인가?"

데이비드는 라메지를 건너다면서 드디어 최초의 갈등이 시작된 것이라고 생각했다. 그러나 그는 마음을 침착하게 가라앉히며 감정에 휘말리지 않도록 경계하는 것을 잊지 않고 냉담하게 말했다.

"이의를 갖는 사람도 많이 있으리라 생각됩니다."

"한번 네멋대로 해 봐!"

라메지의 빨간 얼굴이 더욱 시뻘개졌다.

"라메지 의원, 라메지 의원!"

동정을 보내고 있다는 신호인지 로 목사가 거의 우는 소리로 그를 불렀다. 읍의원 중 특별히 로는 언제나 라메지에게 아양을 떠는 인물이었다. 그가 그러는 데에는 이유가 있었다. 라메지는 베들 가 교회에서 중요한 위치에 있는 창립 임원이었고, 가난한 양떼들 사이에서 황금 송아지라 할 수 있는 귀중한 교구민이었기 때문이다.

로는 데이비드 쪽을 바라보며 불만스러운 듯이 힐책을 했다.

"귀하는 이 회의에 신참자요. 에, 펜윅이라고 했던가? 어쨌든 귀의원은 지나치게 의심이 많은 것 같소. 이 계약은 공개적으로 행해진다는 것을 잊어버린 것 같은데……."

데이비드가 대답했다.

"지방 신문에 4분의 1인치 정도의 크기로 실린 것을 말씀하시는 모양인데, 그런 광고는 거의 보지 않을 겁니다."

"사람들이 그걸 꼭 봐야 할 까닭이 뭐야?"

라메지가 테이블 끝에서 짖어대듯이 소리질렀다.

"그리고 너는 무엇 때문에 모가지를 내밀고 참견하는 거야? 그 계약은 15년 간이나 내 것이었어. 그리고 지금까지 아무도 빌어먹을 잔소리 같은 것을 한 일은 없었다."

"당신의 썩은 고기를 먹은 사람들은 제외하면 그렇겠죠."

데이비드는 여전히 평정을 잃지 않은 목소리로 말했다.

이 말에 무거운 침묵이 좌중을 내리눌렀다. 해리 오글이 데이비드에게 조심하라는 듯한 눈짓을 보냈다. 러터 서기는 공포로 얼굴이 파래졌다. 분노로 어쩔 줄 몰라하는 라메지가 큰 주먹으로 테이블을 쾅 내리쳤다.

"명예 훼손이다!"

그는 계속 고함을 질렀다.

"저따위 녀석에게는 법률이라는 게 어떤 것인지 맛을 보여 줄 필요가 있어. 베이츠, 러터, 여러분 모두 내 증인이 되어 주시오. 저자는 나의 명예를 훼손시켰소!"

러터는 항의를 하고 싶은 듯 가냘픈 얼굴을 치켜들었다. 로 목사도 우는 듯한 소리로 무엇인가 말하고 싶다는 표정이었다. 그러나 라메지는 쉬지 않고 짖어댔다.

"저자가 한 말을 어서 취소하도록 해주시오. 이 의회까지 더럽힌 말이니, 당연히 그래야지."

러터가 말했다.

"취소할 것을 요청합니다, 펜윅 의원."

순간 이상스러운 열기가 데이비드의 온몸을 감쌌다. 그는 라메지의 얼굴에서 눈을 떼지 않은 채 안쪽 호주머니를 뒤져 한다발의 서류를 꺼냈다. 그는 당황하지 않고 천천히 말했다.

"취소할 필요가 없습니다. 방금 말한 본인의 진술을 증명하면

되지 않겠습니까? 본인은 증거를 모아 두었습니다. 여기에 읍내 병원에 있는 환자 25명의 진술과 세 사람의 간호사, 간호장 자신이 진술하고 서명까지 한 공술서가 있습니다. 그들은 모두 당신의 고기를 먹은 사람들입니다, 라메지 의원. 간호장의 말에 의하면 그 고기는 개도 먹지 않을 고기라고 했습니다. 여러분에게 이걸 읽어 드리겠습니다. 라메지 의원께서는 이걸 표창장이라고 간주하실지 모르겠습니다만 …….”

무거운 침묵이 흐르는 가운데 데이비드는 라메지의 고기에 대한 이른바 그 표창장을 읽어 나갔다. 딱딱하고 힘살투성이이며, 때로는 썩은 고기가 섞이기도 했었다는 솔직한 증언들이었다. 병실 담당 잡역부인 제인 로리는 이상한 냄새가 나는 양고기를 먹은 후 심한 복통을 앓았다고 했다. 또한 그 병원의 기빙즈 간호사는 불결한 고기에서만 볼 수 있는 기생충을 인체 내에서 발견했다는 중대한 증언을 했다.

데이비드가 다 읽고 났을 때 방안 분위기는 돌처럼 딱딱해졌다. 데이비드는 서류를 조용히 접었다. 옆에 앉은 해리가 시원하게 해치웠다는 기쁨으로 얼굴을 씰룩거리고 있는 모습을 볼 수 있었다. 그것과 함께 증오와 분노로 금방 졸도라도 할 것 같은 라메지의 모습도 볼 수 있었다.

“그건 거짓말이야!”

이윽고 라메지가 더듬거리며 소리쳤다.

“내가 공급하는 고기는 어디까지나 최상품이었어!”

오글이 처음으로 입을 열었다.

“그렇다면 그 최상품 고기가 너무 가엾구려.”

로 목사가 화해를 시키고 싶다는 듯 진주반지를 낀 손을 치켜들고 몇 번 흔들었다.

“개 중엔 때로는 나쁜 것도 좀 있었겠지요. 실수라는 것도 있을 수 있으니까."

해리 오글이 중얼거렸다.

"15년 간이나 계속됐다는 거요. 당신이 말하는 그 빌어먹을 실수라는 것이."

커놀리가 참을 수 없다는 듯 두 손을 호주머니에 찔러 박았다.

"아무것도 아닌 것을 가지고 이러쿵저러쿵 야단이군. 어서 투표에 붙이자구."

커놀리는 이런 문제를 쉽사리 결정짓는 방법을 터득하고 있었기 때문에 다시 큰소리로 외쳤다.

"투표에 붙여요."

"그러면 자네가 지네, 데이비드."

해리 오글이 열기에 들뜬 낮은 목소리로 말했다. 베이츠, 커놀리, 라메지, 로는 언제나 서로의 이익을 위해 똘똘 뭉쳐 있었다.

데이비드가 로 목사를 향하여 말했다.

"복음의 전도자이신 목사님께 호소합니다. 귀 의원께서는 병원의 환자들이 계속해서 나쁜 고기를 먹기를 바라십니까?"

로 목사는 조금 얼굴이 붉어졌다가 금세 완강한 표정으로 변하며 입을 열었다.

"본인은 아직도 납득이 잘 안 갑니다."

데이비드는 로 목사에게 호소하는 것을 단념했다. 그는 라메지에게 눈길을 고정시키고 천천히 말했다.

"아주 명백히 말씀드리겠습니다. 만일 이 회의가 식육 입찰을 공고하는 떳떳한 새로운 광고를 내도록 허가하는 것을 거부한다면, 본인은 이 공술서를 주(州)의 위생 의무관 앞으로 제출하겠습니다. 그리하여 이 문제 전반에 관한 완전한 조사를 요청할 작정입니다."

라메지의 눈과 데이비드의 눈이 허공에서 불꽃을 일으켰다. 라메지는 겁을 먹고 있었다. 그는 지난 15년 동안 의회를 마음대로 휘둘러 나쁜 고기를 팔아 왔고, 저울을 속여왔기 때문에 그는 정말로 겁이 났다. 심문에 걸려 모든 사실이 명백히 드러난다면 그때는 만사가 끝장인 것이었다.

'저놈 마음대로……, 그래, 이번엔 내가 내려앉아 주마. 이 몹쓸 훼방꾼 돼지새끼야…….'

라메지는 재빨리 생각을 굴렸다.

'내가 죽는 일이 있다 해도 언젠가는 네놈과 한바탕할 것이다.'

그는 높은 목소리로 퉁명스럽게 말했다.

"투표할 필요는 없다. 광고를 내도록 할 테니까. 제기랄……, 난 떳떳하게 공개 입찰을 해서 네놈 앞에 보여 줄 테다."

승리의 영광스러운 물결이 데이비드의 온몸을 휩쓸었다.

'내가 이겼다, 내가 이겼다!'

긴 여정의 그 첫걸음을 이제 한 계단 올라선 것이다.

몰랐던 진실

데이비드가 읍의회에 당선되었지만, 그 결과는 슬프게도 제니에게 실망을 느끼게 했다. 제니의 열성은 언제나 너무 지나쳤고, 그래서 즐거운 추억을 흐리게 하는 일이 많았다. 그녀의 선거 열의도 마치 로케트처럼 치솟았다가 어이없이 사라져 버리는 어처구니없는 것이었다.

제니는 이 선거를 통해 자신의 사회적 지위가 향상되기를 희망했었다. 특히 그녀는 라메지 부인과 교제하고 싶은 간절한 소망을 갖고 있었다. 라메지 부인이 베푸는 파티는 슬리스케일에서 가장 화려하고 멋진 파티로 소문나 있었다.

국민학교의 교장 사모님인 스트로더 부인도 그 파티에 얼굴을 내밀었고, 암스트롱 부인과 의사인 프록터어 사모님, 양복점 주인의 아내인 베이츠 부인도 나타나는 것이었다. 베이츠 부인이 참석할 정도라면 펜윅 부인이 참석 못할 까닭이 어디 있는가? 제니는 숨이막힐 정도로 간절하게 자문 자답해 보았다.

그런 파티에서는 흔히 음악이 곁들여지는 법인데, 제니보다 더 노래 솜씨가 뛰어난 사람은 없을 것이다. 그녀는 이러한 생각을 하면서 안타까워했다. 제니가 좋아하는 '지나간 일'이라는 노래는 아주 아름다울 뿐만 아니라 클래식에 속하는 고상한 곡이었다.

제니는 슬루스 모래언덕 위에 신축한 붉은 벽돌로 지은 저택을 상상했다. 그녀는 그곳의 우아한 응접실에서 슬리스케일의 모든 명사 부인들이 보는 앞에서 그 노래가 부르고 싶어 죽을 지경이었다. 그런 이유 때문에 제니는 라메지 부인과 어떻게 해서라도 접근해 볼 수만 있다면 하고 열망했다.

그러나 라메지 부인은 전혀 아는 체를 하는 기색이 없었다. 길을 가다가 서로 마주치는 기회가 있었는데도, 인사를 나누고 싶어 하는 기미마저 보이지 않았다.

12월 초순, 드디어 무서운 사건이 터지고 말았다. 어느 화요일 오후, 제니가 메린스 옷감을 조금 사려고 베이츠 상점을 찾아갔을 때였다. 그녀는 〈맵스 저널〉이라는 잡지에서 커즌 매리언느라는 사람이 쓴 기사를 보았던 것이다. 거기에는 머지않아 메린스가 날씬한 여성의 내의감으로 유행할 것이라고 씌어 있었다.

그런데 그 상점 카운터 앞에서 라메지 부인이 고급 옷감을 고르고 있었다. 기분이 좋은 듯 항상 어두워 보이던 얼굴이 지금은 아주 상냥한 표정으로 웃고 있었다. 그녀는 몸집이 크고 얼굴은 광대뼈가 드러나 있었기 때문에 굉장히 냉정해 보이는 인상이었다.

제니는 먼저 이런 좋은 기회를 갖게 된 것을 기뻐하며 사람들 사이를 헤치고 라메지 부인 곁으로 다가갔다. 남편들이 같은 읍의원이니까 우리도 동등하게 사귈 수 있다는 자만감에 부풀어 있었다. 그녀는 겨우 라메지 부인 옆으로 다가서서 예쁘게 미소지으며 인사를 했다.

"안녕하세요, 라메지 부인. 오늘은 날씨가 아주 좋군요."

라메지 부인은 천천히 고개를 돌려 제니를 바라보았다. 그러나 제니가 누구인지를 알아본 것이 분명했는데도 금세 모르겠다는 표정이 되어 버렸다. 유쾌하고 상냥하던 표정까지 사라져 버린 냉정한 얼굴로 쌀쌀하게 말했다.

"전혀 만나 뵌 적이 없는 것 같은데 누구시드라?"

제니는 이 예기치 못한 대답에 너무 당황해서 긴장된 얼굴로 자기의 신분을 밝혔다.

"전, 펜윅 부인이에요. 제 남편도 읍의회 의원이지요, 라메지 부인."

라메지 부인은 잔인하게도 제니를 아래위로 훑어보았다.

"오오, 제게 그걸 알려 주고 싶으셨군요?"

그녀는 싸늘하게 웃어 보이더니 어깨를 한 번 으쓱 치켰다. 그러고는 옷감 쪽으로 돌아서서 젊은 여점원을 향해 큰소리로 말하는 것이었다.

"값은 상관하지 말아요. 무엇보다도 제일 비싸고 좋은 것으로 골라 줘요. 물론 집까지 배달해 주고 계산은 내 앞으로 달아 놓으세요."

제니의 얼굴이 홍당무가 되었다. 창피해서 죽고 싶은 심정이었다. 이런 모욕을 당하다니, 그것도 부인복 상점의 여점원 앞에서……. 그녀는 휙 발길을 돌려 가게에서 도망치다시피 나왔다.

그날 저녁 제니는 데이비드에게 이 이야기를 눈물을 흘리면서 털어놓았다. 엄숙한 얼굴로 입술을 꽉 다문 채 이야기를 듣던 그가 천천히 말했다.

"라메지와 내가 서로 멱살을 잡고 싸우는 판인데, 그 부인이 당신을 얼싸안고 반가워하리라고 바라는 건 우스운 일이야. 지난 3개월 동안 나는 그 작자의 썩은 고기 납품 계약을 봉쇄해 버렸거든. 그리고 또 슬로스 모래언덕에 신축한 그 작자의 집 앞을 지나가는 새 도로 건설비를 받아 내려고 읍에다 요구하고 있는 500파운드도 막으려는 중이야. 새 도로는 그 작자 이외에는 누구에게도 쓸모가 없거든! 지난번 의회 때는 그 작자의 더러운 도살장이 위반하고 있는 여섯 가지의 위법 행위를 지적했어. 그러니 그 작자가 나를 얼마나 미워하고 있을지 짐작이 가겠지?"

그녀는 뜨거운 눈물이 가득 담긴 눈으로 그를 원망스럽다는 듯이 노려보았다.

"왜 당신은 그렇게 남이 싫어하는 일에 앞장을 서는 거예요?"

그녀는 흐느꼈다.

"당신은 이상한 사람이에요. 라메지 씨의 편이 되면 당신은 훨씬 유리할 텐데 ……. 난 당신이 출세하기를 바라고 있어요."

그는 조용히 대답했다.

"제니, 그런 방법에 의한 출세는 내가 원하는 것이 아니라고 분명히 말했잖아. 나는 좀 이상한 인간일지도 몰라. 난 지난 몇 년 동안 참 많은 경험을 해 왔어. 탄광의 재난 사건, 그리고 전쟁! …… 제니, 지금이야말로 우리들 중의 누군가가 넵튠의 재난 사건이라든가, 이번의 전쟁 같은 재해의 원인이 되는 악폐와 싸움을 시작해야 할 때인 거야."

"그렇지만 데이비드, 당신은 겨우 주당 35실링밖에 벌지 못하고 있다는 것을 ……."

그의 가슴이 몹시 답답해 왔다. 데이비드는 논쟁을 그만두고 그녀를 조용히 바라보았다. 그러다가 일어나서 다른 방으로 가 버렸다.

이러한 행동은 제니에게 데이비드가 자기를 버릴지도 모른다는 의심을 갖게 만들었다. 자신에게 연민을 느낀 그녀는 다시 울었다. 은근히 분노가 치솟기도 했다.

그러나 데이비드의 실제 마음은 제니의 생각과 달랐다. 그녀를 아무리 달래도 소용이 없다는 것을 깨달은 것뿐이었다. 제니가 자기의 마음을 전혀 이해하고 있지 않다는 것을 안 것이다.

제니는 데이비드를 자기 쪽으로 끌어당기려고 무던히 애썼다. 그러나 그러면 그럴수록 그는 더욱 엄격하게 자기 식대로 해 나갔다. 제니에게는 그의 그런 행동들이 참을 수 없는 모욕으로 느껴졌다. 제니는 자신의 아름다움에 특별한 자만심을 갖고 있었다. 그녀는 데이비드가 그러한 면 역시 무관심한 것을 알자 분노까지 느꼈다.

제니는 자신이 멸시를 받아 가며 살 필요가 없다고 생각했다. 그래서 그녀는 여러 가지 방법으로 자신이 상처받은 것에 대한 보복을 가하기 시작했다. 데이비드를 기쁘게 해주려는 노력을 완전히 그만 두어 버렸다.

결국 데이비드는 난롯불도 꺼지고 저녁식사도 마련되지 않은 집으로 밤마다 돌아와야 했다. 그러나 그는 아무런 반응도 나타내지 않았다. 이것이 더욱 그녀를 약오르게 했다. 그녀는 밤마다 모든 수단을 동원해서 그를 화나게 만들어 싸움을 하려고 덤벼들었다. 그의 무능함을 탓하고 조롱하기 시작했다.

"전쟁 동안에도 나는 주당 4파운드씩 벌고 있었다는 걸 잊지는 않았겠죠? 그것은 당신이 지금 버는 것의 두 배가 넘는 돈이에요!"

"난 돈 때문에 이 직업을 갖고 있는 것이 아니라니까, 제니."

"나도 돈 같은 건 관심없어요. 당신도 알고 계시죠? 난 째째하지 않아요. 우리들이 신혼 여행할 때 내가 당신에게 선물한 그 양복 기억나세요. 그건 정말 깜짝 놀란 만한 옷이었어요. 그 당시만 해도 당신은 뭐 하나 할 줄 아는 것이 없었지요. 만일 내가 당신이라면 자기 부인을 만족스럽게 해주지도 못하고, 집안도 잘 꾸려 나가지 못한다는 것을 알았을 때 그렇게 가만히 있지는 않을 거예요. 당신은 부끄러움도 모르는 사람이에요."

"인간은 모두 자기의 기준이 따로 있는 거야, 제니!"

"그거야 물론이죠."

그녀는 다시 짓궂은 목소리로 말했다.

"난 언제든지 내가 원할 땐 직업을 얻을 수 있어요. 오늘 아침에도 신문을 죽 훑어보니까 내가 쉽게 얻을 만한 직장이 대여섯 개나 되더군요. 그래요, 난 언제든지 일자리를 얻을 수 있다구요."

"제발 참아, 제니! 나도 당신이 생각하는 정도의 폐인은 아니니까. 때를 기다립시다."

사실 데이비드는 헤든과 합작하여 조금씩 성공을 거두고 있었다. 데이비드는 헤든을 따라 지방의 공제조합 회의가 열릴 때마다 참석했고, 그때마다 그는 연설해 줄 것을 요청받곤 했다. 세그힐에서는 지역 공회당에 1천5백 명의 청중이 모인 앞에서 사우드 포트 결의안 문제에 관해 연설을 했었다.

헤든은 그 회의가 열리기로 결정되자 매우 걱정하여 데이비드가 모든 문제를 처리하도록 그에게 일임해 버렸던 것이다. 그런데 그 회의 때의 연설이 데이비드에게 대성공을 거두게 해주었다. 분명하게 핵심을 찌른, 진지하면서도 열의에 찬 내용이 청중들을 감동시켰던 것이다. 그가 연단에서 내려오자 군중들이 그를 둘러쌌다. 그도 군중들이 자기와 악수만이라도 나누고 싶어 야단들인 것에 어리둥절했다.

76세의 고령에 이름난 술꾼이고 사고덩어리로 정평이 나있는 잭 브리그즈 노인은 세그힐 조합지부의 어른격인 인물이었다. 그 노인이 데이비드의 팔뚝을 잡고 아프도록 흔들었다. 잭 노인은 목이 쉰 데다가 사투리가 아주 심했다.

"정말, 자넨 굉장히 훌륭한 연설을 했네. 난 많은 사람들의 연설을 들었지만, 자네보다 더 잘하는 사람은 못 보았네. 자넨 아마 굉장히 크게 될 거여. 이 사람 수고했네!"

혜튼 역시 흥분한 얼굴로 노인의 말에 맞장구를 쳐 주었다. 혜든이 데이비드를 전혀 질투하지 않는다는 사실은 이것으로 더욱 명확해졌다.

혜튼은 친구가 별로 없었다. 그의 격한 성격이 어떤 우정도 지닐 수 없게 한 것이다. 처음부터 혜든은 데이비드가 마음에 들었다. 혜든은 데이비드라는 인간에게서 다른 사람에게서는 흔히 볼 수 없었던 청렴한 정신을 발견한 것이다. 지금까지 인간 쓰레기들을 너무도 많이 보아 왔기 때문에 자기도 모르는 사이에 데이비드를 좋아하게 된 것이다. 그는 자신의 타고 난 천성을 잘 발휘할 수 있는, 자신에게 꼭 맞는 자리를 발견한 데이비드가 몹시 자랑스러웠다.

데이비드는 침착하고 통찰력이 뛰어나며 진지했다. 타고 난 웅변가의 재능이 있었고, 게다가 그는 현명하면서도 정열적이고 성실했다. 그리하여 자기의 동료, 즉 언제나 업신여김만을 당하는 보잘것 없는 인간들을 위해서 큰일을 할지도 모를 것이었다. 혜든은 데이비드의 이런 모습을 보면서 본능적으로 데이비드가 큰인물이 될 것을 느꼈던 것이다.

혜든은 자기 자신을 엄격히 타일렀다.

'정말 어렵게 사람다운 사람을 만난 것이다. 이 인간을 비꼬거나 질투하지 말고 끝까지 도와 주기로 하자!'

그는 스스로에게 맹세했다.

타인캐슬 시의 여러 신문에 차츰 데이비드에 대한 소식이 실리기 시작했다. 가장 기뻐하는 사람은 역시 혜든이었다.

타인캐슬의 여러 신문들은 데이비드라는 새로운 기삿거리를 발견하고 연일 그의 동정을 보도했다. 슬리스케일에 뿌리를 단단히 박고 있는 교묘한 악폐에 대한 그의 공격은, 특종이 별로 없던 그 당시의 신문사로서는 눈이 번쩍 뜨이는 기삿거리였다.

때때로 타인캐슬의 신문들은 데이비드와 그의 활약성을 화려한 표제로 장식했다.

'슬리스케일 읍의회의 분규!', '슬리스케일의 골칫거리 인물, 다시 활약!' 등이 그것이었다.

헤튼은 데이비드의 즉흥적인 통쾌한 답변들이 실린 기사를 볼 때마다 파안 대소하였다. 그는 이렇게 묻기도 했다.

"정말 그 새끼한테 그런 말을 했나, 데이비드?"

"별로 그렇게 좋은 대답은 못 됐습니다만······."

"라메지 새끼의 그 ×같이 지독한 도살장이 돼지 도살에 적합치 않다고 자네가 말했을 때, 그놈의 상판때기가 어땠는지 내가 한번 봤더라면 좋았을 텐데!"

데이비드의 겸손한 성격은 톰 헤튼과 일을 하는 데 있어서 더욱 도움이 되었다. 만일 데이비드가 조금이라도 잘난 체하는 기미를 보였다면, 헤튼은 벌써 그를 떠나 버렸을 것이다.

헤튼은 타인캐슬의 〈아거스〉 신문에 실린 데이비드를 찬양하는 기사를 오려 두었다. 그리고는 정성스럽게 청색 연필로 줄까지 그어서 옛친구 해리 뉴전트에게 보내 주었다.

제니는 그러한 상황을 전혀 모르고 있었다. 게다가 그녀는 끈기가 없었기 때문에 데이비드가 일에 열중하고 있는 것을 보면 자기를 소홀히 여기고 있다고 해석했다. 생각이 여기에 이르자, 그녀는 미칠 지경이 되고 말았다. 그녀는 다시 머치슨 상점의 환자용 포도주를 애용한다는 기분 좋은 위안을 찾아내게 되었다.

1919년 봄, 제니는 포도주를 상당히 애용하는 알코올 중독자가 되어 있었다. 바로 그때 그녀에게 정신적으로 엄청난 충격을 주는 중대한 사건이 일어났다.

5월 5일 일요일에 죠의 아버지인 찰리 가우런 노인이 사망했다. 찰리는 6개월 동안이나 신장염을 앓고 있었다. 죽을 당시에는 온

몸이 퉁퉁 붇고, 옆구리에서 끊임없이 물이 나오는 고통을 당하다
가 숨을 거둔 것이다. 평생 동안 별로 물을 좋아하지 않았던 찰리
가, 마지막에 가서 뱃속에 물이 들어 찬 채 죽었다는 사실이 묘한
느낌을 갖게 하였다. 또한 찰리는 아무도 돌보아 주는 이없는 쓸
쓸한 가운데 혼자 비참하게 죽어 갔다. 그가 죽은 지 이틀 후에야
죠가 슬리스케일에 나타났다.

금의 환양하는 죠의 모습에 모두가 놀랐다. 실로 대사건이었다.
그는 화요일 아침 진한 초록빛 제복을 입은 운전수가 모는 번쩍거
리는 최신형 자가용을 타고 왔다. 앨머 고지의 자기 집 앞에서 차
를 세운 죠는 곧 입이 딱 벌어진 군중들에게 둘러싸여 버렸다.

집안에는 해리 오글과 새로 부임한 탄량 기록계인 젝 윅스, 넵
튠 탄광의 갱내계원 등 몇 사람이 와 있었다. 장례식이 막 시작될
때였다. 죠가 굉장한 출세를 했다는 소문은 이미 이 고지촌에 널
리 알려져 있었다. 그러나 실제로 그의 변한 모습을 본 사람들은
그저 아연할 뿐이었다.

일찍이 죠가 탄광에서 일할 때 그의 감독이었던 프랭크 윔슬리
는, 당장에 그의 이름에다 '사장님'이라는 말을 붙여 불렀다.

죠는 점잖으면서도 기가막힐 정도로 멋을 부리고 있었다. 덮개
를 씌운 구두에 커프스 단추는 광택이 안 나는 순금이었고, 시계
줄도 최상품인 백금이었다.

면도를 깨끗이 한 준수한 얼굴에, 손톱에는 매니큐어를 발라 번
들번들 빛이 났다. 그의 이런 모습이 부유한 사업가의 모습을 여
실히 보여 주고 있었다.

해리는 파라다이스 탄갱에서 손수레 탄차를 밀던 당시의 어린
죠의 기억과 싸우면서, 너무나 변해 버린 모습에 위압감을 느
꼈다. 그는 어색하게 몸을 움직이며 말했다.

"이렇게 만나다니 기쁘네, 죠. 우리들 몇 사람이 돈을 좀 마련했

지. 자네 부친의 장례식은 우리 손으로 하고 싶어서 말이야.”

“말도 안 되는 소리요, 해리.”

죠는 이맛살을 찌푸리며 화를 냈다.

“당신은 지금 양로원에 있었던 노인처럼 우리 아버지를 취급하는 모양인데, 그렇게 곤란할 정도였소?”

죠의 눈은 조금도 변함이 없는, 오히려 더 더러워진 부엌 주위를 한바퀴 휘휘 둘러보았다. 그 부엌은 바로 그가 칼날에 묻었던 고기 파이 국물을 혓바닥으로 핥아먹곤 하던 곳이었다. 그의 눈길은 다시 아버지 시체가 들어 있는 초라하기 짝이 없는 검은 관으로 떨어졌다.

“기가 막혀서.”

그는 갑자기 외치듯이 말했다.

“왜 아무도 내게 알려 주지 않았소? 왜 당신들은 내게 편지도 보내지 못했는가 말이오? 당신들은 모두 내가 어떻게 되었다는 것을 알고 있지 않소? 이것이 기독교를 믿는 나라 사람들이 할 일이오? 불쌍한 노인을 이런 식으로 돌아가시게 하다니, 당신들은 부끄럽지도 않소? 내 공장으로 잠깐 전화를 걸어 준다는 것이 그렇게도 힘드는 일이었소?”

죠는 장례식에서도 굉장히 슬퍼했다. 무덤 앞에서는 커다란 명주 손수건에다 얼굴을 묻고 큰소리로 울며 눈물을 쏟았다. 그러한 행동은 그에게 더욱 호감과 신뢰를 갖게끔 해주었다. 그는 묘지에서 곧장 램 가의 피킹즈 집으로 차를 몰고 가서 거대한 묘비를 주문했다.

“청구서는 내게 송부해 주시오, 톰. 비용은 얼마가 되든지간에 내게 전혀 문제가 안 되니까!”

그의 말을 들은 톰은 뒷날 그에게 청구서를 보냈다. 몇 번이고 몇 번이고 청구서를 보내야 했다.

장례식이 끝난 후, 죠는 성공한 사람이 흔히 하는 식으로 감개무량한 얼굴로 읍내를 한바퀴 돌았다. 그는 앨머 고지촌의 집을 찍은 사진을 갖고 싶다고 요청함으로써 해리 오글의 마음을 끌었다. 그것도 아주 크게 확대한 사진이 필요하다는 것이었다. 해리는 사진사 블레어에게 급히 부탁하여 사진을 찍게 해서, 청구서와 함께 그 사진을 죠에게 보내 달라고 부탁해 놓았다.

그날 마지막으로 죠는 옛친구인 데이비드를 만나기 위해 잠깐 들렀다. 그가 슬리스케일을 방문했다가 이곳까지 오겠다는 소식이 죠보다 앞서 그 집에 도착했다. 제니는 그것을 데이비드에게 알리는 한편 약간 흥분된 마음으로 죠를 맞을 준비를 했다.

그러나 죠는 제니의 극진한 환대를 가볍게 사양했다. 그는 타인캐슬의 센트럴 호텔에서 만찬 약속이 있었던 것이다. 그녀는 주춤거리면서 실망스러운 마음을 꾹 눌렀다. 죠는 아주 친근한, 마치 남편이 아내를 바라보는 듯한 시선으로 제니를 훑어보았다.

제니는 그의 그런 모습에 더욱 맥이 빠졌다. 이젠 모든 것이 다 틀려 버렸다는 것을 직감적으로 느꼈다. 그와 함께 그녀의 눈빛에서 즐거운 빛이 싹 가서 버렸다. 교태로움도 사라지고, 그녀는 말없이 앉아 있을 뿐이었다. 몸을 떨며, 모처럼 좋은 기회를 놓친다는 아쉬운 마음을 안고 얌전히 있었다.

그러나 제니는 귀의 신경까지 꺼 버리지는 않았다. 죠가 자신에 대해 떠들어대는 말을 한마디도 놓치지 않으려고 애썼다. 그러는 가운데 그녀는 두 사나이를 비교하지 않을 수 없었다. 죠의 놀랄만한 성공과 데이비드의 비참한 실패를.

죠는 아주 솔직하게 말했다. 죠는 언제나 솔직했고, 그것이 더욱 그를 멋있게 보이게 하는 것이었다. 그는 전쟁이 너무 일찍 끝났다고 보고 있음이 분명했다. 결국 이번 전쟁은 그다지 나쁜 전쟁이 아니었다는 결론을 내리고 있었다. 그리고 그는 전쟁 덕분에 굉장한 부자가 된 것이었다.

죠는 순금으로 된 담배케이스를 꺼내어 담배에 불을 붙였다. 그러자 온 방안이 이국적인 향내로 가득 찼다. 그는 몸을 앞으로 쑥 내밀고 다정스럽게 데이비드의 무릎을 툭툭 쳤다.

"우리는 밀링튼의 주물공장을 사들였지. 난 짐 모슨과 손을 잡았다네. 가엾은 스탠리 사장에겐 정말 안 된 일이지만……. 그는 이제 영원히 번마우드에서 나오지 못할 걸세. 그의 부인과 함께 있지. 그는 플래트 소로에서 일을 재빨리 해치울 수가 없었던 거야. 좋은 인간이었지만 착실한 점이 좀 부족했어. 스탠리는 완전히 폐인이 되었어. 신경이 완전히 망가졌다는 소문이더군. 아니, 이렇게 되는 것이 그 친구에겐 가장 좋은 일인지도 모르지. 우리가 그의 손에서 공장을 인수한 것 말이야. 그는 상당한 값을 받아 갔으니까. 그때 그자는 정말 상당한 값을 받아 갔다네."

죠는 잠시 말을 멈추었다. 그리고 담배 연기를 빨아들이며 데이비드를 보고 조금도 숨김이 없는 미소를 지었다. 그것은 그의 허풍스러운 이야기를 믿게 만드는 묘한 분위기를 만들어 주었다.

"우리 회사에서 넵튠 탄광의 새로운 시설 자재를 주문받았다는 것을 자네도 알고 있겠지? 우리 회사는 전쟁이 끝나자마자 재빨리 본래의 일로 돌아갔다네. 모든 얼간이들이 포탄 주물의 쓰레기 더미 위에 눌러앉아서 앞으로 사태가 어떻게 될까 하고 생각하는 동안, 우린 광산 도구와 지주, 운반 용구 등을 만드는 일로 되돌아 갔지. 알겠나?"

그는 이야기 중간중간에 흉금을 탁 터놓은 듯한 미소를 짓는 것을 잊지 않았다.

"전쟁 중엔 탄광에서 모두 생산, 생산하며 떠들었지. 영국 영토 내의 탄광이라고 하면 어떤 탄광도 설비의 개선 같은 것을 할 시간이 없었어. 자재가 손에 들어올 수 있었다고 가정하더라도 말이야. 첫째는 자재를 구할 수가 없었지만 말일세. 그래서 우리는 사태가 회복되면 모두가 자재, 자재하고 아우성칠 것이라는 걸 생각했지. 또 그들이 그렇게 아우성을 쳐도 짐과 나같이 일찍 깨달은 자를 빼놓고는, 아마 그것에 응할 자들이 없게 되리라는 것도 생각했지."

죠는 점잖게 한숨을 내쉬었다.

"이렇게 해서 결국 우리가 넵튠의 주문을 받게 된 거야. 하하하 ……, 우리는 5만 파운드의 물건을 올해 안으로 넵튠 탄광에다 완납해야 한다네."

죠는 5만 파운드라는, 보통 사람으로는 감히 상상도 못하는, 금액을 아무렇지도 않게 내뱉었다. 그의 이 말은 싸구려 가구와 터키 담배 향내로 가득해진 그 조그마한 방안에 공허하게 울려 퍼졌다. 특히 그것은 가엾은 제니에게는 도저히 참을 수 없는 이야기였다. 죠가 그렇게 어마어마한 사업을 운영하고 있다니! 그녀는 의자에 몸을 움츠리고 앉아 선망과 놀라움으로 달아오르는 마음을 꾹 눌렀다.

죠는 자기가 만들어 내는 분위기의 효과를 알아차렸다. 제니의 눈 속에 담겨진 굶주림과 데이비드의 눈에서 쏟아지는 차가운 적개심을 보았다. 그는 더욱 흥에 겨워 말했다.

"그런데 말이야, 우리는 공장 이름을 어떻게 불러야 할지 그 연구로 또 바쁘다네. 모슨 가우런 회사라고 할까 생각 중인데, 그 명칭이 아주 멋있다고 생각되지 않은가? 미안하군, 회사에 관한 이야기만 자꾸 해서……. 사실 자네에게는 아무런 흥미도 없을 텐데 말이야. 그런데 나는 여기에서 멈추지 않을 생각이네. 손이 닿는 대로 온갖 사업을 다 하고 있지. 이를테면, 자네는 종전 처리국이라는 말을 들어 봤겠지?"

데이비드가 고개를 젖자 죠는 유감스럽다는 표정이 되었다.

"정말, 전혀 못 들었나? 아니, 자네도 그런 것쯤은 소문으로라도 들었어야 하는데. 자네가 그런 기관에 관한 소식을 듣고 있었다면 어느 정도는 돈을 벌었을지도 모르지. 물론 뭐든 하자면 뒤에서 대주는 자본금이 있어야 하겠지만 말이야. 어쨌든 데이비드, 정부는 말이야, 지금까지 전력을 기울여서 온갖 물건을 사들이고 또 발주하기도 했고 징발해 오기도 했지. 그런데 이젠 그 물건들이 몽땅 필요없게 되었다 이 말씀이야. 고무로 만든 그 늘었다 줄었다 하는 신발에서부터 상선, 함대에 이르기까지 모든 게 다 그렇단 말일세. 그리고 정부가 그러한 것들을 필요로 하지 않는다는 것을 스스로 깨닫게 되면 정부에서는 자연히 그러한 것을 없애려 할 것이란 말이야!"

국왕의 충성스런 신민임을 자처하는 죠는 천천히 의자에서 몸을 뒤로 젖히고 앉았다. 그는 비록 작은 힘이나마 정부가 물건을 없애려는 것에 적극 협조한다는 태도가 아무리 생각해도 기특하다는 듯 이를 드러내며 빙그레 웃었다.

"바깥에 있는 내 자가용 봤나?"

"보고말고요, 죠."

제니는 침을 꿀꺽 삼켰다.

"멋져요, 정말!"

"그다지 나쁘지는 않지, 그다지 나쁘진 않아. 산 지 불과 한 달밖에 안 됐지. 저걸 어떻게 입수했는지 한번 들어 보게."

그는 조그마한 갈색 눈을 번득이며 잠시 숨을 돌렸다.

"그러니까 한 6주일 전이었네. 짐과 나는 모어페드 너머에 있는 정부의 어떤 물건을 구경하러 갔었지. 우리는 조림지 가까이에 있는 제재공장에서 사용하다가 급해서 깜박 잊고 그냥 가 버린 두 대의 트랙터를 우연히 발견했단 말일세. 그 트랙터는 썩은 재목들 사이에 있었는데 완전히 녹이 슬어 버렸고, 무성한 잡초에 바퀴가

가려 버릴 정도였다네. 아무 쓸모없는 고철이었지. 그렇지만 잘 살펴보니까 그건 신품과 똑같이 한 대에 이삼천 파운드의 값어치가 있는 것이었어."

죠는 잠깐 말을 멈추었다가 계속했다.

"짐과 나는 그 트랙터를 고철 값으로 불하를 받아 가지고 와 버렸지. 우리는 타인캐슬까지 그 두 대의 트랙터를 끌고 와서는, 깨끗이 청소하고 페인트칠을 해서 적당한 가격을 받고 팔아 넘겼다네. 이익금은 둘이 나눠 가졌지. 밖에 있는 자가용 한 대가……."

죠는 창문 쪽으로 손을 가리켰다.

"바로 그 트랙터를 판 소득이라네."

침묵이 흘렀다. 이윽고 제니의 창백한 입술에서 찬탄하는 한숨소리가 뒤틀리듯 새어 나왔다. 그 경탄스러운, 참으로 경탄스러운 자가용이 바로 바깥에 서 있는 것이다. 간단하게 단 한 번의 거래를 통해서 말이다. 정말 머리를 써도 기가막히게 썼다. 아아, 그런 이야기는 그녀의 성격으로 그냥 듣고는 넘겨 버리기 힘든 것이었다. 가슴이 쥐어뜯기는 것처럼 괴로워졌다.

죠는 거기까지 이야기하고 그만두었다. 그는 감탄을 들으면서 이야기를 끝내야 하는 때를 잘 알고 있었다. 그는 선반 위의 싸구려인, 청색 에나멜칠을 한 시계 쪽으로 눈길을 옮기다가 깜짝 놀란 듯이 벌떡 일어섰다. 번쩍거리는 금시계를 다시 꺼내 보았다.

"이크! 가 봐야 할 시간이 되었군. 어물어물하다가는 짐과의 약속 시간에 늦겠는걸. 이렇게 빨리 가게 돼서 미안하네. 7시까지 센트럴에 가야 하기 때문에 이만 작별해야겠네."

죠는 악수를 하고 문 쪽으로 걸어가면서도 수다스럽게 웃고 지껄여댔다. 그는 그러한 모습이 자신을 더욱 호인처럼 보이게 한다는 것을 잘 알고 있었던 것이다.

죠가 가 버리자 데이비드는 그 특유의 냉소를 띠며 제니를 똑바로 바라보았다.

"바로 그게 죠라는 인간이야. 잘 봤겠지?"

제니는 화난 표정으로 그를 노려보았다.

"그래요. 그게 죠라는 걸 나도 알아요."

그녀는 뾰루퉁해져서 성을 내었다.

"당신, 무슨 뜻에서 그런 말 하시는 거죠?"

"아아, 아무것도 아니야, 제니. 그 친구가 가고 나니까 내게 300파운드의 빚을 지고 있다는 생각이 나서 하는 소리야."

제니는 벌컥 화가 났다. 그것은 선망과, 죠가 냉정하게 자기와의 관계를 완전히 끊어 버렸다는 것에 대한 깨달음으로 인해 더욱 거세어졌다. 그녀의 입술이 심하게 비뚤어졌다.

"300파운드라구요."

그녀는 냉소했다.

"그런 돈은 죠에게는 음식점의 웨이터에게 던져주는 팁 정도죠. 그는 부자가 될 만한 사람이에요. 그 사람은 당신 같은 사람과는 근본적으로 인종이 달라요. 그이야말로 사나이다운 사나이죠. 그이야말로 일을 할 줄 아는, 세상에 나가서 돈을 벌 수 있는 사람이란 말이에요. 당신은 왜 죠처럼 되지 못하죠? 그의 자가용과 멋진 양복, 보석과 또 그가 피운 담배를 좀 보세요. 그를 똑똑히 좀 보란 말이에요. 그래서 자신이 얼마나 보잘것없는 사람인지 부끄러워할 줄 알란 말이에요."

제니의 음성은 아우성을 치듯 높아졌다.

"죠라는 사람은 자기 아내를 즐겁게 해줄 줄 아는 멋있는 남자예요. 고급 레스토랑이나 사교장에 데리고 다니면서 품위있는 생활을 하게 해 줄 거예요. 그런데 당신은 뭐예요? 내게 뭘 해 줬어요. 당신은 죠를 따를 자격도 없어요. 당신은 정말 졸장부예요. 당신은 인생에서 밀려난 인간 패배자, 그게 바로 당신이라는 사람이

라구요. 죠는 틀림없이 그 멋있는 자가용을 타고 가면서 당신을
비웃고 있을 거예요. 그이는 당신을 생각하면서 혼자 껄껄대고 있
을 거란 말이에요. 인생에서 밀려난 낙오자라고 말하고 있겠죠.
낙오자, 낙오자, 낙오자!"

제니의 목소리가 날카로운 금속성처럼 방안에 울려 퍼졌다. 그
녀의 입술에는 거품이 흐르고 눈은 증오로 불탔다.

데이비드는 제니를 똑바로 바라보며 주먹을 꼭 움켜쥐고 서 있
었지만, 끝까지 자기 자신을 눌렀다. 그리고 이 여자를 발작에서
벗어나게 하는 유일한 방법은 혼자 내버려 두는 것이라고 생각
했다. 그는 몸을 돌려 방을 나와서는 부엌으로 들어갔다.

제니는 응접실에 남아서 뜨겁게 숨을 몰아쉬었다. 그녀는 데이
비드를 좇아 부엌으로 따라가서 끝장내고 싶은 충동을 겨우 참
았다. 그녀는 자기 혀끝에 남아 있는 비웃음과 모욕적인 말들을
억지로 삼켰다. 그러한 것보다 더욱 효과적인 방법을 알고 있었던
것이다.

그녀는 마른침을 꿀꺽 삼켰다. 값비싼 고급 담배 냄새가 아직도
방안에 맴돌고 있었다. 그것은 그녀를 더욱 미치게 만들었기 때문
에 용수철처럼 방에서 뛰쳐 나와 모자를 쓰고 밖으로 나갔다.

제니는 거의 11시가 다 되어서 들어왔다. 그때까지 데이비드는
자고 있지 않았다. 그는 부엌의 조리대 옆에 앉아서 이제 막 실시
되고 있는 《신 석탄산업법령》이란 제목의 초판 책자에 열중해 있
었다.

제니는 모자를 약간 삐뚜름하게 쓰고 비틀거리며 부엌으로 들어
섰다. 이마의 가느다란 혈관이 유난히 드러나 보였다. 그녀는 손
을 댈 수 없을 정도로 취해 있었다.

"여보."

그녀는 다시 빈정대었다.

"아직도 돈벌이에 바빠요?"

혀가 완전히 꼬부라졌으나 얼굴 표정은 까딱없었다. 데이비드는 깜짝 놀라며 벌떡 일어섰다. 그녀가 그토록 취한 것을 지금까지 한 번도 본 일이 없었다.

"나 혼자 내버려 둬요."

제니는 혼자 흔들거리며 그의 손을 뿌리쳤다.

"내게 손 대지 말고 저리 비켜요. 당신은 내게 그런 도움을 줄 만한 가치도 없어요!"

데이비드의 내부에서 참을 수 없는 괴로움이 터져 나왔다.

"제니!"

데이비드는 애원했다.

"지에니!"

제니는 그의 말을 흉내내며 술이 취한 얼굴을 치켜들고 데이비드 쪽으로 비틀거리며 다가갔다. 그런 다음 옆구리에다 두 손을 짚고 똑바로 섰다.

"당신은 아주 지긋지긋하게 좋은 사람이에요. 이런 곳에다 나를 처박아 두어 아까운 청춘을 썩게 하고. 그러나 당신이 전쟁에 나가 있을 때, 난 재미를 많이 봤다는 거 모르고 있죠? 난 지금도 재미를 보고 싶다 이 말이에요!"

"제발 그만둬, 제니."

그가 그녀에게 사정했다. 데이비드는 고통으로 몸이 얼어붙는 것 같았다.

"당신, 어서 가서 누워요."

"난 눕지 않겠어!"

그녀는 깔깔대고 웃었다.

"당신 같은 작자하고는 같이 안 자!"

데이비드는 제니의 거동을 지켜 보다가 갑자기 죽은 자기들의 아기 생각을 했다. 그 생각을 하자 더욱 견딜 수가 없었다.

"제발, 제니, 정신차려. 지금 내가 당신한테 아무것도 아닌 인간처럼 보인다 해도 우리들의 아기를 생각해 보란 말이야. 난 그 일에 대해서 아무 말도 하지 않았어. 난 당신 마음을 상하게 하고 싶지 않아서 혼자 참았던 거야. 그러나 그 아이 일을 생각한다면 감히 이렇게 할 수가 없겠지?"

제니는 크게 웃음을 터뜨렸다. 그녀는 참을 수 없다는 듯이 점점 더 크게 웃어댔다.

"난 그걸 당신께 말해 줘야겠어요."

그녀는 조소하며 혀꼬부라진 음성을 토해냈다.

"오랫동안 참아 왔지만 이제는 말해야겠어. 우리 아기라구? 좋아하지 마, 이 친구야. 그 아이가 당신 아들이라구?"

그는 이해할 수 없다는 표정으로 멍하니 바라볼 뿐이었다.

"이 바보야!"

그녀는 갑작스럽게 목이 터질 듯이 크게 소리쳤다.

"그 아인 죠의 아들이었어!"

일순간에 데이비드의 얼굴이 백지장처럼 하얗게 질려 버렸다. 그는 사납게 제니의 어깨를 쥐고 흔들었다.

"그 말 사실이야?"

흐릿한 눈동자로 그를 바라보던 그녀는 일시에 술이 확 깨어 버리는 느낌이었다. 자기가 너무 도에 넘치게 행동했다는 것을 겨우 깨달은 것이다. 제니는 데이비드에게 그러한 사실을 누설할 마음은 전혀 없었다. 그녀는 겁에 질려서 갑자기 울기 시작했다. 그러고는 그 자리에 무너지듯이 쓰러졌다. 그녀는 데이비드의 다리를 안은 채 미친 듯이 울어댔다.

"여보, 여보! 미안해요, 여보. 난 나쁜 여자, 정말 몹쓸 여자예요. 이제부터 다시는 놀아나지 않겠어요. 다시는 놀아나지 않겠어

요. 다시는, 다시는. 착한 사람이 될 거예요, 착한 아내가 되겠어
요. 난 몸이 불편해요, 그래서 괴로워요. 정말 몸이 아파요. 오늘
은 힘을 내려고 조금 술을 마셨던 거예요."

제니는 오래도록 울고 또 울었다.

데이비드는 평상시대로 엄하고 차가운 얼굴을 하고 있었다. 그
는 그녀를 소파 쪽으로 질질 끌고 가서 머리를 손바닥에 받쳐 들
었다. 그녀는 미친 듯이 몸부림치면서 말을 계속했다.

"한 번만 용서해 주세요, 여보! 제발 이번만 용서해 주세요. 전
사실은 나쁜 사람이 아니에요. 절대로 나쁜 사람이 아니에요. 그
가 내게 추근거렸기 때문에, 그리고 이제 그건 다 끝난 일이에요,
몇 년 전에. 조금 아까 당신도 보셨잖아요. 당신은 나를 죠의 발바
닥에 묻은 진흙 같은 여자라고 생각하실지도 몰라요. 당신은 이
세상에서 가장 좋은 분이에요. 여보, 당신이야말로 최고로 좋은
남자예요. 그런데 난 몸이 아파요. 여보, 난 정말 몸이 좋지 않았
어요. 몇 년 동안 휴일 한번 갖지 못했잖아요. 정말 몸이 불편해
요. 아아! 한 번만 용서해 주신다면, 여보, 여보, 여보……."

데이비드는 그녀에게서 눈을 돌렸다. 그는 그녀 스스로 자신을
매섭게 매질하도록 내버려 두는 것이 가장 좋은 방법이라고 생각
했다. 스스로 자책하여 자신의 모든 추함을 씻어 버리도록 해야
한다고…….

이윽고 그녀의 울음소리가 낮아지고 신경이 곤두서서 발꿈치를
굴러대던 것도 조용해졌다. 침묵이 흘렀다. 데이비드는 긴 한숨을
내쉰 후에 조용한 목소리로 말했다.

"이제 그 문제에 관해서는 더 이상 이야기하지 말자. 제니, 당신
이 한 말은 모두 사실이라고 믿어. 당신은 몸이 좋지 못해. 잠깐
휴양을 하면 좋을 거야. 서섹스의 댄 티즈데일의 농장에 가 있으
면 어떨까? 그건 쉽게 주선할 수 있지. 난 댄과 연락을 하고 있으

니까."

"농장으로요?"

제니는 숨이 막힐 듯이 흥분했다. 고뇌에 차 있으면서 호기심에 빛나는 눈을 번쩍 치켜들었다.

"서섹스에 내려가 있으라구요?"

"그래!"

"아아, 여보!"

제니는 다시 울기 시작했다. 버림받지 않게 되었다는 사실이 너무 기뻤다. 그리고 데이비드의 친절함이 너무 고마웠고, 모든 게 너무 좋았다.

"당신은 저에게 너무도 고마운 분이에요. 여보, 저를 한번 꼭 껴안아 주세요. 그리고 아직도 나를 사랑한다고 말씀해 주세요."

"그곳에 가서 술은 입에도 대지 않겠다고 약속해 주겠어?"

"하구말구요. 여보, 하구말구요. 약속해요."

그녀는 흐느껴 울면서 착하고 정숙해지겠다고 진심으로 맹세했다.

"그럼, 좋아. 내가 주선해 주지, 제니."

"아아, 여보."

제니는 목이 메어서 흐느끼면서 그에게 매달렸다.

"당신은 정말 이 세상에서 찾아보기 힘든 가장 훌륭한 남자예요."

제니의 가출

 6월 초순의 어느 날 아침, 데이비드는 타인캐슬의 센트럴 정거장에서 제니를 전송했다. 제니가 윈러시에 내려가 있도록 그레이스 티즈데일과 합의를 보는 일은 간단했다. 그레이스는 흔쾌히 승낙을 했다. 데이비드의 월급이 쥐꼬리만큼이어서 제니의 휴양비를 많이 줄 수가 없었다. 그러나 그레이스가 보낸 솔직하고 꾸밈없는 편지를 볼 때 진심으로 환영하고 있음을 느낄 수 있었다.

 제니는 휴양을 간다는 것에 어린아이처럼 흥분하여 어쩔 줄을 몰라했다. 그녀는 기분이 좋으면서도 언제나 미안한 태도를 보이고 있었다. 닭들에게 모이를 주고, 귀여운 어린 양을 얼싸안으며 3주 동안을 평화롭게 지내다가 올 것이다. 그녀는 신선하고 깨끗한 마음으로 전보다 더욱 예뻐져서 데이비드를 만나러 돌아오는 자신의 모습을 그려 보았다.

 제니는 데이비드와 함께 차 안 객실의 열린 문 옆에 서 있었다. 객실의 구석자리에는 신문과 잡지까지 놓여져 있었다. 그녀는 잡지까지 사 주는 등의 섬세한 배려를 잊지 않는 데이비드에게 새삼 고마움을 느꼈다. 그러나 그것은 데이비드가 잡지를 잘 선택해 주었다는 것에 대하여 좋아한 것은 아니었다.

여성이 여행을 떠나면서 잡지를 한 권쯤 가지고 가는 것은 마땅한 일이고, 제니는 당연히 그래야 할 일을 할 때보다 더 행복한 적은 없었다. 그녀는 데이비드에게 끝없이 재잘대면서 가끔 부드럽고 감상적인 시선을 보냈다. 그것은 회한과 그 보상에 대한 진지한 원망(願望)의 빛이 담긴 것이기도 했다.

데이비드는 전혀 말이 없었다. 그녀는 그가 무슨 생각하고 있는지 알 수가 없었다. 다만 막연하게 자기가 바보스럽게 누설해 버린 비밀을 생각하고 있지 않을까 하고 짐작할 뿐이었다. 그녀는 그가 모든 것을 이제 다 잊어버렸겠지, 또는 그 사실을 전적으로 믿고 있지 않을 것이라고 믿고 싶었다. 그것은 그가 한 번도 그 일에 대해 말한 적이 없었기 때문이다.

어쨌든 데이비드가 자기를 용서한 것만은 확실했다. 그렇게 생각해야만 그녀의 허영심이 채워지는 것이다. 그녀는 자신이 털어놓은 이야기가 그에게 얼마나 무서운 충격을 주었는가 하는 것은 전혀 깨닫지 못하고 있었다.

데이비드는 제니가 정절을 지키고 있다고 완전히 믿고 있었다. 그리고 귀여운 로버트에 대한 추억을, 깊은 애정을 마음속에 간직하고 있었다. 그런데 술취한 그녀의 경솔한 그 한마디로 모든 믿음을 산산조각 내고 말았다.

데이비드는 매우 괴로웠다. 그러나 그렇다고 해서 그녀를 책망하고, 엄하게 힐문하여 모든 지저분한 내용을 자백시키면서 초주검이 될 때까지 때리는 짓은 하지 않았다. 그랬기 때문에 제니는 그가 아무런 괴로움도 느끼지 않을 것이라고 속단했다. 그녀는 사실 데이비드를 모르고 있었다. 침묵을 지키게 한 그 성격의 강인함과 훌륭함을 그녀가 안다는 것은 도저히 있을 수 없는 일이었다.

제니는 마음속으로 어떻게 그럴 수 있을까 하는 의문을 갖고 있었다. 그러나 그런 인간을 경멸하는 마음은 여전히 남아 있었다.

그녀는 정거장 끝에 있는 커다란 시계를 바라보았다.

"어머나!"

제니가 호들갑스럽게 놀라며 말했다.

"거의 시간이 다 됐네!"

그녀는 객실 안으로 들어갔다. 데이비드가 문을 닫는데 기적이 울렸다. 그녀는 그를 다정하게 포옹하며 속삭였다. 그녀의 마지막 말은 매우 달콤한 것이었다.

"제가 없으면 쓸쓸하시겠죠, 당신? 그렇죠?"

제니는 기쁜 한숨을 쉬며 자리에 앉았다. 긴 여행이었지만 잡지와 샌드위치, 동승자들을 재미있게 살펴보느라 지루할 틈이 없었다. 제니는 사람들을 보면 단번에 어느 계층의 사람인가를 알아내는 이상한 재주가 있는 것을 늘 자랑스럽게 여기고 있었다. 주위 사람들의 옷차림과 장신구를 세세히 살펴보며 값을 매겨 나가는 것이 여간 재미있지 않았다.

제니는 2시에 차를 한 번 갈아 타야 했다. 3시가 되자 식당차로 가서 차를 마시며, 같은 테이블에 앉게 된 멋진 금발의 청년과 점잖은 대화를 나누었다. 사실 그 청년과는 옆 테이블에 있다가 합석하게 된 것이었다. 그 청년은 의료기 외판원이라고 했다. 그녀는 직업과 어울리지 않는다고 생각하며 속으로 킬킬대고 웃었다. 그러다가 컬러코우츠로 신혼 여행 갔을 때에 데이비드를 속이기 위해 지어냈던 이야기 속의 대머리 장사꾼 생각이 떠올랐다.

'보고 싶은 데이비드!'

옆에 앉은 청년은 아주 멋졌지만, 그녀는 그 청년에게 관심이 없었다. 다만 그 청년이 자기의 직업에 대해 이야기를 시작했으므로 예의상 흥미를 보였을 뿐이었다. 상대가 작별 인사를 했을 때도 숙녀답게 얌전히 악수를 나누며 매우 점잖게 행동했다.

4시 반에 제니는 바넘 승환역에 도착했다. 댄이 정거장에 마중을 나와 주었다. 댄은 몸집이 더 커졌고, 건강이 흘러 넘치는 얼굴에는 행복한 미소가 가득했다. 그는 헌 군복 셔츠를 입고 골덴 바지에 각반을 두르고 있었다.

댄은 뒷부분이 트럭처럼 되어 있는 포드 소형 자동차를 몰고 왔다. 그녀의 여행 가방을 깃털을 들듯 들어서 가볍게 차에 싣고 원러시의 농장으로 달리기 시작했다.

농장은 제니의 마음을 아주 흐뭇하게 해주었다. 그러나 무엇보다도 그레이스의 환영이 더욱 그녀를 기쁘게 했다. 그레이스는 막 낳은 달걀과 케이크, 그리고 서섹스의 그리들 케이크라는 맛있는 작은 과자들과 함께 따끈한 차를 준비했다. 일동은 모두 함께 자리에 앉았다.

제니, 그레이스, 댄, 캐럴라인 앤, 그리고 갓난아기인 토마스 등이 자리했다. 토마스는 디커리 도크라는 이름으로 부를 때에만 대답했는데, 그레이스 바른 편의 높은 의자에 앉혀졌다. 그들이 자리잡은 곳은 돌바닥으로 된 넓은 부엌방이었다. 제니는 그리들 케이크와 신선한 달걀, 디커리 도크에게 황홀할 정도로 마음이 끌렸다. 제니는 그 모든 것에 넋을 잃고 앉아 있었다. 모든 것이 만족스럽고 너무나 좋았다.

차를 마신 후 그레이스는 제니를 농장으로 안내했다. 농장은 겨우 40에이커에 불과한 것으로 그것도 퍼셀 노인에게서 세를 내고 빌렸다는 것이었다. 그레이스는 눈치빠르고 상냥한 제니가 이미 알아차린 것들에 대해 조금도 감추려 들지 않았다.

그레이스는 아주 솔직하게 댄과 자기에게는 사실 일이 너무 벅차다고 말했다. 닭을 기르는 일은 주로 댄이 맡아하고 있는데, 힘

이 드는 것에 비해 이득이 너무 박하다는 것이었다. 그래서 여름
철엔 피서객들에게 숙소를 제공하고 하숙을 치기도 하는데, 그것
이 부수입으로는 꽤 재미를 본다고 말하면서 미소를 지었다.

그레이스는 자주 미소를 지었다. 그녀는 댄과 캐럴라인 앤, 그
리고 디커리 도크와의 생활이 마냥 행복했던 것이다. 그녀는 흑인
노예처럼 일해야 했지만, 그래도 행복했다. 그녀는 넵튠 탄광에서
댄을 빼낸 것이 무엇보다도 기뻤다. 그 무서운 탄광으로부터 멀리
멀리 떨어져 살 수 있다는 것은 아주 의미가 있는 일이었다. 그레
이스에게는 돈 같은 것은 전혀 문제가 되지 않았다.

그레이스가 이처럼 흉금을 털어놓고 이야기하자 제니는 감복해
서 크게 고개를 끄덕였다. 그러면서 그녀는 어쩌면 우리 남편과
그렇게 똑같이 말하느냐고 놀라기도 했다. 사실 데이비드도 돈 같
은 것이 무슨 관계가 있느냐고 항상 말해 오지 않았던가! 그리고
지금은 그녀 역시 그 말에 수긍이 가기도 했다.

제니는 여행으로 지쳐서 그날 밤엔 일찍 잠자리에 들었다. 그리
고 오랜만에 실컷 잘 수 있었다. 아침에 일어나니 밝은 햇빛과 산
들바람에 흔들리는 푸른 나무들이 보이고, 소들의 울음소리가 한
가롭게 들렸다.

'아아, 너무나 아름다워!'

제니는 편안하게 누워서 생각했다. 이때 노크 소리가 들려
왔다.

"들어 오세요."

제니는 기분이 아주 좋아져서 노래하듯이 말했다.

통통하게 살이 찐 귀여운 소녀가 제니를 위해 차를 들고 들어
왔다. 그레이스를 돕기 위해 마을에서 오는 페그라는 이름의 소녀
였다. 뺨은 버찌처럼 새빨갛고, 짧고 통통한 다리가 유난히 드러
나 보였다.

제니는 천천히 차를 마신 후에 일어났다. 화장복을 입고, 황색 깃털로 가장자리를 장식한 슬리퍼를 신고는 목욕탕으로 뛰어들어 갔다. 욕탕도 재미있게 생겼다.

옛집을 별로 개조하지 않았기 때문에 넓은 마루에 깔개 같은 것도 없었고, 벽에도 벽지 대신 페인트가 칠해져 있었다. 그레이스가 손수 페인트칠을 한 것이었다. 밝게 칠해진 벽이 낡고 퇴색한 다른 것들까지 모두 밝게 해주어서 기분이 좋았다. 목욕통도 새 것은 아니었으나 매우 청결하게 에나멜이 칠해져 있었다.

제니는 목욕을 했다. 집에서는 절대로 아침에 목욕하는 일이 없었다. 그러나 이렇게 사는 동안은 좀더 고상해져야 하므로 목욕이 꼭 필요하다고 생각했던 것이다.

아침식사 후 제니는 혼자 농장을 돌아다니며 구석구석에서 신선한 매력을 발견했다. 예쁜 병아리들, 곡창(穀倉)의 특이한 냄새, 향기로운 범의귀꽃으로 가득한, 그레이스가 좋아하는 석가산 정원, 꼬리를 흔들면서 달아나는 귀여운 새끼 돼지들이 그녀의 마음을 동심으로 돌아가도록 만들었다.

"아아, 시골은 얼마나 신기한 곳인가!"

제니는 로맨틱한 소설을 보는 듯한 황홀경 속에서 깊은 한숨을 내쉬었다.

11시에 그레이스가 제니에게 수영을 하지 않겠느냐고 물어왔다. 여름이면 댄과 그의 가족들 모두는 매일 한 번씩 수영을 하러 간다는 것이었다.

그레이스는 아무리 정신없이 바빠도 이 수영만은 빼놓을 수 없는 행사라고 말했다. 댄과 이것만은 꼭 실행한다는 엄숙한 서약을 했다는 것이다. 제니는 수영을 못하지만 그들과 함께 바닷가로 나갔다. 바닷가라 해야 농장 구석에 있는 볼품없는 모래밭이다.

제니는 모래밭에 서서 구경을 하고, 그레이스와 댄, 아이들은 물속으로 들어갔다. 댄이 캐럴라인 앤을 맡았고, 그레이스는 6개월짜리 디커리 도크를 안고 들어갔다.

그들은 얕은 물에서 싫증도 내지 않고 즐겁게 시간을 보냈다. 그러고 나서 두 아이들이 따뜻하고 보드라운 모래 위에 사지를 뻗고 누워 있는 동안, 그레이스와 댄은 바다 안쪽 멀리까지 헤엄쳐 나갔다가 돌아오는 것이었다.

그들의 모습은 제니가 갖고 있던 잡지의 표지그림처럼 아름다웠다. 제니는 목구멍이 콱 막히는 듯했다. 그레이스의 단단하고 늘씬한 몸은 햇빛에 그을러 아름다운 갈색이었다. 그들은 다시 놀이를 시작했다. 디커리 도크를 공처럼 서로 던졌는데, 디커리 도크는 무섭지도 않은지 좋아라고 웃어댔다.

캐럴라인 앤은 발가벗은 채로 그들 사이를 뛰어다녔다. 그녀는 디커리 도크를 자기에게도 던져 달라고 소리쳤다. 참으로 아름답고 정겨운 광경이었다.

이윽고 댄의 휴식이 끝난듯, 그는 급히 포드 자동차를 몰고 피틀 햄프튼으로 돌아갔다. 제니는 깊은 생각에 잠기면서 그레이스와 함께 돌아왔다.

'이 행복한 사람들에게 돈이 무슨 필요가 있는가!'

이들에게는 건강하고 신선한 공기와 즐겨 뛰어들 수 있는 바다, 그리고 따사로운 햇빛이 있는 것이다.

제니는 점심식사를 마치자마자 눈물에 젖은 장문의 편지를 데이비드에게 썼다. 편지 안에는 단순한 전원 생활에 대한 감탄과 즐거움이 대부분을 차지하고 있었다. 그 편지를 다 쓰자 우체통에 넣었다. 그녀는 자기가 아주 다른 사람처럼 변화하고 정화된 듯한 기분까지 느꼈다.

이제야 겨우 본래의 자기 자신을 발견하기 시작한 것같은 느낌이 들기도 했다. 자기도 원하기만 하면 그레이스처럼 될 수 있을 것이다. 못 될 이유가 없다. 그렇게 생각하면서 그녀는 미소를 지었다.

제니는 오솔길의 울타리에서 콧등을 내민 어린 새끼양을 다정스럽게 쓰다듬어 주려고 했다. 그러나 새끼양은 도망을 치더니 들판의 한복판에 서서 근처의 건초더미에다 똥을 싸는 것이었다. 그러나 그런 모습도 정겹게만 보이는 것이었다.

그 다음날도 날씨는 맑고 햇빛이 내리쬐었다. 또 다음날도, 그리고 그 다음날도 날씨는 여전히 좋았고 자연은 아름다웠다. 그러나 그렇게 지내노라니 그냥 멋있기만 한 것은 아니었다.

제니는 인간이란 시간이 흐름에 따라 무엇에나 익숙해지는 법임을 알게 되었다. 농장이 좋은 곳임에는 틀림없으나, 처음처럼 좋지 않게 된 것도 바로 그 때문이라는 사실을 알았다. 이상한 일이었다. 다음 토요일, 그녀는 바닷가에 앉아서 혼자 담배를 즐기며 미소지었다.

그것은 댄과 그레이스가 친절하지 않기 때문이 아니었다. 댄과 그레이스는 더 바랄 수 없을 만큼 그녀에게 친절하였다. 그러나 이곳에 와 있는 것도 이젠 약간 지루하다고 고백하지 않을 수 없었다.

바닷가에는 사람의 모습이라고는 보이지 않았다. 악대나 산책길 같은 것이 없으니 당연했다. 병아리들에게 모이를 주는 것도 솔직히 말해서 지겨워졌다. 게다가 돼지, 그녀는 이 더러운 작은 동물을 보는 것조차 싫증이 났다.

제니는 바닷가에서 일어나 뭔가 해야겠다고 생각하면서 바넘 읍까지 걸어 보았다. 바넘에서 담배 한 갑과 조간신문을 샀다. 그리고 메리도트 호텔에 들러서 포도주를 한 잔 마셨다. 이곳은 꼭 작은 구멍 같은 집이었다. 그런데 이 고장 사람들이 이곳을 호텔이라고 부르는 것이 우스꽝스러웠다.

제니는 맞은편 벽에 걸려 있는 배스 맥주회사의 광고용 거울에
비친 자신의 모습을 보았다. 이곳에는 자신이 가장 멋있게 보
였다. 그런데 이렇게 아름다운 자신의 자태를 보고 있는 사람은
메리도트의 심술궂은 노파뿐이었다. 그 노파는 그녀를 의심스러운
눈빛으로 바라보면서 주문한 것도 제대로 잘 갖다 주려고 하지 않
았다. 노파는 닭에 모이를 주고 있었다.

제니는 갑자기 견딜 수 없이 권태로워졌기 때문에 이곳에서 벗
어나지 못하고 있는 자신이 불쌍해졌다. 그녀는 불쾌한 표정으로
돌아와서 곧장 자기 방으로 올라가 신문을 읽기 시작했다. 그것은
런던의 신문이었다.

제니는 런던을 아주 좋아했다. 그녀는 지금까지 런던에는 겨우
네 번 가 보았을 뿐이다. 그녀는 갈 때마다 그곳에 대해 더욱 매력
을 느끼게 되었다. 런던 사교계의 소식을 몽땅 읽고 나서 이번에
는 광고 쪽으로 눈을 돌렸다. 광고는 더욱더 흥미를 느끼게 해 주
었다.

제니는 그 광고들 중 특히 경험있는 여자 판매원을 구한다는 내
용에서 눈을 뗄 수 없었다. 그녀는 그날 밤 깊이 생각을 하면서 잠
자리에 들었다.

다음날은 비가 오고 있었다. 당장 기분이 나빠졌다. 제니는 멍
하니 비가 내리는 모양을 바라보았다.

"하필이면 일요일에 비가 온담."

제니는 교회에 가는 것도 거절하고, 집안에서 이리저리 돌아다
니다가 캐럴라인 앤과 놀았다. 오후가 되자 그레이스는 쉬러 가
고, 댄은 곳간으로 가서 건초를 쌓아 올리고 있었다. 잠시 후 제니
는 곳간으로 어슬렁어슬렁 들어갔다.

"어머, 여기서 일하고 계시는군요."

그녀는 밝은 목소리로 인사하면서 댄의 곁으로 다가섰다.

상냥한 시선을 보내는 그녀에게서는 교태스러움이 흘러 나왔다.

댄은 덤덤한 얼굴로 웃지도 않은 채 그녀를 돌아보고 아는 척을 했다. 그러나 그것뿐으로 그는 다시 등을 돌려서 건초를 쌓는 일을 계속했다.

제니의 얼굴이 숙여졌다. 그녀는 자신의 자존심을 유지하기 위해 잠시 그대로 서 있었다. 댄이라는 사람은 그레이스 외에는 어떤 여자에게도 눈길을 주지 않는다는 것을 잘 알고 있는 터였다. 그리고 댄은 아무 매력도 없는 무쪽같이 무뚝뚝한 사나이에 불과하다고 생각했다. 제니는 빗속으로 어슬렁거리며 걸어 나오면서 이렇게 중얼거렸다.

'무쪽 같은 사내! 빌어먹을 무쪽 같은 사내!'

그 다음날도 계속 비가 왔으므로 제니의 불만은 더욱 커 갔다.

"이같은 썩어빠진 짐승의 동굴 같은 곳에서 얼마나 오랫동안 견뎌야 한단 말인가! 제기랄……. 아직도 12일이 더 남았어."

그녀는 더 이상 견뎌 낼 필요가 없다고 생각했다. 그녀는 활기찬 삶을 살고 싶고 좀더 재미있는 무엇을 하고 싶었다.

제니는 더 이상 비참하고 맥빠진 생활을 할 필요가 없다고 생각했다. 자신은 이렇게 살도록 세상에서 떠밀려진 인간이 아니라는 생각이 들자 자기를 이런 곳에 보낸 데이비드를 원망하기 시작했다. 아니, 그를 증오하기까지 했다.

'그렇다! 이렇게 함으로써 그에게는 아주 좋은 일이 일어났을 것이다. 데이비드는 틀림없이 타인캐슬에서 재미있는 시간을 보내고 있을 것이다.'

그녀는 사내들이란 자기 아내가 없을 땐 어떻다는 것을 알고 있었다. 자신이 이 동굴 같은 곳에 틀어박혀 있는 동안, 그는 자기 멋대로 살고 있을 것이라고 생각했다.

제니는 데이비드와 관계된 모든 문제들을 제멋대로 생각하자 더 이상 참을 수가 없었다.

"내가 왜 참아야 하는가? 나는 주당 4파운드를 벌 수 있고, 또 런던에서 재미도 볼 수 있다."

그 다음날에는 해가 아주 밝게 빛났지만, 제니의 얼굴 표정은 조금도 밝아지지 않았다. 집안의 문이란 문은 모조리 다 활짝 열려 사랑스러운 미풍이 불어 들어왔다. 그레이스는 버찌잼을 만들고 있었다. 자기네 과수원에서 직접 따 온 싱싱한 버찌였다. 그녀는 새빨간 얼굴을 하고 행복하게 넓은 부엌방을 왔다갔다하고 있었다.

그레이스는 제니의 기분이 과히 좋지 않다는 것을 느꼈기 때문에 소젖을 짜서는 제일 먼저 제니에게 한 잔 갖다 주었다. 거품이 이는 우유가 고소한 냄새를 풍기고 있었다.

"난 우유가 싫어요."

제니는 고개를 흔들었다. 그리고는 햇빛이 비치는 마당으로 부루퉁해서 걸어 나갔다. 벌들이 꽃 사이에서 윙윙거렸고, 댄이 마당 구석에서 장작을 패고 있었다. 들판 건너로는 소들이 나무 그늘에서 새김질을 하며 누워 있었다. 아름다운 광경이었다.

그러나 제니에게는 아름답게 보이지 않았다. 그녀는 이제 그 같은 광경이 싫어졌다. 싫을 뿐만 아니라 미워졌다. 오직 런던만이 그리웠다. 그녀의 마음은 런던으로 달리고 있었다. 그녀는 도시의 소음과 혼잡, 그리고 마력이 그리웠다.

제니는 다시 바넘에 가서 신문을 한 장 산 후 상점 바깥에 서서 광고란을 읽었다. 꽤 많은 광고를 샅샅이 읽었다. 그 광고들 중 적어도 하나는 자신에게 직장을 얻게 해주리라는 확신이 들었다. 그녀는 정거장으로 걸어가 런던행 기차를 물어 보았다. 머릿속에서 번개같은 생각이 스치며 마음이 결정되었다.

그날 오후 그레이스가 차를 끓이느라 분주한 동안, 제니는 짐을 싸들고 살짝 집을 빠져 나와 런던행 4시 기차를 탔다.

그레이스는 제니를 부르러 갔다가 그녀가 짐을 꾸려 가 버린 사실을 알았다. 그녀는 무척 당황해서 부엌방으로 뛰어내려왔다.

"여보! 제니가 가 버렸어요. 우리가 뭘 잘못했을까요?"

댄은 큰 빵조각에다 새로 만든 버찌잼을 바르다가 멈추었다.

"정말 가 버렸어?"

"그래요, 여보! 우리가 기분을 상하게 했나?"

댄은 빵에다 열심히 잼을 발라서는 크게 한 입 베어 물었다.

"걱정할 것 없어, 그레이스. 그 여자 별로 좋지 않은 사람 같아. 그 여자 좀 이상하던데."

댄은 역시 제니가 생각했던 무쪽 같은 사나이는 아닌 모양이었다.

그날 밤 댄은 데이비드에게 편지를 썼다. 이유는 모르나 제니가 윈러시에 머무는 시간을 이처럼 단축시킨 것에 대해 몹시 유감스럽게 생각하며, 그녀가 무사히 귀가하기를 바란다는 정중한 내용이었다.

데이비드는 이러한 댄의 편지를 받고 불안해졌다. 제니는 집에 도착하지 않았다. 그는 집을 보아 주고 있는 어머니를 건너다보았다. 그러나 아무 말도 하지 않았다. 제니가 다음날엔 도착할 것이라고 생각했기 때문이었다. 뭐니뭐니해도 그는 역시 제니를 사랑하고 있었다.

그러나 그 다음날도 제니는 슬리스케일의 집에 오지 않았다.

노년의 삶

캐리 고모는 조용하고 다정스럽게 리차드를 휠체어에 태웠다. 그러고는 잔디밭 위에 시원한 그늘을 만들고 있는 등나무 밑으로 똑바로 끌고 갔다. 날씨는 따뜻했고 밝은 햇빛이 정원 어디에나 가득했다. 등나무에는 노란 꽃들이 무성하게 매달려 나무 전체가 마치 커다란 노란 빛깔의 꽃처럼 보였다. 이 나무가 사실은 깨끗이 깎인 잔디 위에 쾌적한 그늘을 만들어 주고 있었다.

캐리 고모는 이 그늘 아래에서 야단법석을 떨면서 리차드를 앉히기 시작했다. 거기에는 작은 발판과 온수병, 그러니까 뜨거운 기운을 가장 오래 지탱한다고 하는 알루미늄으로 만든 온수병이 있었다. 이것은 리차드의 발을 올려놓게 하기 위해 특별히 바틀리를 시켜서 만든 것이었다. 또한 조심스럽게 온몸을 덮을 담요도 있었다.

캐리 고모는 리차드가 무엇을 좋아하는지 정확히 알고 있었다. 특히 리차드의 병세가 호전되고 있는 지금 기분풀이를 위해 가장 그를 기쁘게 해주는 비결을 알고 있었다. 그를 기쁘게 하는 일이 그녀의 기쁨이기도 했다.

캐리 고모는 리차드가 그날, 즉 3개월 하고도 꼭 일주일 전에 자기에게 말을 걸었던 것을 절대로 잊어버리고 싶지 않았다. 그것은 병세가 호전되고 있다는 최초의 표시를 나타낸 것이었다. 그는 침대 속에서 커다란 나무 밑둥처럼 말도 못하고 무겁게 누워 왔다 갔다하는 그녀를 멀뚱멀뚱 바라보면서 눈알만 이러저리 굴리고 있었다. 그런 그가, 둔하면서도 배질리스크뱀같은 무서운 눈길만 보여 주던 그가 더듬거리며 입을 열었던 것이다.

"캐, 캐럴라인……."

그 목소리를 듣고 그녀는 하마터면 까무러칠 뻔했다. 무어라 표현할 수 없는 기쁨이 솟았다. 그것은 마치 어머니가 첫아기의 첫마디 말을 듣고 느끼는 기분과 같은 것이었다.

"그래요, 리차드 오빠."

그녀는 자기의 가슴을 움켜쥐면서 더듬더듬 말을 이었다.

"난, 캐럴라인……, 캐럴라인이에요."

그는 더듬거리며 다시 중얼거렸다.

"내가 뭐라구 했지?"

그는 곧 흥미를 잃어버렸다. 그러나 그런 것은 문제가 되지 않았다. 그가 말을 한 것이다.

캐리 고모는 이같은 길조에 도취되어서 더욱 정성을 다해 간호를 했다. 하루에 두 번씩이나 몸을, 그것도 아주 조심스럽게 씻겨 주었다. 그리고는 매일같이 알코올로 등을 문질러 주고 나서 향기로운 활석가루를 뿌려 주었다.

그의 피부가 침대에 짓눌려 짓무르는 것을 막는 일은 힘이 들었고, 어떤때는 하루에 네 번씩이나 젖은 시트를 갈아 주어야 했다. 그러나 그녀는 그것도 예사로 해치웠다. 그녀의 그러한 노력으로 리차드의 병세는 더욱 좋아지고 있었다. 마비된 쪽의 동작도 아주 약간이긴 했지만 회복되기 시작했다.

캐리 고모는 마치 그의 아내, 해리어트의 머리를 생전에 만져 준 것처럼 그의 오른쪽 팔을 한 시간 동안이나 계속해서 주물러 주었다. 그렇게 주물러 주노라면 그의 둔한 시선은 내내 그녀에게 머물러 있곤 했다. 그 눈매에는 어떤 교활한 빛이 보이기도 했다. 가끔 그가 더듬거리며 말했다.

"당신은 훌륭한 여자야, 캐럴라인. 그런데 저놈들이 나를 매수하려는 거야……. 전기를 자꾸 보내고 있어."

사람들이 자기 몸에다 전기를 보내고 있다는 것이 그가 요즈음 느끼는 망상의 하나였다. 요즘은 밤이 되면, 리차드는 늘 자기 침대를 벽에서 떼어 그놈들이 옆방에서 전기를 보낼 수 없게 하라고 그녀에게 부탁했다. 그는 그 부탁을 할 때도 말의 음절을 흐리게 중얼중얼하거나, 자음을 혼동시키고, 단어를 몽땅 빼 버리는 때도 있었다. 하여 알아듣기가 어려웠지만 캐리 고모는 잘 이해했다.

이렇게 전기에 관한 생각을 갖는 데에는 뭔가 이유가 있을 법했지만, 캐리 고모는 그런 것에는 전혀 개의치 않았다. 그녀에게 있어서 리차드의 판단을 의심해 본다는 것은 꿈에도 생각할 수 없는 일이었다. 그녀에게는 오직 그에게 용기를 주고, 그 자신의 망상에서 벗어나게 해주려는 생각만이 있었다.

그래서 그녀는 험프리 워드라는 여류 작가를 자주 생각하게 되었다. 이 작가는 그녀가 가장 좋아하는 소설가였다. 캐리 고모는 정신적인 긴장이 생길 때, 그녀의 글을 읽음으로써 그것을 다 풀어 버린 적이 많았다.

캐리 고모는 매일 오후 시간과 저녁에 리차드에게 큰소리로 그 소설을 읽어 주기 시작했다. 우선 《로즈 부인의 딸》이라는 책부터 시작했는데, 이것은 캐리 고모가 좋아하는 소설이었기 때문에 약간 자기 본위에 치우친 감이 없지 않았다. 더군다나 너무 심취해서 읽다가 눈물을 쏟는 일이 많았다.

리차드가 책을 읽어 주는 것을 좋아하는지 어쩌는지는 알 수 없었다. 그는 멍하니 천장을 쳐다보거나 아니면 자기 옷을 잡아당겼다. 또는 입에다 손을 집어 넣다가는 1장이 끝나면 기다렸다는 듯이 중얼거리는 것이었다.

"저놈들이 나를 매수하려는 거야. 전기로 말이야!"

캐리 고모는 날씨가 좋은 날은 리차드를 휠체어에 태워 신선한 바깥 공기를 쐬도록 데리고 나왔다. 그가 잔디밭 위에 앉을 수 있게 되자, 그녀는 다시 한 계단 더 방법을 높였다. 캐리 고모는 펼친 책을 그의 왼손에 쥐어 주어 그 자신이 워드 부인의 책을 읽고 즐길 수 있도록 해 주었다. 리차드는 워드 부인의 소설에 매우 흥미를 가진 듯했다. 그는 《로즈 부인의 딸》을 무릎에 놓아 주면 우선 시계를 끄집어 내어 보았다. 그리고는 연필을 손에 잡고 몹시 힘을 들여서 그 책의 여백에다 왼손으로 '작업 시작, 11시 15분'이라고 써 넣었다.

그리고는 네 페이지쯤 넘겨서는 그 페이지 밑의 빈 곳에다 '12시 15분×4시, 교대 시간 종료'라고 써 넣는 것이었다. 그 일이 끝나면 리차드는 어린아이처럼 좋아했다. 손이 떨려서 거의 글씨를 읽을 수 없을 정도인데도, 그는 언제까지나 그것을 바라보고 있는 것이었다.

리차드가 자리에 앉자 캐리 고모도 그의 옆 걸상에 따라 앉으면서 말했다.

"힐다한테서 편지가 왔어요. 그앤 또 다른 시험에 합격했대요. 뭐라고 했는지 들어 보실래요?"

그는 등나무의 커다란 노란 꽃에 멍하니 눈을 준 채 말했다.

"힐다는 훌륭한 여자이지……. 당신도 훌륭한 여자야, 캐럴라인."

그는 다시 덧붙여서 말했다.

"해리어트도 훌륭한 여자였지."

캐리 고모는 그가 엉뚱한 소리를 지껄이는 것에 익숙해 있었다. 때문에 그의 말에는 상관하지 않고 경쾌하게 말을 이었다.

"힐다의 진보는 정말 놀랄 만했어요, 리차드 오빠. 그애는 자기가 하는 공부에 대단히 만족한다고 썼군요. 들어 봐요, 리차드 오빠."

캐리 고모는 힐다의 편지를 읽기 시작했다. 그것은 첼시에서 보낸 것이었다. 캐리 고모는 천천히, 또박또박 읽어 내려갔다. 그녀는 리차드가 조금이라도 흥미를 가지고 그 편지를 알아듣게 하려고 최선을 다했다. 그녀가 편지를 다 읽고 나자, 그는 울음섞인 목소리로 말했다.

"왜 나한테는 아무 편지도 오지 않아? …… 편지라고는 한 번도 오지 않는구나. 아더는 어디 있어? 그놈은 불효자야……. 그놈은 넵튠에서 뭘 하고 있지? 참, 내 수첩은 어딨지? …… 내 수첩을 다오."

"네, 오빠."

그녀는 그를 황급히 위로하면서 수첩을 주었다.

리차드는 수첩을 무릎 위에 얹었다. 그리고는 그녀가 뜨개질감을 꺼내어 뜨개질을 시작할 때까지 지켜보다가, 이윽고 그녀가 들여다보지 못하게 마비된 손으로 수첩을 가렸다. 그는 왼손으로 다음과 같이 써 내려갔다.

'각서, 넵튠을 지키기 위해 앞서 쓴 것에 추가함.'

그리고 나서 자기 시계를 살짝 바라본 다음 다시 썼다.

'12시 22분×3시 14분. 그리고 앞으로의 일도 고려해서……'

그때 어떤 소리가 들려 와 그의 글을 방해했다. 리차드는 누가 본다는 것을 가장 두려워했는데, 그 소리에 공포에 질린 그는 쓰

던 것을 멈추었다. 그리고는 수첩을 어설프게 닫아 버렸다. 앤이
우유를 들고 잔디 위를 걸어오고 있었다.

리차드는 앤을 바라보자 차츰 얼굴빛이 밝아지며 눈이 빛났다.
이윽고 미소까지 짓더니 그녀를 향해 고개를 끄덕여 주었다. 앤
역시 그에게는 훌륭한 여자로 생각되었던 것이다. 앤도 그의 미소
와 머리를 끄덕거려 주는 것을 알아차린 듯했다. 그러나 그녀는
리차드를 조심스럽게 피하면서 캐리 고모에게 쟁반을 주고는 재빨
리 가 버렸다.

그의 얼굴에는 우스울 만큼 실망하는 빛이 보였다. 리차드는 화
를 내면서 우유를 거절했다.

"왜 저애는 가 버리는 거야? 왜 아더는 오지 않아? 그놈은 뭘
하고 있어? 도대체 그놈은 어디 있는 거야?"

두서없는 질문들이 그의 입술에서 힘없이 굴러 나왔다.

"네, 오빠, 네."

캐리 고모는 열심히 대답했다.

"아더는 탄광에 있어요. 곧 점심 먹으러 올 거예요. 오빠도 다
아시잖아요."

"그놈은 뭘 하고 있는 거야?"

그는 되풀이했다.

"그놈은 나한테 뭔가를 감추고 말하지 않는 게 있어."

"아무것도 감추고 있지 않아요, 리차드 오빠. 감추는 건 하나도
없어요. 그앤 오빠에게 다 알려드리잖아요. 우유나 잡수세요. 이
것봐요, 다 쏟아지네. 자아, 자! 수첩 다시 드릴까요? 그게 좋겠
군요."

"아냐, 아냐, 그게 좋을 것도 없어. 그놈은 모르고 있어. 전혀
머리가 돌지 않는 놈이야. 그리고 여러 가지 일에 장난질을 하고
있어. 그놈은 나를 여기에 묶어 둘 작정을 하고 있어. 전기가 또

벽을 통해 온다. 그놈도 조심하지 않으면 …….

그는 눈알을 그녀 쪽으로 교활하게 굴리면서 말을 이었다.

그놈도 조심하지 않으면 골칫거리에 걸려들 거야. 사고 ……, 재난 사건 ……, 심문회 ……, 병신같이!"

"네, 그래요, 오빠."

"내가 다시 그놈에게 말을 해 줘야겠어 ……, 자꾸 주장해야지. 지금 같은 때는 절대로 있을 수 없다."

"맞아요, 리차드 오빠."

"그렇다면 이 우유잔을 들고 가만히 있어. 넌 너무 말이 많아. 내가 아무 일도 못하게 되잖아."

이때 또 다른 소리가 그를 방해했다. 이번에는 아더가 차도를 올라오고 있었다. 리차드는 아까와 마찬가지로 숨기듯이 급히 캐리 고모에게 빈 우유잔을 건네 주고는 전혀 아무렇지도 않은 듯 아더를 기다렸다. 그러나 그는 분노와 불신감으로 부들부들 떨고 있었다.

아더는 잔디밭을 건너 등나무 쪽으로 왔다. 반바지에다 무거운 탄광용 장화를 신고 있었는데, 피곤해서인지 어깨가 축 늘어져 있었다. 그는 일 년 이상이나 신경의 지나친 긴장을 의식하면서도 전력을 다 기울여 일에만 매달리고 있었다. 탄광의 개량 공사가 완성되는 것을 볼 때까지 늦추지 않으려는 결심이었다. 그 덕분에 이제는 넵튠 탄광의 개량 공사도 거의 완성되어 가고 있었다.

새 갱구의 목욕탕도 준공되었고, 샌드스트륨 오버갬트 회사가 설계한 최신형을 견본으로 한 건조 저장실은 6월 말에 준공될 전망이 보였다. 갱내의 시설도 모두 개선되어 지금까지의 피어스고프사의 통풍기를 모두 빼내고 최신식 공기 펌프로 바꾸었다. 또한 폐쇄 장치와 윈치 로프도 신품으로 갈았다. 윈치도 콘크리트로 단단히 기초 공사를 한 후 그 위에 세웠고, 동력 전기도 새로운 발전소에서 공급받도록 했다.

넵튠 탄광은 이렇게 새로운 설비를 갖추고 있었다. 이전의 넵튠 따위는 상상도 할 수 없을 정도였다. 옛날의 엉성했던 설비는 정연하고 능률적인 것으로 바뀌어 안전하게 변모되었다.

이를 위해 얼마나 많은 돈과 노력을 경주해 왔던가. 그러나 그가 창조한 장대하고도 아름다운 모습은 그에게 그만한 대가를 지불하여 주고도 남음이 있었다. 때로는 걱정이 되어 의기 소침할 때도 많이 있었다. 광부들은 그의 의도를 의심했다. 그가 병역을 기피했다는 과거가 그를 더욱 의심케 했던 것이다. 게다가 그의 기질 때문에 가끔 자기가 의도했던 것과 역행되어 이유없는 우울증에 빠지기도 했다. 그런 때는 어느 곳에도 의지할 수 없는 고독감을 짓씹어야 했다.

그러한 기분은 발라스의 옆으로 다가갈 때도 그의 어깨 위에 감돌고 있었다. 그것이 그의 말씨를 더욱 부드럽고 인내심 깊게 해주었다.

"어떠세요, 아버지?"

발라스는 아들을 치켜보았다. 그 모습에는 우스꽝스러울 정도로 권위를 나타내려는 듯한 태도가 보였다.

"넌 뭘 하고 오는 중이냐?"

"글로브 탄광 속에서 일했습니다, 아버지."

아들는 온순하게 설명해 드렸다. 그리고 아버지와 이야기 나누는 것을 즐거워하는 듯한 모습을 보였다.

"지금 우리는 거기서 채탄을 하고 있습니다."

"글로브에서?"

"네, 그래요. 아버지, 지금은 우리가 캐내는 석탄의 양이 별로 많지 않습니다. 요즈음은 주로 촉탄(燭炭)을 캐내고 있어요. 톤당 55실링에 말씀입니다."

"55실링이라!"

발라스의 눈에 순간적으로 지성적인 번쩍임이 일어 나면서 격노한 표정을 지었다. 그것은 자기가 옳다고 생각한 일과 반대될 때 나타내 오래된 특징이었다.

"난 그 탄값을 80실링 받았었다. 그건 잘못된 일이야……! 잘못되었어. 넌 뭔가에 매달려서……, 뭔가를 나한테 감추고 있어."

"아닙니다. 아버지, 가격이 떨어졌다는 사실을 잊지 마세요."

그는 잠시 말을 끊었다가 다시 이었다.

"지난주에 탄가가 또 10실링 떨어졌습니다."

발라스의 얼굴에서 노한 빛은 사라졌으나, 계속 아더를 의심스럽게 노려보았다. 그러는 동안에도 그의 마비된 마음의 싸움은 여전히 계속되고 있었다.

"내가 무슨 말을 하고 있었지? 말해 봐……, 네가 뭘 하고 있는지를 말해 봐."

아더는 한숨을 내쉬었다.

"벌써 오래전부터 설명을 드리려고 했습니다. 아버지, 전 넵튠을 위해 최선을 다하고 있습니다. 안전과 효율, 협동이라는 건전한 정책이죠. 아시겠어요, 아버지? 이쪽에서 종업원을 공정하게 대우하면 그들도 우리에게 그렇게 해줄 것입니다. 그건 너무나 당연한 결론입니다."

발라스의 반응은 맹렬했다. 그의 두 손이 흔들리기 시작하더니 곧 눈물이 쏟아지려는 표정이 되었다.

"넌 돈을 허비하고 있어. 너무도 많은 돈을 허비했단 말이다!"

"전 벌써 몇 년 전에 마땅히 썼어야 할 돈을 썼을 뿐입니다. 그것을 인정하셔야 합니다, 아버지!"

발라스는 아무 얘기도 듣지 않았다.

"난 참을 수 없다!"

그는 마구 소리쳤다.

"네가 그 돈을 몽땅 써 버리다니……. 난 참을 수가 없어. 넌 그 귀한 돈을 낭비하고 말았어."

"제발, 진정하세요, 아버지. 그러시다간 건강이 또 나빠집니다."

"네놈의 바보 같은 짓을 도저히 견딜 수가 없다!"

발라스의 얼굴에 검붉은 핏기가 확 몰려들며 말을 더듬거렸다.

"넌 바보야. 다음주엔 내가 탄광으로 나갈 테다. 그때까지 기다려라. 내가 다음주에 본을 보여 주마."

"그렇게 하세요, 아버지."

아더는 부드럽게 말했다. 집에서 점심시간을 알리는 종소리가 들려 왔다. 그는 발길을 돌려서 가 버렸다.

발라스는 분노로 몸을 떨며 아더가 현관으로 사라질 때까지 기다렸다. 이윽고 그의 표정이 다시 어린애같으면서도 교활한 표정으로 바뀌었다. 그는 자기가 깔고 앉은 깔개 밑을 뒤져서 수첩을 꺼내었다. 그러고는 캐리 고모에게 슬쩍 눈길을 주면서 다음과 같이 썼다.

'넵튠을 지키기 위하여 다음주 본인의 의도에 반하여 소비된 금액에 대해 규명할 것. 본인이 탄광의 주인이라는 사실을 기억해야 할 것이 긴요함. 각서. 임시로 탄광에서 떠나 있는 동안 주모자를 엄밀히 감시할 것.'

발라스는 다 쓰고 나자 어린애처럼 기뻐하면서 자기가 쓴 글을 바라보았다. 그러다가 천진스런 모습으로 캐리 고모에게 집으로 데려 갈 것을 신호로 알렸다.

찾아든 기회

데이비드는 그날 아침에 눈을 뜨자, 해리 뉴전트를 만나기로 했다는 생각이 제일 먼저 떠올랐다. 평상시에는 눈을 뜨면 으레 제니에 관한 생각이 떠올랐었다. 그녀가 자기를 떠나 미지의 세계로 가 버렸다는 가슴 아픈 기억이 떠올랐던 것이다.

그러나 오늘 아침엔 해리에 대한 생각이 제일 먼저 떠올랐다. 그는 누운 채로 잠깐 뉴전트와의 우정과 프랑스 전선에서의 과거를 회상해 보았다. 뉴전트와 그는 '들것'을 함께 들고 허리를 굽혀 뛰곤 했다.

'그와 함께 얼마나 많이 그러한 침묵 속의 행군을 하였던가!'

데이비드는 아래층에서 움직이고 있는 어머니의 발자국 소리와 뜨거운 불에 굽혀지는 베이컨 냄새에 정신이 번쩍 들었다. 벌떡 일어나 면도와 세수를 한 후, 옷을 입고 계단을 뛰어내려와 부엌 방으로 들어갔다. 아직 8시가 채 못 되었지만, 마사는 한 시간 훨씬 전부터 일어나 있었기 때문에 난롯불이 뜨겁게 타고 있었다.

난로는 새 것처럼 번쩍거렸고, 난로 주위도 잘 닦여져서 반들거렸다. 식탁에는 흰 식탁보가 깔려 있고, 그 위에는 달걀과 베이컨이 놓여 있었다. 그것들은 바로 그 순간 냄비에서 접시로 옮겨진 것들이었다.

"안녕히 주무셨어요, 어머니."

그는 인사를 하고 앉으며, 식탁 옆에 있는 〈헤럴드〉 신문을 주워 들었다.

어머니는 아무 말없이 고개만 끄덕거렸다. 그녀는 아침인사나 저녁인사를 하는 습관이 없었다. 마사는 꼭 필요한 말만 하는 사람으로서 절대로 필요없는 말은 하지 않았다. 그녀는 아들의 구두를 들고 말없이 닦기 시작했다.

데이비드는 잠깐 동안 신문을 읽었다. 신문에는 해리 뉴전트의 사진이 실려 있었다. 그 전날 짐 더전과 클레먼트 베빙튼과 함께 에절리에서 있었던 새로운 회관의 개관식에 참석했던 모습이었다. 데이비드는 문득 얼굴을 들고 마사가 자기 구두를 닦는 모습을 보았다. 그는 안색을 바꾸며 힐책하듯 말했다.

"어머니, 그런 것 하시지 말라고 몇 번이나 말씀드렸잖아요?"

마사는 말없이 계속해서 구두를 닦았다.

"난 언제나 구두를 닦아 왔다. 그래, 한 켤레가 아니라 다섯 켤레가 있을 때도 닦았지. 이제 와서 이것을 그만둘 까닭이 없다."

"왜 어머니께선 제가 그런 걸 하도록 내버려 두지 않으세요?"

그는 완강하게 따지듯이 물었다.

"왜 저와 함께 앉아서 아침식사를 드시지 않는 겁니까?"

"쉽게 습관을 바꾸지 못하는 사람들도 더러 있단다."

그녀는 구두를 더욱 힘들여 문지르면서 말했다.

"그런데 내가 바로 그런 사람 중의 하나란다."

데이비드는 난처한 표정으로 어머니를 바라보았다. 어머니는 집을 지켜 주려고 오신 것뿐이다. 그러므로 다른 일을 더 하시게 한다는 것은 죄송한 일이 아닐 수 없었다. 더욱이 그는 어머니가 온갖 정성을 다해서 자기 뒤를 돌보아 주기는 하나 무엇인가 자기를 멀리하는 듯한 기분을 느꼈다.

데이비드는 자기를 편안하게 해주려는 어머니의 친절한 행동 이면에 빈정대는 듯한 차가움이 깔려 있다는 것을 느끼고 있었다. 그녀를 바라보던 그는 어머니의 진심이 무엇인지 알아야겠다는 생각을 했다. 그는 지나가는 말처럼 이야기를 시작했다.

"오늘은 해리 뉴전트와 점심을 하기로 했어요, 어머니."

마사는 아직 닦지 않은 구두를 집어 들었다. 창문을 등지고 있는 속에서 그녀의 강인한 모습이 뚜렷이 드러났다. 그녀의 안색은 침울하여 판명키 어려웠으나, 다시 구두를 문지르며 조소하듯이 말했다.

"점심을 한다구?"

데이비드는 혼자 미소지었다.

'바로 저것이다. 어머니는 드디어 본모습을 드러낸 것이다.'

그는 신중하게 말을 계속했다.

"그렇다면 해리와 함께 빵 한조각 정도를 같이 나눈다고나 말해 둘까요. 만일 그런 표현이 어머니 마음에 더 드신다면요. 어머니께서도 틀림없이 뉴전트란 이름을 들어 보셨을 거예요. 국회의원인 해리 뉴전트라는 사람 말이죠. 그 사람은 나와 친구예요. 사귀어 둘 만한 좋은 사람이죠."

"그런 것 같구나."

그녀의 입술이 삐죽이 나왔다. 그는 아까보다 더욱 짙은 미소를 머금었다. 그리고 자랑하는 체하면서 그녀를 더욱 깊숙이 끌어들였다.

"사실 국회의원인 해리 뉴전트와 아무나 다 점심을 함께할 기회를 가질 수는 없답니다. 그 사람같은 노동연맹의 거물과는 말씀이죠. 저로서는 아주 큰 영광이죠. 그렇게 생각하지 않으세요, 어머니?"

마사는 어둡고 신랄한 표정을 보이면서 머리를 치켜들었다. 그러다가 아들의 시선과 마주치자, 그가 웃고 있는 것을 보았다. 그녀는 아들의 유도 작전에 끌려들고 있었다는 사실을 재빨리 알아차렸는지 갑자기 얼굴을 붉혔다.

마사는 안색을 감추기 위해 재빨리 몸을 굽혔다. 그리고는 아들의 구두를 난로 옆에 대고 쬐이기 시작했다. 이윽고 음울한 미소가 그녀의 입술을 일그러지게 했다.

"얼마든지 자랑해라. 그런 말로 나를 속여 넘기진 못할 테니까."

"그렇지만 그건 사실이에요, 어머니. 전 공공연하게 이 세상 풍조를 따라가고 있는 사람일 뿐입니다. 전 어머니께서 생각하시는 것 이상으로 더욱 나쁜 사람이죠. 그렇지만 어머니께서 저에게 실망하시기 전에, 풀먹인 와이셔츠를 입게 될 테니까 두고 보세요."

"난 그런 와이셔츠는 다려 주지 않겠다."

마사는 더욱 입술을 비쭉거리며 말했다. 그 모습은 바로 데이비드의 전략이 승리를 거두었다는 표시였다. 결국 그는 자기 어머니를 웃겼던 것이다.

잠시 말이 끊어졌다. 그는 어머니가 기분이 좋아진 것을 이용해서 진지하게 말했다.

"그러니까, 어머니. 어머니께선 제가 하는 일에 대해서 너무 반대만 하지 마세요. 저도 공연히 하는 짓이 아니니까요."

"난 너의 일에 반대하지 않는다."

그녀는 여전히 얼굴을 감추려고 난롯가에서 몸을 굽힌 채 대답했다.

"난 다만 네가 하고 있는 일을 좋아하지 않는 것뿐이야. 읍의회

이라든가, 정치라든가, 모든 게 말이다. 네가 언제나 찬성하고

일이라든가, 정치라든가, 모든 게 말이다. 네가 언제나 찬성하고 있는 국유화 같은 것, 그런 바보 같은 것을 난 전혀 지지하지 않는다. 지지하지 않고말고. 그런 건 내 인생 모습이 아니야. 조상들 중 어느 한 분도 그런 식의 인생을 살지 않으셨다. 내가 산 시대나 조상들이 산 시대에는 탄광엔 언제나 주인 나리와 광부가 있는 것이고, 그 외의 어떠한 다른 것을 생각해 본다는 것은 아주 온당치 못한 일이었어."

침묵이 흘렀다. 그녀의 말투는 가혹했지만, 마음은 부드럽게 그를 받아들이고 있다는 것을 느낄 수 있었다. 데이비드는 화제를 바꾸었다. 오래전부터 이야기하고 싶었던 말이다.

"또 하나 말씀드릴 게 있어요, 어머니."

"뭐냐?"

그녀는 의심스러운 눈초리로 아들을 바라보았다.

"애니에 대한 이야기예요, 어머니. 그리고 샘의 이야기도 하고 싶군요. 이제 그녀석도 많이 컸어요. 애니가 온 정성을 다 기울이고 있죠. 오랫동안 이 문제에 대해서 어머니께 말씀드리려고 했습니다. 과거의 모든 것들은 다 잊어 주세요, 어머니. 그리고 두 사람을 집으로 데려와요. 어머니만 허락하신다면 아무 문제가 없습니다."

그녀의 얼굴이 대번에 얼어붙었다.

"그런데 내가 왜 그래야 하니?"

"샘은 어머니의 손자입니다."

그는 계속 말을 이었다.

"전 어머니께서 그 사실에 대해 그처럼 오랫동안 마음을 풀지 않는 것이 이상스럽습니다. 어머님께서 가장 사랑하시던 아들의 자식인데, 얼마나 기쁘세요. 그리고 애니 역시 매우 훌륭한 여잡니다. 또 지금 그 집안은 무척 곤란한 것 같아요. 이제는 아버지가

병자로 완전히 누워 지내는 모양이에요. 잔소리만 심하고 그 오빠라는 자는 탄광에 잘 나가지도 않고, 그 집 식구들의 생활이 엉망인 모양이에요. 모든 살림을 애니가 꾸려 나가고 있대요. 그야말로 감탄할 일 아닙니까?"

"그게 나하고 무슨 상관이 있냐?"

그녀는 입술을 꽉 깨물며 심술궂게 말했다. 그가 애니를 너그럽게 칭찬한 것이 그만 그녀의 자존심을 찔러 버린 것이다. 데이비드는 그러한 사실을 재빨리 간파했다. 자신이 실수를 했음을 알아차렸다.

"말해 봐라."

어머니는 음성을 높이면서 되풀이했다.

"그게 나하고 무슨 상관이냔 말이다. 언제나 미치광이 같은 그 불한당 같은 작자들 하고?"

"아니, 아무것도 아니에요."

그는 조용히 말을 끝내고 다시 신문으로 시선을 돌렸다.

잠시 후 마사는 그의 접시에다 베이컨을 더 얹어 주었다. 그것은 어머니가 자신도 이치를 모르는 사람이 아니며, 나름대로 친절한 사람이라는 것을 보여주기 위해 쓰는 방법이었다.

데이비드는 그러한 그녀의 행동에 전혀 주의를 기울이지 않았다. 그는 어머니가 꽉 막힌 사람이라고 생각하지 않을 수 없었다. 무슨 말을 해도 아무 소용이 없다는 것을 다시 한번 깨달았다.

데이비드는 9시 15분 전에 식탁에서 일어났다. 그녀는 아들의 저고리를 입혀 주었다.

"늦지 않도록 해라. 그 거창한 점심을 먹느라고 말이다."

"네."

데이비드는 어머니에게 미소를 지어 보이고는 문밖으로 나왔다.

어쨌든 어머니와 화를 내며 다툰다는 것은 소용없는 일이었다.

정거장으로 가는 데이비드의 발걸음은 아주 가벼웠다. 아침 공기는 차가웠고, 서리가 내린 길바닥은 딱딱하게 굳어 있었다. 고지촌에서 넵튠 탄광으로 가던 젊은이들이 그에게 인사를 했다. 만일 자기가 우쭐댈 마음이 있었다면 지금이야말로 기회가 온 것인지도 모른다.

데이비드는 자신이 읍내에서 유명 인사가 되었다는 것을 느낄수 있었다. 그러나 그렇다고 해서 달라진 것은 아무것도 없다. 신베들 가 국민학교 앞을 지나갈 때 교장인 스트로더가 인사를 하자, 그는 너무너무 우스웠다. 스트로더는 데이비드를 보자, 재빨리 겁에 질린 눈을 아래로 내리깔았다. 그러고는 억지로 존경하는 듯한 태도를 보이며 인사를 보내는 것이었다.

스트로더는 읍의회의 의장인 라메지를 제일 두려워했다. 그는 라메지의 심술 때문에 죽도록 고통을 겪었던 사람이다. 때문에 데이비드가 라메지에게 한 모든 일은 스트로더를 기쁘게 하는 한편 동시에 두려움을 주는 것이기도 했다. 그는 데이비드와 악수라도 나누고 싶은 갈망이 생길 정도였다. 그것은 정말 재미있는 일이었다. 옛날의 스트로더는 자신을 얼마나 심하게 경멸하는 태도로 대했던가.

프리호울드 가를 반쯤 내려갔을 때, 데이비드는 허들리 로를 따라 건축되고 있는 광부들의 새 집의 행렬을 보았다. 인부들이 벽돌을 쌓고 모르타르를 배합하고 있었다. 그 광경은 그를 흥분케했다. 그러한 광경 뒤에 숨은 승리의 상징성, 희망을 약속하는 모습을 보았기 때문이다.

데이비드는 어떤 생각인가를 하며 싱긋 웃었다. 돌이 갈라진 방바닥과 사닥다리 같은 이층 계단, 빈대가 파먹은 벽과 옥외 변소따위가 달린 고지촌의 집들을 때려 부수는 것이다. 그리고 그대신

이러한 새 건물들을 슬루스 모래언덕 위의 라메지 저택이 빤히 보이는 곳에 세우면 어떨까?

데이비드는 흥분이 가라앉지를 않아 기차를 타고도 신문 읽는 것을 잊고 있었다. 타인캐슬에 내리자, 그는 여전히 깊은 생각에 잠기며 러드 가 쪽으로 걸어갔다. 러드 가 모퉁이 신문 판매대의 상점 밖에 플래카드 하나가 걸려 있었다. 거기에는 '광부들을 위한 탄광'이라고 씌어져 있었다. 그것은 노동신문의 것이었다.

그 옆에도 플래카드가 걸려 있었다. 거기에는 '파크 소로의 파티에 조랑말을 탄 귀부인'이라고 씌어 있었다. 그것은 노동신문의 포스터가 아니었다. 이상하다고 생각하는 데이비드의 얼굴이 붉게 상기되었다. 그러나 그는 그 귀부인에 관해서 생각하고 있는 것은 아니었다.

헤튼은 아직 사무실에 나와 있지 않았다. 데이비드는 외투와 모자를 걸고 나서, 심부름꾼인 잭 헤더링튼 노인과 인사말을 교환한 다음 안쪽 방으로 들어갔다. 그는 오전 내내 일을 했다. 헤튼은 12시 반이 되어서 들어왔다. 확실히 기분이 좋지 않은 안색이었다. 그럴 때의 그는 함부로 말을 걸 수 없을 정도로 사나운 태도를 하고 있었다.

"에절리에 갔다 왔어요, 톰?"

데이비드가 물었다.

"아냐."

헤튼은 짤막하게 대답한 후 계속 책상 위의 신문을 넘기며 무엇인가를 찾고 있었다. 그러나 정착 찾고 나서는 실망한 얼굴빛이었다.

"그 세그힐의 답장들은 어떻게 했나?"

그는 잠시 후에 개가 짖어대듯 사납게 물었다.

"기록해서 철해 뒀지요."

"✕같이 지독히도 우둔한⋯⋯."

헤든은 앓는 소리를 내더니 다시 외쳤다.

"넌 양심적이긴 하지만 결국 병신 새끼야!"

그는 데이비드를 바라보았다. 당혹감과 애정이 섞인 묘한 표정이었다. 그는 모자를 귀쪽으로 젖혀 삐뚜름하게 눌러 쓰더니 난로 쪽에다 칵! 하고 침을 뱉었다.

"뭐 언짢은 일이라도 생겼나요, 톰?"

데이비드가 물었다.

"제기랄, 닥쳐! 어쨌든 가자. ✕같이 지독한 그 연회가 열릴 시간이다. 난 오전 내내 뉴전트와 같이 있었지. 그 새끼가 늦지 말라고 신신 당부를 하더군. 짐 더전과 우리의 하느님인 베빙튼도 그곳에 나타날 거야."

노드이스턴 호텔 쪽을 향해 그레인저 가를 걸어가면서도 헤든은 내내 말이 없었다. 그들이 도착했을 때 시계는 1시 15분 전을 가리키고 있었다. 너무 이른 시각이었다. 두 사람은 라운지에 있는 등나무 테이블 앞에 앉았다. 헤든은 그렇게 하려고 미리 생각했던 모양으로 술을 두 잔 들이키고 나더니 기분이 좀 나아진 모양이었다. 헤든은 약간 쾌활해진 표정으로 데이비드를 바라보았다.

"사실은, 난 그것에 대해서 굉장히 기뻐하고 있네. 다만 그게 지독한 고통이 될 것이어서 걱정이지."

"도대체 무슨 이야길 하고 있는 겁니까?"

"아무것도 아닐세. 셰익스피어가 말한 것처럼 아무것도 아니지. 이크, 저기 상류층 명사들이 오신다."

헤든은 해리 뉴전트와 더전, 클레먼트 베빙튼이 들어오자 벌떡 일어섰다. 데이비드도 일어나서 해리와 따뜻한 악수를 나눈 후 더전과 베빙튼에게 소개되었다. 더전은 옛 친구인 양 손을 꽉 잡고 흔들어댔지만, 베빙튼의 악수는 싸늘하고 소원한 감을 주는 그런 것이었다.

헤든은 단숨에 위스키를 들이켰다. 더전은 좌중의 모든 사람에게 술을 권했지만, 뉴전트가 고개를 흔들며 사양했기 때문에 일행은 모두 식당 안으로 들어갔다.

길쭉한 식당 안은 벽과 천정 모두 고상한 크림색으로 칠해져 있었다. 조용한 엘든 광장 쪽과 노드이스턴 정거장 쪽으로 있는 창문은 모두 활짝 열려 있었다. 방안은 손님으로 거의 꽉차 있었다. 그러나 급사장은 그들을 반갑게 맞아들였다. 특히 베빙튼에게 정중히 절을 하며 그들을 식탁으로 안내했다.

급사장이 베빙튼을 알아본 모양이었다. 클레먼트 베빙튼은 최근에 와서 상당히 세상의 주목을 끌었다. 키가 크고 냉정한 표정의 거만한 태도에다 눈에 별로 띄지는 않으나 항상 좋은 옷을 입고 있었다. 그는 언제나 불안하게 시선을 움직였다. 그러나 점잖은 말씨와 침울한 미소를 잘 띠우는 그는, 사람들의 주의력을 자기 쪽으로 묘하게 끌어 자신을 뉴스의 초점이 되게 하는 요령을 갖고 있었다.

베빙튼에게는 모든 것에 무관심한 듯한, 껍질 아래에 열광적인 야심을 감추고 있는 듯이 보이는 무엇이 있었다. 그는 원래 귀족 출신으로서 윈체스터와 옥스퍼드 대학을 나왔다. 그는 잠깐이지만 런던의 사교계에 나선 적이 있었고, 버프런드에서는 매일 아침 펜싱을 했다. 이러한 그가 노동당에 이끌린 것은 신념에서인지, 아니면 건강 때문인지 베빙튼 자신도 공개하지를 않았다. 그러나 지난번 선거 때, 보수당에 지반을 가진 챌워드 버러와 싸워 멋지게 의석을 차지한 것이다. 아직 집행위원회까지 진출하지는 않았지만, 그것을 노리고 있음은 확실했다. 데이비드는 그를 처음 보았지만 싫은 느낌이 들었다.

더전은 베빙튼과는 아주 달랐다. 짐 더전은 뉴전트처럼 오랜 세월 동안 광부조합의 집행위원으로 일했다. 키가 작은 강인한 체격에 친절이 넘치는 사람으로, 발음을 할 때 일부 자음을 멋대로 빼버리는 위인이었다. 또한 좌담을 능수능란하게 해치우며 노래도 경쾌하게 잘 불렀다.

더전은 25년 가까이 세그힐에서 경쟁 상대없이 선출된 의원이기도 했다. 또 재미있는 점은 누구든 세례명으로 불러 버린다는 것이었다.

더전은 웨이터에게 눈을 깜박거리며, 손으로 크기와 두께까지 가리켜 보이면서 양고기의 허리부분을 청하였다. 그리고 맥주도 큰 잔으로 가져다 달라고 주문했는데, 그 모습이 너무나 희극적이었다. 뿔테 안경을 낀 그의 모습은 마치 늙은 부엉이의 모습을 연상케 했다.

다른 사람들도 모두 음식을 주문했다. 헤든은 더전과 같은 것을 주문했고, 뉴전트와 데이비드는 로스트 비프와 구운 포테이토를 시켰다. 베빙튼은 석쇠에 구운 혀가자미에다 바싹 구운 토스트와 탄산수를 주문했다.

"다시 만나서 반갑군."

뉴전트는 다정하고 안심시키는 듯한 그 특유의 미소를 띠우며 데이비드를 바라보았다. 해리 뉴전트에게서는 언제나 정다움이 넘쳤다. 그의 솔직하고 변화가 없는 성격에서 오는 진실성도 매력이 있었다. 그는 베빙튼처럼 자기를 믿게 하려고 안간힘을 쓰는 사람이 아니었다. 그의 행동에는 억지 같은 것이 없었다.

뉴전트는 자연스럽게 자기 자신의 그대로를 내보였다. 데이비드는 지금 뉴전트가 격려해 주는 듯한 태도를 보이는 그 뒤에는 뭔가 목적이 있다는 것을 감지했다. 그는 베빙튼과 더전 역시 자기를 자세히 뜯어 보며 점수를 매기고 있음을 느꼈다. 그것은 이상한 일이었다.

"별로 나쁘지 않은 곳이군."

두루마리 빵을 씹으며 주위를 살펴보던 더젼이 두 손을 비비면서 말했다.

"귀하께서는 거울을 좋아하시겠지?"

베빙튼 의원은 불쾌한 미소를 지으며 놀리듯이 말했다.

"귀하의 목을 조금만 돌리면 더젼 의원의 귀하신 모습이 단번에 여섯 개나 나타날 테니 얼마나 기분이 좋으시오."

"맞았어. 클레먼트 의원, 지당한 말씀이야."

더젼은 아까보다 더욱 상냥하게 두 손을 비비면서 동의했다. 짐은 정치상의 위기에 처한 때나 감격한 때는 울기까지 하는 사람이었다. 그러나 농락을 당하거나 개인적인 비난을 받을 때는 하마처럼 무감각했다.

"이야! 저쪽에 넓은 모자에다 청색 옷을 입은 아주 멋진 아가씨가 있군그래."

"우리 속에 돈 후안이 있다는 걸 미처 몰랐군."

"그래, 난 언제나 미인에겐 맥을 못 춘다는 걸 알지 않나, 클레먼트 의원."

"한번 다가가서 오늘 저녁 밀회 약속을 해 보시지그래."

"안 되겠어, 클레먼트 의원. 생각해 보니 안 되겠어. 좋은 생각이긴 하지만 말이야. 런던행 3시 기차표를 사놓았으니 다 틀렸어!"

이 말을 듣고 헤든이 껄껄대고 웃었다. 그러자 베빙튼의 냉정한 표정이 놀란 기색을 보이며 갑자기 헤든의 존재를 발견한 듯한 태도를 보였다. 그리고는 다시 그를 잊어버리고 마는 것 같았다.

뉴젼트가 데이비드에게 시선을 돌렸다.

"자네는 슬리스케일을 마구 휘젓느라고 바쁘다는 소문이던데."

"처음 듣는 소리인데요."

데이비드는 고개를 저으며 미소지었다.

"천하가 다 아는 일이지."

헤든이 퉁명스럽게 말참견을 했다. 그는 베빙튼의 거드름을 피우는 태도에 기분이 나빠져 런던 출신의 저런 얼간이 정치가에게는 지지 않겠다는 결연한 태도였다. 그는 큰 잔으로 스카치 위스키를 두 잔이나 들이킨 데다가 맥주까지 마셨기 때문에 누구에게든 마구 대들고 싶은 심정이었다.

"의원께선 신문도 안 읽었나? 이 읍의원은 이 주의 새로운 주택 건립 계획을 통과시켰다네. 임산부 보양원도 개설했고, 결식 아동에게는 우유 급식을 하고 있지. 그쪽엔 옛부터 오직(汚職) 행위만을 하는 놈이 있어 와서 지방 행정은 오랫 동안 기막힌 웃음거리가 되어 왔거든. 그러나 지금은 그 나누어먹기 식으로만 해 오던 인간들 사이에 정직한 인간이 하나 끼여들었기 때문에 놈들은 이제 모두 정숙히 앉아서 신의 두려움도 알게 되었고, 구세군에 들어가겠다고 지원하는 판국이야."

헤든은 맥주를 한 모금 꿀꺽 삼켰다.

"아아, 말이 나왔으니까 말인데, 이 친구는 그놈들을 지독스럽게 때려 눕혔다네."

침묵이 흘렀다. 뉴전트는 기분이 좋은 듯이 보였다. 더전은 양고기 조각에다 케첩을 바르고 나서 이빨을 드러내고 싱긋 웃으며 말했다.

"우리 당의 인간들도 그렇게 할 수 있으면 좋겠는데, 해리 의원. 더험 녀석을 당장 내쫓고 소금을 뿌리고 싶은데 말야."

최근의 의사록(議事錄)이 화제에 오르자, 데이비드는 급작스럽게 흥미를 나타내며 몸을 앞으로 내밀었다.

"국유화의 어떤 즉각적인 가망성이라도 있나요?"

베빙튼과 뉴전트가 눈짓을 교환했다. 그러는 동안 더전은 재미

있다는 듯이 뿔로 된 안경테 뒤에서 빙그레 웃고 있었다. 그는 데 이비드 앞의 테이블 위에 마디가 굵은 집게손가락을 얹었다.

"존 샌키 경이 그의 의사록 속에서 제출한 것 자네도 알고 있겠 지? 모든 석탄 산업과 탄광 기업은 정부에게로 그 운영권이 넘어 가게 한다는 것이었어. 로이드 조지 씨가 8월 18일 하원에서 말한 것도 알고 있겠지? 정부는 석탄 채굴권의 국가 매상 정책을 승인 한다. 그리고 이 문제에 관한 왕립위원회의 모든 보고서에도 만장 일치라는 거야. 자! 이 이상 더 뭘 바라고 있나, 자네는? 이건 결정된 것이나 마찬가지라는 걸 모르겠나!"

더전은 이렇게 말하고 나서 즐겁다는 표정을 지으며 껄껄대고 웃기 시작했다.

"알겠군요."

데이비드는 침착하게 말했다.

"그 위원회는 상당히 재미있었지."

더전이 더욱더 유쾌하게 웃으며 말했다.

"봅 스마일리가 노어덤 블런드 공작과 밀고 당기던 논쟁을 자네 도 들어 보았다면 참 좋았을 거야. 그리고 프랭크가 뷰트 후작에 게 그의 석탄 채굴권과 사도 통행권이 어떻게 이루어졌느냐고 추 궁해 들던 것도 들었으면 좋았을 거야. 그러한 것이 모두 에드워 드 6세라는 열 살 먹은 아이의 서명에서 결정되는 것이야. 정말 재 미를 보았지. 그러나 그런 건 아무것도 아닐세. 난 퀠 경의 머릿가 죽을 베낄 선전 포고를 하고 싶었단 말일세. 그자의 증증증증조부 가 찰스 2세에게 뚜쟁이 노릇을 꽤 한 모양인데, 그 때문에 모든 탄광 지역을 다 수중에 넣었거든. 그걸 좋다고 맞장구칠 수 있 어? 폐하의 주말을 위한 뚜쟁이 노릇을 잘 해냈다고 해서 몇 백만 파운드의 채굴권을 먹는다 이 말씀이야."

더전은 몸을 뒤로 젖혀 앉으며 나이프와 포크가 덜그럭거릴 때까지 그 농담을 즐기며 웃어제꼈다.

"저에겐 재미있는 것도 아닌데요."

데이비드가 날카로운 표정을 하고 말했다.

"정부는 위원회에 몸을 판 것이나 마찬가지입니다. 하나에서 열까지 터무니없는 사기입니다."

"자네도 해리 의원이 하원의석에서 발언한 말과 똑같은 말을 하는군. 그렇지만 사실은 그런 말을 한다고 해도 별수 없는 거야. 이봐, 웨이터, 포테이토칩 하나 더 가져다 주게."

더전이 이야기하는 동안 뉴전트는 데이비드를 관찰하면서 전선의 모래 주머니 밑에 웅크리고 앉아 오랫동안 논쟁을 벌이던 과거를 회상했다. 하얀 달빛이 철조망과 진흙 바닥, 포탄의 폭격 구멍의 처참한 광경 위를 비춰 주고 있을 때였다.

"자네는 국유화에 대해 아직도 강경하게 생각하고 있는가?"

해리가 묻자 데이비드는 말없이 고개를 끄덕였다. 이런 좌중에서는 무답이 상책이라는 생각이 들어서였다.

잠시 말이 끊어졌다. 침묵 가운데 뉴전트가 더전에게 눈짓으로 묻자, 더전은 입에다 포테이토를 가득 물고 고개를 끄덕거렸다.

뉴전트가 베빙튼을 바라보았다. 베빙튼도 희미하고 어물쩍거리긴 했으나 좋다는 뜻을 보내 왔다. 드디어 뉴전트가 데이비드에게 눈을 돌렸다.

"들어 봐, 데이비드."

그는 엄숙하게 말했다.

"노동당위원회는 여기 3지구를 합병해서 하나의 완전한 새 구역을 만들기로 결정했지. 에절리의 신회관이 본부가 되는 거야. 그래서 우리는 지구회계 뿐만 아니라 북부 탄광노동자연맹의 유급 서기를 겸한 새로운 조직 서기도 필요해. 우리는 젊고 활동적인 사람을 물색하는 중이었어. 오늘 아침 내가 헤든에게 미리 말했지만, 지금 공식 발표하겠네. 우리는 자네에게 그 직책을 맡기려고 지금 이곳에 자네를 초대한 것일세."

데이비드는 완전히 넋이 빠져서 해리 뉴전트를 멍하니 바라보았다. 너무나 중대한 문제였기 때문에 몹시 얼굴이 상기되었다.

"저에게 지원을 하라 이 말씀입니까?"

뉴전트는 머리를 설레설레 흔들었다.

"자네 이름과 다른 세 사람의 이름이 지난주에 위원회에 제출되었었지. 그런데 여기 있는 사람들이 위원들이니까, 자네가 새 서기로 임명된 거야."

뉴전트가 손을 내밀었다.

데이비드는 기계적으로 그 손을 잡았다. 그러는 동안 드디어 중대한 임무를 맡게 되었다는 무거움이 가슴을 콱 막히게 했다.

"그렇지만, 헤든은……."

데이비드는 고개를 돌려 톰 헤든을 바라보았다. 그는 헤든이 아닌 자신이 선발되었다는 생각에 당황하고 있었다.

"헤든이 자네를 추천해 준 거야."

뉴전트는 조용히 말했다. 헤든의 눈과 데이비드의 눈이 재빨리 다시 마주쳤다. 역시 상처를 입었으면서도 용감한 사나이의 영혼이 거기에 드러나 있었다. 이윽고 헤든이 턱을 앞으로 쑥 내밀었다.

"나는 돈을 주고 사정을 한다 해도 그 직책은 맡지 않겠네, 데이비드. 왜냐하면 젊은이가 필요하니까. 난 러드 가에 달라붙어 있을 거야. 누구를 위해서도 그곳을 떠나지 않겠네."

헤든의 미소는 어딘가 긴장되어 보이긴 했지만 밝은 것이었다. 그는 데이비드에게 손을 쑥 내밀었다.

베빙튼은 회중시계를 꺼내 보았다. 감격적인 이 장면이 좀 길어지는 것이 피곤한 모양이었다.

"기차는 3시에 떠난다고 했지?"

그가 말했다.

일행은 일어나서 옆문으로 나가 정거장 안으로 들어갔다. 일행이 혼잡한 플랫폼 쪽으로 건너갔을 때 뉴전트는 약간 뒤에 처졌다. 그는 데이비드의 손을 꽉 잡았다.

"드디어 자네에게 기회가 왔군. 진짜 기회야. 난 자네가 그 직책을 맡기를 진심으로 바라고 있었네. 우리는 자네가 그걸 어떻게 처리해 가는지 두고 볼 생각이야."

기차 옆에 어느 신문사 사진기자가 기다리고 있었다. 그 모습을 보자 짐 더전은 안경을 끼면서 갑자기 점잖은 표정이 되었다. 그는 사진에 찍히는 것을 굉장히 좋아했다.

"사업이 잘되어 가는 것 같은데."

그가 데이비드에게 말했다.

"저치들이 이제 나를 찍으면, 오늘 벌써 두 번째가 되는 거야."

그 소리를 어깨 너머로 들은 베빙튼이 차갑게 미소지었다. 그는 천천히 앞쪽으로 나아가면서 말했다.

"놀랄 것 없네. 내가 두 번 다 미리 불러 둔 것이니까."

해리 뉴전트는 아무 말도 하지 않았다. 기차가 요란스럽게 떠났다. 데이비드는 헤튼과 나란히 서서 뉴전트의 조용하고 밝은 얼굴을 향해 손을 흔들어 주었다.

시련의 세월

세월이 빠르게 흘렀다. 해가 바뀐 2월 초순, 아더는 모슨 가우런 상사와 계약을 체결했다.

'회사가 이렇게 되다니 ……. 정세가 완전히 바뀌었군.'

아더는 괴로운 표정을 지으며 지난 세월을 회상했다.

탄광 사업은 지난 12개월 동안 무척 어려웠다. 독일로부터 석탄을 받아오는 전쟁 배상 행위가 넵튠 탄광에 주를 이루고 있는 수출 무역에 큰 타격을 준 것이다.

프랑스도 물론 질은 좋지만, 값이 비싼 아더의 석탄보다는 독일로부터 거의 무료로 사들일 수 있는 석탄을 사용했다. 그리고 설상가상으로 미국이 유럽 시장에 개입하여 영국의 독점이던 전시(戰時) 시장에 강력하고도 잔인한 경쟁자로 등장했던 것이다.

아더는 바보가 아니었다. 그는 유럽에서 지금까지 있었던 석탄 기근이 영국 석탄의 수출 가격을 인위적으로 인상시켰다는 것을 분명히 이해하고 있었다. 그는 번영이란 너무나 허황된 것임을 통감한 나머지 지방 소비자와 계약을 맺어, 국내에서 넵튠 석탄을 판매함으로써 스스로 재건해 보겠다는 방향으로 노력을 기울였다.

모슨 가우런 상사와의 재계약도 넵튠 탄광 시설 자재 주문이 이루어졌을 때 암묵의 동의가 되어 있었다. 그러나 모슨 가우런은 이런저런 이유로 계약을 미루다가 이제야 비로소 아더가 그들을 설복하여 계약의 이행을 시켰던 것이다. 그건 그렇다 치고 그는 가격을 최하선까지 아프게 깎아내리지 않으면 안 되었다.

그럼에도 불구하고 아더는 아주 만족해서 손에 그 계약서 초안을 들고 암스트롱의 집무실로 들어갔다.

"한번 훑어보아 주시오. 다음 4개월 동안은 전 시간제로 주야 교대를 해야겠소."

암스트롱도 즐거운 표정으로 호주머니에서 안경을 꺼내어 계약서를 천천히 훑어보았다. 이제 그의 시력도 예전 같지가 않았다.

"모슨 가우런입니까?"

그가 소리치듯 말했다.

"이 사람, 보통 성공한 게 아니죠. 그 옛날 아버지와 함께 탄차를 끄는 마부였던 것을 생각해 본다면 말입니다."

사무실 안을 서성거리던 아더는 약간 비꼬는 듯한 표정으로 웃음을 터뜨렸다.

"그런 것은 그 친구에게 생각나지 않게 해주는 것이 좋겠군. 암스트롱, 그 친구 10시에 오게 되어 있어요. 당신은 계약서명의 증인으로 참석해야 할 거요."

"네에, 그렇게 하죠. 그 사람 지금은 타인캐슬의 거물이죠, 누구에게 물어 봐도."

암스트롱은 잠시 생각에 잠기는 듯하더니 다시 말했다.

"모슨과 가우런은 대여섯 개의 사업에 손대고 있답니다. 그 공장도 인수했다는 소문이 있더군요. 아시죠, 지난달에 파산한 타인캐슬의 놋쇠 완성 공장 말입니다."

"알고 있소."

아더는 짧게 말했지만, 역시 또 하나의 지방 사업체가 파산하게 될지도 모르다는 생각이 그를 근심스럽게 만들었다.

"가우런의 사업은 한창 뻗어 나가는 중이오. 그래서 이 계약도 체결하게 되는 거지."

암스트롱은 그의 금테 안경 넘어로 아더를 빤히 쳐다보다가 다시 계약서로 시선을 돌렸다. 그는 계약서 내용을 하나하나 점찍어 가면서 세밀히 읽었다. 그러다가 아더를 바라보지 않은 채 말했다.

"위약금이란 귀절이 들어 있군요."

"당연하지."

"사장님 부친께선 지금까지 절대로 위약금 조항을 인정하시지 않았습니다."

암스트롱이 중얼거렸다.

아더는 아버지를 예로 들어 면전에서 비난을 하면 언제나 화가 치솟았다. 그는 뒷짐을 지고 방안을 좀더 빠른 걸음으로 왔다갔다 하다가 신경질적인 격한 목소리로 말했다.

"요즘엔 싫고 좋고 할 수가 없단 말이오. 양보해 주지 않으면 안 돼요. 우리가 계약을 맺지 않으면 다른 어떤 사람이 하고 말 거요. 게다가 우린 이런 계약 정도면 어김없이 이행할 수 있어. 광부들 때문에 골치 썩을 일도 없을 것이고, 국가는 아직도 통제하에 있어. 그리고 정부는 8월 31일까지 통제를 철폐하지 않는다고 명확한 언질을 주고 있거든. 그러니까 우리는 4개월의 계약을 완수하는 데 6개월 이상의 통제가 보장되고 있단 말이오. 그 이상 더 필요한 게 뭐가 있소? 그리고 암스트롱 당신도 잘 알다시피 우리는 일을 해야 한다 이 말이오."

"그건 사실입니다."

암스트롱은 천천히 동의했다.

"전 다만 생각해 보고 있었을 뿐입니다. 그러나 사장님께서는 어떤 일을 하고 계시는지를 더 잘 아실 테니까요."

구내에서 자동차 소리가 들려 와 아더의 대답을 방해했다. 그는 걸어다니던 것을 멈추고 창가에 섰다. 침묵이 흘렀다.

"가우런이 오는군."

그는 구내를 바라보며 말했다.

"그런데 저 친구, 정말 성공했군. 이제는 손수레 탄차를 끌었던 것처럼 보이지 않는걸."

1분쯤 후에 죠가 사무실 안으로 걸어 들어왔다. 그는 넓은 깃의 청색 양복을 입고 있었다. 성실함이 넘쳐 보이는 깊은 감동을 주는 태도로 손을 벌리며 다가왔다. 아더, 암스트롱과 힘찬 악수를 하고 나서 사무실이 매우 마음에 드는 듯 두리번거렸다.

"이 탄광에 다시 걸어 들어오게 되니 내 마음도 퍽 만족스럽습니다. 내가 어렸을 때 이곳에서 일했다는 것을 기억하시겠죠, 암스트롱 씨?"

아더가 염려했던 어색함 같은 것은 전혀 없이 죠는 겸손하고 소탈하게 말했다. 그의 태도는 어디까지나 솔직 담백했고 교훈을 주는 훌륭함이 있었다.

"그렇죠, 당신 밑에서 일했죠. 암스트롱 씨, 난 이곳에서 인생 최초의 기초 훈련을 받은 것입니다. 그리고 사장님의 아버님으로부터, 그러니까 발라스 사장님으로부터 최초의 임금을 받았죠. 아아, 다시 생각해 보니 그다지 오래된 일도 아니군요."

죠는 멋지게 줄을 세운 바지에 주름이 잡히지 않도록 주의하면서 조심스럽게 자리에 앉았다.

"네, 정말입니다."

죠는 감개 무량한 듯이 말을 계속했다.

"나는 이 계약을 체결한다고 생각하자 굉장히 기뻤습니다. 어떤 감상일지도 모르죠. 그러나 그건 어쩔 도리가 없는 것 아니겠습니까? 난 이 탄광을 좋아합니다. 그리고 사장님이 하시는 운영 방법을 좋아합니다. 발라스 사장님, 사장님께선 여기를 놀라운 곳으로 만드셨습니다. 정말 놀랄 만한 변화입니다. 내 동업자인 짐 모슨에게도 꼭 그렇게 말한 적이 있죠. 사업에는 피도 눈물도 없다고 하는 사람들이 있습니다. 그러나 천만의 말씀입니다. 그런 사람들은 사업을 이해하기 위한 기본적인 지식에서 아주 멀리 떨어진 작자들입니다. 그렇지 않습니까, 발라스 사장님?"

아더는 미소를 머금었다. 죠의 즐거운 표정이 풍기는 매력에서 벗어난다는 것은 불가능했다.

"물론 우리 쪽에서도 이 계약을 맺게 되는 것을 크게 기뻐하고 있습니다."

죠는 점잖게 고개를 끄덕였다.

"사업이란 생각하는 것처럼 그렇게 좋은 것도 아니죠. 그렇죠, 발라스 사장님? 아아, 다 알고 있죠, 알고 있어요. 사장님께서 일부러 설명하실 필요도 없습니다. 광주리 하나에 달걀을 몽땅 넣어두었다가 깨지는 날이면 반을 건질까 말까죠. 바로 그렇기 때문에 짐과 나는 자꾸 확장을 하는 겁니다."

죠는 잠시 말을 멈추고 아더의 책상 위에 놓인 담배통에서 담배 한 대를 집어 들었다.

"내달부터 출범이라는 걸 알고 계셨나요?"

"새 회사 말씀입니까?"

"그렇습니다. 공공 회사죠. 시기가 성숙했습니다. 시장은 굉장히 경기가 상승되고 있습니다."

"그렇다 해도 설마 자기 이익을 포기하는 것은 아니겠죠?"

죠는 매우 즐겁다는 듯이 웃어제꼈다.

"우리를 어떻게 보고 하시는 말씀입니까, 발라스 사장님? 우린 한 다발의 주권(株券)과 중역 회의에서 조정하는 이익만 얻게 되고, 영업권은 20만 파운드를 받고 팔아 넘기는 거죠?"

"그렇군요."

아더는 약간 움찔했다. 그 순간 넵튠의 불황을 생각하지 않을 수 없었다. 자신도 그 기절 초풍할 만한 이익에 손을 대어 성공을 거두고 싶은 욕심이 뭉글뭉글 일어났다.

모두 말이 없었다. 이윽고 아더가 책상 쪽으로 다가갔다.

"그러면 계약을 체결하면 어떻겠습니까?"

"좋습니다, 발라스 사장님. 그쪽만 좋으시다면 저는 언제나 좋습니다. 준비는 되어 있습니다. 하하하……, 이번 거래는 아주 깨끗하고 정직한 거래니까요."

"문의할 점이 있습니다. 이 위약금의 항목 문제입니다만……."

"그게 왜요?"

"우리가 계약을 이행하는 데 대해서는 추호도 의심할 바가 없습니다만……."

죠는 부드럽게 미소지었다.

"그렇다면 그 조항에 대해서 왜 걱정을 하십니까?"

"걱정하고 있는 것이 아닙니다. 그러나 우리는 최저선까지 가격을 깎았으며, 애로우에서 물건을 전해 주는 운임까지도 포함되어 있습니다. 그러니까 이 조항을 삭제하는 것에 합의를 보면 어떨까 하는 생각이 들어서요."

죠는 끝까지 미소를 지으며 부드럽고 우호적인 태도를 보였다. 그러나 얼굴에는 유감스럽다는 기색이 깔려 있었다.

"아아, 그런데 우리도 우리 자신을 보호해야 하니까요. 발라스 사장님, 코크스용 석탄이 계약을 체결하는 것이므로 그 석탄이 입수될 수 있다는 것을 우리로서도 입증받지 않으면 안 되겠습니다.

이게 바로 페어플레이라는 거죠. 결국 우리들도 노력하고 있는 이상, 그쪽에서도 어떻게 좀 해주실 것을 보증해 주시길 바랄 뿐입니다. 만일 그것이 싫으시다면 물론, 그러니까 우리들은 다만……."

"아니, 좋습니다."

아더가 대번에 수그러지며 말했다.

"괜찮습니다. 그쪽에서 그렇게 주장하신다면 우리들도 동의합니다."

아더는 무슨 일이 있어도 이 계약만은 놓치고. 싶지 않았다. 거기다 위약금에 대한 항목은 당연하다고 생각되었다. 이처럼 혼란한 시대에는 어떠한 회사든 요구하는 매우 강경한 거래 방법에 불과한 것이었다.

죠는 커다란 금뚜껑이 씌워진 만년필을 꺼내 계약서에 서명을 했다. 자신의 성공에 어울리는 화려한 서명이었다. 암스트롱은 죠의 서명 옆에다 조심스럽게 입회인으로서의 서명을 했다. 과거에 죠가 탄차를 너무 빨리 달리게 해 색도(索道)에서 반 마일 이상이나 따라가며 고함쳤던 일을 생각하면서.

계약이 끝나자 죠는 만면에 웃음을 머금고 힘차게 악수를 했다. 그런 다음 자동차를 타고 의기 양양하게 타인캐슬을 향해 떠나갔다.

죠가 떠난 후 아더는 조금 염려가 되는 듯한 표정으로 책상 앞에 앉았다. 항상하는 버릇으로 그는 뭔가 일이 결정된 뒤에는 늘 그랬다. 가우런에게 한방 먹은 것은 아닌가 하는 생각으로 염려가 되었던 것이다.

그때 만의 하나 뜻하지 않은 사고가 생겨 계약을 이행하지 못할 경우에 대비해서 보험에 들까 하는 생각이 얼핏 일어났다. 충동적으로 수화기를 집어 들고 거래처인 이글 동맹 회사를 불러냈다.

그러나 계약금이 터무니없이 높아서 보험금이 쥐꼬리만한 자기 이익까지도 집어삼키고 말 것 같았다. 아더는 수화기를 놓고 이 문제를 머릿속에서 털어 없애 버렸다.

드디어 2월 10일부터 광부들이 전시간제의 2교대로 작업을 시작했다. 아더도 갱내의 눈부신 활동력과 활기찬 혼잡을 보자, 지금까지의 근심을 싹 잊어 버렸다. 오랫동안 불황이 계속된 뒤였기 때문에 탄광의 맥박이 마치 자기의 맥박처럼 느껴졌다. 넵튠의 고동치는 장대한 힘, 그것은 그야말로 삶의 가치를 느끼게 하는 것이었다.

이것이야말로 그가 갈구하던 것이었다. 즉 모든 사람을 위한 공정한 일, 공정한 임금, 공정한 이익, 바로 그것이었다. 아더는 이 몇 개월 동안 전에 없던 행복감을 느꼈다. 그날 밤 집으로 돌아왔을 때, 그는 의기 양양해져서 아버지에게로 갔다.

"오늘부터 2교대의 전시간제로 작업을 하고 있습니다. 아버지께서도 기뻐하실 것 같아서 말씀드리는 겁니다. 탄광은 전력을 다해서 다시 움직이고 있습니다."

발라스는 의심에 차 몸을 벌벌 떨면서 긴 의자에 앉아 아더를 가만히 살펴보기만 했다. 방안은 견디기 힘들 정도로 공기가 탁했다. 발라스가 전기에서 자신을 방어하기 위해 캐리 고모에게 문과 창 모두 꽉꽉 닫아 놓게 했던 것이다. 뭔가 쓰다 만 종이가 그의 방석깔개 밑에서 반쯤 보였고 지팡이도 하나 놓여 있었다.

발라스는 이제 지팡이를 사용하여 한쪽 다리를 질질 끌면서 약간 걸을 수 있게 되었던 것이다.

"그래, 마땅히 그래야지."

발라스가 겨우 중얼거렸다.

"그건 그렇게……, 그렇게 돼야 하는 것이 마땅하지 않느냐?"

아더의 얼굴이 약간 붉어졌다.

"그렇겠죠, 아버지. 그러나 요즘은 그러기가 그렇게 쉬운 일이 아닙니다."

"요즘이라구?"

이제는 허옇게 된 눈썹이 악의에 차서 실룩거렸다.

"요즘이라구……, 아아! 넌 시대의 뜻을 모르고 있어. 난 그걸 아는데 많은 세월이 걸렸다. …… 그러나 난 기다려 주마. 언제까지나 기다리면서 보고 있겠다."

아더는 아버지의 수척한 모습을 향해 막연한 미소를 보내며 말했다.

"전 아버지께서 알고 싶어하실 것이라고만 생각했습니다."

"난 네가 바보라는 걸 알고 있다. 난 네가 하는 말 외에는 무엇이든 다 알고 있어. 그래, 바보처럼 자꾸 웃어라. 그러나 내 말을 귀담아 들어 두어라. …… 탄광은 내가 복귀할 때까지 제대로 돌아가지 않을 게다."

"그렇습니다, 아버지."

아더는 아버지의 기분을 맞추며 말했다.

"빨리 나으셔서 복귀하셔야죠."

아더는 잠깐 더 있다가 나가 보겠다고 말하고, 아주 기분 좋게 차를 마시러 갔다. 그후 며칠 동안도 최고인 기분으로 지냈다. 식사도 잘했고, 일도 열심히 했으며, 휴식도 즐거웠다. 최근에 와서 휴식다운 휴식을 거의 취하지 못하고 있었다는 생각이 일종의 놀라움처럼 그의 머리에 번득 일어났다.

몇 달 동안이나 몸과 마음은 넵튠 탄광에 묶여 있었던 것이다. 이제는 저녁이면 의자에 머리를 수그리고 앉아 도대체 어떻게 일을 시작해야 할 것인가 하고 심각하게 생각에 잠기지 않아도 된다. 몸을 쭈욱 뻗고 휴식을 취하면서 손에 책을 들고 있어도 되었다. 그는 힐다와 그레이스에게 편지도 써 보냈다. 다시 심신이 새롭게 힘을 얻는 것을 느낄 수 있었다.

만사가 아주 순조로웠던 2월 16일 아침, 아더는 이층에서 아침 식사를 하기 위해 내려와 행복한 마음으로 신문을 집어 들었다. 과거에 아버지가 그랬듯이 혼자서 아침식사를 했다. 그는 아주 맛있게 포도를 먹기 시작했다. 그때 갑자기 신문기사의 표제가 그의 시선을 사로잡았다. 그는 마치 못이 박힌 듯이 그 표제를 응시했다.

아더는 스푼을 놓고 기사 전체를 모두 읽었다. 이윽고 아침식사를 할 생각도 없어진 듯 냅킨을 풀어 던졌다. 그러고는 의자를 뒤로 밀어 젖히며 일어나서는 현관홀의 전화기 쪽으로 달려갔다. 전화기를 확 잡아당겨서는 북부 탄광 연맹의 지도적 인물이기도 한 합동 채탄 회사의 프로버트를 불렀다.

"프로버트 사장님!"

그는 말을 더듬거렸다.

"〈더 타임즈〉지를 보셨습니까? 통제를 풀게 한다는군요. 국왕이 칙서에서 그랬군요, 3월 23일부로. 당장 입법화된다는데요."

프로버트의 목소리가 들려 왔다.

"맞아, 나도 봤소. 아더, 그래요. 그래, 알고 있어요. 너무 빠른데……."

"그러나 3월 23일입니다, 글쎄."

아더는 절망적으로 그의 말을 가로막고 이야기했다.

"내달이 아닙니까! 정말 믿을 수 없습니다. 8월까진 통제를 해제하지 않겠다고 당국이 선언했잖습니까?"

프로버트는 아주 태평스러운 목소리로 대답했다.

"나도 아연 실색했소. 아더, 우리는 이제 골치 아픈 사건으로 직행하고 만 것이오. 이건 폭탄 선언이야."

"사장님을 뵈야겠습니다."

아더가 소리쳤다.

"지금 만나 뵙고 말씀드리겠습니다. 프로버트 사장님, 곧장 가겠습니다."

아더는 그가 혹시 거절할지도 모른다는 생각에 시간적 여유를 주지 않고 덜컥 수화기를 놓았다. 외투를 걸쳐 입으며 차고 쪽으로 달려갔다. 그리고는 큰 세단과 바꿔치기한 경쾌한 2인용 자동차의 엔진을 걸었다. 그는 무섭게 속력을 내어, 해안 쪽으로 4마일이나 되는 헤링튼의 프로버트 사장 댁으로 차를 몰았다.

아더는 7분 만에 도착하여 당장 거실로 안내되었다. 프로버트는 거실의 활활 타는 난로 옆의 푹신한 가죽의자에 한가롭게 앉아 있었다. 그는 무릎 위에 신문을 얹은 채 아침식사를 끝낸 후인 양 담배를 피우고 있었다.

그 거실은 한폭의 아름다운 그림과 같았다. 따뜻하고 푹신한 융단이 깔린 방에 부유한 노인이 알맞게 식사를 끝내고 커피와 하바나 담배의 자욱한 향기에 잠겨 있었다. 그것은 하루의 일과를 시작하기 전의 순간을 즐기는 모습이었다.

"프로버트 사장님,"

아더가 소리쳤다.

"이럴 수는 없습니다."

애드거 프로버트는 일어서서 온화하고도 무거운 표정을 띠며 아더의 손을 잡았다.

"나도 똑같이 걱정하고 있네, 이 사람아."

그는 아더의 손을 잡은 채 말했다.

"정말이야, 이것 참."

그는 65세 가량으로 키가 크고 당당한 체구를 가지고 있었다. 백발인 머리털과 까만 눈썹을 한 특이한 인물이었다. 그는 '북부탄광연맹'의 일원으로서 그것을 놀랄 만하게 효과적으로 이용하고 있었다.

　프로버트는 굉장한 부자이며, 사람들로부터 존경을 받고 있었다. 그는 기부자의 명단을 공표하고 있는 온갖 지방 자선 단체에 많은 기부를 했다. 겨울마다 타인캐슬의 한 자선 단체에서 경영하는 병원에 기부를 호소하는 포스터에 그의 사진이 고상하고 위엄있게 실렸다. 그 사진 아래에는 ‘본 사업목적을 절대적으로 지지하는 에드거 프로버트 사장은 여러분 모두 함께 참여하기를 부탁한다’라고 씌어 있었다.

　프로버트는 이렇게 해서 30년 동안 자기 회사의 종업원의 피가 하얗게 되도록 착취해 왔다. 그는 매혹적인 늙은 악한이었다.

　“앉게나, 아더.”

　그는 시가를 점잖게 흔들며 말했다. 그러나 아더는 앉을 수도 없을 만큼 흥분하고 있었다.

　“어떻게 돌아가고 있는 거죠? 저는 그게 알고 싶습니다. 저희는 어떻게 되는 겁니까?”

　“물론 몹시 골치아프게 되겠지.”

　프로버트는 난로 깔개 위에다 두 다리를 쩍 벌리고 서서 멍하니 천정을 쳐다보며 말했다.

　“그런데 당국은 왜 그렇게 했습니까?”

　“정부는 말이야, 아더.”

　프로버트가 중얼거리듯이 말했다.

　“우리들이 이익을 남길 때는 큰 몫을 먹어 왔지만, 우리에게 손실이 오는 몫은 전혀 부담할 생각이 없다는 뜻이야. 쉽게 말해서 산업 상황이 좋을 때 발을 빼겠다 이거지. 그러나 솔직히 말해서 난 이 사태를 유감스럽게 여기지 않네. 우리 둘만의 이야기지만, 난 지금까지 국회와 내밀한 연락을 하고 있었지. 이제 정리할 시간이 온 거야. 전쟁 이후 우리 사업주와 노동자 사이엔 폭풍이 불려 하고 있었단 말이야. 우리 측은 스스로 구덩이를 파고 일치 단결해서 싸워야 해."

"싸운다구요?"

프로버트는 시가 연기의 향기로운 냄새 속에서 고개를 끄덕였다. 그의 모습은 매우 고매해 보였다. 그는 마치 은발의 산타클로스와 바나도우 박사를 합쳐 놓은 사람 같았다. 아니, 그보다 더 훌륭한 모습이었다. 그는 점잖게 말했다.

"난 임금을 40퍼센트 깎아내리는 것을 제의할 작정이야."

"40퍼센트!"

아더는 숨이 막히는 듯했다.

"아니, 그건 전쟁 전보다 더 낮은 수준이 될 텐데요. 광부들은 절대로 참지 않을 것입니다, 절대로! 그 사람들은 당장 파업을 일으킬 겁니다."

"파업을 일으킬 기회를 갖지 못할 걸세."

그 말을 하는 그의 모습 속에서는 아무런 적의도 찾아볼 수 없었다. 다만 아까와 똑같은 부드러우면서도 초탈한 듯한 모습이 있을 뿐이었다.

"만일 그들이 정신을 차리지 않으면 즉각 내쫓아 버릴 테니까."

"내쫓는다구요?"

아더는 그의 말을 되받았다.

"그건 파괴입니다."

프로버트는 조용히 미소지으며 천장을 바라보던 시선을 돌려서 아더를 바라보았다. 그 눈초리에는 보호자가 그러듯 측은히 여기는 빛이 역력했다.

"우리 업주들은 대부분 전쟁에서 조금씩은 돈을 벌어서 어디엔가 감추어 두었으리라고 생각하네. 우리는 광부들이 사리를 분간할 때까지 그것을 찢어 먹고 살면 그만이잖은가. 그럼, 그럼! 우리는 그걸 찢어먹기만 하면 되구말구."

'남모르게 저축해 둔 돈이라!'

아더는 넵튠 탄광의 시설과 개량에 투자한 자금을 생각했다. 그리고 현재의 전시간제 계약을 생각했다. 참을 수 없는 뜨거운 분노가 온몸을 감쌌다.

"전 우리 광부들을 내쫓지 않겠습니다. 전 절대로 그러지 않겠습니다. 우리는 2교대 전시간제로 넵튠에서 지금 작업 중입니다. 40퍼센트 임금 절하는 미친 짓입니다. 전 합당한 임금을 지불할 각오가 돼 있습니다. 전 작업 진행 중인 탄광을 휴업하고 싶지는 않습니다. 전 누가 뭐라고 해도 제 목구멍을 제가 막아 버리는 짓은 하지 않겠어요."

프로버트는 더욱 보호자인 듯한 자세로 아더의 등을 툭툭 치면서 그의 명예롭지 못한 전쟁 시의 경력을 회상시켜 주었다. 그리고 마음의 균형을 잡지 못하는 성급한 젊은 바보라고 비웃으면서, 자비심이 넘치는 온화한 얼굴로 그 모든 것을 얼버무리려 했다.

"그럼 못써, 이 사람아."

그는 어르듯이 말했다.

"사태를 확대시키면 못써요. 자네는 본디 성급하다는 것을 알고 있지. 그걸 이겨내야 돼. 일주일 내에 우리는 연맹 총회를 열 걸세. 그때까진 자네 마음도 가라앉겠지. 자네는 우리와 협력하게 될 걸세. 자네에겐 별다른 도리가 없으니까 말이야."

아더는 눈에 핏발을 세운 채 프로버트를 뚫어지게 쳐다보았다. 입술이 분노로 실룩거리다가 일그러지기 시작했다.

'나에게는 별다른 도리가 없다고! 그것은 사실이다. 절대적으로 맞는 이야기다.'

그는 여러 면에서 연맹에 묶여 있었다. 꼼짝 못하게 묶여 있다는 것을 잘 알고 있었다. 그는 신음소리를 냈다.

"저에겐 아주 치명적인 일입니다."

프로버트는 좀더 부드럽게 그를 툭툭 쳤다.

"광부들은 자신들 입장이 어떤가를 알 수 있는 교훈을 얻어야 해, 아더."

그는 갑자기 활기를 띠며 친절을 베풀었다.

"아침은 했나? 커피라도 가져오게 할까?"

"괜찮습니다."

아더는 머리를 숙이며 중얼댔다.

"전 돌아가 봐야겠습니다."

"자네 어르신께서는 좀 어떠신가?"

프로버트가 다정스럽게 물었다.

"자네 아버지가 넵튠에 못 나가시니 정말 힘들겠군. 그래, 정말 그럴 거야. 그 어르신은 연맹에서 가장 오래된 내 친구야. 자네의 어르신이 연맹에 다시 나오게 되시기를 바라네. 내 안부를 전해 드리게."

"네."

아더는 머리를 숙여 보이고는 문 쪽으로 나왔다.

"정말 자네, 커피라도 들지 않겠나?"

"네, 괜찮습니다."

아더는 늙은 사기꾼이 내심으로는 자기를 비웃고 있음을 알았다. 그러나 할 수 없는 일이었다. 그는 프로버트의 저택에서 나오자 자동차 안으로 구르듯 들어갔다. 느릿느릿 넵튠까지 차를 몰고 와서는 사무실에 들어가 책상 앞에 앉았다.

아더는 두 손으로 머리를 감싸고 사태를 천천히 생각해 보았다. 그는 현재 작업 중인 탄광을 놀랄 만하게 개조했으며, 정당한 계약으로 전시간제 작업을 계속하고 있었다. 그는 광부들에게 적절한 임금을 지불해 주고 싶었고 또 그럴 각오도 되어 있었다.

프로버트가 제안한 임금액은 웃음거리밖에 안 되는 것이다. 가슴이 메이는 듯한 상태에서 연필을 들어 그 제안된 임금을 계산해 보았다. 생활비를 고려해 볼 때 프로버트가 제안한 임금이란 사실상 주당 1파운드를 하회하는 전쟁 전 5교대 근무로 16실링 9펜스라는 임금과 똑같았다.

'16실링 9펜스! 그 돈에서 집세, 의복값, 가족들의 식량값이 나온다고! 아아, 광부들이 그걸 받아들이리라고 기대하는 것은 미친 생각이다. 그것은 제안이 아니라 싸움을 일으키기 위한 도전장에 불과하다!'

그런데 자신은 연맹에 꽁꽁 묶여 있다. 그 묶인 것을 박차고 나온다는 것은 무모하기 짝이 없는 재정적 자살 행위다.

아더는 아무래도 탄광을 폐쇄시키고, 광부들의 작업을 중지시키어 자기의 계약을 희생시키지 않으면 안 될 것 같았다. 그 모든 것이 너무나 음울했기 때문에 차라리 껄껄거리고 웃고만 싶었다.

그때 암스트롱이 사무실 안으로 들어왔다. 아더는 평온치 못한 기색으로 얼굴을 치켜들었다.

"그 코크스 석탄 채굴에 즉시 과외 작업을 시작하도록 하시오, 암스트롱. 최대한 파낼 수 있는 데까지 파내서 갱밖에 쌓아 두도록 하시오. 아시겠소? 당신이 할 수 있는 데까지 해보시오. 모든 광부들을 다 동원하시오."

"네, 염려마십시오, 발라스 사장님."

암스트롱은 좀 놀란 목소리로 대답했다.

아더는 아직 암스트롱에게 내용을 알리고 싶은 마음이 없었다. 그는 종이쪽지 위에 몇 가지 더 계산을 해보다가 연필을 내던지고 앞을 노려보았다. 그날은 2월 16일이었다.

그 다음날 연맹 총회가 열렸다. 그리고 모든 지방 탄광 소유주들에게 결과를 알리는 회람장이 돌려졌다. 그 회람장에서는 앞으로 꼭 있게 될 탄광 폐쇄에 대비하여, 신중히 처신해서 석탄을 많이 저장할 것을 촉구하고 있었다. 아더는 그 비밀 서류를 받고 씁쓸한 미소를 지었다. 불과 6주 사이에 어떻게 4개월분의 생산고를 올린단 말인가!

3월 24일에 석탄 통제 해제령이 입법화되었다. 아더는 갱부들에게 곧 고용 계약 종료를 하겠다는 통보를 냈다. 그리고 3월 31일 계약했던 양의 반밖에 이행되지 못한 채 조업 정지에 들어갔다.

그날은 비가 오는 음산한 날씨였다. 아더는 오후 시간, 억수같이 퍼붓는 빗속에 마지막 탄차가 갱밖으로 나오는 것을 침울하게 바라보며 사무실에 서 있었다. 그때 톰 헤든이 걸어 들어왔다. 묵묵히 들어오는 그의 모습에는 뭔가 불길한 징조가 있어 보였다. 그는 무섭도록 음산한 표정으로 닫혀진 문을 등지고 아더와 정면으로 마주섰다.

헤든의 탄탄해 보이는 몸은, 마치 다가오는 탄광 폐쇄라는 무거운 짐을 이미 지고 있기나 한듯 약간 앞으로 굽어 있었다.

"당신에게 꼭 한마디만 물어 볼 것이 있소."

헤든은 잠시 입을 다물었다가 다시 열었다.

"당신은 이 탄광의 모든 광부에게 해고 통보를 했다고?"

"그게 어떻다는 겁니까?"

아더는 무겁게 입을 뗐다.

"다른 탄광과 똑같이 했을 뿐입니다."

헤든은 짤막하게 웃었다. 소름이 끼치는 웃음이었다.

'아니지, 분명히 다른 점이 있어. 이 지방에서 이곳은 가장 물이 많이 나오는 탄광인데 보안 요원과 펌프계까지 해고 통지를 냈다 이 말씀이야."

아더는 감정을 자제를 하려고 애쓰면서 대답했다.

"이 문제를 가지고 당신과 싸움하기엔 내가 너무 괴롭소, 헤든

의원. 나는 모든 종업원에게 통지를 내지 않으면 안 될 의무가
있다는 것을 당신도 알고 있잖습니까?"

"당신은 또다른 침수 범람을 원하고 있는 거요?"

헤든은 목소리에 이상한 울림을 주면서 물었다.

아더는 거의 자제력을 잃을 지경이 되었다. 자기는 헤든에게 아
무런 책망을 받을 이유가 없었다. 신경질적인 분노의 물결이 그를
휩쌌다.

"보안 요원은 작업을 계속하게 되어 있소."

"아아, 그렇게 되는 거요?"

헤든은 빈정댔다. 그는 잠시 말을 멈추었다가 신랄하게 비꼬는
말씨로 소리쳤다.

"내가 그런 말을 했기 때문에 겨우 보안 요원들의 작업이 계속
되고 있다는 것을 알아두시오. 내가 아니었다면, 그리고 나를 뒤
에서 밀어 주는 사람들이 없었다면 당신네의 그 지독한 탄광은 24
시간 내에 물천지가 될 것이오. 알겠소, 물천지로 바뀌어 만사가
끝장난다는 걸! 당신이 굶겨 죽여서 거름 무더기로 만들려는 그
광부들은 지금 계속해서 물을 퍼내어 당신네를 살찌게 해주고, 그
놈의 응접실에서 편안하게 딩굴게 해주려는 것뿐이란 말이오. 내
말을 조금이라도 씹어서 새겨들으시오. 그리고 부탁하건대 그 맛
이 어떤지도 알아보란 말이오."

이제는 자기 자신이 무슨 짓을 할지 믿지 못하겠다는 듯, 헤든
은 사나운 거동으로 문을 요란스럽게 닫고 나가 버렸다. 아더는
책상 옆에 앉았다. 그는 오랫동안 앉아 있었다. 이윽고 어둠이 사
무실 안으로 스며들어왔고, 보안 요원을 제외한 모든 사람들이 다
탄갱에서 물러났다. 그러자 그도 일어나 집으로 돌아갔다.

탄광 폐업이 시작되었다. 언제 끝날지 모르는 어둡고 음울한 날
들이 계속되었다. 탄광의 안전은 확보되어 있기 때문에, 광부들과

궁핍이라는 망령이 서로 투쟁을 벌이는 모양을 멀거니 서서 방관하는 일만 남아 있었다. 하루가 지나고 또 새로운 날이 밝았지만 아무런 변화도 보이지 않았다.

아더는 상대가 되지 않는 자들의 비참한 싸움의 종말이 어떠리라는 것을 뻔히 알면서도 멍하니 있을 수밖에 없었다. 남자와 여자, 어린애들까지도 뺨이 우묵하게 여위고, 모든 사람의 얼굴에는 어둠이 덮였다. 거리엔 웃음소리도, 아이들의 뛰노는 모습도 다 사라지고 말았다. 그의 가슴속에는 참을 수 없는 아픔이 점점 더해 갔다. 인간이 인간에게 이렇게 잔인한 짓을 .할 수 있단 말인가?

전쟁은 겨우 끝이 났다. 전쟁을 끝내기 위한 전쟁, 위대하고도 영원한 평화를 도래케 하기 위한 전쟁, 인간이 문명에 영광스러움을 안겨 주려는 전쟁은 끝이 난 것이다. 그런데 이제 또 이것은 무엇이란 말인가?

약간의 품삯을 받을 수밖에 없는 노예들아, 땅속에서 비지땀과 진흙과 위험에 목숨을 내걸고 열심히 일하여라. 만일 그렇게 하지 않으려면 굶어 죽어라! 결국 일이 이런 식으로 진행되고 있는 것이다.

한 여인이 잉커먼 고지촌에서 아기를 낳다가 죽었다. 검시관에게 압력을 받은 스코트 의사는 한마디의 의학 용어로 사인을 규명했다. 영양 실조라는 지극히 막연한 것이었다.

마가린과 빵, 그것만을 먹고 사는 세월. 어떤 때는 그것마저도 없었다. 대영 제국의 국가(國歌)를 부를 건강한 아들을 기르라는 슬로건이 걸려 있었지만, 그것은 참으로 슬로건일 따름이었다.

이같은 여러 가지 생각이 아더의 머릿속에 끊임없이 이어져 마침내는 한덩어리로 뭉쳐서 불타올랐다. 그는 그러한 생활을 견디고 싶지 않았다. 그 첫달이 다 지나갈 무렵 탄광 고지촌의 궁핍은

극도에 이르렀다.

아더는 오랫동안 생각해 왔던 사설(私設) 구제 계획을 실행에 옮겨 읍내에다 무료 급식소를 개설했다. 그러나 그의 자선은 감사함이 아닌 증오심으로 받아들였다. 그러나 그는 광부들을 탓하지 않았다. 그는 그들의 비통한 심정을 이해했다.

아더는 사람들의 마음을 자기에게로 끌어들일 수 있는 능력을 지니지 못한 것을 뼈아프도록 느꼈다. 그는 극적인 인기를 모을 수 있는 소질도, 또 인심을 얻기 위해 마음을 사로잡을 만한 성격도 못되었다. 그리고 처음부터 광부들은 그를 신용하려 들지 않았다. 그의 급식소 밖에는 다음과 같은 낙서가 써 있었다.

'징병 기피자를 지옥으로 보내라!'

지워 버리면 또다시 같은 문구나, 아니면 더 밉살스러운 글귀가 그 다음날 아침에 다시 붙어 있는 것이었다. 젊은 광부들이 그에게 가장 심한 적의를 품고 있었다. 잭 리디와 챠 라밍을 우두머리로 한 그 그룹은 대개 넵튠 재난 사건에서 형과 아버지를 잃은 젊은이들이었다.

광부들은 뚜렷한 이유도 없이 자기들의 증오심을 그에게로 돌렸다. 이러한 소극적인 비웃음과 거부는 줄기차게 계속되었다. 그러던 어느 날 아더는 8만 명의 완전 무장된 방위대의 결성에 관한 기사를 읽었다. 그 기사는 이상한 불쾌감을 느끼게 해주었다. 방위대, 무엇을 방위한다는 것일까?

5월, 합동 채탄소 주변에서 소동이 일어나자 군대가 그 지역에 파견되었다. 수없이 많은 칙령이 발표되었다. 그즈음 프로버트 사장은 자신의 가족들과 함께 번마우드에서 지극히 만족스러운 휴가를 보내고 있었다.

아더는 그 당시 슬리스케일에 남아 있었다. 4, 5월이 지나고 6월로 접어들자 아더에게는 해괴한 엽서가 날아들기 시작했다. 그것

도 너무나 유치하고 엉뚱한, 중상에 찬 글이었다. 상스럽기조차
한 무명 엽서였다. 그것은 매일 한 장씩 지렁이가 기는 듯한 흉한
필체로 씌어져서 날아들었다.

아더는 처음에는 일부러 필체를 감추기 위해 그런 것이라고 생
각했다. 그리고 그런 엽서를 무시했다. 그러나 차츰 그것들은 자
신도 모르는 사이에 그를 고통스럽게 하는 원인이 되고 있었다.
도대체 어떤 작자가 악의를 가지고 자기를 추적하고 있는 것일
까? 그는 도저히 짐작할 수가 없었다.

그러던 6월 말쯤 우연치 않은 기회에 범인이 드러났다. 자기 집
에 오는 심부름꾼 아이에게 막 엽서를 전하려는 현장을 목격했던
것이다. 그 범인은 바로 자신의 아버지인 리차드 발라스였다.

아버지의 끝없는 감시는 그 장난 엽서보다 더욱 견디기 어려운
것이었다. 언제나 아더를 노려보면서 그의 출입을 감시하고 있
었다. 그리고 낙담한 상황을 고소하다는 듯이 바라보며, 그가 광
부들에게 배척받고 있는 기미를 알고 기뻐하는 것이었다. 그 훔쳐
보는 듯한, 노망이 분명한 무서운 눈길은 아더 위에 천벌처럼 덮
쳐 기운을 잃게 하고 쇠약케 했다.

드디어 7월 1일에 음산하게 뿌리를 뻗어 가던 분규는 끝장이
났다. 광부들이 패배의 쓴잔을 마신 것이다. 굴욕을 당하는 가운
데 그들은 부서지고 말았다. 그러나 아더에게는 승리랄 것이 없
었다. 계약 불이행으로 인한 손해가 컸던 것이다.

그럼에도 불구하고 아더는 낙심한 마음을 훌훌 털어 없앴다. 그는
광부들이 탄광 구내를 마치 물이 흘러가듯 꽉 채우며 지나가는 것을
보았다. 또 반출탑 위에서 연동차륜이 다시 도는 것을 보고 힘을 얻
었다. 역전이란 반드시 일어나는 법이다. 이것은 아더 자신 또는 누구
의 실수에서가 아니라 어쩔 수 없이 그러한 것이었다. 그는 낙심이란
것에 지고 싶지 않았다. 이제 재출발을 해야 하는 것이다.

휘틀리 만에서의 휴가

1925년 여름의 어느 일요일이었다. 데이비드는 모래언덕까지 오후 산책을 하고 돌아오다가 램 가가 끝나는 길목에서 애니와 샘을 만났다. 샘은 데이비드를 보자 신이 나서 고함을 지르며 앞으로 달려왔다. 데이비드가 자기를 좋아한다는 것을 잘 알고 있기 때문이었다.

샘은 노래하는 것처럼 크게 소리쳤다.

"삼촌, 토요일에도 나 놀았어요. 신나지요?"

"응, 그것 잘 됐구나, 이 녀석."

데이비드는 싱긋 웃었다. 샘도 이제 휴일이 필요할 정도로 컸구나 하는 것을 새삼스럽게 느꼈다. 샘은 이제 여덟 살이다. 창백한 얼굴에 울툭불툭한 이마, 명랑한 파란 눈이 웃을 때마다 감기는 모양이 꼭 아버지를 닮았다.

샘은 어머니인 애니와 함께 일요일 산보를 하기 위해 깔끔하게 손질된 옷을 입고 있었다. 모두 애니가 손수 만들어 입힌 것이 분명했다. 그런데 구두가 터무니없이 커 보였다. 마치 미류나무처럼 빨리 자라기 때문에 오랫동안 신을 뿐만 아니라 비오는 날에도 신을 수 있도록 크고 튼튼한 것만을 골랐기 때문이었다.

"얼마나 바쁘세요, 애니?"

데이비드는 옆으로 조용히 다가온 애니에게 고개를 돌렸다.

"지금은 이런 휴일이 얼마나 귀한지 알고 있답니다."

애니는 인사 대신 웃어 보이다가 샘을 바라보았다.

"전 샘 때문에 여간 속이 상하지 않아요."

그러나 애니의 얼굴은 사랑으로 넘쳤다.

"글쎄, 슬루스 모래언덕을 자꾸 기어올라가다가 새로 산 셀루로이드 칼라를 부러뜨렸지 뭐예요."

"아아, 그건 도토리를 따려다가 그랬던 거예요."

샘이 정색을 하면서 소리쳤다.

"난 도토리를 갖고 싶었어요, 데이비드."

"데이비드 작은아버지라고 해."

애니가 주의를 주었다.

"넌 어쩌면 그렇게 잘 잊어버리니?"

"괜찮아요, 애니. 우리는 옛날부터 친구였으니까. 안 그러니, 샘?"

"맞아요!"

샘이 이빨을 드러내며 웃었다. 데이비드도 따라 웃었다. 그러나 애니를 바라보고 미소를 얼른 지워 버렸다. 애니가 무척 피곤해 보였기 때문이다. 그녀의 눈밑에는 검은 자국이 뚜렷이 드러나 있었고, 얼굴은 몹시 창백해 보였다.

애니는 옆의 벽에 손을 대고 겨우 몸을 지탱하고 있었다. 그녀는 지금까지 너무 힘들게 살아 왔다. 친정 아버지 메이서는 류머티즘으로 완전히 폐인이 되었고, 오빠 퍽은 넵튠 탄광에 일하러 가는 날보다 노는 날이 더 많았다. 그리고 샘도 돌봐야 했다.

애니는 그동안 남의 집 빨래도 해 왔고 청소부 노릇도 하였다. 데이비드는 애니에게 여러 차례 도움을 주려고 했지만 그때마다 애니는 완강히 거절했다. 어떻게든 혼자 살아 보겠다는 태도였다.

"생각해 보세요. 언제 쉬어 보셨습니까?"

그녀의 조용한 눈이 약간 놀란 듯 크게 떠졌다.

"글쎄요, 제가 학교 다니던 때 휴일이란 것이 있었죠. 샘처럼 말이에요."

이 말은 농담이 아니었다. 사실 이것이 그녀의 휴일에 대한 솔직한 개념이었다. 애니는 휴일이 필요하다고 생각한 적이 없었다. 더군다나 아름다운 해변가나 경치 좋은 산길을 가 본다는 것은 너무나 거리가 먼 이야기였다.

애니가 아무 생각없이 단순하게 내뱉은 속에 담긴 아픔 같은 것이 데이비드의 목을 메이게 했다. 그는 순간적으로 결심을 했다. 그리고 이 기회를 놓치면 안 된다는 듯이 성급하게 말했다.

"샘과 함께 휘틀리 만으로 일주일쯤 휴양을 떠나 보시는 것이 어떻겠어요?"

애니는 뜨거운 열기를 뿜어 내는 포도 위에 시선을 던진 채 조용히 서 있었다. 샘은 환성을 질렀다.

"휘틀리 만이래, 엄마! 아아, 나, 휘틀리 만에 가고 싶어!"

데이비드는 애니를 바라보았다.

"해리 뉴전트 국회의원이 내게 편지를 보내 왔어요. 23일 그곳에서 만나자는 겁니다."

그렇게 말하고 나서 데이비드는 얼른 거짓말을 덧붙였다.

"난 일주일쯤 미리 가서 쉬기로 작정했거든요."

애니는 여전히 포도 위에 시선을 던진 채 가만히 서 있었다. 그녀의 얼굴은 아까보다 더 창백해 보였다. 그녀는 역시 고개를 흔들었다.

"저희는 안 되겠어요. 혼자 다녀오세요."

"아이 참, 엄마!"

샘이 졸라댔다.

"애니, 건강을 생각해 보세요. 그리고 샘도 마찬가지입니다."

"오늘은 어쩐지 더 덥군요."

애니도 데이비드가 한 지적을 인정했다. 그리고 사실 샘과 함께 휘틀리 만에서 일주일을 지낸다는 것은 현기증이 일 정도로 기쁜 일이었다. 데이비드에 대한 고마움이 울컥 치밀어올랐다. 그러나 그녀의 머릿속에는 곤란한 일들이, 장해가 되는 여러 가지 일들이 떠오르는 것을 어쩔 수 없었다.

애니는 우선 입고 갈 옷이 없었다. 그녀는 데이비드를 '꼴불견인 구경거리'로 만들고 싶지 않았다. 또 자기가 돌보아야 할 집과 아버지가 있지 않은가. 펙은 혼자 내버려 두면 술타령만 할 것이다. 그때 멋진 생각이 떠올랐다. 그녀는 기뻐서 소리쳤다.

"샘을 데리고 가 주세요!"

데이비드는 고개를 흔들었다.

"샘은 아마 엄마하고 함께 가지 않으면 한 발자국도 움직이지 않을 겁니다."

"그래, 엄마!"

샘이 창백한 얼굴로 곁에서 소리치고 있었다. 그 조그마한 얼굴에는 제발 같이 가자는 애원의 빛이 가득 차 있었다.

잠시 침묵이 흘렀다. 이윽고 애니는 눈을 들고 데이비드에게 조용한 미소를 보냈다.

"좋아요, 데이비드. 가겠어요. 그토록 우리를 기쁘게 해주려 하시는데 ……."

생각지도 않았던 일이 곧 결정되었다. 데이비드는 기뻤다. 요즘 와서 거의 잊고 있었던 기쁨이었다. 갑자기 마음속에 어떤 빛이

비쳐오는 것같은 그런 기분이었다.

데이비드는 애니와 샘이 방파제 쪽으로 걸어내려가는 뒷모습을 오래도록 바라보았다. 샘은 자기 엄마 주위를 이리 뛰고 저리 뛰며 기뻐서 못 견디겠다는 모습이었다. 커다란 구두나 부러진 칼라를 끼고도 그런 것은 전혀 개의치 않고 휘틀리 만에 대한 동경으로 부푼 모습이었다.

이윽고 데이비드는 램 소로를 따라 집으로 돌아왔다. 이제는 마당에도 잡초라고는 보이지 않았다. 작은 마당은 깨끗하고 깔끔하게 손질되어 밝은 황색의 한련꽃이 벽에 늘어뜨린 하얀 실을 따라 뻗어오르고 있었다. 마사가 그렇게 해놓은 것이었다. 입구의 돌층계도 하얀 점토를 발라 반질반질 닦여져 조개껍질 모양을 이루게 했다.

창문 덧문에도 마사의 솜씨만이 해낼 수 있는 멋진 레이스 장식이 12인치나 늘어져 있었다. 탄광부들의 모든 좋은 집에는 코바늘 뜨개질로 가장자리가 장식된 덧문이 있었는데, 그것은 착실한 광부라는 표시이기도 했다. 그러나 슬리스케일의 어떤 광부의 집도 이것보다 더 멋지지는 못했다.

데이비드는 현관에서 모자를 벗어 들고 부엌방으로 들어섰다. 마사는 그의 저녁식사 준비로 샐러드에 쓰이는 야채인 네델란드 냉이를 다듬고 있었다. 마사는 언제나 아들을 위해서 바빴다. 그녀의 몸속에는 펜윅 가가 자랑하는 봉사 정신이 다듬질치고 있었다. 부엌도 매우 청결하여 이 지역에서 흔히 말하듯 마룻바닥 위에서도 식사를 할 수 있을 정도였다.

가구는 모두 번쩍거렸고, 찬장의 질그릇들도 반들거렸다. 마사의 친정 아버지가 볼링 경기에서 상품으로 받았던 대리석 시계는, 잉커먼 고지촌의 집을 다 처분했을 때 그녀가 가지고 온 유일한 물건이었다. 그 훌륭한 대리석 사발시계는 조상 대대로 내려오는 가

보라도 되는 듯이 높은 벽난로의 선반 위에 소중하게 놓여 있
었다. 집안은 아늑한 일요일의 정적이 감돌고 있었다.

데이비드는 어머니를 바라보면서 말했다.

"어머니, 한 일주일 가량 휘틀리 만에 다녀오실 생각 없으세
요? 19일에 그곳에 가기로 했는데요."

마사는 고개도 돌리지 않고 계속 냉이만 다듬고 있었다. 그녀는
어떤 야채라도 티검불 하나도 남아 있지 않나 꼼꼼히 들여다 보아
야 하는 성격이었다. 어머니가 자기의 말을 듣지 못했다고 생각하
는데, 갑자기 그녀가 말했다.

"내가 휘틀리 만에 가서 뭘 하니?"

"어머니가 좋아하실 것이 많이 있어요. 그리고 애니와 샘도 함
께 갈 겁니다."

그는 살살 꾀는 목소리로 말했다.

"어머니도 이런 기회에 함께 가세요!"

그녀는 등을 아들 쪽으로 돌린 채 잠시 아무 말이 없었다.

"싫다. 난 여기가 제일 좋다!"

야채 쟁반을 들고 몸을 돌리는 그녀의 얼굴이 딱딱하게 굳어 있
었다.

데이비드는 어머니를 강요하지 않는 것이 더 좋다는 것을 잘 알
고 있었다. 그는 창가의 소파에 앉아서 《노동자의 독립》이란 제목
의 주간지를 손에 들었다. 지난 12개월 동안 연재로 기고해 온 주
간지였다. 그의 주간 평론은 언제나처럼 첫 페이지에 실려 있었
고, 화요일에 세그힐에서 있었던 연설의 전문이 중간 페이지에 다
실려 있었다. 그러나 그는 자기 글은 읽지 않았다.

데이비드는 이제 35세이다. 지난 4년 동안 그는 아주 열심히 일
했다. 지역 조직에 앞장섰고, 지역을 순회하며 가는 곳에서마다
연설을 했다. 자신의 노고 따위는 전혀 돌보지 않았다. 그는 에절

리의 회원을 4천명 이상이나 증가시켰다. 그는 강인하고 정력이 넘치는 유능한 사람으로 명성을 얻었다.

그동안 쓴 논문들은 앤빌 출판부에서 간행되었고, 〈국가와 탄광〉이라는 논문은 러셀상과 메달을 탔다. 그 메달은 이층에 두었는데 어느때엔가 옷장 뒤로 사라져 버렸다. 성공이라고 할 수 있었다. 그러나 그는 순간적으로 어떤 슬픔이 밀려오는 것을 자주 느껴야 했다.

오늘 오후에도 그는 모래언덕 아래에서 종달새가 우는 소리를 들었다. 그 종달새 소리는 20여 년 전 그 모래언덕을 곧잘 찾아왔던 자신의 소년 시절을 회상케 해주었다. 그러다가 데이비드는 제니에 대한 생각에 잠겨 버렸다. 도대체 제니는 어디에 있을까? 그리운 제니. 그 모든 일이 있었음에도 불구하고 그는 아직도 그녀를 사랑했고, 그녀가 없는 것이 쓸쓸하여 자꾸 생각하게 되는 것이었다.

태양의 광선과 종달새의 노랫소리 속에서 제니에 대한 추억은 그를 슬프게 했다. 데이비드는 애니와 샘을 만날 수 있어서 기분이 훨씬 좋아진 것이 사실이었다. 그러나 애니를 대했을 때의 슬픔이 다시 밀려왔다.

'어머니에게도 책임이 있다. 어머니의 태도가 말이다!'

인간들에게 이처럼 공격하기가 어려워 좀처럼 함락되지 않는 딱딱한 마음이 있다면, 인류 대집단의 움직임을 변화시키려고 노력하는 것이 무슨 소용이 있을까? 어머니, 바로 마사라는 여자야말로 변화를 모르는, 용서가 없는 사람이었다.

저녁을 먹고 나니 기분이 좀 좋아졌다. 마사의 용서할 줄 모르는 마음에도 불구하고 네델란드 냉이로 만든 샐러드는 맛이 있었다. 데이비드는 그 식탁에서 해리에게 편지를 썼다. 더전과 베빙튼, 해리는 그 해에도 모두 무난히 의석을 지킬 수 있었다. 베빙튼에겐 매우 아슬아슬한 일이 있기는 했다. 베빙튼이 지명되었을 때 피터 아우트 럼 경이 제기한 이혼 소송에 관련된 추문이 있었던 것이다. 그러나 운좋게 잘 해결되어 가까스로 당선되었던 것이다.

데이비드는 해리에게 긴 편지를 썼다. 다 쓰고 나자, 그는 에리히 플리트너가 쓴 《국가 통치에 관한 실험》이라는 책을 집어 들었다. 그는 최근 플리트너와 막스 세링에게 관심을 갖게 되었다. 특히 막스 세링의 《공동 사회에서의 공격》이란 저서가 마음에 들었다. 그러나 오늘 밤에는 플리트너도 그의 기분에 맞지 않았다.

데이비드는 앞으로 다가올 휘틀리 만에서의 공격을 생각해 보았다. 좀 성가시기도 하겠지만 샘 녀석이 제일 좋아하는 아이스크림이 있으니까 괜찮을 것이다. 무슨 일이 있어도 아이스크림을 잊어서는 안 된다. 틀림없이 애니도 아이스크림에는 꼼짝 못 할 것이다. 이탈리아의 진짜 아이스크림, 입안에서 저절로 녹아 버리는 그것 앞에서는 애니도 꼼짝 못 할 것이다. 데이비드는 생각만해도 재미있는 듯 의자 뒤로 젖혀 앉으며 크게 껄껄대고 웃었다.

사실 그 다음의 10일 간은 그의 머릿속에서 지울 수가 없었다.

19일 아침 데이비드는 타인캐슬의 센트럴 정거장으로 나갔다. 거기서 그는 애니와 샘을 만나기로 했기 때문에 자기도 모르게 흥분하고 있었다. 그는 어떤 배상 사건으로 마지막 순간에야 겨우 빠져 나올 수 있었기 때문에 급히 출구로 갔다. 애니와 샘이 기다리고 서 있었다.

"내가 늦을까 봐 걱정했지요?"

데이비드는 숨을 헐떡거리면서 겨우 미소를 지었다. 그리고는 자신이 아직도 흥분하고 숨을 헐떡일 만큼 젊다는 사실이 기뻤다.

"아직 시간은 충분해요."

애니가 차분한 말씨로 대답했다.

샘은 아무 말이 없었다. 아무 말도 하지 말라고 애니에게 미리 단단히 주의를 받은 모양이었다. 그러나 샘의 깨끗하게 씻긴 얼굴과 빛나는 눈은 기쁨에 벅차서 반짝거리고 있었다.

그들은 휘틀리 만행 기차를 탔다. 데이비드가 애니의 가방을 들고 들어갔다. 애니는 그렇게 가방을 들어 주는 것을 좋아하지 않았다. 그녀는 자기의 가방, 아니 실은 퍽 오빠로부터 빌린 그 가방을 자기가 들고 싶었다. 그 가방은 무겁기도 했지만 데이비드가 들고 다니기엔 너무 초라한 것이어서 부끄러웠던 것이다.

애니는 늘 자기보다 세 배나 더 나가는 생선 광주리를 들고 다녔기 때문에 그런 가방쯤은 아무 문제가 되지 않았다. 그녀는 데이비드가 그 가방을 들고 다니는 모습을 난처한 표정으로 바라보았다. 그러나 이런 곳에서는 가만히 있을 수밖에 없었다. 이윽고 그들이 좌석을 찾아 앉자 기적이 울리며 차가 출발했다.

샘은 데이비드 옆의 구석진 자리에 앉았고, 애니는 그 맞은편에 자리를 잡았다. 기차가 교외를 지나 평화스러워 보이는 전원의 시골길로 들어서자, 샘의 열띤 기쁨은 대단하여 말을 하지 않겠다고 약속한 것도 깜빡 잊어버렸다. 샘은 데이비드에게 끊임없이 이야기를 퍼부었다.

"저 기관차, 저 화물차, 그리고 저 기중기 좀 봐요!"

샘이 외쳤다.

"야아, 저 큰 굴뚝 좀 봐. 난 저렇게 큰 굴뚝은 처음이야!"

그 굴뚝은 매우 가슴이 두근거리는 굴뚝 수리공의 이야기로 화제를 바꾸게 해 주었다. 굴뚝 수리공과 땅 사이가 200피트나 되는데, 그 까마득하게 높은 굴뚝 꼭대기에 수리공이 올라서 있다는 것은 얼마나 멋있느냐라는 이야기였다. 데이비드와 샘이 열을 올리며 이야기를 하고 있었다.

"그럼, 샘은 자라서 굴뚝 수리공이 되고 싶겠구나?"

데이비드가 애니를 보고 미소지으며 물었다. 샘은 절레절레 머리를 흔들었다.

"아니야!"

샘은 약간 목소리를 낮추어서 말했다.

"난 우리 아빠처럼 될 거야."

"광부 말이냐?"

데이비드가 물었다.

"응, 나는 꼭 광부가 될 거야."

엄숙하게 말하는 샘의 모습이 너무나 진지해서 데이비드는 웃지 않을 수 없었다.

"넌 앞으로 얼마든지 마음을 바꿀 수 있어."

데이비드는 실제로 그렇게 되기를 바라면서 말했다.

긴 여행은 아니었지만 유쾌한 여행이었다. 얼마 안 있어서 그들은 휘틀리 만에 도착했다. 데이비드는 대런트 가에서 여관방을 얻었다. 그곳은 좁지만 조용한 거리로 웨벌리 호텔 가까이까지 산책로가 뚫려 있었다. 지부의 서기인 디키가 그 여관방을 추천해 주었다.

디키의 말에 의하면 집주인인 레슬리 부인은 지역위원회가 개최될 때 늘 연맹 대표자들에게 싼값으로 숙소를 제공해 준다는 것이었다. 레슬리 부인은 약 20년 전 헤들링튼에서 발생한 탄광 사고 때 생명을 잃은 어떤 의사의 미망인이었다.

갱목계의 한 사람이 낙반에 깔렸는데, 2개의 커다란 현무암 덩어리 사이에서 으스러진 팔을 도저히 빼낼 수가 없었다. 레슬리 의사는 그 갱목계의 팔을 잘라서라도 구출해 내려고 갱속에 들어갔다. 낙반 밑으로 기어들어가 석탄층 위에 배를 깔고, 피와 진흙과 땀투성이가 된 채 마취도 시키지 않고 진행시킨 대담한 절단 수술이 거의 끝나려는 순간이었다. 바로 그때 소리도 없이 갑자기 천장 전부가 그들 두 사람 위에 내려앉아, 의사도 갱목계원도 모두 죽어 버렸다.

지금은 모든 사람들이 그 사고에 대해 까맣게 잊고 있었다. 그러나 레슬리 부인이 4야드 평방밖에 안 되는 짓밟혀 버린 듯한 좁다란 골목 안에서 하숙집을 경영하고 있는 것은 바로 그 낙반 사고 때문이었다. 그 집은 앞마당과 노팅검 레스로 된 커튼, 유리로 만든 난로 선반 장식 등이 있었다. 아주 낡아 버린 피아노가 있는 붉은 벽돌집들이 늘어선 곳이었다.

레슬리 부인은 키가 크고 피부가 검은 내성적인 여인이었다. 그녀는 재미가 없는 무뚝뚝한 성격이긴 했으나 화내는 일이 없었다. 그녀에게서는 해변가의 하숙집 여주인이라는 냄새나 특징은 전혀 찾아볼 수가 없었다.

레슬리 부인은 데이비드 일행을 조용히 맞아들여서 예약한 방으로 안내해 주었다. 여기서 그녀는 뜻하지 않게 어색한 실수를 저지르고 말았다. 애니를 데이비드의 부인으로 생각한 것이다.

"남편되시는 분과 이 앞쪽 방을 사용하세요. 아기는 뒤쪽의 작은 방을 준비해 놓았답니다."

애니는 얼굴을 붉히지 않았다. 오히려 얼굴빛이 창백해져서 전혀 어색한 빛이 없이 대답했다.

"이분은 저의 시동생이시랍니다. 제 남편은 전사했습니다."

얼굴을 붉힌 것은 레슬리 부인 쪽이었다. 그녀는 머리털까지 새빨개지는 것 같았다.

"제가 정말 바보같은 말씀을 드렸군요. 편지를 보고 다 알았어야 했는데 ……."

애니와 샘이 앞쪽 방을 사용하고, 데이비드는 뒤쪽의 조그마한 방을 차지했다. 레슬리 부인은 아무래도 애니의 기분을 상하게 한 것 같아 그녀에게 특별한 친절을 베풀려고 애썼다. 그래서 레슬리 부인과 애니는 금방 친구 사이가 되었다.

휴가는 즐겁게 지나갔다. 그것은 샘 덕분이기도 했다. 샘의 천
진스러운 모습은 옆사람까지 유쾌하게 만들었다. 데이비드도 원래
유쾌한 사람이긴 했지만 샘과 함께 있는 즐거움은 특별한 것이
었다. 날씨는 더웠지만 휘틀리 만에 언제나 불고 있는 신선한 바
람이 무더위를 막아 주었다.

그들은 매일 아침 목욕을 하고 백사장에서 프랑스식 카드놀이를
했다. 그들은 아이스크림과 과일을 엄청나게 먹어댔다. 또 컬러코
츠까지 산보를 가 그곳 브라운 빌딩에서 한 노파가 경영하는 게 요
리집에 가보기도 했다.

데이비드는 게가 샘의 위장에는 좋지 않을 것이라는 생각에서
그곳에 간 것을 후회했지만, 그럼에도 불구하고 여러 번 가지 않
을 수 없었다. 샘이 워낙 게를 좋아했기 때문이었다. 세 사람은 콜
타르 냄새와 어망 냄새가 풍기는 두 칸짜리 집의 조그마한 현관부
터가 마음에 드는 매력적인 가게 안으로 들어갔다. 그리고는 말털
로 만든 소파에 앉아 껍질에서 금방 빼낸 싱싱한 게를 먹었다.

음식점의 주인 할머니는 그들을 유심히 바라보며 내내 점토로
만든 담뱃대를 물고 있었다. 노파는 특별히 샘이 귀엽다는 듯 친
절히 웃어 보였다. 게는 굉장히 맛있었다. 너무 맛있어서 샘의 위
장에 나쁘지 않을까 하는 의구심 같은 것은 깨끗이 잊어버리고 말
았다. 컬로코츠에서 돌아올 때는 산책로를 따라서 오곤 했다.

샘은 데이비드의 손에 매달려서 걷곤 했는데, 그것은 무엇을 물
어 보기 위해서였다. 샘은 이 세상의 모든 것이 의문덩어리인 듯
물어 보는 것이 많았으나, 데이비드는 조금도 귀찮아하지 않고 대
답해 주었다. 샘의 질문은 언제나 성급해서 마치 폭탄 세례를 퍼
붓는 것 같았다. 데이비드가 대답하기 어려운 질문도 있었으나 그
럴 때는 적당한 대답을 만들어 내었다. 샘도 그가 대답을 만들어
내고 있음을 다 알고 있었으므로 눈을 반짝이면서 매달렸다.

"에이, 이번엔 나를 속였어, 데이비드 삼촌."

그러나 샘은 속임수가 들어 있는 대답을 더 좋아했다. 이렇게 두 사람이 실랑이를 벌이며 걷는 동안, 애니는 좀 멀찌감치 떨어져 걸으면서 잔잔한 미소를 띠울 뿐이었다. 그녀는 원래 겸손한 사람이었다. 그래서 데이비드와 샘이 함께 다니자고 청했지만 자주 사양했다. 그녀는 언제나 할 일이 있다고 핑계를 대었다. 또한 실제로 그녀는 언제나 바빴다.

애니는 집안 정리나 필요한 물건을 사야 했고 또 레슬리 부인과 차를 마시는 시간을 가지느라 자주 집에 남았다. 그녀는 레슬리 부인과 함께 식사를 준비하는 것을 좋아했다. 특히 데이비드가 좋아하는 음식이 무엇인지 알아서 해주고 싶어 애를 쓰는 것이었다.

애니는 데이비드에게 감사하는 마음이 무척이나 컸다. 그러나 감사의 표현을 함부로 드러내는 것이 너무 주제넘은 짓 같아 조심하려고 했다. 그러나 데이비드는 그녀의 지나치게 헌신적인 태도가 마음에 걸렸다. 수요일 오후, 그는 외출에서 돌아오다가 애니가 자신의 재색 플란넬 바지를 들고 막 이층으로 올라가려는 것을 보았다.

애니는 부엌에서 바지를 다려서 갖다 두려던 참이었다. 데이비드는 그 모양을 보자 지금까지 은근히 참아왔던 화가 치밀었다.

"뭣 때문에 그런 필요없는 일을 하는 거예요? 이렇게 좋은 날씨에 집안에 처박혀서 다림질이나 하다니요. 제발 그만 두시고 어서 바닷가로 나갑시다."

그녀의 시선이 아래로 떨어졌다. 애니는 부끄러우면서도 속이 상했다.

"나중에 가겠어요. 먼저 나가 보세요."

"나중에 언제요?"

그는 벌컥 화를 냈다.

"언제나 나중에, 아니면 곧, 그렇지 않으면 레슬리 부인과 이야기 좀 하고 나서군요. 애니, 당신은 이곳에 휴가를 온 겁니다. 일부러 이곳까지 오자고 한 내 성의도 생각해 주세요."

"죄송해요. 그러나 난 이렇게 집안일을 돌보는 것이 더 즐거워요. 전 그런 사람이에요."

"말도 안 되는 소리! 이곳에 온 이상 내 말을 따라 주세요. 이제부터는 항상 우리와 함께 행동해 주세요. 제발 부탁입니다."

"미안해요, 데이비드. 원하시는 대로 하겠어요."

그녀는 미소를 지으면서 데이비드를 흘낏 보았다.

"그렇지만 걱정이 되어서 그래요. 공연히 성가시게 해 드리는 것이 아닌가 해서……. 데이비드 삼촌이야말로 편히 쉬셔야 할 텐데……."

데이비드는 머리를 흔들었다.

"필요없는 신경은 그만 쓰세요. 저를 더 이상 화를 내게 하고 싶지 않다면 어서 모자를 쓰고 나오세요."

애니는 온순하게 따랐다. 세 사람은 오후의 햇볕이 따가운 모래사장으로 나왔다. 샘은 얕은 물에서 놀고 두 사람은 모래바닥에 앉았다.

애니는 고개를 치켜들고 햇빛을 쪼였다. 그에게는 애니가 신비로운 여자라는 느낌이 다시 한 번 강하게 와 닿았다. 그녀는 멋진 여자였다. 결코 외모가 아름답고 것이 아니라 내면 깊은 곳에서 멋이 흘러넘치고 있었다. 겸손하고 조용하며, 전혀 빈틈이 없이 완벽하면서도 부드럽고 상냥한 여자였다. 그녀는 아직 젊고 예쁘다. 태양을 향해 고개를 쳐들고 있는 조용한 얼굴은 평화로우면서도 어딘가 슬픔이 깃든 아름다움을 지니고 있었다.

애니는 자신을 아름답게 꾸미거나 하는 일이 없었다. 그러나 그녀에게는 어느 누구도 따를 수 없는 아름다움이 있었다. 그런데도 그녀에게서 전혀 자랑하는 태도를 찾아볼 수 없었다. 그게 바로 이상한 점이었다. 애니는 강인한 독립 정신을 가지고 있었지만 허영심이나 자기를 내세우는 부분은 전혀 없었다.

애니는 오히려 자기 자신을 너무 비하시키고 있었다. 그래서 데이비드에게 귀찮은 존재가 될까 봐 두려워하는 것이었다. 그는 요즈음 와서 애니의 그런 마음을 더욱 확실히 느끼고 있었다. 전에는 그렇지 않았었다. 이런 변화는 그녀의 의기 소침함을 나타내는 것인지도 모른다.

데이비드는 이번 기회에 이런 불편한 벽을 헐어 버려야겠다고 생각했다. 샘은 물가에서 양동이를 가지고 놀고 있었다. 그는 모래톱에 팔꿈치를 괴고 누우면서 말했다.

"애니, 우리 사이는 지금 어떻습니까? 우리는 옛날부터 가장 친한 친구였었는데 말입니다. 지금은 좀 의심이 가는군요."

애니는 여전히 태양 쪽으로 눈을 감은 얼굴을 치켜든 채 즉시 대답했다.

"전, 전혀 의심하지 않아요. 데이비드 삼촌은 저의 가장 다정한 친구예요."

그는 손가락 사이로 보드라운 모래를 흘러 내리게 하며 그녀를 바라보았다. 그리고는 얼굴을 찌푸리며 다시 말했다.

"그런데 난 믿을 수가 없군요. 난 자주 궁금해져요. 애니, 당신의 머릿속에는 무슨 생각이 들어 있을까 하고 말예요. 당신은 요즘 너무 신비로워졌어요. 마치 성모 마리아처럼……. 조금도 이 세상 사람 같지 않아서 난 화가 나요. 왜 자신을 숨기세요?"

"제가 데이비드 삼촌이라면 그런 이야기는 하지 않겠어요."

그녀는 가냘픈 미소를 띠었다.

"난 언제나 변함없는 애니, 그 애니니까요."

그는 잠시 머리를 떨구고 있다가 말을 이었다.

"아, 좋은 생각이 떠올랐어요. 애니, 당신이 꼼짝 못하도록 내가 막 휘두를 테니까 단단히 준비하세요."

데이비드는 빙글빙글 웃으면서 여전히 눈을 감고 있는 그녀를 바라보았다.

"오늘 밤 샘을 재워놓고 우리끼리만 유원지로 가는 겁니다. 난 그곳에서 당신을 정신없게 만들어 버릴 작정이에요. 무섭게 빠른 전기 자동차에 태웠다가 시속 80마일로 공장을 선회하는 기차에 밀어 넣을 겁니다. 그래서 난 당신의 신비로운 껍질을 벗겨 버리고 옛날의 팔팔했던 애니를 다시 찾아낼 겁니다."

"유람철도엔 저도 가고 싶었어요."

그녀는 평상시의 미소를 지으며 말했다.

"그렇지만 입장료가 꽤 비쌀걸요?"

그는 갑자기 폭소를 터뜨렸다.

"애니, 정말 당신은 어쩔 수가 없군요. 내가 졌습니다. 그러나 입장료가 백만 파운드가 되어 우리 둘이 다 죽는다 해도 그 유람철도엔 갑시다!"

결국 그들은 그곳에 갔다. 샘은 추호의 의심도 없이 박하과자에 속아 일찍 잠이 들었다. 그 틈을 타서 데이비드와 애니는 타인캐슬의 유원지로 나갔다. 거리는 조용하고 밤의 경치는 아름다웠다.

데이비드는 갑자기 이곳에서 신혼 여행을 지냈던 일을 생각했다. 제니와 함께 지내던 모든 기억이 너무나 생생하게 되살아나 숨이 막힐 것 같았다. 그는 어느새 애니에게 재니에 대한 이야기를 하고 있었다. 얼마나 어리석고 비참한 것인지 잘 알면서도 털어놓지 않을 수가 없었다.

"이곳은 제니와 함께 신혼 여행을 왔던 곳입니다."

"알고 있어요."

애니는 나직한 목소리로 대답하며 슬픈 눈으로 건너다보았다.

"아주 옛날 일 같군요. 정말 조금도 현실 같지가 않아요. 별로
오래된 것도 아닌데 말입니다."

한동안 말이 끊어졌다. 천천히 걷고 있는 그의 마음속에 돌연히
제니에 대한 뜨거운 애정이 불길처럼 솟아올랐다. 그는 길게 한숨
을 내쉬었다.

"제니가 없다는 것이 쓸쓸합니다. 도저히 제니를 잊을 수가 없
어요. 지금이라도 제니가 내게로 돌아와 준다면 하는 희망을 버리
지 못하고 있습니다."

"저도 그래요, 데이비드. 삼촌이 제니를 얼마나 사랑하는지 저
도 잘 알고 있어요."

다시 말이 끊어졌다. 두 사람은 자꾸 걸었다. 유원지 안으로 들
어가서도 두 사람은 신이 나지 않았다. 특히 애니는 마음이 착 가
라앉은 듯 이상한 놀이들을 보아도 신기해하지 않았다.

데이비드는 우울한 기분을 툭툭 털어 버리기로 했다. 애니를 기
쁘게 해주고 명랑하게 만들어 주어야 한다는 생각을 하면서 힘을
냈다. 그는 '거울만으로 된 방'에서 시작하여 기상 천외한 온갖 놀
이터로 애니를 데리고 다녔다.

유람철도는 예상대로 애니를 가장 즐겁게 해 주었다. 그녀는 끔
찍한 지옥의 터널을 통과하는 데 기가 질려서 숨을 쉴 수가 없을
정도였다. '거인 경주기'는 굉장한 것이었다. 그들은 9시경에 거
인 경주기를 탔다. 그것은 갑작스럽게 내리막으로 강하하는가 하
면, 눈알이 팽팽 돌 만큼 높이 날아올라 전등불이 환히 빛나는 유
원지 전체가 두 사람 주위를 뱅글뱅글 도는 느낌이었다.

도는 것이 멈추자 이제는 높이 치솟기 시작했다. 상상할 수 없
는 높이까지 올라가 유원지 전체가 아득히 눈 아래로 멀어져 아름
답게 반짝반짝 빛나는 것을 볼 수 있었다. 처음에는 짓궂은 속임
수로 천천히 올라가서는 시원한 바람을 즐기게 해주었다.

안심하면서 주위의 풍경을 만끽하도록, 슬슬 기듯 하늘 높이 올라가는 것이었다. 그러나 관람객이 천천히 경치를 관람하는 동안 눈 깜짝할 사이에 아무런 예고도 없이 급전직하하여 마구 끝없는 나락의 밑바닥으로 떨어져 내리는 것이다. 아래로아래로, 멈추는 것을 잊은 듯 쏜살같이 내리떨어지는 그 안에서 비명소리가 울려 나오지 않을 수 없었다.

그것은 실로 무시무시한 낙하였다. 온몸이 산산조각 나 버리는 듯한 아찔아찔한 순간을 지나노라면 죽었다가 다시 살아나는 기분이었다. 그러나 그러한 비상은 아무것도 아니었다.. 차는 다른 하나의 꼭대기까지 뛰어올랐다가 거기서 다시 아래로 마구 떨어져 내려오는 것이었다.

데이비드는 애니의 손을 잡아 차에서 내려오도록 도와 주었다. 그녀는 볼을 빨갛게 물들이고, 모자를 삐뚜름하게 쓴 채 그의 손을 잡고 흔들거리며 서서는 매우 즐거운 표정을 짓고 있었다.

"아이 참, 데이비드."

그녀는 숨을 헐떡이며 말했다.

"다시는 저런 것에 태우지 마세요."

그녀는 다시 깔깔대고 웃기 시작했다. 애니는 웃고 또 웃었다. 그리고는 다시 숨이 차서 말했다.

"어쨌든 멋져요."

데이비드는 미소를 머금고 그녀를 내려다보았다.

"이제 웃을 수 있게 되었군요. 내가 바라던 게 바로 이겁니다."

그들은 유원지를 어슬렁거리며 돌아다니기 시작했다. 유원지는 어디든지 만원이었다. 폭포같이 쏟아지는 음악소리와 외쳐대는 행상인들 가운데에서 흔들거리는 불빛, 군중들이 한덩어리가 되어 빙빙 돌고 있는 느낌이었다.

그들은 하나같이 가난한 얼굴들을 하고 있었다. 그들은 타인사

이에서 온 광부들과 시페드의 리벳송들, 애로의 주물공들과 연철
공들, 그리고 세길과 헤링튼, 에절리에서 온 채탄부들이었다. 모
자를 머리 뒤통수에 얹거나 머플러를 풀어헤치고 귀 뒤에다가는
담배 꽁초를 끼운 모습들이었다.

채탄부들과 함께 온 여자들도 얼굴이 상기된 행복한 모습으로
종이봉지에 담긴 것들을 먹으면서 그들을 따라가고 있었다. 여자
들은 그 봉지에 든 것을 다 먹고 나면 봉지에 입김을 불어 풍선처
럼 만들어 가지고 팡! 하고 터뜨리곤 했다. 어떤 장난스런 친구들
은 종이로 만든 뱀을 가지고 지나가는 사람들을 놀래게 하기도
했다. 이것이야말로 가난한 자들, 이름도 없이 그늘에 가려서 살
아가는 인간들의 축제였다.

그때 돌연히 데이비드가 애니를 향해 말했다.

"이런 곳이 바로 내가 속하는 곳입니다. 이들은 내 사람들입
니다. 난 이들 속에 있을 때 행복합니다."

그러나 애니는 그의 말을 수긍하지 않았다. 그녀는 머리를 가로
저으며 말했다.

"데이비드, 당신은 꼭대기까지 올라가셔야 해요."

그녀의 음성은 느렸으나 솔직하고 열의에 찬 것이었다.

"모두가 다 그렇게 말하고 있답니다. 데이비드 읍의원은 다음
선거 때는 국회에 들어가실 거라구요."

"누가 그런 말을 했습니까?"

"넵튠 탄광의 모든 젊은이들이 그렇게 말한다더군요. 퍽 오빠가
얘기해 줬어요. 데이비드야말로 자기들을 위해서 일할 사람이라
고."

"그럴 수만 있다면……."

그는 길고도 깊은 한숨을 내쉬었다.

해안을 따라 태런트 가를 향해 돌아올 때, 둥근달이 바다에서

솟아오르고 있었다. 유원지의 소란과 번쩍이는 불빛이 그들 뒤로 차츰 멀어져 갔다. 사방이 고요했다.

데이비드는 자신이 하고 싶은 일에 대해 애니에게 이야기하기 시작했다. 이야기가 열기를 띠기 시작하자, 그는 옆에서 조용히 귀를 기울이며 걷고 있는 애니를 잊어버릴 정도로 자신의 이야기에 도취되었다. 실로 오랜만에 자신의 내부에 응결되고 있는 거대한 포부를 털어놓은 것이었다. 자기 자신을 위한 야망이라고는 추호도 없었다.

데이비드는 광부들, 오래도록 남에게 억압만 받아 온 사람들의 정의를 위해 투쟁할 것을 역설했다.

"정의와 안전입니다."

그는 낮은 목소리로 결론을 내렸다.

"탄광 사업이란 어떤 사업과도 다릅니다. 그건 국유화가 필요합니다. 광부들의 목숨은 국유화냐 아니냐에 달려 있죠. 막대한 이익을 추구하는 사기업으로 머무르는 한 안전 문제는 무시되는 거죠. 가끔 가다가 안전을 떠들곤 합니다만 그것뿐입니다. 그러다가 사건이 터지고 마는 겁니다. 넵튠에서의 사건도 그런 식이었죠."

태런트 가를 올라갈 때 두 사람 사이에는 침묵이 흘렀다. 데이비드는 미안하다는 듯이 애니를 바라보았다.

"너무 지루한 말이었죠? 사실 이런 얘기는 의회에서 책상을 치면서 늘어놓아야 할 이야기들입니다. 그런데 괜히 흥분해서……, 미안합니다."

"별 말씀을요. 전 진실이 담긴 이야기는 다 좋아해요. 그 말씀이 실천될 때가 어서 오기를 바랍니다."

"내일 해리 뉴전트 의원이 올 때 인사시켜 드리죠. 해리 의원은 정말 믿을 만한 사람입니다. 그는 좋아하지 않을 수 없는 매력적인 인간이죠."

그녀는 머리를 흔들었다.

"싫어요, 그런 인사 같은 것. 전 그런 분 만나고 싶지 않아요."

"왜 그러세요? 무슨 이유로 싫다는 겁니까?"

"이유는 없어요. 그저 만나고 싶지 않을 뿐이에요."

그녀는 단호하게 말했다. 뜻밖에도 결정적인 어조였다.

데이비드는 기분이 상했다. 자신은 그녀를 기쁘게 하기 위해 이처럼 애를 쓰는데, 그녀는 이해할 수 없으리만치 자꾸만 뒤꽁무니만 빼려는 행동이 마음을 상하게 한 것이었다.

데이비드는 완강히 입을 다물고 자신의 생각 속으로 후퇴해 버렸다. 집안으로 들어가자, 애니가 밤참을 준비하겠다고 했지만 거절했다. 무뚝뚝하게 잘 자라는 인사만 던지고는 곧장 자기 방으로 가 버렸다.

해리 뉴전트는 그 다음날 도착했다. 뉴전트는 휘틀리 만을 좋아했다. 그는 휘틀리 만의 공기는 이 세상 어디에도 없다고 큰소리를 쳤다. 잠깐이라도 주말 휴가를 얻을 수 있을 때는 언제나 이 신선한 공기를 가득 마시기 위해 이곳으로 오는 것이었다.

뉴전트는 웨벌리 호텔에 머물고 있었다. 데이비드는 오후 3시에 그를 만났다. 좀 이른 오후 시간이었지만 그들은 라운지에서 차를 마셨다. 뉴전트가 그렇게 하기를 원했기 때문이다. 그는 차를 굉장히 좋아해서 하루에도 몇 잔씩 차를 마시기 위한 구실을 만드는 것이었다. 차는 그의 체질에 맞지 않아서 만성소화불량증에 걸려 있었지만 별로 개의치 않았다.

뉴전트는 원래 허약한 체질이었다. 비쩍 마른 몸에 혈색이 나쁜 얼굴은 긴장이 연속되는 의회 생활이 맞지 않음을 잘 보여 주고 있었다. 그는 자주 아팠다. 그것도 자질구레하고 달갑지 않은 병들로, 언젠가는 치질로 6개월 동안이나 고생을 해야 했다. 그러나 그는 절대로 아픈 것을 드러내거나 병에 굴복하는 일이 없었다.

뉴전트는 인생의 작은 기쁨을 잘 즐길 줄 아는 낙천가였다. 한 개피의 담배, 한 잔의 차, 그리고 휘틀리 만에서의 주말, 케닝튼 오블에서의 오후같은 작은 기회들은 그에게 기쁨을 가져다 주었다. 그는 진정한 기쁨을 알고 감사할 줄 아는 행복한 사람이었다.

뉴전트는 또한 인간미가 넘치는 사람이었다. 그의 잘생기지 못한 얼굴 위에 언제나 부드럽게 떠올라 있는, 앞니가 조금 벌어져 있기 때문에 어린아이와 같은 천진스러움마저 보여 주는 그 미소는 그의 사람좋음을 잘 나타내주고 있었다. 그는 벌써 석 잔째 차를 마시면서 데이비드에게 미소를 던졌다.

"역시 단도 직입적으로 요점을 말해 주는 게 좋겠군."

"언제나 그런 식 아니었습니까?"

데이비드가 웃으며 대꾸했다.

뉴전트는 담배에 불을 붙였다. 니코틴이 묻은 손가락은 그가 담배 또한 무척 좋아하는 사람임을 보여 주고 있었다.

"자네는 알고 있었지, 크리스 스테플튼이 와병 중이라는 사실을."

그는 드디어 말하기 시작했다.

"그래, 그는 지금 더 악화되었어, 가엾게도. 우리가 생각하는 것 이상이지. 그 사람은 프리메이슨 병원에서 수술을 받았다네. 내장에 이상이 생겼다는 거야. 그것이 무엇을 의미하는지 짐작이 가겠지? 난 어제 그를 문병하고 왔어. 그는 지금 의식 불명의 위독 상태야."

뉴전트는 담배가 타들어가는 모양을 자세히 바라보았다. 오랫동안 두 사람 다 말이 없다가 이윽고 그가 말을 덧붙였다.

"내달에 슬리스케일에서 보궐 선거가 있을 예정이네."

데이비드는 갑자기 공포감 비슷한 고통스러운 감정이 마음속에

서 치솟는 것을 느꼈다. 뉴전트도 그의 눈빛을 통해 보았을 것
이다. 또다시 침묵이 흘렀다.

뉴전트는 그를 건너다보고 시선을 돌리며 고개를 끄덕거렸다.

"일이 이렇게 되고 있다네."

그는 잠시 말을 끊었다가 다시 계속했다.

"난 지금까지 지방 실행위원들과 쭉 연락을 취해 오고 있었다
네. 그쪽에서 누구를 원하고 있느냐 하는 것은 불을 보듯 뻔한 일
이야. 관례대로 자네가 추천될걸세."

데이비드는 그 말을 믿을 수가 없었다. 그는 가슴이 꽉 막혀서
뉴전트를 바라보았다. 갑자기 눈앞이 흐려지며 뉴전트 의원이 보
이지 않았다.

국회의원 데이비드

  휴가를 끝내고 슬리스케일로 돌아온 데이비드는 맨처음 제임스 라메지를 만났다. 월요일 아침 그는 애니 모자와 함께 휘틀리 만에서 타인캐슬로 올라와, 두 사람을 먼저 기차에 태워 집으로 돌려 보냈다. 그리고는 에절리로 달려가 회관에서 온종일 일을 보다가 저녁 7시에 슬리스케일 역에서 나오다가 하마터면 라메지와 부딪칠 뻔했다. 라메지는 석간신문울 사려고 신문 판매대 쪽으로 걸어가는 중이었다.

  라메지는 통로 한복판에서 창백한 얼굴로 걸음을 멈추었다. 데이비드는 그의 얼굴 표정에서 그도 그 사실을 알고 있음을 느꼈다. 토요일 밤에 스태플튼 의원은 프리메이슨 병원에서 사망했다. 그리고 오늘 아침 〈타인캐슬 헤럴드〉지에는 의미 심장한 기사가 실려 있었던 것이다.

  "아니, 아니!"

  라메지는 아주 빈정대는 어조로 흥미롭다는 듯이 말했다.

  "그래, 국회의원 보궐 선거를 가진다는 소문이더군."

데이비드는 가능한 대로 상대의 마음을 긁는, 그렇지만 아주 겸손한 태도로 대답했다.

"그렇답니다, 라메지 의원!"

"홍! 그래 자네가 당선될 거라고 생각하나?"

"그렇게 되기를 바랍니다만……."

데이비드의 겸손한 대답이 그의 화를 더욱 돋구어 주었다.

라메지는 흥미롭다는 표정을 지어 보이려던 노력을 집어치웠다. 그의 크고 뻘건 얼굴이 더욱 뻘젛게 되었다. 그는 한 손을 불끈 쥐더니 다른 손바닥을 쾅 내리쳤다.

"내가 있는 한 안 되지, 안 되고 말고! 절대로 그렇게 될 수는 없어. 내가 살아 있는 한 말라 비틀어진 선동가 따위를 우리 지역의 국회의원으로 뽑도록 내버려 두지는 않을 테니까. 두고 봐!"

데이비드는 재미있다는 얼굴로 라메지의 일그러진 얼굴을 바라보았다. 증오로 가득 찬 얼굴이었다. 그는 라메지의 부정한 폭리를 막아 버렸다. 그래서 라메지는 병원에 싱싱한 상등품의 고기를 납품해야 했고, 위생이 무시되었던 도살장 정비와 방파제가 뒤에 있는 불결한 아파트도 큰 문제로 드러나 버렸다.

데이비드는 그가 정당한 방법으로 이익을 취하면서 가난한 이웃을 도울 수 있게 하려는 의도였으나, 라메지에게는 참을 수 없는 간섭이요 부당한 방해일 뿐이었다. 라메지는 데이비드를 잡아 죽이고 싶을 정도로 미워했다. 그러나 데이비드는 아랑곳하지 않고 침착하게 대답했다.

"물론 귀 의원께서는 귀하 측 입후보자를 지지하시겠죠?"

"목숨을 걸고 할 테다!"

라메지는 다시 분노를 폭발시켰다.

"네놈을 이번 선거에서 궁지로 몰아넣을 테다. 아주 없애 버리겠어. 타인캐슬의 웃음거리로 만들고 말 테니까……."

그는 자신이 내뱉은 것보다 더 험악한 욕설을 찾느라고 목구멍 속에서 알아들을 수 없는 말을 내질렀다. 그리고는 휙 몸을 돌려 재빨리 사라져 버렸다.

데이비드는 생각에 잠기면서 프리호울드 가를 걸어내려갔다. 라메지의 태도가 일반 선거민의 태도와는 사뭇 다르다는 것은 잘 알고 있었다. 그러나 그는 자기가 대적하고 있는 것이 무엇이라는 것을 충분히 이해할 수 있었다.

슬리스케일은 본래 노동당의 든든한 지반이었다. 그러나 지난 4년 동안 이곳을 장악했던 스태플튼은 노인인 데다가 무서운 암이라는 진단을 받고 있던 사람이었다. 그래서 볼드윈 내각 때에 치른 마지막 선거에서는, 슬리스케일도 약간 흔들려 보수당 후보인 로런스 로스코와의 득표차는 불과 1,200표로 좁혀졌다.

로스코는 위험한 적수였다. 데이비드는 그를 수차례 만나본 적이 있었다. 그는 아직 34세밖에 안 된 젊고 부유한 미남 청년이었다. 이마가 시원스럽게 넓은 데다가 하얀 치아가 인상적인 로스코는 어깨가 휘어 보이는 것을 고치기 위함인지 가끔 어깨를 똑바로 세우는 우스운 버릇이 있었다. 사실 그의 어깨는 넓고 비쩍 말라 있었다.

로스코는 당당한 명문의 린튼 경, 즉 타인캐슬 메인 탄광의 취체역이며 왕실 고문 변호사인 린튼 로스코의 아들이었다. 그 가문의 전통에 따라 젊은 로스코도 북동부 순회 재판 지구의 변호사로 매우 명성이 높았다. 아버지의 지위에다 자신의 능력이 플러스되어 일거리가 쇄도해 들어오는 판이었다.

케임브리지 대학 시절에는 크리켓 선수였고 많은 사람이 선망하는 영국 공군으로 근무했다는 화려한 경력도 가지고 있었다. 지금도 항공 방면에 관심을 가지고 있는 그는 비행사 면허장을 가지고 있어 주말이면 헤스튼에서 아버지의 별장이 있는 모페드까지 비행기를 몰고 가곤 했다.

탄광의 재난 사건을 신문할 때 맹렬한 충돌을 했던 그의 아들이, 이번에는 선거에서 자기의 적수가 된다는 사실이 데이비드에게는 이상한 인연으로 생각되었다.

"어쨌든 좋다! 상대가 크면 클수록 넘어지는 것도 세게 넘어질 테니까."

데이비드는 음울한 미소를 지으며 거리를 걸었다.

집으로 들어갔을 때 마사는 식탁 앞에서 안경까지 끼고 석간 신문을 자세히 들여다보고 있었다. 안과 의사의 말을 무시하고 최근 새로 개업한 울워드즈 안경점에서 산 싸구려 안경이었다.

마사는 석간 신문 같은 것을 읽는 적이 없었다. 해리 브레이스가 달려와서 선거 기사가 나와 있다는 이야기를 해주었기 때문에 난생 처음으로 신문을 사 온 것이었다. 그녀는 마치 나쁜 짓이라도 하다가 들킨 것처럼 자리에서 일어섰다.

데이비드는 어머니가 당황하고 있음을 알 수 있었다. 그러나 그녀는 그런 감정을 오래 끌고 있을 사람이 아니었다. 그녀의 가무잡잡하고 위엄이 있어 보이는 얼굴에는 충격을 받지 않았다는, 태연하고자 하는 노력의 빛이 역력했다. 어머니가 신문을 감추면서 핀잔하듯 말했다.

"일찍 돌아오는구나. 9시까지는 못 올 줄 알았는데."

그러나 그는 그런 식으로 어머니가 난처한 입장을 벗어나게 내버려 두지를 않았다.

"그것 어떻게 생각하세요 어머니?"

그녀는 입을 다물고 있다가 퉁명스럽게 말했다.

"난 싫다!"

그녀는 곧 저녁상을 차리기 시작할 뿐 더 이상의 말을 하지 않았다.

데이비드는 저녁을 먹으면서 앞으로의 일을 계획했다. 맹렬한 선거 운동, 모두 그렇게 말하고 있지만 가난한 사람에게는 맹렬하게 한다는 것이 그다지 쉽지 않았다. 뉴전트는 돈 문제에 대해서는 비정할 정도로 솔직했다. 사실 데이비드로서는 추천을 받은 것만도 굉장한 특혜였기 때문에 낙담하지 않았다. 비용은 얼마든지 줄일 수 있는 것이다.

피터 윌슨 노인은 말이 통하는 선거 사무장이었다. 협동조합의 소형 트럭을 한 대 빌려 가능한 가두 연설을 많이 하고 마지막에 가서 공회당을 빌리면 된다.

데이비드는 어머니가 마른 자두를 넣고 끓인 죽을 떠다 주었을 때 그녀를 향해 미소를 보냈다. 마른 자두를 넣고 끓인 죽은 그가 몹시 싫어하는 음식이었다.

"자두군요, 국회의원님에게!"

"그런 말은 아직 너무 이르다."

그녀는 나직하게 말했다.

입후보자는 두 사람뿐이었다. 데이비드와 로스코 중에서 누가 당선되느냐 하는 일대 일의 싸움이었다. 24일은 비가 마치 폭포수처럼 쏟아져 내렸다. 로스코의 농담을 빌린다면 입후보자 중 한 사람에게 불리함을 안겨 줄 전조라는 것이었다.

데이비드는 그 불길한 전조가 자기에게 나타나는 것이 아니기를 바랐다. 로스코의 자신 만만한 기세는 그의 기를 죽게 했던 것이다. 데이비드가 알고 있는 바로는 보수당 조직은 자기 쪽보다 세 배나 더 우세했다. 키가 작고 초라한 자기 쪽 선거 사무장 피터 윌슨은 슬리스케일의 변호사였다. 그는 타인캐슬에서 온 로스코의 선거 사무장인 모닝복을 입은 베너먼에 비해 매우 빈약한 모습이었다.

그런 것은 별문제라 하더라도 빗속에서 소형 트럭을 타고 하는 연설은 별로 인기가 없었다. 데이비드는 뒤처진다는 것을 느끼면서도 선거 운동 시작을 연기하지 않을 수 없었다. 그는 일단 귀가하여 젖은 신발을 바꿔 신었다.

다행히 그 다음날은 하늘이 파랗게 개이어 해가 빛나고 있었다. 데이비드는 온몸과 영혼을 선거전에 투입시켰다. 넵튠 탄광 앞에서 선번(先番) 교대 광부들이 나오기를 기다렸다. 그는 모자를 벗고 해리 오글과 탄량 기록계의 워스, 그리고 빌 스노와 함께 트럭을 타고 선거전의 시작 준비를 했다. 챠 리밍이 자원해서 운전사 노릇을 해주었다.

데이비드는 힘차고 신랄한 선거 연설을 하다가 도중에 그만두었다. 그는 광부들이 모두 배가 고프므로 점심을 먹는 일이 더 급하다는 것을 알고 있었다. 배가 고픈 채 갱에서 나와 본 경험이 없는 로스코라면 모르지만, 그로서는 그냥 자기의 연설을 끌고 갈 수가 없었다. 그럼에도 불구하고 연설은 성공적이었다.

데이비드의 정견은 쉽고, 아주 사소한 것이었지만, 실질적인 것에 기반을 둔 정견이었다. 그것은 광부들을 위한 정의라는 것이었다. 청중들은 탄광의 국유화가 이루어지지 못하면 결코 정의도 실천되지 못하리라는 것을 이해했다.

데이비드는 탄광의 국유화 하나만을 내세웠다. 다른 것에 관해서는 전혀 언급하지 않았다. 그는 이 문제로 선거전을 벌이기에 참으로 알맞은 입후보자였다. 그것은 그의 평생의 신념을 표현하는 일이었던 것이다.

선거전의 첫주가 지났을 때, 톰 헤든이 타인캐슬에서 데이비드의 응원 연설을 하러 왔다. 데이비드는 연설 중엔 인신 공격을 하지 않도록 세심한 주의를 기울이고 있었다. 로스코 역시 정정당당히 싸우고 있었기 때문에 선거전 분위기는 깨끗했다. 그러나 헤든은 역시 헤든이었다.

연설이 있기에 앞서 데이비드가 주의를 해 달라고 부탁했으나, 톰 헤든은 깨끗한 연설 같은 것은 질색이라며 한사코 들으려 하질 않았다. 그는 거무튀튀한 얼굴에 쓴웃음을 지으며 연설을 시작했다.

"여러분, 이 사람의 이야기를 좀 들어 보시오. 여러분도 아시다시피 이놈의 선거에는 두 사람의 입후보자가 있습니다. 바로 로스코와 데이비드 펜윅이 그들입니다. 자, 잠깐만 이 사람의 말을 들어 보시오. 이 로스코라는 사람이 이튼과 해로우의 유명한 학교에서 플란넬 바진가 뭔가 하는 걸 입고, 크리켓 공을 치고 있었는데 말씀이야. 그 친구의 엄마하고 아빠, 그리고 누이동생이 그 옆에 서서 화사한 파라솔 밑에서 짝짝짝 손뼉을 치고 있었을 때 말씀이야. 이 데이비드 펜윅이라는 사람은 넵튠 탄광 속에서 허리까지 홀랑 다 벗고 진흙과 땀투성이로 탄차를 밀고 당기고 있었다 이 말씀이지. 마치 우리들 모두가 이 빌어먹을 세상에서 여태껏 그 짓을 하고 있듯이 말이오.

자아, 여러분 대답해 보시오. 이 두 사람 중에 어느 쪽에다 투표를 하고 싶소? 빌어먹을 탄차를 끌고 다닌 사람쪽이오, 아니면 크리켓 공도 제대로 못 받아 놓쳐 버리곤 하던 그자쪽, 자 어느 쪽이오?"

헤든의 이같은 연설은 30분이나 계속되었다. 그 연설은 원색적인 표현이 풍부했을 뿐만 아니라 청중을 흐뭇하게 하는 매력으로 넘치고 있어서 대환영을 받았다. 톰 헤든이 나중에 데이비드에게 조용히 말했다.

"보잘것 없는 연설이었지, 데이비드? 난 내 연설엔 구역질이 나. 그렇지만 자네에게 도움이 된다면 그게 무슨 상관이란 말인가!"

톰 헤든의 머리가 조금만 더 명석했다면 자기가 입후보했을지도 모를 일이었다. 그는 머리가 명석하지 못한 대신 자기를 버리고 남을 위하여 헌신할 줄을 알았다. 그러나 그러한 자기 희생도 두려운 비통함과 지옥의 고통보다 더한, 자신을 모두 토막내 버리는 듯한 고통에서 그를 구출해 내지는 못했다.

마침 그날이 되었다. 투표일은 9월 11일, 토요일이었다. 그 전날인 금요일 밤, 데이비드는 6시에 슬리스케일 시공관에서 최후의 정견 발표회를 가졌다. 회장은 만원을 이루었고, 복도에도 청중들이 3중으로 겹쳐 서 있었다. 더운 밤이었기 때문에 확 열어젖힌 문들 주위에도 군중들이 모여 있었다.

데이비드를 응원하는 사람들은 모두 단 위에 올라서 있었다. 톰 헤든과 해리 오글, 윅스, 킨치, 젊은 브레이스, 그리고 톰 오글 노인과 피터 윌슨, 카 마이클 선생 등이 있었다. 카 마이클 선생은 데이비드와 함께 주말을 보내려고 윌링튼에서 특별히 올라왔던 것이다.

데이비드가 연설을 하러 앞으로 나아가자 장내는 물을 끼얹은 듯이 조용해졌다. 그는 작은 테이블과 아무도 마신 적이 없는, 파리똥이 더덕더덕한 물병 앞에 섰다. 장내가 너무 조용해서 먼 스누크 해안에서 철썩거리는 파도소리를 들을 수 있을 정도였다.

그의 눈앞에는 자기를 지켜 보는 수많은 얼굴의 행렬이 연단의 밝은 전등불 저쪽까지 하나의 큰 덩어리가 되어 서 있었다. 그들은 하나같이 그 무언가를 상징하는 듯 창백하면서 애원이라도 하는 듯한 표정을 띠고 있었다.

데이비드는 그런 가운데서도 청중들 한 사람 한 사람의 얼굴을 볼 수 있었다. 또한 무수한 사람들 가운데에서 자기가 알고 있는 사람들의 얼굴을 분간해 낼 수 있었다. 맨 앞줄에서 애니가 조용하고도 긴장된 눈을 자기에게 던지고 있었고, 그녀 옆에는 퍽과 네드 싱클레어, 톰 타운리, 챠 리밍 등이 있었다. 또 매우 심각한

생각에 잠긴 듯 상을 찌푸린 잭 리디, 우즈, 슬래터리 등 몇십 명
에 달하는 넵튠 탄광의 광부들이 보였다.

데이비드는 그 광부들의 마음을 샅샅이 알고 있는 것이다. 그는
겸허함으로 자신의 가슴이 꽉 차며, 그러한 감정이 그 광부들 쪽
에까지 넘쳐 흘러가는 것을 느꼈다. 그는 진부한 연설조나 정치적
인 괴변, 책상을 쾅쾅치는 등의 웅변은 하지 않았다.

'하느님, 저를 도와 주십시오. 도와 주십시오. 도와 주십시
오!'

데이비드는 마음속으로 절규하며 청중들을 향해 자신의 영혼에
서 솟아나오는 솔직한 목소리로 말을 시작했다.

"저는 여기 오신 여러분들 대부분을 알고 있습니다."

데이비드의 목소리는 감동으로 떨리고 있었다.

"여러분들은 제가 넵튠 탄광에서 노동할 때부터 같이 일해 온
분들입니다. 그래서 오늘 밤, 비록 그럴 수 있다 하더라도 여러분
앞에서 웅변을 토할 생각은 없습니다. 저는 친구로서 여러분에게
그냥 말을 하고 싶습니다."

그때 뒤쪽에서 격려하는 목소리가 일어났다.

"말해라, 데이비드. 우리는 다 듣고 있다!"

그 소리에 '와아!' 하는 환호성이 일었다가 다시 고요해졌다.
그는 말을 이었다.

"생각해 보니, 이 회관 안에 와 계신 모든 분들의 목숨은 탄광과
결부되어 있군요. 여러분은 모두 광부들이고, 그 광부들의 가족들
입니다. 여러분은 모두가 탄광에 묶여 있습니다. 그리고 제가 오
늘 밤 여러분에게 드리고자 하는 말도 바로 탄광에 관한 문제, 즉
여러분 전체에게 관련된 아주 중대한 문제입니다……."

뜨거운 열기로 점점 높아지는 데이비드의 목소리가 무더운 장내
에 크게 울리기 시작했다. 그는 갑자기 힘이 솟았다. 청중들을 모

두 자기에게로 이끌어들이고 확신시킬 수 있다는 자신감이 생겼다.

데이비드는 청중들 앞에서 문젯거리들을 제시하기 시작했다. 그는 사유권 제도를 예로 들어, 그것이 가끔 안전을 무시하게 되는 그 근본적인 이유는 단순히 이익만 추구하게 되는 까닭이라고 문제 제기를 했다. 그렇게 됨으로써 회사의 주주가 먼저이고 노동자인 광부는 맨 끝으로 밀려날 수밖에 없게 되는 것이라고 지적했다.

데이비드는 그 다음 채굴권으로 넘어갔다. 그것은 우리가 살고 있는 이 공동 사회에 봉사하는 보수로서 부여되고 있는 것이 아니다. 오직 몇백 년 전부터 얻은 독점권 때문에 한 지구(地區)에서 막대한 이익을 추구하도록 인정해 주는, 용서할 수 없는 부도덕한 제도라고 말했다. 그는 재빨리 청중 앞에다 그러한 제도를 대신할 새 제도를 제시했다.

그것은 국유화의 제도였다. 그 제도는 오랜 세월을 두고 황야에서 외친 그의 말이었다. 데이비드는 청중들에게 국유화라는 것이 무슨 뜻인가하는 것을 생각해 달라고 호소했다. 첫째 국유화는 탄광을 모두 통합하는 일이며, 관리를 통합하여 생산 방법을 개선해 가는 일이다. 그렇게 함으로써 마지막에는 소비자에게 석탄을 공급하는 제도를 필연적으로 다시 조직해야 한다는 것이었다.

두번째로 국유화는 탄광 내의 안전한 노동을 뜻한다고 했다. 전국에는 구식이고 설비가 나쁜 탄광들이 몇백 개도 더 있는데, 거기에서는 탄광을 사유화하는 제도로 인해, 광부들은 작업만을 해야 할 뿐 작업의 위험성이라든가 자기네가 하는 작업이 부당하다고 말할 수 있는 권리는 주어지지 않는 것이다. 그런데 임금은 어떤가?

탄광의 국유화는 훨씬 더 좋은 임금을 받는다는 것을 뜻한다.

왜냐하면 산업계가 불황일 때도 경기가 좋은 때에 의해서 균형을
잡게 될 것이기 때문이다. 그것은 또한 적어도 '생활할 수 있는'
그러한 임금의 액수를 의미한다. 또한 그것은 보다 나은 주택 사
정을 의미한다.

현재 여러 지방에 있는 수많은 광부들의 주택은 한탄할 정도이
며, 국가는 이것을 그냥 내버려 두어서는 안 된다. 국가의 명예를
걸고 그것은 용납할 수 없는 일이라는 것이다. 자자손손에 걸친
이같은 광부들의 처참한 주택 사정은 오랜 세월에 걸친 탄광주들
의 탐욕과 이기주의, 그리고 비정스러운 태도의 결과이다. 탄광의
노무자들이 이처럼 공공 사회를 위해서 봉사하며, 또 위험을 무릅
쓴 봉사인만큼 광부들을 국영 기업의 노동자로 간주하지 않으면
안 된다고 주장했다.

광부들은 다만 인간으로서 가질 수 있는 정의, 즉 몇 세기를 통
해서 계속 거부만을 당한 그 정의를 갈구하는 것뿐이다. 즉 그들
은 국가를 위한 봉사자가 될 것을 요구하는 것이다. 우리들은 돈
의 노예가 되기 위해 이 세상에 태어난 것은 아니지 않는가…….

데이비드는 반 시간 동안 청중들을 꽉 움켜쥐었다. 그리하여 그
들이 마치 최면술에 걸린 것처럼 침묵 속에서 자신의 연설에만 정
신을 집중시키게 했다. 그의 신념은 그 신념을 펼쳐 나가는 데에
마땅히 있을 모든 장애물까지도 다 쓸어 내버렸다. 부정에 부정이
쌓이고, 배신에 또 배신 행위가 일어나는 광부들의 계급의 역사를
털어놓아 그들을 감동시켰다.

데이비드는 광부들 자신들이 가져야 할 연대 책임과 모든 곤경
에 처했을 때의 우정, 그리고 위험에 직면했을 때의 용기를 나타
낸 과거의 여러 기록을 설명해 줌으로써 청중들의 가슴에 불을 붙
였다.

"여러분, 이 사람을 도와 주십시오!"

데이비드는 마지막으로 두 팔을 높이 치켜들고 정열에 넘치는 목소리로 외쳤다.

"여러분을 위해서 이 사람이 투쟁할 수 있도록 도와 주십시오! 그리고 바로 여러분을 위해서 정의를 획득할 수 있도록 도와 주십시오!"

데이비드는 자신의 내부에서 넘쳐나오는 감동으로 거의 앞이 보이지 않았다. 그는 묵묵히 서 있었다. 이윽고 그는 책상 앞에서 물러났다. 그 순간 물을 끼얹은 듯한 침묵에 휩싸여 있던 장내에서 박수 갈채가 일어났다. 장내가 뒤흔들려 완전히 떠나갈 듯한 박수 갈채였다. 해리 오글이 벌떡 일어나서 데이비드의 손을 잡았다. 킨치, 윌슨, 카 마이클 선생과 헤든 등도 거기에 있었다.

"자네는 청중을 사로잡았어!"

헤든이 아우성 속에서 외쳤다.

"청중을, 제기랄, 한 사람도 빼지 않고 다 후려잡았어!"

윅스는 데이비드의 등을 탕탕 쳤다. 군중들이 환성을 지르며 앞으로 쏟아져 나와 그를 둘러쌌다. 악수를 청하며 모두가 한꺼번에 말을 걸려고 해서 그는 정신을 차릴 수가 없었다.

장내에는 무서울 정도의 소란이 일어났다. 발을 쾅쾅 구르는가 하면 손뼉을 치고, 깡통까지 동원해서 꽹과리식으로 마구 두드려 대는 소리로 가득 찼다. 그러한 소리는 끊이지 않고 일어나, 그날 밤을 온통 소란으로 채워 버리는 것 같았다.

다음날 데이비드는 12,424표를 얻었다. 로스코는 3,691표였다. 데이비드의 압도적인 승리였다. 그것은 예상을 뒤엎은 승리로서 14년 동안에 걸친 슬리스케일 선거에서 최대의 득점차를 보여 주는 것이었다.

데이비드는 모자도 쓰지 않고 시공회당 앞에 서 있었다. 그때 장내를 메운 승리감에 들뜬 군중들이 환성을 올리고 또 올리고 있었다. 그는 새로운 의기가, 새로운 힘이 자신을 모두 부수어 버릴 듯이 치솟는 것을 느꼈다. 그것은 그로 하여금 현기증을 일으키게 했다. 그는 휘청거리는 몸을 겨우 지탱하고 서 있었다.

로스코가 데이비드의 손을 잡고 악수를 했다. 군중은 뇌성 벽력과 같은 박수 갈채를 보냈다. 로스코는 멋있는 패배자로, 절망 가운데서도 미소를 지었다. 라메지는 베이츠, 머치슨과 함께 서 있었다. 그는 이맛살을 찌푸린 채 화난 표정을 하고 있었다. 그리고 아직도 믿을 수 없다는 표정이 엉긴, 적의가 노골적으로 드러나 있었다.

데이비드는 간단하고도 열렬한 연설을 했다. 그는 자기가 무슨 말을 했는지, 또 어떻게 말했는지도 몰랐다. 그는 군중들에게 마음의 밑바닥에서부터 우러나온 감사한 마음을 전달했다. 그는 유권자들을 위해 싸우고 또 싸우겠다고 마음먹었다. 그는 유권자들을 위해 봉사하리라고 생각했다.

전보 한 장이 그에게 전해졌다. 뉴전트가 보낸 축전이었다. 해리 뉴전트로부터 왔다는 그것만으로도 데이비드의 주가를 올려 주는 것이었다. 데이비드는 그 전보를 읽고 나서 재빨리 윗옷주머니에 집어 넣었다. 아까보다 더 많은 사람들이 그에게 축하를 보내고 악수를 청하며 박수 갈채가 끊이지를 않았다.

군중은 갑자기 '그는 즐겁고 멋진 놈이니까'라는 노래를 부르기 시작했다. 군중을 헤치며 한 신문기자가 그에게로 다가왔다.

"무슨 하실 말씀을 좀, 펜윅 씨, 단 몇 마디만이라도 해주실 수 없습니까? 〈아거스〉지를 위해서."

통로에는 플래시를 터뜨리는 사진기자들이 늘어서 있었다. 환성이 더욱더 커지더니 군중의 물결은 흔들리며 천천히 물러갔다. 시내 여기 저기에서도 희미하게 환성이 들려 왔다.

데이비드의 선거 사무장인 피터 윌슨은 껄껄거리며 농담을 해

가면서 돌충계까지 그를 전송해 주었다.

데이비드는 집에 돌아와서 현기증을 느끼며 부엌방 안으로 들어
갔다. 그는 창백하고 지친 표정으로 어머니를 바라보았다. 갑작스
럽게 피곤함이 느껴졌다. 굉장히 배가 고팠다. 그는 나른한 어조
로 말했다.

"국회에 들어갔어요. 어머니도 제가 국회의원이 되었다는 걸 알
고 계셨나요?"

"알고 있다."

그녀는 덤덤히 말했다.

"그리고 네가 아침식사를 안 했다는 것도 알고 있지. 넌 이제 탄
광의 고기 파이 같은 건 싫다고 하겠구나."

데이비드는 말없이 빙그레 웃고만 있었다.

옛친구와의 만남

　데이비드가 하원에 처음 소개되면서 우선 느낀 것은, 자기가 그 곳에서 얼마나 하찮고 보잘것 없는 인물인가 하는 것이었다. 누구 와도 연줄이 닿지 않는 외로운 국회의원임을 통감했다. 그는 이 소외감에서 벗어나기 위해 격렬하게 싸워야 했다.

　우스꽝스럽게도 등원(登院)한 첫날 그를 격려해 준 사람들은 런 던의 경찰관들이었다. 이른 시간에 하원에 도착한 그는, 처음이면 누구나 그렇듯이, 일반인들이 드나드는 출입구로 들어가려고 했다. 그를 제지시키던 경찰관은, 그의 신분을 알자 특별 입구가 있는 곳을 상냥하게 가르쳐 주었다.

　데이비드는 가운데 마당을 지나 올리버 크롬웰 동산을 돌았다. 줄줄이 정차해 있는 자동차 사이에서 거만스럽게 어정거리는 비둘 기 떼들을 지나 국회의원 특별 출입문을 거쳐서 안으로 들어갔다. 그곳에 또 한 사람의 다정한 경찰관이 서 있다가 그를 휴게실로 안 내했다.

　휴게실은 옷걸이 못이 죽 박혀 있는 긴 방이었는데, 몇몇 옷걸

이 못에는 묘한 핑크빛 테이프가 매어져 있었다. 데이비드가 모자
와 외투를 벗었을 때, 역시 또 한 사람의 경찰관이 친절하고 상냥
스럽게 그를 맞았다. 그는 원내(院內)의 지리를 설명해 주다가 이
야기가 어느덧 역사로 옮겨져서 엷은 핑크빛 테이프에 관한 이야
기를 해주는 것이었다.

"이건 의원님들이 칼을 차고 다니던 시대로 거슬러 올라가야 이
야기가 되겠습니다. 의원님들은 원내로 들어가시기 전에 저기다
칼을 걸어 놓으셨답니다."

"그런 것들은 지금쯤 다 사라져 버렸으리라 생각했는데 ……."

데이비드가 말하자 경찰관은 손을 내저었다.

"의원님, 천만의 말씀입니다. 좀 낡은 듯이 보이면 또 새 것을
끼워 놓으시곤 하지요. 의원님들은 이런 것에 얼마나 열심이신지
모른답니다."

3시에 뉴전트와 베빙튼이 도착했다. 데이비드는 그들 두 사람과
함께 엷은 청색 표지의 책들로 꽉 찬 넓은 복도를 따라 걸어갔다.
책들은 의사록과 법안, 의사 진행록들로 한 번도 읽히지 않았다는
인상을 주고 있었다.

그날은 복잡하다는 첫인상을 받은 하루였다. 의사당은 길고 천
정이 높았으며, 국회의원들은 유유히 의자에 기대 앉아 있었다.
의사봉을 앞에 두고 앉은 의장과 중얼중얼하는 개회의 기도 소리,
호명될 때마다 대답하는 소리들, 급한 걸음으로 뒤쪽 벤치로 걸어
가는 모습 등이 국회에서 받은 첫인상이었다.

데이비드는 겸허한 마음과 높은 목적, 즉 자신의 진짜 일이 시
작되었다는 착잡한 의식 속에 몹시 긴장되었다.

데이비드는 베터시의 블라운트 가에 방을 얻었다. 조그마한 이
층 아파트로서 침실 겸 거실 하나와 가스 조리대가 달린 부엌 겸
식당과 욕탕이 있는 집이었다. 그 집은 이층만이 독립되어 있는

것이 아니고 흔히 볼 수 있는 주인집의 복도와 계단을 지나서 드나들게 되어 있는 가난한 셋방이었다.

집주인인 터커 부인이 그의 방청소를 해 준다는 조건으로 주당 1파운드를 주기로 하고 빌렸다. 그 외의 일은 데이비드 자신이 해나가기로 했다. 그는 아침식사도 손수 준비하기로 했다. 그러자 터커 부인이 깜짝 놀라며 감동을 했다.

"아아, 의원님께서 그런 것까지 손수……."

블라운트 가는 별로 눈에 띄는 곳이 아니었다. 지저분한 주택들이 두 줄로 서 있는 사이로 우중충하고 연기가 낀 간선 도로가 있는 시가지였다. 포도 위에는 종이 쪽지들이 흩어져 있었다. 얼굴이 창백한 아이들은 시끄러운 놀이를 하면서 포도의 연석(緣石) 위의 뾰족뾰족한 난간을 기어올라가 다정하게 앉아서 놀았다. 특히 어린 소녀들이 수채 구멍에다 다리를 대롱거리며 노는 것이었다.

터커 부인의 집인 33번지가 다른 집들보다 한층 더 높은 것이 다행이었다. 데이비드는 가까이에 있는 배터시 공원의 푸른 나무들과 확 트인 하늘을, 연기를 뿜어내는 굴뚝 넘어로 바라볼 수 있었다. 그는 배터시 공원이 마음에 들었다. 하이드파크나 그린파크 또는 켄징튼 가든같이 아름답지는 않았지만, 그에게는 훨씬 걸맞는 그런 공원이었다.

그곳에서 데이비드는 석탄재를 다져 만든 길에서 달리기와 도약 운동을 하고 있는 젊은 노동자들을 볼 수 있었다. 힘차고 재치있게 축구를 하는 국민학교 아이들도 있었다. 또 임블든 시에서는 상상도 못할 스타일로 라켓을 휘두르면서 모래투성이인 코트에서 공을 뒤쫓는 아가씨들도 볼 수 있었다. 그녀들은 혈색이 나쁘고 비대증에 걸린 타이피스트들이었다.

그곳에서는 멋진 유모나 문장이 새겨진 마차형의 유모차 뒤에서 뜀박질하는 인형 같은 어린애 따위는 전혀 볼 수 없었다. 가령 고상하게 자란 어린아이나, 동화의 세계만을 갈구하는 사람이라면 배터시 공원을 두 번 다시 바라보고 싶지 않을 것이다. 그러나 데이비드는 그곳에서 제멋대로 놀고 있는 사람들과 한데 엉기면서 안락과 강력한 영감을 발견하는 것이었다.

데이비드가 이 공원을 처음으로 돌아본 것은 베빙튼과 점심식사를 함께했던 어느 토요일 오후였다. 데이비드가 선거에서 이룬 실적, 즉 압도적인 승리를 했다는 것이 베빙튼을 몹시 감동케 한 모양이었다.

베빙튼은 이 사람이다 할 수 있는, 무언가 뛰어난 점이 있는 사람들과 열심히 교제를 갖고자 했다. 이것이 바로 베빙튼이 데이비드를 의회에 소개하기 위해 뉴전트와 함께 왔던 연유라고 말할 수 있었다. 어쨌든 베빙튼이 어슬렁거리며 그를 찾아온 것이다.

"이번 주말에 런던을 나갈 계획은 없소?"

"없습니다."

"나는 나가 볼 생각인데……."

베빙튼은 자기 말의 효과를 옆눈으로 슬쩍 재어 보면서 친근스러운 어조로 말을 이었다.

"라치우드 파크의 어떤 집에서 파티가 있지, 아마 당신도 아실 거요, 아우트럼 귀부인 댁 말이오. 그리고 일요일 저녁엔 민주주의 연맹에서 강연을 할 작정이오. 지겹게 여겨지지 않소? 장안에서 어떻게 주말을 빈둥거리며 보내겠소? 별다른 계획이 없다면 토요일에 점심이나 같이 하시는 게 어떻겠소?"

"좋습니다."

데이비드는 잠깐 머뭇거리다가 동의했다. 그는 베빙튼을 좋아하지는 않았지만 거절하는 것도 실례라고 생각했다.

그들은 푸른색과 황금색으로 장식된 어데일리어 그릴의 강물이 바라다보이는 창가에 앉아서 점심을 했다. 베빙튼이 이러한 이름

있는 상류 식당에서 낯설지 않은 인물이라는 것은 당장에 드러
났다. 많은 사람들이 베빙튼을 알고 있었다. 그의 꼿꼿하면서도
유연한 자세는 사람들의 시선이 어디로 쏠리는가 하는 것을 민감
하게 의식하는 듯했다.

베빙튼은 선배로서의 의젓한 자세로 데이비드에게 친절을 베풀
었다. 그리고 가장 중요한 것이라는 듯 사귀어야 할 사람과 피해
야 할 사람이 누구인가 하는 현명한 교제의 범위를 설명해 주는 것
이었다. 그러나 그는 주로 자기에 대한 말을 많이 했다.

"사실 나에겐 두 가지의 길이 있었지."

그는 은근히 뽐내며 말했다.

"외교관으로 나설 것인가 아니면 노동당에 입당할 것인가 하고
말이야. 난 야심이 있거든. 생각해 보니 이 길을 택하길 잘한 것
같아요. 당에 입당하는 게 더 활동할 여지가 많다고 생각되지 않
소?"

"어떤 활동의 여지 말씀이신지요?"

데이비드가 퉁명스럽게 물었다.

베빙튼은 약간 눈썹을 치켜올리며 그 물음이 좀 못마땅한 듯이
시선을 돌렸다.

"우리는 다 그런 것 아닌가?"

그는 혼자 중얼거렸다.

이번에는 데이비드가 한눈을 팔았다. 베빙튼의 허영심과 자기
본위로만 나가려는 지독한 이기주의는 데이비드에게 구토증이 일
게 하는 것이었다. 그는 시선을 들어 웨이터들의 재빠른 움직임과
꽃들, 얼음, 술, 풍성한 요리들과 우아한 여인들을 구경했다.

특히 부인들은 따뜻하고 향기가 그윽한 분위기 속에서 이국적인
꽃처럼 피어 있었다. 그들은 탄광의 고지촌 여인들의 거친 손과
그칠 사이없는 생존 투쟁으로 주름이 잡힌 얼굴과는 전혀 다른 모

습을 하고 있었다. 그들은 모두 값비싼 모피와 진주, 보석 등에 싸여 있었다. 그들은 러시아산 철갑상어의 알젓, 스트라스부르의 프랑스 파이, 온실에서 재배하여 남프랑스로부터 비행기로 운반된 철이른 딸기 등을 먹고 있었다.

옆 테이블에는 젊고 아름다운 여인이 어떤 노인과 함께 앉아 있었다. 뚱뚱한 몸에 매부리코를 하고 대머리까지 벗겨진 노인의 축 처진 두 눈에 추잡한 생활의 흔적이 뚜렷이 보였다. 올챙이처럼 툭 불거진 배는 그를 더욱 탐욕스러운 인간으로 보이게 했다. 여인은 그 노인에게 비꼬듯 몸을 내밀고 있었다. 콩알만한 크기의 다이아몬드 반지가 그녀의 집게손가락에 끼워져 있었다.

영감은 샴페인을 주문했다. 그것도 가장 큰 병의 샴페인이 언제나 좋은 것이라는 설명을 덧붙이면서 가장 큰 것으로 청했다. 영감은 꼭 한 잔만 마셨다. 그러면서도 항상 큰 병을 주문하는 듯했다. 곧 그의 앞에 계산서가 정중히 놓여졌다.

데이비드는 영감의 살찐 손이 6파운드를 접시 위에 놓는 모양을 보았다. 이 두 사람은 불과 30분 가량 앉아서 요리와 술을 마셨을 뿐인데, 탄광 고지촌의 한 가족이 한 달은 살아갈 수 있는 금액을 지불하는 것이었다.

현실이라고 믿기 어려운 느낌이 데이비드의 가슴에 분노와 함께 몰려왔다.

'이러한 불공평이 있을 수 있을까. 사실일 수가 없다. 이같은 불균형이 용납되고 있는 사회는 속속들이 썩었음이 분명하다.'

데이비드는 식사를 하는 동안 거의 침묵을 지켰다. 입맛이 싹 가셨다. 그는 자기의 어린 시절을 생각했다. 파업 중에는 들판으로 나가서 굶주림을 채우기 위해 무를 뽑아 먹곤 했었다. 그렇게 자란 정신은 악덕과 매춘을 방조하는 이러한 호사스러운 것에 자연적으로 저항을 일으키는 것이다. 드디어 음식점에서 나오자 그는 살았다는 듯이 숨을 내쉬었다.

그것은 마치 무섭도록 독한 향기가 오관을 마비시켜 영혼을 파멸하려는 온실에서 겨우 밖으로 빠져 나온 듯한 기분이었다. 그는 급히 하숙집으로 돌아왔다. 진심으로 배터시 공원의 아름다움을 느껴 본 것도 이때였다. 처음 국회에 출석했다가 베빙튼과 점심을 같이했던 날, 얻은 느낌은 간소한 생활을 하겠다는 그의 결심을 더욱 굳게 해 주었다.

데이비드는 우연히 《아르스 사제의 생애》라는 책을 손에 넣게 되었다. 그 사제는 물론 신앙심이 깊은, 프랑스의 흔히 있는 사제였다. 그러나 그의 엄격한 생활과 식사가 극히 수수한 것이 데이비드에게 큰 감명을 주었다.

아르스 사제는 하루 한 끼만 식사를 하는데 차가운 감자를 두 개만 먹는다고 했다. 우물에서 길어 온 한 잔의 물과 식사가 고작이라는 것이었다. 어데일리어 그릴에서 데이비드는 지나치게 화려한 식사에 대한 인상을 받았기 때문에 사제의 검소한 생활에 대해 새로운 존경심을 느꼈다.

터커 부인은 이같은 스파르타식 생활을 하겠다는 데이비드에 대해 여간 걱정을 하지 않았다. 그녀는 나이가 지긋한 말이 많은 아일랜드 사람이었다. 그녀는 시집오기 전의 성은 '샤너한'이라고 자랑스럽게 말했다. 까맣게 기미가 끼긴 했지만 푸른 눈과 불타는 듯한 빨간 머리칼을 하고 있었다.

그녀의 남편은 가스회사의 수금원이고, 이미 다 자랐지만 아직 장가를 들지 않은 두 아들이 런던 시의 어느 회사에 다니고 있었다. 그녀는 아일랜드 사람들에게 흔히 있는 게으름뱅이가 아니었다. 불타는 듯한 머리털만 보아도 그녀의 격한 성격을 잘 알 수 있었다.

터커 부인은 또한 자기 자신의 말에 의하면 사나이들을 다룩는

데에도 명수라는 것이었다. 그래서 데이비드의 아침과 저녁식사를
해주겠다는 것을 거절해 버린 것은 샤너한 가의 긍지를 상하게 한
것이라고 분노했다. 그녀는 너무 말이 많았다. 노라 샤너한이라는
이름 자체가 말썽꾸러기라고 생각될 정도였는데, 끝내 터커 부인
의 그 수다스러움은 분통이 터지는 결과를 가져오고 말았다.

1월 마지막 토요일 오후에 데이비드는 불 가에 물건을 사러 갔
었다. 불 가는 블라운트 가에서 한 모퉁이만 돌면 있는 번화한 상
가였다. 불 가에는 값이 싸면서도 질이 좋은 물건이 많았는데, 그
가 가끔 사는 것은 과일이나 비스킷, 치즈 따위였다.

데이비드는 그날 큰맘 먹고 프라이팬을 하나 샀다. 오랫동안 별
러 오던 것이었다. 간단하게 식사를 준비하기 위해서는 프라이팬
하나만 있으면 별문제가 없을 것 같았다. 철물점의 여점원은 그
프라이팬을 싸느라고 여간 애를 먹지 않았다. 몇 번이고 신문지로
싸려 했으나 번번이 종이가 찢어져 버렸다.

데이비드와 그 여점원은 똑같이 웃음이 터지고 말았다. 한참
웃다가 결국 그대로 들고 가기로 합의를 보았다. 데이비드는 조금
도 창피스럽게 생각되지 않았다. 그 이상스러운 물건을 들고 블라
운트 가로 걸어왔다.

그런데 결국 블라운트 가 33번지의 문 앞에서 일이 터지고 말
았다. 데이비드가 요즈음 와서 이 집 앞을 배회하는 것을 가끔 본
적이 있는, 레인코트 차림에 소프트 모자를 쓴 어떤 젊은 사나이
가 갑자기 어깨에서 카메라를 내리더니 재빨리 데이비드를 찍어
버린 것이다.

그 사나이는 회심의 미소를 띠고 모자를 살짝 벗어 인사를 하더
니 급히 가 버렸다.

그 다음날 아침, 〈데일리 가제트〉지의 한복판에는 프라이팬 국
회의원이라는 제목하에 그 사진이 게재되어 있었다. 그 아래에는

반단 정도의 설명 기사가 첨부되어 있었다. 거기에는 북부 출신의 새 광부 국회의원의 금욕주의라고 칭찬하면서 터커 부인과의 짤막하고도 요령있는 인터뷰 기사까지 들어 있었다. 아일랜드 사투리와 과장이 섞인 다분히 인기 전술의 야심이 엿보이는 내용이었다.

데이비드의 얼굴은 분노와 당혹감으로 벌개졌다. 그는 테이블에서 벌떡 일어나 계단의 중간쯤에 있는 전화기 쪽으로 달려갔다. 그는 〈데일리 가제트〉의 신문 편집장을 불러 항의를 했다. 편집장은 미안하고 죄송하다고 사과했지만, 그러나 나쁜 짓을 했다고는 보지 않는 것이 분명했다. 그건 훌륭한 선전이 아니었던가요? 정말 최고의 선전이지 않았습니까? 하는 식이었다.

터커 부인 역시 그의 짜증을 이해할 수 없다는 얼굴이었다. 그녀는 자기 이름이 신문에 난 것을 굉장히 기뻐하면서 훌륭한 말씀을 해드린 것이 아니냐고 오히려 의아해했다.

데이비드는 어쩔 수 없이 화를 꾹 참고, 제발 사건이 그대로 지나가 주기를 바라면서 하원에 등원했다.

그러나 그것은 헛된 바람이었다. 그가 의사당에 들어가자 환영과 조소가 섞인 갈채가 그를 맞았다. 그를 유명하게 만든 것은 분명했으나, 다분히 웃음거리로 받아들여졌음을 느낄 수 있었다. 데이비드는 벌개지는 얼굴을 숙였다. 싸구려 선전 광고나 하고 다니는 사람이라고 모두 비웃는 것 같아서 온몸이 달아올랐다.

"뭐, 웃고 지나가요."

뉴전트의 다정스러운 위로였다.

"그게 가장 좋아, 웃고 넘겨 버려요."

뉴전트는 그를 이해해 주었다. 그러나 베빙튼은 그렇지 않았다. 베빙튼은 차갑고 조소가 섞인 표정을 숨기지 않았다. 그는 그 사건을 사전에 주의 깊게 계획한 것으로 본다는 자신의 견해까지 공공연하게 드러내었다. 그의 이러한 비난은 데이비드가 유명해지는 것을 바라지 않는 내심의 발로였는지도 모른다.

그날 밤 뉴전트가 데이비드의 아파트를 찾아왔다. 그는 앉아서 담배 파이프를 꺼내며 묵묵히 방안을 두리번거렸다. 그의 얼굴은 전보다 더 창백했고, 이마로 흩어져 내린 머리털도 숱이 더 적어진 느낌이었다. 그러나 소년처럼 보이게 하는 단순한 쾌활함은 여전했다. 그는 파이프에 불을 붙이고 나서 말했다.

"나는 벌써 오래전부터 자네에게 한번 와 보고 싶었다네. 생각보다 마음에 드는데 ……."

"주당 1파운드 정도로는 그다지 나쁘지 않다고 생각합니다. 물론 가구들이 다 이 방에 있는 것은 아니지만 ……. 그놈의 사고덩어리 프라이팬은 부엌에 있습니다."

뉴전트는 싱긋 웃었다.

"그런 쓸데없는 것 가지고 마음 상할 것은 없네. 북부의 자네 선거구민들 편에서 생각해 보면 그 기사는 자네에게 아주 좋은 것이었는지도 모르니까."

"난 그들에게 어서 이익이 될 일을 좀 해주고 싶습니다."

데이비드가 안타까운 듯이 말했다.

"그렇게 될 날이 오겠지. 그러나 특별한 때가 아니고는 당분간 별도리가 없다는 것을 알아두게. 우리는 지금 419대 151석이라는 강력한 보수당의 장벽에 맞서고 있단 말일세. 이와 같은 상황에서 무엇을 할 수 있겠나? 그저 의석을 굳게 지키면서 우리 차례가 올 때를 기다려야지. 이봐, 나도 자네 기분은 알고 있네. 자네는 뭔가 한바탕 해보고 싶겠지? 그런데 그럴 수가 없다네. 자네는 형식적인 관료주의인 복잡한 행정 절차나 명색뿐인 행정 분담같이 너절한 것들을 없애버리고 싶겠지. 자네는 의원으로서의 어떤 업적이나 결과를 바라고 있네만 ……, 그러나 좀더 기다리게, 데이비드. 언젠가는 몽땅 해치워 버릴 기회가 반드시 있게 될 걸세."

데이비드는 묵묵히 있다가 한참 만에 천천히 입을 열었다.

"그렇게 자꾸 뒷걸음질치는 것이야말로 아주 무의미한 것 같습니다. 지금 탄광에서는 분쟁이 일어나려 하고 있습니다. 1마일 밖에서도 그걸 볼 수 있죠. 협정 기간이 다 되면 탄광주 쪽에서는 결속을 해 가지고 노동 시간 연장과 임금 절하를 하게 될 것입니다. 그런데 이러한 사태가 그냥 되어가는 대로 내버려지고 있습니다."

"그치들은 자꾸 보조금이라는 것을 생각하고 있어."

뉴전트는 담담하게 웃었다.

"1921년에는 1천만 파운드가 보조금으로 사라지고 말았지. 그래서 이번엔 굉장히 대단한 안을 생각해 냈다네. 바로 위원회라는 거야. 언제나 명안이지. 그러나 그 위원회가 아직 조사 결과도 제출하지 않았는데 정부에서는 또다른 보조금을 지불한다 이 말씀이야. 그후에 위원회는 조사 결과를 제출해서 온갖 보조금에 대해 비난을 하는 거야. 이건 아주 교훈적인 것이지. 재미있기까지 하다네."

"도대체 국유화는 언제나 될까요?"

데이비드는 불이 타오르는 듯한 목소리로 물었다.

"그게 유일 무이한 해결책입니다. 탄광주들이 접시에 그 안건을 담아서 우리측에 제출할 때까지, 우리는 가만히 앉아서 기다려야 하는 것인가요?"

"우리는 노동당 정부가 성립될 때까지 기다려야 해."

뉴전트는 조용히 말하며 미소를 지었다.

"그동안에 자네는 정부 보고서와 프라이팬이나 상대하고 있게나. 인간 개개인의 마음의 균형이 중요한 걸세. 자네는 주의하지 않으면 정신을 못 차릴 정도로 지독한 유혹과 옆길로 빠지게 될 우려가 있어. 이 세상에 공적인 생활만큼 인간의 개인적인 약점을 잘 나타내 보이는 것은 없는 거야. 개인적인 야심과 사회적인 야

심, 그리고 자기 본위와 사리 사욕, 바로 이것이 화근의 바탕이라
네, 데이비드. 우리의 동료 베빙튼 말일세, 그가 좋은 예라 할 수
있지. 자네는 그 친구가 자기를 선출해 준 2만 명 가량의 더럼 지
역의 탄광부들 생각을 하고 있는 줄 아나? 단 한푼어치도 생각하
고 있을 까닭이 없지! 그 자가 관심을 갖고 있는 것이라고는 전적
으로 베빙튼이라는 자기 자신뿐이야, 이 사람아. 그런 말을 들으
면 가슴이 터져 나갈 것 같겠지만, 차머즈를 보더라도 마찬가지
야. 봅 차머즈가 4년 전에 처음으로 찾아왔을 땐 다시없이 열렬했
었지. 그자는 눈물을 철철 흘리면서 내게 맹세했어. 섬유공장 공
원들에게 7시간 노동제를 꼭 해주도록 싸우겠으며, 만일 그렇지
못한 때는 자살이라도 하겠다고 했지. 그런데 지금은 7시간 노동
제가 랭커셔에서 실시되지도 않았고, 또 봅은 뒈지지도 않았어.
그 친구, 아주 펄펄하게 살아 있지. 그 친구는 황금 빈대에 물린
거야. 그 친구는 클리튼의 무리들과 한패거리가 되어서 유용한 정
보를 귀띔해 주는 대가로 런던 시에서 돈을 한주먹 받았지. 클렉
호언, 그치도 역시 똑같은 부류야. 그 작자의 사생활 문제인데, 그
친구는 사교계의 여성과 결혼했지. 알겠나! 지금은 그 새끼, 웨
스트 엔드 극장가의 첫 상연일은 귀부인인 여편네와 구경하러 가
기 위해 어떠한 위원회도 참석하지 않는 형편이야. 나도 관대하게
봐주려 하고 있지만, 그러나 이런 상태에서 그자들에 대해 절망하
지 않을 수는 없지. 나도 성인 군자는 못 되지만 성실하고 싶은 것
이 내 바람이네. 이런 때에 자네가 이런 곳에 틀어박혀 간소하고
엄격한 생활을 하려는 것을 보니 진정으로 기쁘네. 데이비드, 끝
까지 해 나가 주게. 제발 부탁하네. 끝까지 밀고 나가기를 바라
네!"
　　데이비드는 뉴전트가 이처럼 흥분한 것을 한 번도 본 적이 없
었다. 그러나 그것도 잠깐이었다. 그는 다시 그 태연 자약한 태도

로 돌아갔다. 그의 얼굴에 늘 떠도는 단순한 소년처럼 보이는 미소가 다시 떠오르고 있었다.

"조만간에 자네도 그런 것에 부딪치게 될 걸세. 마치 광부가 유독 가스를 마실 때가 있듯이 자네도 부패한 것과 부딪치게 될 거야. 국회 의사당이라는 곳은 그런 것으로 꽉 차 있으니까. 데이비드 의원, 하원의 이빨을 조심하게. 함께 술을 마시는 자들, 베빙튼과 차머즈, 딕슨을 조심하라는 말일세. 나도 내가 마치 절간의 중이 만들어 낸 듯한 고리타분한 이야기를 늘어놓고 있다는 것을 잘 알고 있네. 하지만 이런 것들이 하느님의 진리인 걸 어떡하나. 자네가 자기 자신을 대나무처럼 곧게 지켜낼 수만 있다면, 뭐 어떤 일이 일어나든 전혀 상관없는 일이지."

그는 담뱃재를 털어냈다.

"자, 이것으로 설교는 끝이야. 난 이제 가 봐야겠네. 그런데 다음부터는 내가 여기 들어와서 자네의 벽난로 위에 행여 초대장 같은 것이 흩어져 있기라도 하면 자네를 저 밖으로 차 버릴 걸세. 자네가 재미있게 놀고 싶을 때는 혹시 날씨가 좋을 때라면 말일세, 나와 함께 오블에 가서 크리켓이나 구경하도록 하세. 난 그 클럽 회원이야. 나는 크리켓을 좋아한다네."

데이비드는 미소를 띠었다.

"그것은 당신 식의 부정 부패로군요."

"맞았어! 그것 때문에 나는 1년에 2기니의 돈이 들거든. 그런데 내게 당 위원장을 준대도 그것을 단념하지는 않을 걸세."

뉴전트는 시계를 바라보고 조용히 일어나서 기지개를 켰다.

"이제 가 봐야겠는걸."

그는 문 쪽으로 나아가면서 또다시 말했다.

"그런데 나도 자네의 처녀 연설을 기다리고 있다네. 이제 약 2주일만 있으면 클라크 의원이 광부 안전 법안에 대한 소정안을 제출하게 되는데, 그땐 자네에게도 굉장한 기회가 올 거야. 그때가 자네의 가슴속에 있는 것들을 확 털어 내놓을 기회가 될지도 모르지. 그럼, 난 가네."

뉴전트가 가고 나자 그는 의자에 앉았다. 데이비드는 기분이 좋아졌다. 마음이 따뜻해졌다. 뉴전트는 언제나 그에게 그러한 영향을 끼쳤다. 데이비드가 침착성을 잃고 있었던 것은 사실이었다. 국회의 의사 진행의 무기력한 상태는 선거전에서 불타오르던 열성과 격렬한 정신을 맥빠지게 하는 것이 사실이었다.

데이비드는 국회 내에서 일어나는 것들에 분노하기도 했다. 느려 빠진 진행과 헛되이 보내는 시간, 요점없는 연설, 엉뚱한 질의에 맥빠진 답변, 불성실한 태도 등, 눈에 보이는 모든 쓰레기 같은 짓들에 화가 났다.

그는 국회의 의사 진행이라는 수레바퀴가 제 궤도를 잃고, 국회라는 조직의 기계가 나사라도 빠진 것처럼 덜커덩거리며 느리게 돌아가는 소리에 차츰 인내심을 잃고 있었다. 그러나 뉴전트는 그의 분노가 당연하면서도 또한 어리석은 짓임을 스스로 느끼게끔 해 주었다. 데이비드는 인내심을 길러야 하는 것이다.

데이비드는 자기가 처녀 연설을 행할 때를 열심히, 그러나 어떤 불안감을 지닌 채 기다리고 있었다. 그가 가장 중요하게 생각하는 것은 자기의 연설이 청중의 주의를 사로잡는 훌륭한 것이 되어야 한다는 것이었다. 그러기 위해서는 그 연설에 대한 확실한 복안을 가지고 있어야만 한다. 사실 광부 안전 법안에 대한 수정안이라고 하는 것은 정말로 멋진 기회였다.

데이비드는 이미 자기가 그것을 어떻게 다루어야 하며 또 제시해야 할 요점이 무엇이고, 무엇은 강조하고 무엇은 피해야 하는가를 너무도 명백히 알고 있었다. 그 연설은 그의 마음속에서 아름답고 강력한 주장으로 마치 살아 있는 물건처럼 창조되기 시작했다.

데이비드는 그 생각의 흐름을 따라 자신을 벗어 버리고 탄광이라는 새로운 물체 안으로 흡수되어 버렸다. 그는 광부들이 지금도 자신들의 목숨을 위험에 내건 채 작업하고 있는 어두운 굴속으로 다시 들어갈 것이라고 생각했다. 탄광의 경험이 없었다면 이와 같은 생생한 탄광의 사정을 알지 못하고 지나쳐 버렸을 것이다.

난롯가에 앉아 이런 생각으로 긴장하고 있을 때, 노크가 들리는가 싶더니 터커 부인이 급히 방안으로 들어왔다.

"의원님을 면회하겠다는 부인이 계셔서요."

"부인이라고요?"

그가 되물었다. 어떤 희망이 그의 머릿속을 스쳤다. 지금까지 그는 제니가 런던의 어느 곳에 있으리라는 예감을 버리지 못하고 있었다.

"아래층에 계시는데요. 올라오시라고 할까요?"

"그래 주십시오."

데이비드는 흥분을 누르며 겨우 말했다. 그는 문을 바라보며 두근거리는 가슴을 누르고 서 있었다. 그러나 그의 얼굴 표정은 곧 실망으로 바뀌고 말았다. 그의 가슴의 고동이 금방 가라앉아 버렸다. 아주 빨리 어떤 희망에 사로잡혔던 것처럼 실망 역시 재빨리 사라지고 말았다. 터커 부인이 말한 손님은 제니가 아닌 힐다였다.

"그래요, 제가 온 거예요."

그녀는 데이비드의 얼굴빛이 갑자기 바뀌는 것을 보고 본래의 솔직한 태도로 말했다.

"난 오늘 아침에야 신문을 보고 당신 주소를 알았어요. 그래서 축하를 드리기로 결심한 거예요. 너무 바쁘시다면 말씀해 주세요. 전 그냥 돌아가도 괜찮으니까요."

"그런 이야기는 그만둡시다."

데이비드는 소리치듯 크게 말했다. 힐다 발라스를 만난다는 것은 정말 뜻밖이었다. 처음의 실망이 지나고 나자 그녀를 만난 것이 기뻐졌다. 그녀는 수수한 재색 옷에 고상해 보이는 여우 목도리를 하고 있었다.

그러나 힐다의 안색이 좋지 않은 엄격한 얼굴이 낯익은 옛날의 모습을 그대로 보여주고 있었다. 데이비드는 갑자기 옛날에 두 사람이 불꽃을 튕기듯 격렬한 논쟁을 벌이던 것을 회상했다. 그는 미소를 지었다. 그런데 이상한 점은 그녀 역시 미소를 지었다는 것이다. 그녀는 그가 알기로는 한번도 미소 같은 것을 보이지 않는, 미소라고는 없던 여자였다.

"앉으십시오. 이렇게 와 주시다니, 정말 놀랍군요."

힐다는 장갑을 벗으면서 앉았다. 그녀의 손은 매우 희고 튼튼하면서도 부드러워 보였다.

"런던에서 뭘하고 계십니까?"

그가 물었다.

"인사성이 밝아지셨네요?"

그녀는 웃지도 않고 말했다.

"여기 오신 지 한 달밖에 안된 분이라고 생각할 때 놀라운 변화로군요. 그런데 그게 바로 시골 사람들의 가장 나쁜 버릇이죠."

"당신도 시골 사람이 아닙니까?"

"논쟁을 벌일 작정이세요?"

힐다는 곱게 눈을 흘겼다. 데이비드는 그녀 역시 옛날의 논쟁을 기억하고 있구나 생각하면서 장난스럽게 말했다.

"뜨거운 밀크와 비스킷이 없으니 하고 싶지가 않군요."

이 말에 힐다는 깔깔대고 웃었다. 그녀는 소리내어 웃고 나자 좀더 기분이 좋아진 듯했다. 그녀의 웃는 모습은 아름답기까지

했다. 그녀는 옛날보다 훨씬 가까이하기가 쉬워진 것 같았다. 얼굴을 찌푸리지도 않았고 무뚝뚝한 화난 목소리도 아니었다. 그녀는 확실히 옛날보다 행복한 표정이었고 자신이 넘쳐 보였다.

"내가 당신 소식을 뒤쫓고 있는 동안, 당신은 내 존재 같은 건 까맣게 잊고 있었다는 것이 틀림없는 사실인 것 같군요."

"아니, 천만에. 절대로 그렇지 않습니다. 난 당신이 약 4년 전에 의사 자격을 얻었다는 사실을 알고 있습니다."

"의사라구요?"

그녀는 냉소를 띠우며 빈정대는 목소리로 말했다.

"그래요, 그런데 무슨 의사인 줄 아세요? 혹시 〈누가복음〉에 나오는 의사와 혼동하고 있는 것은 아니세요? 천만의 말씀이에요. 난 외과 의사예요, 다행스럽게도요. 난 우수한 성적으로 의학사를 땄죠. 당신에게는 전혀 흥미가 없는 것이겠지만요. 난 지금 성엘리자벳 산부인과 병원의 명예 직원이랍니다. 여기에서 보이는 바로 강 건너에 있는 첼시이의 클리포드 가지요."

"정말 장해요, 힐다."

그는 기뻐하며 말했다.

"그래요, 장하죠?"

그녀의 목소리에는 빈정대는 투가 전혀 없었다. 힐다는 단순하면서도 성실한 태도로 말하고 있었다.

"그런데 명예 직원 일, 마음에 듭니까?"

"아주 마음에 들어요."

그녀는 급작스럽게 열을 올리며 말했다.

"난 이젠 그 직업없이는 살 수 없을 것 같아요."

데이비드는 그래서 이 여자가 이렇게 변했구나 하고 생각했다. 그녀는 그를 힐끗 쳐다보다가 직감적으로 그의 마음을 읽어냈다.

"과거엔 난 남을 괴롭히는 사람이었죠."

그녀는 침착하게 말했다.

"그레이스와 캐리 고모, 그리고 모든 사람들, 내 자신도 함께 괴롭히는 존재였어요. 제발 내 말에 반대하는 뜻을 보이지 말아요. 논쟁을 위해서라도 말이에요. 이렇게 방문한 것도 사실은 보상 행위 때문이에요."

"자꾸 와 주십시오."

"다정하게 대해 주시니까, 그래야겠어요."

그녀는 감사한 마음에서 얼굴을 살짝 붉히더니 말을 계속했다.

"솔직하게 말씀드리죠. 난 런던에서 지독하게도 친구 하나 없어요. 정말 지독스럽게도, 그리고 슬플 정도로 아무도 없어요. 난 너무나 딱딱한 인간이라서 사람들을 만나는 것이 너무 서툴어요. 친구를 사귀는 일이 제일 어렵더군요. 데이비드, 당신을 정말 좋아했답니다. 내 말을 오해하지는 마세요, 제발. 어리석은 수작을 부리고 싶어서 이런 말하는 게 아니니까요. 그래서 난, 당신만 원한다면 우리 둘이 가끔 서로 재치를 발휘해 보는 시간을 가져 보는 것도 좋겠다고 생각했어요.

"재치라!"

그가 소리쳤다.

"그런 것은 전혀 없는 사람인 줄 잘 알면서……."

"바로 그런 말씀을 하시는 게 재치가 있다는 거예요."

그녀는 열을 올리며 말했다.

"데이비드, 오해하지 않을 거라는 거 다 알고 있었어요."

데이비드는 호주머니에 손을 쑤셔넣고 난로에 등을 댄 채 그녀를 바라보았다.

"난 저녁식사를 할 참인데, 코코아와 비스킷이죠. 같이 좀 하시겠어요?"

"그러죠."

그녀는 바로 응했다.

"프라이팬으로 코코아를 만드시나요?"

"서로 막상 막하의 재치로군요? 그렇다고 합시다."

데이비드는 고개를 끄덕였다. 어느 누가 코코아를 프라이팬에다 끓이겠는가! 그는 부엌으로 들어갔다. 그가 부엌에 있는 동안 힐다는 그의 기침 소리를 들었다. 그가 되돌아오자 그녀는 그 기침부터 따졌다.

"그 기침 소리는 뭐죠?"

"담배를 피우는 사람이면 으레 하는 것 아닙니까? 독일군의 독가스가 약간 가미되어 있긴 하지만."

"그 기침 진찰 좀 받아야겠는걸요."

"귀하는 외과 의사라고 말씀하신 것 같은데요."

기침 같은 것은 내과 의사 담당이지 외과 의사 담당은 아닌 것이다. 두 사람은 유쾌하게 대화를 나누면서 코코아를 마시고 비스킷을 먹었다. 둘은 이야기를 하다가 또 논쟁으로 열을 올리곤 했다.

힐다는 주로 자기의 직업, 수술실, 자기에게 수술받으러 온 여인들에 관한 이야기를 했다. 어떤 의미에서 그는 그녀를 부러워했다. 괴로워하고 있는 인간을 눈에 보이는 방법으로 구제해 주는, 실제적인 행동의 돌파구를 가진 것이 부러웠던 것이다.

그러나 그의 그러한 말에 힐다는 미소를 지었다.

"난 인도주의자가 아니에요. 내가 하는 일은 모두 기술일 뿐이에요. 응용 수학이죠, 냉정하고 신중한."

그녀는 다시 말을 이었다.

"어찌 되었든 그래서 나도 사람답게 변했어요."

"그건 논쟁할 만한 문제인데요……."

데이비드의 빈정거리는 말을 계기로 두 사람은 논쟁을 시작했지만, 승패도 없이 그들의 화제는 데이비드가 앞으로 하게 될 국회 내의 연설에 관한 것으로 바뀌었다. 그녀의 관심은 지대했다. 그가 자기의 연설 계획을 대강 말해 주자 그녀는 그것에 관해 강력히 반발을 했다. 어찌 되었든 모든 것이 매우 즐거웠고, 옛정을 새롭게 해주었다.

10시가 되자, 그녀는 가려고 일어섰다.

"제게도 놀러오세요. 당신이 준 것보다 훨씬 맛있는 코코아를 대접해 드릴 테니까."

"꼭 놀러가겠습니다. 그러나 코코아는 내가 더 잘 만들 겁니다."

힐다는 첼시이로 걸어 돌아가면서 오늘 저녁의 일은 성공적이었다고 생각했다. 기뻤다. 그녀 입장에서는 그렇게 방문한다는 것은 상당히 강한 의지를 필요로 했던 것이다. 혹시 오해받지는 않을까 두려웠다. 그러나 데이비드는 오해하지 않았다.

데이비드는 지나칠 만큼 현명했다. 너무나 눈치가 빠른 사람이었다. 힐다는 훌륭한 외과 의사였지만, 심리적인 면으로는 부족한 점이 많았다.

데이비드가 연설을 하던 그날 밤, 그녀는 초조하게 기다리다가 석간이 나오자마자 신문을 샀다. 신문에는 그 기사가 나와 있었는데 호의적으로 취급되어 있었다. 조간 신문에서는 더욱더 호의적이었다. 〈데일리 헤럴드〉지는 한단 반짜리 기사로 취급했고, 〈더 타임즈〉지까지도 슬리스케일 지구 출신인 신참 의원의 진지하고도 감동적인 웅변이라고 칭찬을 아끼지 않았다.

힐다는 기뻤다. 병원으로 가기 전에, 그녀는 데이비드에게 전화를 걸어 마음속에서 우러나오는 축하 메시지를 전했다. 그녀는 흡족한 마음으로 전화기를 놓았다. 어쩌면 그녀는 좀 지나칠 정도로 열을 내고 있는지도 몰랐다. 그러나 그 연설은 사실 경탄할 만한

것이었다. 그리고 그 연설은 그녀와도 관계가 전혀 없는 것이라고
볼 수가 없었다.

혈육의 정

아더는 넵튠 탄광의 사무실 창가에 서서, 탄광 구내를 꽉 메운 광부들을 내다보며 1921년에 경험한 탄광 폐쇄 소동을 뼈아프게 회상했다. 그 소동은 그가 끌려든 일련의 계속적인 산업 쟁의의 첫출발이었고, 쟁의는 점점 크게 번져 1926년의 총파업으로 절정을 이루었던 것이다.

아더는 이마에 손을 얹으며 그같은 모든 무모한 싸움은 깡그리 잊어버리자고 다짐했다. 이제 끝이 난 것만으로도 충분하지 않은가. 파업은 깨어졌고 광부들은 돌아와서 탄광 구내를 꽉 메우며, 시간계가 서 있는 쪽으로 꾸역꾸역 밀려들어가고 있었다. 광부들은 일을 달라고 요구하는 정도가 아니었다. 그들의 표정에는 그런 것들이 잘 나타나고 있었다.

일을 주십시오. 아무리 싼값이라도 좋습니다! 이같은 묵묵한 얼굴들을 바라볼 때 탄광 업주의 승리가 얼마나 혁혁한 것인가를 잘 알 수 있는 것이었다. 광부들은 패배한 정도가 아니라 박살이 나 버린 것이다. 그들의 눈 속에는 아사(餓死)와 겨울에 대한 공포감이 아프게 맴돌고 있었다.

어떤 환경, 어떤 계약 조건이라도, 아무리 임금이 싸더라도 다만 일, 일을 하겠다는 것이다. 그들은 앞으로 밀고 나오면서 시간계 주둔소 쪽으로 비집고 나아가려고 야단이었다. 그 시간계 주둔소에서는 헤즈페드가 퍼티트 노인과 함께 목책 앞에 서서 광부들 명단을 일일이 체크하며 기입하고 있었다.

아더는 그 광경을 뚫어지게 쳐다보았다. 한 사람이 앞으로 나오면, 허즈페드는 그를 조사하기 위함인 듯 아래위로 훑어보고 퍼티트를 바라보면서 고개를 끄덕인다. 만일 고개를 끄덕이면 합격으로 그 광부는 일을 할 수 있었다. 그러면 그는 체크한 패찰을 받고 마치 재판을 받고 천국으로 들어가는 영혼처럼 목책을 지나갔다.

입장을 허락받은 광부들의 표정은 이상스러웠다. 갑작스럽게 얼굴빛이 밝아 오면서 이제 됐다는 안도감이 경련처럼 얼굴을 실룩이게 만들어 주는 것이었다. 파라다이스 탄광의 검은 지하에 다시 들어가도록 허용된 것을 고마워하는, 정말 믿기 어려울 정도로 고마워하는 그런 눈빛이었다. 그러나 광부들이면 덮어 놓고 다 입장이 허락되는 것이 아니었다.

왜냐하면 모든 광부가 달라붙을 작업량이 없기 때문이었다. 6시간제 교대를 한다면 모든 광부들이 할 일이 있겠지만, 승리를 자랑하는 파업 수습 내각에 지도받아 교대는 8시간제가 되고 말았던 것이다. 영국 국민들의 지지를 받고 있는 법률과 질서의 세력이 눈부신 승리를 거두었기 때문이었다.

그러니 문제될 것이 없다. 전혀 문제될 필요가 없는 것이다. 지금은 그런 것에 대해서 신경을 쓸 필요가 없었다. 광부들은 어떤 계약 조건이든, 어떤 노동 환경이든 다만 우리에게 일만 하게 해 주십시오, 제발 일거리만 주십시오, 하는 식이었다.

아더는 창가에서 물러나려고 했지만 그럴 수가 없었다. 광부들의 얼굴 표정이 그를 놓아 주지 않았다. 특히 한 광부의 얼굴이 그를 열중케 했다. 그는 픽 메이서였다.

아더는 픽이라는 인간을 너무나 잘 알고 있었다. 픽은 작업 시간도 잘 지키지 않고, 월요일 아침이면 결근을 하며, 술을 퍼마시는 좋지 못한 광부라는 것을 알고 있었다. 그런데 픽 역시 이같은 사실을 알고 있다는 것을 느낄수 있었다. 자신의 무가치함을 인정하는 표정이, 일거리를 얻겠다는 욕망과 함께 픽의 얼굴에 잘 나타나 있었다.

픽의 얼굴에는 그같은 두 가지 감정의 갈등이 바라보기에도 두려우리만큼 불안과 염려를 나타내 주고 있었다. 그 때문에 픽 메이서의 표정은 마치 뼈다귀를 얻으려고 엉금엉금 기는 개의 모습과 비슷했다.

아더는 최면술에라도 걸린 듯이 기다렸다. 픽의 순번이 가까웠다. 픽 앞의 네명이 모두 합격되었다. 그 한 사람 한 사람의 합격이 픽의 합격의 가망성을 더욱 줄이고 있었다. 그같은 상황에 따라 픽의 안색도 변화하고 있었다. 이윽고 픽이 목책 앞에 나아왔다. 밀쳐대면서 거기까지 왔고, 또 열망과 공포의 투쟁으로 숨까지 헐떡이고 있었다.

허즈페드는 픽을 한번 슬쩍 보더니 외면해 버렸다. 그는 고개를 끄덕이는 수고를 해서 퍼티트를 보게 할 필요도 없다는 태도로 그냥 외면해 버린 것이다. 픽은 퇴짜를 맞고 밀려났다.

아더는 픽의 입술이 움직이는 모습을 보았지만, 말소리를 들을 수는 없었다. 그러나 픽의 입술은 결사적인 애원조로 자꾸만 움직이고 있었다. 그러나 픽은 밀려났다. 그렇게 해서 400명이 밀려났다. 픽의 얼굴과 그 400명의 얼굴 표정이 아더를 미치게 했다.

아더는 갑자기 몸을 돌려 창가에서 찢어내듯 몸을 떼었다. 그는 그 400명을 자기 탄광에서 계속 일하게 하고 싶었다. 그런데 그럴 수가 없었다. 그는 달력을 노려보았다. 1923년 10월 15일이었다. 그는 달력 쪽으로 다가가 사납게 한 장을 찢어냈다.

그의 신경은 빠져 나갈 어떤 돌파구가 있어야만 했기 때문에 이 날이 빨리 지나가 버리기를 바랐다.

퍽 메이서는 탄광 구내에서 걸어나와 카우펀 가를 걸어내려 갔다. 그는 걷는다기보다 다리를 질질 끌었다. 호주머니에 두 손을 쑤셔 넣고 땅바닥을 내려다보며 걸었다. 어깨가 약간 축 처진채 자기에게 쏟아지는 여인들의 눈초리를 느끼면서, 고지촌의 집집마다에서 그를 바라보는 눈초리를 느끼면서, 질퍽질퍽 걸었다. 그는 퇴짜를 맞고 밀려난 400명 중의 한 사람인 자기에게 쏟아지는 눈초리들을 외면할 수가 없었다.

그는 스커트 로를 내려가서 방파제를 걸어 집으로 갔다.

"애니는 어딨어요?"

그는 아무것도 없는 돌바닥의 방문턱에서 물었다.

"나갔다."

그의 아버지가 부엌방 침대에서 대답했다. 메이서는 류머티즘성 관절염으로 절름발이가 되어 꼼짝 못하고 누워있었다. 그러나 그는 언제나 활동적인 사람이었기 때문에, 일어날 수조차 없다는 것으로 인해 성질이 까다로워져서 툭하면 싸움을 하려 들었다.

그 외에도 메이서는 등이 계속 아팠다. 그는 그것을 신장병이라고 믿고 있었다. 그는 그 병을 신장병이라고 완전히 믿어 버려서 돈만 생기면 포파트 박사의 신장병 환약을 사는 데 다 허비했다.

그 환약은 화이트채플에 사는 로버그라는 재벌이 한 상자에 원가 1페니로 제조하여 3실링 6펜스로 파는 것이었다. 그것은 비누와 질이 나쁜 설탕, 메틸렌 블루라는 청색 유기염료만으로 제조한, 대대로 전해 내려오는 묘약이라는 것이었다.

이 환약을 복용하면 오줌이 파랗게 된다. 그런데 설명서에 그것은 불순물이 배설되기 때문이라고 명확히 기록되어 있기 때문에 메이서 노인은 굉장히 기뻐했다. 자기의 신장에서 불순물을 다 빼내고 나면 병이 완쾌될 거라고 믿고 있었다.

다만 그에게 있어 괴로운 것은 자기가 그 환약을 충분히 살 만한 여유가 없다는 것이었다. 그 약의 설명서가 말하는 바에 따르면, 그 환약은 제조하는 값이 비싼 이유가 따로 있다는 것이다. 인도의 어느 현자로부터 고인이 된 포파트 박사에게 전해졌다는 것이다. 즉 처방에 따라 종교적인 소업(所業) 수행을 하는 계절에 히말라야 산맥 기슭에서 채집한 값비싼 약초를 재료로 사용했기 때문에 비싸다는 이야기였다.

메이서 노인은 지금 그 환약이 다 떨어졌다. 때문에 퍽에게 싸움이라도 걸 듯한 태도로, 약간 불안해하면서 화난 표정을 지었다.

"넌 왜 탄광에 안 갔니?"

"안 갔으니까 안 갔지요."

퍽이 뚱해서 말했다.

"이놈아, 일하러 가야지."

"일하러 가야지라구요?"

퍽은 이를 갈았다.

"차라리 스페인까지 요트를 타고 가라고 그러지."

메이서 노인의 머리가 흔들리기 시작했다.

"늙은 아비가 있는데 일을 그만두겠다는 거냐, 이놈아?"

퍽은 아무 말도 하지 않았다. 화가 나서 속이 탔지만 어쩔 도리가 없는 것이다. 그는 식식거리고만 있었다.

"난 약이 다 떨어졌다. 이놈아, 환약을 사야 한단 말이야!"

"환약 같은 것 내가 알게 뭐람."

퍽은 중얼거리며 의자에 털썩 주저앉았다. 기름때가 묻은 모자를 덮어쓰고 앉아 호주머니에 두 손을 찔러넣고 있었다. 그는 커다란 부엌 아궁이 안에서 활활 타오르고 있는 불꽃을 잠자코 바라보았다.

애니가 곧 돌아왔다. 그녀는 프록터 부인에게서 부탁받은 바느질감을 되돌려 주고 샘도 학교에 가는 길까지 바래다 주기 위해 잠깐 집을 비웠었다.

애니는 문안에 들어서는 순간 픽이 의자에 웅크리고 앉아 있는 모습을 보고 모든 것을 알았다. 언제나 볼 수 있는 고통의 빛이 그녀의 표정에 떠올랐다. 그러나 아무 말도 하지 않았다. 그녀는 모자와 외투를 벗고 식탁의 접시를 치운 다음 씻기 시작했다.

픽이 먼저 말했다.

"나, 밀려났어, 애니."

"괜찮아요. 어떻게 살아가겠죠, 뭐."

애니는 계속 접시를 씻었다. 그때 해고당했다는 창피함이 픽의 가슴속 깊이 사무쳐 기분을 상하게 했다.

"난 그곳에서 쓸모없는 인간이야."

그는 이를 악물고 말했다.

"쓸모없는 인간이야, 알겠지! 기분만 내키면 나도 두 사람 몫은 해낼 수 있는데."

"나도 알고 있어, 오빠."

애니는 위로하듯이 말했다. 그녀는 픽의 상한 기분을 이해할 수 있었다.

"걱정하지 마, 오빠."

"새끼들, 내가 실업 수당으로 먹고 사는 걸 보고 싶은 모양이지. 난 일을 하고 싶은데, 실업 수당이라⋯⋯."

그가 으르렁거렸다.

말이 끊어졌다. 메이서 노인은 자기 일만 가지고 걱정하다가 그들의 대화를 귀담아 듣고는 침대 속에서 놀란 눈으로 두 사람을 번갈아 쳐다보았다. 그가 참을 수 없다는 듯이 입을 열었다.

"데이비드 펜윅에게 편지를 보내야 한다. 애니, 이젠 도와 달라고 해야지, 별 수가 없어."

"어떻게 해 나갈 수 있겠죠, 아버지."

그녀는 데이비드에게는 어떤 도움도 받고 싶지 않았다. 절대로 받고 싶지 않았다.

"지금까지 이럭저럭 살아 왔는데요, 뭐."

애니는 자기가 더 많이 일을 하면 된다고 생각했다. 그날 아침 집안일을 다 끝내자 그녀는 일거리를 찾아 밖으로 나갔다. 그녀는 매일 출근하는 가정부 일을 하기를 원했다. 그러나 가정부 일은 비록 아무것도 아닌 허드렛일이라도 얻기가 힘들었다. 스코트 의사 댁과 암스트롱의 집엘 가 보았지만 헛탕을 쳤다. 그래서 애니는 자존심이고 체면이고 모두 버리고 라메지 부인에게까지 가 보았다. 그러나 일거리를 얻지 못했다. 프록터 부인이 다시 바느질감을 내주겠다고 약속해 주었고, 신 베들가 국민학교의 로 목사 부인이 월요일 하루만 와서 빨래를 해 달라는 마지못한 약속을 해 주었을 뿐이다.

로 부인은 언제나 자선이라도 베푸는 양 품삯을 주는데, 어쨌든 이렇게 해서 그럭저럭 반 크라운 정도를 손에 넣게 되었다. 그러나 아무리 노력해도 그 이상의 일은 얻을 수 없었다. 그 다음날도 또 그 다음날도 쓸 수 있는 데까지 애를 다 썼지만 결과는 똑같았다. 슬리스케일에서는 일거리가 자꾸 줄어들었다. 애니에게는 이제 팔아 버릴 물건도 없었다.

그동안 픽은 실업 수당에 대해 알아보러 다녔다. 그는 실업 수당으로 살고 싶지는 않았다. 그러나 공평치 못한 대우에 대한 불평이 좀 가라앉자, 실업 수당을 신청하러 노동소개소를 찾아가지 않을 수 없었다. 슬리스케일에서는 젊은이들 사이에 노동소개소는 사무소로 알려져 있었다.

그 사무소 밖에는 긴 행렬이 서서 기다리고 있었다. 이 행렬은 탄광에서와 같이 서로 다투거나 밀치는 일이 없었다. 전혀 서두르지도 않았다. 실업 수당을 얻기 위해서는 한없이 기다려야 한다는 것을 모두 잘 알고 있었기 때문이다.

픽은 렌 우즈와 슬래터리, 챠 리밍 옆인 행렬의 맨 끝에 말없이 끼어섰다. 그는 누구에게도 말을 걸지 않았고, 그들 역시 아무 말도 하지 않았다. 오늘은 비까지 내리고 있었다. 다행히 심한 빗발은 아니었지만, 소리없이 내리는 비로 인해 더욱 처량해졌다. 픽은 저고리 옷깃을 추켜세우고 서서, 아무 생각없이 마냥 기다렸다.

5분 후에 잭 리디가 어슬렁거리며 왔다. 잭은 줄에 끼여들지 않았다. 그는 다른 사람들과 좀 달랐다. 그는 마치 기다란 행렬이 화가 난다는 듯 아래위로 왔다갔다했다. 그러고는 행렬 맨 위쪽으로 다가가 천천히 저고리 단추를 끌러 젖히더니 사람들에게 열변을 토하기 시작했다.

잭은 넵튠의 재난 사건에서 죽은 톰과 패트 리디의 형이었다. 과거엔 멋있고 건장한 젊은이였지만, 지금은 증오와 불행으로 몸이 움츠러들고 말라 버려서 몹시 비참해진, 가슴이 움푹 들어간 사나이였다. 그 재난 사건과 전쟁이 그를 그렇게 만든 원인이었다. 그는 전쟁터에 나가 파셍델드의 전투에서 허벅다리 관통상을 당하여 절름발이가 되었다. 이제 허즈페드에게 넵튠 탄광에 복직하려던 것조차 거절당하자 누구에게든 싸움을 하려고 덤벼들 기세였던 것이다.

픽은 잭이 무슨 말을 할 것인지 미리 다 알고 있었다. 그러나 머리를 치켜들고 멍하니 그가 떠들어대는 소리에 귀를 기울였다.

"이 친구들아, 그 새끼들이 우리에게 싸우라고 했을 때 우리는 목숨을 걸고 싸웠다!"

잭의 떠드는 소리는 계속되었다. 그의 암담하고도 처절한 목소리 속에는 무서운 반항심이 깃들어 있었다. 삶에 대한 반항, 이같은 상황으로 자신을 끌고 온 운명과 사회 제도에 대한 반항이 깃들어 있었다.

"우리는 정말 국가를 위해 목숨을 걸고 싸웠다. 그런데 지금 우리는 뭐냐? 갈 곳이 없는 게으름뱅이 찌꺼기들이다. 그 새끼들이 지금은 우리를 그렇게 부르고 있단 말이다. 이 젊은 친구들아 들어 봐라, 내가 말해 볼 테니까. 어느 놈이 그 망할 놈의 비행기와 군함과 대포, 빌어먹을 포탄을 제조했는가? 노동자였다! 어느 놈이 그 빌어먹을 전쟁터에서 빌어먹을 대포로 빌어먹을 포탄을 쏘았는가? 그것도 노동자였다! 그런데 노동자에게는 그 대가로 무슨 소득이 있었는가? 이게 바로 우리의 소득이다. 이 친구들아, 이것이란 말이다! 빌어먹을 비를 맞으며 서서 자선을 얻으려고 대가리를 내밀고 있는 이따위 것을 소득으로 얻었다. 우리는 영국을 위해서 싸우라고 한 말을 들었단 말이다, 사랑하는 조국을 위해서 말이다. 얼어죽을! 그래, 우리는 싸웠다. 그렇지? 그래서 우리는 그 보답을 받았다는 게 이 모양이다. 우리는 지금 바로 그 보답 속에 서 있다. 그런데 그 보답이 뭐냐? 개똥대가리다! 순전히 개똥대가리다! 그러나 너희들 개똥대가리는 먹을 수가 없잖나. 개똥대가리가 여편네와 자식새끼들을 먹여 살릴 수는 없단 말이다!"

잭은 잠시 말을 멈추었다. 금방 쓰러질 것같은 창백한 표정이었다. 그는 손등으로 입술을 문지르고 다시 시작했다. 목소리가 높아지고 얼굴은 괴로움으로 일그러졌다.

"너희들과 내가 그 육시랄 전쟁 동안에 싸우거나 일을 하고 있었을 때, 탄광에서는 수백만 파운드의 이익을 얻었다. 정확하게 계산한다면 이 친구들아, 140만 파운드의 이익금이다. 그래서 파업이 계속되는 동안에도 그 탄광업주들이 살아날 구멍을 마련해 주었던 것이다. 자아, 들어 보아라, 이 멍청한 친구들아…….”

그때 어떤 손 하나가 잭의 어깨를 잡았다. 잭은 갑자기 말을 멈추고 까딱도 하지 않고 그대로 서 있다가 천천히 돌아보았다.

“네 소린 하나도 들을 만한 것이 없어. 빨리 행렬 속으로 돌아가서 주둥이를 닥치고 있어.”

로덤이었다. 그는 파출소의 순경으로 몸이 뚱뚱하고, 무엇인 체하며 으스대기를 좋아하는 사람이었다.

“내버러 둬!”

잭은 나지막하면서도 독기가 서린 목소리로 말했다. 그의 눈이 뼈만 남은 새하얀 얼굴에서 번쩍 빛이 났다.

“난 전쟁터에서 싸운 놈이야. 난 원래 당신 같은 인간들에게 좌우될 놈이 아니야.”

행렬은 이제 홍미로 활기를 띠었다. 잭의 연설에서 느끼던 홍미와는 다른 훨씬 싱싱한 것이었다.

로덤 경사가 발끈해서 얼굴을 붉혔다.

“주둥일 닥쳐, 리디! 말을 듣지 않으면 네놈을 당장 파출소로 끌고 갈 테다.”

“나도 당신처럼 말할 권리가 있어.”

잭이 퉁명스럽게 대꾸했다.

“행렬 속으로 어서 들어 가!”

로덤 경사는 잭을 행렬 쪽으로 밀면서 호통을 쳤다.

“저기 맨 끝으로 가서 서. 자, 가! 어서 가라니까!”

“맨 끝으로 갈 필요가 없어.”

잭은 머리를 휙 치켜세우며 항거했다.

"저기가 내 자리야, 퍽 메이서 옆이오."

"내가 말하는 곳으로 가."

로덤 경사가 명령했다.

"맨 끝으로 곧장 돌아가란 말이야."

그는 잭을 휙 떠밀었다.

잭은 가슴을 불룩불룩하면서 고개를 돌려 로덤 경사를 죽이기라도 할 듯이 노려보았다. 이윽고 갑작스럽게 그의 그의 시선이 아래로 떨어졌다. 그는 제 자신을 가다듬은 듯했다. 또 다음에 한바탕 하기 위해 자기 자신을 달래는 듯했다.

잭은 묵묵히 절름거리며 행렬의 맨 끝으로 돌아갔다. 구경하던 사람들의 입에서 한숨이 터져 나왔다. 절망적인 묵묵한 한숨이었다. 그들의 몸은 풀리고 주의력은 자기들의 비참한 모습을 두리번거렸다.

로덤 경사는 멋있어 보이는 버클과 턱걸이가 붙은 커다란 순경모를 쓰고 관리다운 의젓한 태도로, 아니 거만스럽게 행렬 사이를 왔다갔다했다. 광부들은 선 채로 기다렸다. 비가 촉촉이 내리고 있었다.

그들이 실업 수당을 기다리는 어떤 때는 햇빛이 나는 날도 있었다. 그러나 날씨가 나쁜 겨울인만큼 대개는 비가 내렸다. 어느 때는 아주 거센 비가 내리기도 했다. 한번인가 두번은 눈이 오기도 했다. 그러나 그들은 언제나 그 자리에 서 있었다. 그들은 거기에 서 있지 않으면 안 되었다. 그들은 기다려야 했다. 퍽도 다른 사람들과 함께 한없이 기다렸다.

샘은 외삼촌이 실업 수당을 타러 가는 것을 좋아하지 않았다. 그는 학교에서 돌아올 때면 언제나 그 행렬을 지나오지만, 다른 쪽을 바라보며 외삼촌을 못 본 척했다. 샘이 지나가는 것을 보고 더욱 비참해진 퍽 역시 절대로 샘을 아는 체하려 들지 않았다. 퍽과 샘은 대화 가운데서도 그것에 대한 이야기는 피하도록 했다.

샘은 그것을 굉장히 심각하게 느끼고 있었다. 그런데 그 외에도 여러 모든 것이 다 그러했다. 이를테면 퍽은 담뱃속에 든 카드 같은 것을 이제는 전혀 그에게 줄 수 없게 된 것이다. 그리고 외삼촌이 살짝 쥐어 주던 토요일의 1페니 용돈도 받지 못하게 되어 더욱 섭섭했다.

샘에게 있어 가장 나쁜 것은, 외삼촌이 실업자여서 3펜스만 내면 들어갈 수 있는 슬리스케일 축구경기 구경을 하지 못하게 된 것이었다. 아니, 어떤 의미에서는 그게 가장 나쁜 일이라고 할 수도 없었다. 집에서는 음식이 자꾸 형편없어져 갔다. 가끔 가다 샘에게도 부족할 만큼 음식이 적었다. 파업이 계속되던 여름에는 배가 고파도 견딜 수 있었다. 그러나 겨울은 달랐다.

언젠가 퍽 삼촌이 발광을 일으켜서 실업 수당으로 받은 돈으로 몽땅 술을 마신 적이 있었다. 그 일주일 동안 집에는 케이크 한 조각 없었다. 엄마는 아주 맛있는 케이크를 만들 수 있는데, 그 재료를 살 돈을 술로 탕진해 버린 것이다. 그 일주일 동안은 내내 죽과 수프만 먹었다. 이때 외할아버지는 매일 소란만 피워댔다.

어머니가 빨래나 바느질 등 삯일을 나가지 않는다면, 그나마도 먹지 못할 것이 뻔했다. 샘은 자기가 조금만 더 나이를 먹었으면 하고 생각했다. 그렇게 되면 일을 해서 어머니를 도와 드릴 수 있을 것이다. 아무리 불경기라 해도 자기는 직업을 구할 수 있을 것 같았다. 넵튠 탄광에서는 언제나 통기구(痛氣口)를 맡아 보는 소년이 필요할 테니까.

한 주가 지나고, 또 한 주가 지나가도 샘은 외삼촌이 실업 수당을 받는 행렬 속에 서 있는 것을 보아야 했다. 그는 여전히 삼촌을 못 본 척했다. 그런데 그 행렬은 매주마다 더욱 길어지기만 했다. 그것이 샘에게는 가장 괴로운 일이었다. 이제 그 곁을 지나칠 때는 달리기로 했다.

언제나 사무소 가까이에 오기만 하면 샘은 신 베들 가의 끝머리를 향해 마구 달렸다. 그것도 훨씬 저쪽의 끝머리에 뭔가 굉장히 재미있는 것이 있기라도 한 듯 눈을 똑바로 뜨고 정면을 향해 달렸다. 물론 신 베들 가의 끝머리까지 가 본들 무엇이 있을 리는 없었다.

1월의 마지막 금요일 오후, 행렬은 더욱더 길어졌다. 여느 때보다 돌아오는 것이 좀 늦어진 샘은 그날도 그 길거리 끝쪽을 향해 뛰어가다가 일을 저지르고 말았다. 신 베들 가를 달려 내려가 램 가의 모퉁이를 돌다가 친할머니 마사와 정면으로 부딪친 것이다.

실은 그 길을 신나게 달리다가 신발이 미끄러져서 비틀비틀하다가 곤두박질을 쳐 나동그라졌다. 샘은 다치지는 않았으나 좀 부끄러웠다. 어색하게 툭툭 털고 일어나 모자와 교과서들을 주워 들고 얼굴이 발개진 채 가려고 했다.

그때 샘은 마사가 자기를 바라보고 서 있는 것을 발견했다. 그는 마사 펜윅이 자기 할머니란 것을 잘 알고 있었다. 그러나 그녀는 한 번도 자기를 바라본 적이 없었다. 그녀는 마치 자기가 긴 행렬 속의 퍽 외삼촌 옆을 지나갈 때처럼 한 번도 자기를 바라보는 일이 없었던 것이다. 자기를 마치 이 세상에 존재하지 않는 사람처럼 생각하는 모양이었다.

그런데 지금은 마사 할머니가 자기를 바라보고 있었다. 아주 괴상스러운 얼굴로 자꾸 보는 것이었다. 그러다가 놀랍게도 그녀가 말을 걸었다. 이상스럽게 굳어진 목소리였다.

"다치지 않았니?"

"아뇨."

샘은 당황해서 머리를 저었다.

잠깐 침묵이 흐른 후 마사가 입을 열었다.

"네 이름이 뭐냐?"

그따위를 묻다니, 정말 멍청하기 이를 데 없는 질문이었다. 그녀의 목소리 역시 아주 멍청하게 깨어지는 소리같았다.

"샘 펜윅입니다."

샘이 대답했다. 그녀는 그 말을 되받아 되풀이했다.

"샘 펜윅이라."

그녀의 시선은 샘을 집어삼킬 것만 같았다. 그녀는 샘의 창백한 얼굴과 울툭불툭한 이마, 반짝이는 푸른 눈, 집에서 만든 누더기처럼 헤진 옷을 입은 껑충하게 자란 몸 등을 찬찬히 뜯어보았다. 그리고 무거운 신발 속에 막대기처럼 꽂힌 가느다란 다리 역시 뚫어지게 바라보는 것이었다.

샘은 알아차리지 못했지만, 이 몇달 동안 마사는 늘 샘을 자세히 보고 있었다. 샘이 학교에 갈 때마다 매일 훔쳐보았던 것이다. 그녀는 램 소로의 자기 집의 창문 커튼 뒤에서 샘을 남몰래 훔쳐보았다. 샘은 자라나면서 더욱더 자기 아버지 샘을 닮아가고 있었는데, 벌써 열 살이나 되었다.

마사는 샘을 자기 옆에 두지 못하는 것이 차차 괴로워졌다. 그녀의 얼음 같은 자존심을 깨뜨릴 만한 것은 과연 무엇일까? 그녀는 조심스럽게 물었다.

"넌 내가 누군지 아느냐?"

"예, 우리 친할머니입니다."

샘은 대번에 말했다.

마사의 얼굴빛이 금세 밝아지며 기쁨에 찼다. 드디어 샘이 그 얼음같이 단단한 마음을 깨뜨린 것이다.

"이리 온, 샘."

샘이 다가가자, 그녀는 샘의 손을 잡았다. 샘은 그러한 짓이 괴상하게 느껴지고 덜컥 겁이 나기도 했다. 그러나 샘은 주저하면서도 그녀를 따라 골목길의 집으로 갔다. 두 사람은 함께 안으로 들어갔다.

"앉거라, 샘."

마사가 말했다. 자기 아들의 이름을 다시 한번 부르게 된다는 것이, 그녀에게 아주 기묘하면서도 견딜 수 없는 기쁨을 주었다.

샘은 앉아서 부엌방 안을 두리번거렸다. 방은 좋아 보였다. 자기 집 부엌처럼 아주 깨끗하고 잘 정돈되어 있다고 생각했다. 다만 자기네 집보다 가구가 더 많고 더 멋졌다. 이윽고 샘의 눈빛이 빛났다. 마사가 어마어마하게 큰 오얏 케이크를 썰고 있는 모습을 보았기 때문이다.

"고맙습니다."

샘은 무릎 위에 책과 모자를 떨어지지 않게 놓고, 케이크를 받아들면서 말했다. 샘은 케이크를 한입 가득 물었다.

마사의 딱딱하고 어두운 눈빛이 샘의 어린 얼굴 위에 멍하게 떨어졌다. 그 얼굴은 자기 아들인 샘의 얼굴과 너무나 똑같았다.

"과자가 맛있니?"

"네."

샘은 케이크를 재빨리 베어먹으며 대답했다.

"아주 맛있어요."

"네가 먹어 본 것 중에서 제일 맛있는 케이크지?"

"네, 아주 맛있어요!"

샘은 그녀의 감정을 상하게 할까봐 겁을 먹으며 주저주저했다. 그러나 말하지 않을 수 없었다.

"우리 엄마도 재료만 있으면 맛있는 케이크를 만들 수 있어요. 그렇지만 재료가 없어요. 요즘은 아무것도 없어요."

그러나 그러한 말도 마사의 행복한 마음을 깨뜨리지는 못했다.

"너의 외삼촌은 실업 수당을 타느냐? 퍽 메이서 말이다."

샘의 여위고 어린 얼굴이 빨개졌다.

"네, 지금은 그래요. 그러나 그건 당분간만 일 거예요."

"너의 아버지라면 절대로 실업 수당 같은 걸 타진 않았을 게다."

그녀는 자랑스럽게 말했다.

"알고 있어요."

"너의 아버지는 넵튠 탄광에서 가장 훌륭한 채탄부였다."

"알고 있어요. 우리 어머니도 자주 말씀하셨어요."

말이 끊어졌다. 그녀는 샘이 다 먹은 것을 보고 케이크를 또 썰어 주었다. 샘은 부끄러운 듯이 미소 지으며 케이크를 받았다. 그 웃음도 그녀의 죽은 아들 샘의 웃음을 꼭 닮았다.

"넌 어른이 되면 뭘 할 거니?"

그녀가 대답을 기다리는 동안 샘은 생각했다.

"전 우리 아버지처럼 될 거예요."

"암, 그래야지."

그녀는 더욱 기뻐서 소리쳤다.

"그래, 그렇게 돼야지."

"네."

마사는 꼼짝도 하지 않고 서 있었다. 그녀는 힘이 빠지면서 그동안 자신을 지탱해 오던 강한 마음이 무너지고 무릎이 꿇려지는 듯했다. 자신의 아들 샘이 그녀에게 되돌아온 것 같은 기분이었다. 마치 훌륭한 전통을 이어받기 위해서.

마사의 마음속에 넵튠 탄광 제일의 채탄부인 샘 펜윅을 다시 볼수 있으리라는 희망이 솟구쳐오르면서 그녀는 말문이 막혀 버렸다.

샘은 케이크의 마지막 덩어리까지 다 먹고 나더니, 무릎에서 모자와 책을 집어 들고 일어섰다.

"아직 가지 말아라, 샘."

그녀가 붙잡았다.

"너무 늦으면 엄마가 걱정하실 거예요."

"그럼, 이거라도 주머니에 넣어 가지고 가거라. 샘, 내일 점심은 이걸 가지고 가거라, 응."

마사는 정신없이 또 한 덩어리의 케이크를 잘라서 기름종이에 싸 샘에게 주었다. 그리고 식기 선반에서 사과를 하나 집어서는 샘의 호주머니 속에 넣어 주었다. 그녀는 문간에서 다시 말했다.

"내일 또 오너라, 샘."

그녀의 목소리는 어느새 부탁을 하고 있었다. 오라고 사정을 하고 있는 것이다.

"할머니, 또 오겠습니다."

샘은 꾸벅 절을 하고 한마리의 숭어새끼처럼 골목길을 마구 달려 나갔다.

마사는 샘이 멀리 가 버려서 아주 안 보일 때까지 바라보고서 있었다. 이윽고 몸을 돌려서 부엌방으로 되돌아갔다. 그녀는 힘이 드는 듯 천천히 움직였다. 얼핏 부엌바닥에 떨어져 있는 케이크가 보였다. 말없이 움직이지도 않고 그대로 서 있는 그녀의 멍한 시선의 망막 넘어로 추억의 물결이 밀려왔다. 그녀의 얼굴이 갑자기 일그러졌다. 그녀는 부엌 식탁 앞에 앉아 두 팔에 얼굴을 묻고 한없이 흐느껴 울었다.

슬프고도 우울한 편지

데이비드의 정치적 발전은 서서히 이루어져 갔다. 하루 하루 눈에 띄지 않는 느린 성장이었으나, 5년 전의 신분에 견주어 볼 때는 아주 현저하게 드러난 것이었다. 그의 목적은 명료하고 강력한 것이었지만, 그것을 향한 전진은 길고도 매우 험한 노정이었다.

데이비드는 현실을 경험해야 했다. 그는 노력했다. 믿을 수 없을 만치 열심히 노력했다. 주로 인내하는 것에 대한 노력이었다. 처녀 연설이 있은 몇 개월 후, 그는 다시 탄광 지구의 궁핍 상태에 관한 연설을 했다. 이 연설이 야기시킨 비판이 계기가 되어 몇몇 당(黨) 지도자들은 그 문제에 관한 자료를 얻기 위해 그에게 접근해 왔다. 그후에도 탄광의 궁핍 상태에 관한 놀라운 연설이 국회에서 몇 차례나 다시 있었다.

그 대부분은 데이비드가 떠맡았지만 그는 아무런 영예도 얻지 못했다. 그러나 그후 그가 인정을 받았다는 증거로서 탄광의 직업병 조사분과 위원회에 위원으로서 자리를 얻게 되었다. 그리고 나서 일년 동안 이 위원회에서 안진증(眼振症), 무릎 타박상의 병증

세, 그리고 비금속 광산에서의 계석중의 영향 범위 등에 대해 조
사를 했다.

그 국회 회기가 끝나기 전에 데이비드는 현행 법규 하의 광산 관
계 관리들의 자격 심사를 행하는 위원으로 피선되었다. 그 다음
해에는 앨트 홀에서 개최되는 노동 조합회 주최의 집단 시위 대회
에서 연설을 하였다. 원래 이 연설은 뉴전트가 하기도 되어 있었
는데, 그가 독감을 앓아 누웠기 때문에 그의 간청을 받아들여 데
이비드가 대신 참석한 것이었다.

그날 밤 데이비드는 5천 명의 청중 앞에서 불타는 정열과 인간
미가 넘치는, 그리고 통렬하기 짝이 없는 어조로 연설을 해 나
갔다. 그것은 매우 역설적인 것이었다. 그 하룻밤의 마력적인 연
설은 지난 2년 동안에 걸쳐서 그가 이룩한 업무의 모든 것보다도
더 많은 주목을 끄는 결과가 되었다. 이렇게 해서 그는 여러 회의
에서 주목을 받는 사람이 되었다.

광산의 국유화, 국회에 제안 중인 동력 및 운수 위원회에 대한
노동조합회 측의 각서를 기초한 것도 그였다. 그리고 그의 논문인
'전력과 국력의 향상'은 멀리 미국 노동회의에서도 낭독되었다.
그 후 그는 광부 측의 주대표가 되었다. 1923년 가을까지 노동당의
회 대책 위원회의 위원으로 있던 그는 그 다음해 연초에 드디어 자
신이 바라던 성공의 절정에 도달했다. 즉 광산종업원연맹의 집행
위원에 임명되었던 것이다.

데이비드의 인생은 바야흐로 아름답게 만개되고 있었다. 그는
건강했다. 정신도 맑았고 아무리 많은 일에 부딪쳐도 다 해낼 수
있었다. 게다가 정국(政局)은 그 어느때보다도 더욱 뒤숭숭해졌다.
현재 정부는 붕괴의 위기에 직면해서 슬프게도 총사퇴를 거론 중
이었다. 국민들은 진부한 정책, 반복되는 상투적인 용어, 그리고
구태 의연한 정치등에 넌더리가 나 있었다. 그리하여 새로운 인물

을 기대하면서 희망에 부푼 시선을 보내고 있었다.

드디어 국민들은 자기네의 체질적인 영양 부족에서 오는 정치적 무관심을 탈피하였다. 그들은 궁핍과 비참함과 실업자를 현상 그대로 내버려 두고 있는 정치와 경제적인 제도에 대해 규탄하기 시작했다. 새롭고도 대담한 사상이 일반 대중 속으로 스며들어 갔다. 자본주의 제도가 실패했다는 소리만 들어도 사람들은 두려워서 후퇴하기를 주저했다.

경제적인 국가주의의 폭력과 압박에 의해서는 세계가 절대로 재건되지 않을 것이라는 인식을 갖게 되었다. 실업 수당을 받고 있는 노동자도 이제는 줏대없는 인간 찌꺼기로 불리워지지 않았다. 세계 정세에 대한 인위적 해석인 위선의 메아리는 음악회당 같은 곳에서 지껄이는 희극적인 농담이 되어버렸다.

데이비드는 노동당의 정권을 장악할 기회가 오리라는 것을 굳게 믿었다. 금년이 선거가 있을 해였다. 그 선거는 탄광 문제로 싸워야 할 것이었다. 당은 이미 그것을 공약했다. 그리고 탄광부의 이익이 되고 사회에 번영을 가져다 주는 이 위대한 국가적 건설 계획은 그 얼마나 빛이 나는 정책이 될 것인가.

활짝 개인 4월의 아침, 데이비드는 창가에 앉아 신문을 훑어보면서 기분이 매우 좋았다. 그날은 토요일이었다. 그는 이번의 계획안인 동력 부문을 구체화하기 위해 제출된 최근의 경과를 보여주는 '저온도(低溫度) 보고서'의 연구에 오전 시간을 보내겠다고 잔뜩 벼르고 있었다. 그때 뜻하지 않은 사건이 발생했다. 전화가 울려왔던 것이다.

데이비드는 전화를 빨리 받지 않았다. 보통은 터커 부인이 먼저 받기 때문이었다. 그러나 계속 전화벨이 울려서 신문을 놓고 중간 계단으로 내려가 수화기를 들었다. 샐리의 날카로운 목소리가 들렸다. 그는 대번에 그 목소리를 알아들었다.

"여보세요, 여보세요. 굉장히 바쁘시겠지만 꼭 5분만 만나고 싶어요."

그는 수화기에 대고 미소지으며 소리쳤다.

"샐리!"

"아니, 내 목소리를 알아 내시는군요?"

"틀림없어."

그들은 둘 다 큰소리로 웃었다. 이윽고 그가 말했다.

"거기가 어디지?"

"나 스탠튼 호텔에 있어요. 있잖아요, 대영박물관 근처예요. 그리고 아빠도 함께 있어요."

"그런데 도대체 여기에는 뭣하러 올라 온 거야?"

"저, 사실은 형부. 나, 결혼하게 됐어요. 그래서 식을 올리기 전에 아빠를 데리고 런던 구경 좀 시켜 드릴려구요. 수정궁에서 비둘기 전시회가 있어요. 아빠가 그걸 굉장히 구경하고 싶으시대요."

"아하, 그거 굉장한 소식인걸, 샐리."

그는 놀랍기도 하고 한편으론 기쁘기도 했다.

"신랑은 누구야? 내가 만나 본 사람인가?"

"몰라요, 형부."

그녀의 목소리는 행복해 보였고, 어딘가 자신감에 넘쳐 있는 것 같기도 했다.

"타인캐슬의 딕 죠비예요."

"딕 죠비!"

그는 큰소리로 외쳤다.

"아하, 샐리, 아주 훌륭한 짝이구먼."

그는 그녀가 만족해하고 있다는 것을 느낄 수 있었다. 그때 다시 그녀가 말했다.

"나, 형부를 만나고 싶어요. 그리고 아빠도 그렇대요. 오늘 우리하고 같이 점심식사 하시겠어요? 우린 오늘 오후에 수정궁으로 가려고 해요. 그러니까 호텔에 오셔서 점심을 좀 일찍 나누도록 해요. 네, 곧 오세요, 형부."

그는 생각했다. 오늘은 토요일이고, 보고서를 볼 시간은 아직 남아 있다.

"좋았어!"

그가 소리쳤다.

"갈게. 12시 조금 지나서 도착할 거야. 그래, 스탠튼 호텔은 알고 있어. 샐리, 그곳으로 갈게."

그는 여전히 미소를 머금은 채 수화기를 놓았다. 샐리에게는 제멋대로의 들뜬 기분 같은 것이 있는데, 그것이 그에게도 몹시 유쾌하게 느껴지는 것이었다.

11시 반에 데이비드는 지하철을 타고 박물관 앞 역까지 가서 대커리 가를 따라 스탠튼 호텔 쪽으로 걸어갔다. 그 호텔은 워번 광장에 있는 조용하고도 수수한 호텔이었다.

날씨가 맑은 오전이었다. 근처에는 봄 기운이 짙었다. 광장의 가로수는 이미 싹이 텄고, 참새들의 즐거운 재잘거림이 광장의 정원 안에 있는 긴 의자 앞에서 흘러나왔다. 그 의자에는 어떤 노인이 앉아서 새들에게 빵부스러기를 던지고 있었다.

지나가는 택시들도 이 아름다운 날씨를 즐기는 듯 밝은 가락의 소리를 내며 달렸다. 그는 정오가 되기 이삼 분 전에 호텔에 도착했다. 앨프와 샐리가 먼저 와 라운지에서 기다리고 있다가 그를 반갑게 맞았다.

데이비드는 앨프 선리를 몇 년 만에 만났다. 앨프는 별로 크게 변한 곳이 없었다. 콧수염의 색깔이 좀더 짙고 많아진 것 같았고, 얼굴은 더욱 누르퉁퉁해 있었다. 목덜미의 경직도 좀더 심해져 있었다. 그러나 여전히 옛날과 같이 정답고 소박하며, 자기 독단이 없는 자그마한 사람 그대로였다.

앨프는 런던에 온다는 이 특별한 일 때문에 까만 새 양복을 맞추어 입었는데, 그에겐 좀 큰 듯했다. 넥타이와 구두도 전부 새 것이었는데, 구두는 그가 움직일 때마다 찍찍 소리를 내었다.

그러나 샐리는 변했다. 자기 어머니를 닮아서인지 몸이 절구통처럼 둥글어 있었다. 손목에도 너무 살이 올라 팔찌 모양으로 잘룩하게 자리가 날 정도였고, 얼굴도 너무 살이 쪄보였다. 그녀는 데이비드가 깜짝 놀란 표정을 급히 감추는 것을 보고 미소를 지었다.

"그래요. 나, 약간 살쪘어요. 그렇죠? 그렇지만 아무 걱정없어요. 우리 먼저 점심을 먹기로 해요."

그들은 점심을 먹기 위해 조용한 레스토랑의 식탁 앞에 앉았다. 햇빛이 밝게 비추었다. 냉육(冷肉)과 샐러드를 들었는데, 둘 다 맛있었다. 나중에 나온 장군풀의 파이 역시 맛이 좋았다.

샐리는 잘 먹었다. 그녀는 혼자서 기네스 흑맥주 한 병을 다 해치웠다. 맥주를 마시자 그녀의 오동통한 작은 얼굴이 빨개졌고, 몸집은 금방 먹은 음식 때문에 살이 더 찐 것같은 느낌을 주었다. 그녀는 식사를 마치고 나자 만족스런 숨을 내쉬며, 부끄러워하지도 않고 허리끈을 늦추었다.

데이비드는 샐리를 건너다보며 미소를 띠었다.

"그래, 샐리가 결혼하게 된다 이 말이지? 뭐, 그런 비슷한 일이 언젠가는 있으리라고 생각했지."

"딕은 좋은 사람이에요."

샐리는 만족스럽게 한숨을 내쉬었다.

"별로 잘난 사람은 아니지만, 가장 좋은 사람 축에 속하죠. 정말이지, 난 재수가 좋아요. 형부, 난 순회 공연에 약간 싫증이 났거든요. 페인, 구울드 순회단으로 지금까지 돌아다니다 보니 이젠 눈이 펑펑 돌아요. 난 이제 여름의 어릿광대극과 겨울철의 무언극에는 넌더리가 나요. 게다가 난 약간 징그럽도록 살이 찌고 있는 판이거든요. 2, 3년만 지나면 요정 나라 여왕 역밖에 할 수 없을 거예요. 그래서 난 악마의 여왕보다는 딕 쪽이 훨씬 더 낫겠다는 판단을 내린 거예요. 난 악착 같이 일해서 편하게 살고 싶어요."

데이비드는 소녀 시절의 무시무시한 노력과 무대에서 명성을 떨치겠다던 그녀의 정열적인 욕망을 회상해 보았다. 그는 마치 도깨비에게 홀린 것처럼 그녀를 바라보았다.

"그런데 그 대망은 어떻게 된 거야, 샐리?"

그녀는 편안한 자세로 미소를 지었다.

"그것도 약간 살이 쪄버렸다고나 할까요. 형부는 내가 소설 속에 나타나는 주인공들처럼 되기를 바라는지도 모르죠. 피카델리 극장의 커다란 조명 속에 내 이름이 보일 정도로 말이에요."

그녀는 깔깔대고 웃다가 머리를 절레절레 흔들었다. 그리고는 눈을 들어서 그를 빤히 쳐다보았다.

"그렇게 되는 사람은 백만 명 중에 하나 정도예요, 데이비드. 난 그런 여자가 될 수 없어요. 뭐, 약간의 소질은 있겠죠. 하지만 그것뿐이에요. 지금까지도 내가 그것을 깨닫지 못하고 있는 줄 아세요? 진짜 물건에다 나를 비교해 보면, 나 같은 건 아무 것도 아니란 사실을 알고 있다구요."

"아아, 모르겠는걸, 샐리."

그녀는 힐책조로 말했다.

"형부는 몰라요."

그녀는 옛날의 사나운 태도를 다시 지어 보이며 말했다.

"그런데 난 알아요. 난 한바탕 해보려고 했죠. 그러다가 물러설 때를 알게 된 거죠. 누구든 목적을 향해 커다란 이상을 품고 출발하지만, 그 목적에 도달하는 사람은 극히 드물죠. 난 내게 알맞는 도중 하차역을 발견했으니까 다행이죠, 뭐."

침묵이 흘렀다. 샐리는 곧 자기 자신으로 되돌아갔다. 아까의 열기에 찬 불길은 사라졌지만 여전히 진지한 표정이었다. 그녀는 스푼을 만지작거리다가 테이블 클로스 위에다 스푼 손잡이로 몇 번이고 자꾸 동그라미를 그리기 시작했다. 마치 얼핏 무슨 일이 떠올랐는데, 그것이 마음에 걸리는 듯 얼굴빛이 어둡게 흐려졌다.

갑자기 결심이라도 한 듯 샐리는 힐끗 앨프를 쳐다보았다. 앨프는 눈 위에까지 산고모자를 눌러쓰고, 나무 이쑤시개를 들고는 조름이 오는 것처럼 앉아 있었다.

"아빠."

그녀는 생각에 잠긴 표정으로 말했다.

"형부하고 할 이야기가 있어요. 그러니 2,3분 동안만 광장을 산보하고 오세요."

"응?"

앨프는 깜짝 놀라 몸을 고쳐 앉으면서 그녀를 자세히 바라보았다.

"아빠가 돌아오실 때까지 형부하고 여기 있을 게요."

샐리가 다시 재촉했다.

앨프는 고개를 끄덕였다. 샐리의 말은 언제나 곧 법이었다. 그는 일어나서 모자를 고쳐 썼다. 앨프가 나가는 것을 보면서 샐리가 말했다.

"아빠는 참 좋은 분이시고 정말 훌륭해요. 다행스럽게도 이제 아빠가 일을 하시지 않아도 살 수 있게 됐어요. 난 고스포드에다 방갈로 한 채를 사들일 작정이에요. 딕이 그렇게 주선하라고 하더군요. 난 아빠를, 그곳에 사시면서 비둘기나 실컷 기르시도록 해 드릴 작정이에요."

데이비드는 가슴속이 훈훈하게 뜨거워지는 것을 느꼈다. 다른
사람들이 관대하든가 친절을 베푸는 모습을 볼 때는 언제나 감동
을 하는 것이었다.

"샐리는 정말 훌륭해. 평생토록 아무도 해치지 못할 거야."

"난 그런 거 몰라요."

그녀는 여전히 웃지 않고 말했다.

"어쩌면 지금 난, 형부의 기분을 몹시 불쾌하게 만들려고 하는
지도 모르죠."

"아니, 무슨 말이지?"

"그러니까,"

그녀는 말을 잠시 멈추고 핸드백을 열어서 한 통의 편지를 천천
히 꺼냈다.

"형부에게 전할 말이 좀 있어요. 그러긴 싫지만 아무래도 꼭 말
씀드려야겠어요. 만일 제가 말씀 드리지 않으면 형부는 나를 미워
할 테니까……."

그녀는 말꼬리를 흐리면서 데이비드의 얼굴을 그윽한 눈으로 바
라다 보았다. 그러다가 다시 조용히 입을 열었다.

"저……, 제니 언니 소식을 들었어요."

"제니 소식을?"

그는 갑자기 숨이 막히는 듯한 다급한 소리를 냈다.

"그래요."

그녀는 나지막한 목소리로 대답했다.

"언니가 편지를 보냈어요."

그녀는 아무 말없이 편지를 건네 주었다.

데이비드는 기계적으로 그 편지를 받았다. 개봉하지 않은 두꺼
운 바이올렛색 편지지에서 짙은 향수냄새가 풍기고 있었다. 제니
의 둥근 어린애 같은 손으로 쓴 필적이 분명했다. 봉투의 안쪽도

진한 바이올렛 색깔이었다. 주소는 첼터넘 구 엑셀셔 호텔이고, 날짜는 2,3주 전으로 되어 있었다.

'너무나 보고 싶은 샐리.

그동안 주로 외국에 있었던 탓으로 오랫동안 소식이 끊어졌던 것 같다. 그동안 너는 나를 어떻게 생각하고 있었는지, 난 정말 상상도 할 수가 없구나. 그러나 기다려 줘, 지금 말해 줄게.

나는 바넘에 있었을 때, 어떤 노부인이 데리고 있을 사람을 필요로 한다는 광고를 신문에서 봤단다. 그래서 난 재미로 편지를 보냈는데, 놀랍게도 아주 점잖은 회답이 온 거야. 게다가 런던까지 오는 차비까지 동봉했잖겠니! 그래서 난 그 부인을 만나러 갔지. 그런데 맙소사, 그 부인은 나를 붙들고 놓아 주질 않았단다. 노부인은 스페인과 이태리와 베니스 등 해외를 돌 예정이라는 거야.

노부인은 이 세상에서 가장 아름다운 레스와 엷은 자주색 드레스를 입은 아주 아름답고 다정스런 눈매를 지닌 분이었어. 그 부인이 그토록 나를 좋아했다는 걸 넌 아마 믿을 수 없을 거야.

그리운 아우야, 노부인께서는 나를 늘 애지중지하고 있으니 뿌리치고 떠날 수가 없구나. 그래서 그 긴 사연을 다 이야기할 수는 없다만, 난 그냥 있어야만 했단다. 샐리야, 물론 내가 잘못하고 있다는 걸 알고 있지만, 여행을 할 거라는 생각을 하니 그걸 거절할 힘이 없었어.

그리운 아우야, 우리는 온갖 곳에 다 갔단다. 스페인과 베니스와 파리. 아아, 그리고 이집트에도 갔었단다. 그 여행의 화려함이란 이루 말할 수 없단다. 가는 곳마다 최고급 호텔에 허리를 굽히며 넙죽 절하는 하인들, 외국의 오페라, 그것도 특등석이란 걸 알아둬라. 정복을 입은 귀족들과 함께 말이다.

아아, 베니스타아 부인께서는 나를 자기 눈앞에서 조금도 떠나게 할 수 없다는 거야. 부인께서는 내가 마치 자기의 딸과 같은 느낌이 든다고 하신단다. 난 부인께 책을 읽어드리고, 함께 드라이브를 하고, 차를 마실 때 같이 있어 드리는, 뭐 그런 것만 하면 된단다. 아아, 그리고 꽃꽂이를 해드리고. 나야말로 행운을 잡은 여자라고 생각되지 않니, 샐리?

아아, 상상할 수 없을 만큼 많은 돈을 받고 있다는 것을 구태여 말하고 싶지는 않구나. 샐리, 네가 우리가 사는 이 모습을 본다면 아마 눈이 튀어나올 거야. 난 우리가 만날 수 있기를 바라지만, 여기에서 2, 3일 밖에 머물지 않는단다. 광천물을 마시기 위해서지. 그리고 우리는 다시 떠난단다. 그리운 아우야, 내게는 인생이 정말로 즐겁구나.

샐리, 너도 나처럼 행운이 있기를 바란다. 엄마와 클래리와 필리스, 아빠에게 내 안부를·전해다오. 그리고 물론 너에게도 안부 전한다. 만일 너의 형부를 만나거든 가끔 난 그이를 생각한다고 전해 주렴. 난 지금 외롭게 혼자 지내고 있단다.

샐리, 그이에게 그 말도 전해 주렴. 사내들이란 짐승과 마찬가지야. 그렇지만 그이는 내게 참 잘해 줬지. 이제 만찬을 하기 위해서 옷을 갈아 입어야 할 시간이 되어서 그만 붓을 놓아야겠구나. 나는, 세퀸이 달린 까만 새 옷을 입고 있단다. 그 옷을 입은 나를 상상해 보렴. 샐리, 아아, 꼭 꿈만 같구나. 잘 있거라. 하느님의 은총이 영원히 너와 함께하길 기도드리면서. 제니.'

침묵에 이어서 긴 한숨이 데이비드의 입술 사이에서 새어 나왔다. 그는 몇 번이나 괴이하게 지껄이고 있는 사연을 자세히 노려보았다. 제니의 숨결이 깃든 한줄 한줄의 글을 고통스럽고 연민에 차서, 그리고 어쩔 수 없는 애정으로 바라보는 것이었다.

"왜 진작 알려 주지 않았지?"

그가 무거운 어조로 물었다.

"무슨 소용 있겠어요?"

샐리가 조용한 목소리로 대답했다. 그녀는 머뭇머뭇하다가 또 입을 열었다.

"그래요, 난 첼터넘에 가 봤어요, 엑셀셔 호텔까지. 제니는 틀림없이 2,3일 동안 거기 있었대요. 경마가 있는 주간 동안엔. 그러나 그 귀부인의 이름은 없었어요."

"그래, 나도 짐작할 만하군."

그는 침울하게 말했다.

"그것 때문에 기분 잡치지 말아요."

그녀는 테이블 위로 손을 뻗어서 그의 손을 잡았다.

"자, 힘내세요. 형부는 어른이잖아요. 언니가 살아서 무사하다는 걸 안 것만도 좋은 일 아니에요?"

"그래, 그것만으로도 좋은 것 같군그래."

"제가 보여 드린 게 잘한 일일까요?"

그녀는 불안스럽게 물었다. 그는 편지를 접어서 봉투에 넣고 자기 호주머니 속에 간수했다.

"보여 줘서 기쁘고말고. 나야말로 이 사실을 알아야 할 사람이 아니겠어?"

"그래요, 저도 그렇게 생각했어요."

또다시 침묵이 흘렀다. 그러는 사이에 앨프가 돌아왔다. 그는 힐끗거리며 두 사람을 바라보았으나 아무것도 묻지 않았다. 앨프가 과묵한 것이 가끔 가다가 많은 말보다도 더 큰 천부적인 웅변임을 나타내는 때가 있었다.

그들은 30분쯤 더 앉아 있다가 호텔을 나왔다. 데이비드는 앨프와 샐리와 함께 버스를 타기 위해 걸어갔다. 그는 억지로 아무렇지도 않은 체하며 미소까지 보였다. 샐리는 행복해 했다. 그는 자기의 슬픔 때문에 그녀의 행복감을 망치고 싶지는 않았다.

또 샐리가 그에게 편지를 보여주어서 깊고도 아픈 상처의 구멍을 다시 벌려 주었다고 느끼게 하고 싶지도 않았다.

그는 그 편지가 싸구려 감정에 의해 씌어진 천하고 거짓으로 일관된 내용임을 다 알고 있었다. 데이비드는 제니의 모습을 얼마든지 상상할 수 있었다. 함께 온 녀석이 경마나, 아니면 가까운 술집에 가 있는 동안 싸구려 호텔에서 한 시간쯤 혼자 있는 제니의 모습, 그리고 그러한 고독하고 지루한 것을 메꾸기 위해 순간적인 충동으로 첼터넘을 찾아왔을 것이다. 또한 그곳은 상류층 휴양지라니까, 그런 기회를 이용해서 가족들에게도 놀라움을 주고, 자기의 로맨틱한 마음에 쉴새없이 일어나는 탐욕을 채우려는 어리석은 모습.

데이비드는 한숨을 내쉬었다. 그 싸구려 편지지에서 풍기는 냄새가 구역질을 일게 했다. '나는 가끔 그이를 생각하고 있다고 형부에게 전해 주렴'이라니, 기가 막혔다. 그 귀절이 그에게 어떤 감상을 일으키게 하겠는가! 그러나 그녀는 정말 자기를 생각했을까?

데이비드는 슬픈 마음에서 생각해 보았다. 그 생각을 했을지도 모른다. 자기가 그녀를 생각했던 것처럼. 여러 가지 너저분한 일들이 있었음에도 불구하고 그는 그녀를 잊을 수가 없었다.

데이비드는 아직도 제니를 사랑하고 있었다. 그녀에 대한 추억이 그와 함께 존재하면서 그의 가슴에 밝은 그림자처럼 놓여 있는 것이다. 그는 자기가 그녀를 경멸하고 증오해야 마땅하다는 사실을 알고 있었다. 그러나 그는 그 그림자, 자신 혼자만의 애정을 마음에서 지워버릴 수가 없는 것이다.

그날 밤 데이비드는 난롯가에 앉았으나, 테이블 위에 놓인 보고

서에는 손도 대지 않았다. 그는 마음을 가라앉히고 그것을 조사할 수가 없었다. 이상한 불안감이 그를 사로잡았던 것이다. 그는 밤이 이슥한 때에 집밖으로 나와 텅 빈 거리를 오래오래 걸었다.

데이비드의 불안증은 며칠 동안 계속되었다. 그는 일할 마음이 생기지 않았기 때문에 산보를 했다. 또한 테이트 화랑을 자주 방문하여 언제나 자신에게 황홀감을 안겨 주던 드가의 소품인 '편지를 읽으며' 앞에 말없이 서 있곤 했다.

데이비드는 톨스토이의 작품을 읽으며 기분을 전환시키고 마음의 깨달음을 추구했다. 그 작품들의 힘찬 인상주의는 그 편지의 기분과 짙은 공감을 느끼게 해 주기 때문이었다. 그는 빠른 속도로 《안나 카레니나》, 《세 아들》, 《부활》, 그리고 《어둠의 힘》을 다시 읽었다. 데이비드 역시 그 작가와 마찬가지로 생각했기 때문이다. 즉 인간의 사회란 운명적이고 서로의 모순성에 엇갈리며, 지저분한 사리 사욕에 얽매이면서도 때로는 고귀한 희생적 행동으로 장엄한 극치에까지 이끌려져 올라가는 것이라는 것이다.

이제 데이비드는 일에 집중할 수 있게 되었다. 4월이 지나 5월이 되었다. 그러자 여러 가지 사건들이 연달아 일어났다. 정부가 무너지기 일보 직전이라는 것이 더욱더 명확해졌다. 대선거 운동을 준비하는 데 열중한 데이비드는 생각에 잠길 시간이 전혀 없었다. 그러나 그런 와중에도 시간을 내어 타인캐슬까지 급히 가서 샐리의 결혼식에 참석하였다. 그러나 그 외에는 자기 개인 시간은 단일 분도 갖지 못했다.

5월 10일에 국회가 해산되었고, 입후보 등록은 같은 달 20일로 제한되었다. 5월 30일에는 총선거가 실시되었다. 국유화 정책이라는 것이 노동당 강령의 주요 항목이었다. 노동당은 그 대성명서에서 국민들을 향해 다음과 같이 호소했다.

"석탄 산업 상황은 지극히 비극적이어서 탄광 지방의 궁핍을 완화하고, 그 생산과 판매 양측에서 산업을 근본적으로 재정리하며, 또한 노동 시간을 단축시킬 여러 가지 수단이 즉각적으로 취해져야 할 것입니다. 노동당이 다수 의석을 확보한다는 것은, 곧 만족스러운 노동의 유일한 조건으로서 탄광 및 광산을 국유화하는 것과 다를 바 없습니다. 국유화함으로써 석탄의 과학적 이용, 그리고 현재 대량으로 낭비되고 있는 여러 귀중한 부산물의 과학적 이용을 발전시키게 될 것입니다."

그 성명서와 국유화 정책으로 인해 노동당은 정권을 장악하였다. 데이비드는 득표차를 거의 2천표나 증가시켰다. 뉴전트, 베빙튼, 더전, 차머즈, 클렉호언 등도 전보다 더 많은 표를 얻었다. 데이비드는 기대감을 갖고 의기 양양하게 런던으로 돌아왔다.

데이비드는 오랫동안 당에서 발안되어 온 탄광 조령이 제출되어, 모든 항의에 직면한 채 강행되어 활기차게 토론되는 것을 상상했다. 그러한 생각은 마치 술기운이 머리에 오르듯 올라 퍼졌다.

'드디어, 드디어 왔구나!'

1929년 7월 2일에 주회 회기가 정식으로 개최되었다.

외로운 투쟁

그해 이른 가을의 어느 안개 낀 저녁, 데이비드와 해리 뉴전트
는 하원 의사당에서 나와 아래쪽 돌층계 위에서 잠시 이야기를 나
누며 서 있었다.

10주 전에 국왕은 칙언(勅言)을 내렸다. 그때 노동당 내각위원들
은 그 손에 입을 맞추었다. 대례복에 눈부신 정장용 삼각모자를
쓴 짐 더전은, 10여 명의 사진반 신문기자들 앞에 지극히 상냥한
태도로 서 있었다. 미국 방문으로 분주한 수상은 노동당 대회에
다음과 같은 메시지를 전송해 왔다.

'우리는 오랜 세월에 걸친 우유 부단하고 맹목적인 정책으로 인
해 집어던져진 깊은 못에서 석탄 산업을 빼내 끌어올려야 하겠습
니다.'

데이비드의 모습은 짙은 안개 속에 희미하게 드러나 보였는데,
그는 그렇게 희망적인 출발과는 다르게 모순되는 표정을 하고 있
었다. 호주머니에 손을 꾸겨박고 머리는 오버코트의 치켜세운 깃
속에 집어넣고 있었다. 그는 뭔가 미심쩍고 불만에 찬 모습을 하
고 있었다.

"금년엔 법안이 실시될까요? 전 그것이 알고 싶습니다."

데이비드가 묻자, 뉴전트는 스카프를 목에다 두르며 조용한 목소리로 대답했다.

"음, 12월까지는, 내가 들은 바대로라면."

데이비드는 자기의 기분을 나타내 주는 듯한 희미한 안개 속으로 시선을 던졌다.

"그러니까, 원안이 마련될 때까지 기다릴 수밖에."

뉴전트는 한숨을 내쉬며 말했다.

"그렇지만 이렇게 우물쭈물하고 있는 이유를 모르겠군요. 저는 그것이 괴롭습니다. 우리는 모두 너무 권위적이고 존경스럽게 보이려고 동분서주하기 때문에 어떤 발의권을 잡을 시간적 여유가 아무에게도 없다는 생각이 얼핏 드는군요."

"시간의 문제만이 아니지."

뉴전트는 힘이 없는 말투로 대답했다.

"정부 측에서 우리 국회의원은 국가 정책에 관여하는 것이지 국가 권력적인 입장이 아니라는 걸 명심하라고 자꾸 요청하고 있다는 사실이 더 중요한 문제야."

"저도 그 말은 자주 들어왔습니다, 해리 의원. 언젠가 제 묘비에도 그놈의 말이 새겨질 것 같은 기분이 드는군요."

"그땐 자네가 국가 정책에 관여하고 있진 않을 테지."

뉴전트의 입술이 약간 일그러졌지만, 금방 다시 진지한 표정으로 되돌아 왔다.

"그러나 저러나 우리는 그 법안을 기다릴 수밖에 없다고 해 둬야 옳겠지. 그리고 그 동안 최선의 법안이 내려지길 바랄 뿐이야."

"그렇겠죠."

데이비드는 불쾌한 목소리로 대답을 했다. 잠시 대화가 끊어졌다. 그때 날씬한 신형의 까만 자가용 한 대가 맞은편에 소리없이 와 섰다. 두 사람도 잠자코 그 차를 바라보았다. 얼마 안 있어 뒤쪽 로비에서 베빙튼이 나타났다. 그는 평상시의 경박한 태도로 뉴전트와 데이비드를 힐끗 쳐다보았다.

"지독한 저녁이군."

그는 부드러운 어조로 말했다.

"서쪽 방향으로 가신다면 당신들도 함께 타시지?"

데이비드는 말없이 머리를 내저었고 뉴전트가 대답했다.

"아니야, 우린 지금 롤스튼 의원을 기다리는 중이거든."

베빙튼은 약간 냉담하고도 생색을 내는 듯한 미소를 지었다. 그리고는 고개를 가볍게 끄덕이며 돌층계를 내려가 차안으로 들어갔다. 운전사가 베빙튼 의원의 무릎에 모피 덮개를 덮어 주고는 운전석으로 뛰어들어갔다. 자동차는 안개 속으로 사라져 갔다.

"아주 괴상한 일이군요."

데이비드가 미심쩍어하는 목소리로 말했다.

"저 베빙튼의 자동차 말입니다. 저건 미네르바가 아닙니까? 저 차가 어떤 경로로 들어왔는지 정말 이상한데요."

해리 뉴전트가 데이비드를 곁눈으로 힐끗 쳐다보았다. 그의 눈빛은 불룩 튀어나온 이마뼈 아래에서 부드럽게 냉소를 머금고 있었다.

"국가에 대한 그의 봉사의 대가겠지."

"말도 안 돼요. 저는 지금 정말 진지하게 이야기하는 겁니다, 해리 의원."

데이비드는 웃지도 않고 말을 이었다.

"베빙튼은 언제나 우는 소리로 자기에게는 사유 재산이 전혀 없다고 말했었습니다. 그런데 지금 저런 자가용과 운전사라니 말이 됩니까?"

"그게 진지하게 생각할 만한 값어치가 있는 일인가?"

뉴전트의 입이 평상시와 다르게 심한 냉소로 비틀어졌다.

"진실을 알고 싶다면 말해 주지. 우리의 친구 베빙튼은 바로 얼마 전에 합동 탄광회사의 관리위원회에 선발되었다 이거야. 그렇게 허무한 표정은 짓지 말아, 전례는 많으니까. 그건 전적으로 이치에 맞는 일이고, 자네도 나도, 또 그 누구도 감히 가타부타할 것이 못 돼!"

"합동 탄광회사에!"

자신도 모르게 데이비드의 어조가 신랄해졌다. 그는 급작스럽게 화가 치밀어 뉴전트 쪽을 힐끗 쳐다보았다. 뉴전트가 비록 소극적이긴 하지만, 그러한 사실을 인정하고 있다는 것이 그의 괴로운 마음을 더욱 산란케 해주었다.

뉴전트는 최근에 와서 아주 지쳐 버린 듯했다. 그의 태도에도 피로한 기색이 보였고, 걸음걸이마저 더 느려져 있었다. 내각에 들어오게 된 것마저 거의 체념적으로 받아들이는 것 같았다. 뉴전트의 건강이 더욱 나빠지고, 옛날의 활동력이 다 소진된 듯해 보이는 것에는 의심할 여지가 없었다.

데이비드가 더 이상 이 문제를 추궁하지 않은 것도 바로 이 이유 때문이었다. 롤스튼이 왔기 때문에 그는 세 사람이 참석하기로 약속한 민주주의 통제연맹의 회의로 화제를 바꾸었다. 그들 셋은 안개 속에서 빅토리아 가 쪽을 향해 걷기 시작했다.

그러나 데이비드는 마음이 무거웠다. 그렇게도 의기 양양하게 시작되었던 국회 회기가 이상하게 계속 비효율적이었으며, 그 전 회기들과 조금도 다르지 않았다. 그 후 몇 주 동안 그의 생각은 슬리스케일, 특히 자기가 정의를 약속했던 광부들에게로 돌아가지 않을 수 없었다.

데이비드는 스스로 공약했고, 당에서도 거당 일치(擧黨一致)하여 공약했던 것이다. 그 공약이 그들에게 선거에서 승리를 하게끔 해

주었다. 그러므로 비록 그것이 그들을 국회의원의 자리에서 물러나게끔 한다 할지라도 반드시 이행되어야만 할 것이다.

슬리스케일의 현황은 이제 너무도 심각했다. 시내는 궁핍으로 찌들고 광부들은 그와 같은 비참함을 방치하고 있는 사회 질서에 대해 내심으로 반항심을 점점 더 키우고 있었다. 그래서 그는 어떤 조치의 시급성이 점점 더 증가되고 있음을 절감했다.

그는 광부들을 만나 보았다. 헤든, 오글, 그리고 지방 공무원들과도 만났다. 그렇게 함으로써 그 상황이 상상으로 생각해 보는 그런 것이 아닌 냉혹한 현실 속에 존재하고 있는 것임을 알았다. 그 상황은 참으로 절망적이었다.

데이비드는 위기를 느끼며 자신의 모든 희망을 새로운 탄광 법안에 걸었다. 그는 그것만이 그 문제에 대한 유일한 해결책이며, 자기 당의 정당성과 광부들의 구제를 성취하는 하나의 합리적인 수단으로 보았다.

그러나 그 법안에 대해서는 가끔 가다 소문으로 들을 수 있을 뿐이었다. 그것은 현재 내각 위원회에서 초안 중이며, 광부연맹의 특별위원들과 상의하고 있다는 것이었다. 뉴전트도 그도 이 연맹의 위원이 아니었기 때문에 정보를 받는 것조차 매우 빈약했다.

당 내부의 통제가 전반적으로 엄해져서, 위원들은 어떠한 형태에서든 이것에 접근하는 것을 엄중히 금하고 있었다. 그래서 법안의 형태 또는 그 일부분을 알아내는 것마저도 불가능했다. 그럼에도 불구하고 법안은 제출되려는 중이었고, 그 사실만은 틀림없었다.

데이비드는 12월이 가까워 오면서 자기의 불길한 예감은 어리석은 짓이라고 스스로를 타일로 보았다. 또한 이 예감은 단순히 자기의 초조한 마음을 반영한 것에 불과하다고 생각하였다. 그는 매일매일 더욱 커져 가는 기대감 속에서 기다리고 있었다.

그런데 아주 뜻밖에도 12월 11일에 그 법안이 발표되었다. 상무상이 제안하여 검찰총장과 광산상이 지지한다는 형태로 비로소 정식으로 제출되었던 것이다. 의회는 특별히 성원을 하지도 않았고 또 긴장된 분위기도 일지 않았다.

모든 것이 아무런 극적인 요소없이 오히려 성급하게 통과되어 버리고 말았다. 그리고 법안의 명칭이 짧게 줄여져 막연한 것이 되어 버렸다. 그 법안은 겨우 10줄 정도의 문안이었기 때문에 처음부터 끝까지 낭독하는 데에도 불과 10분만에 끝나 버렸다.

데이비드는 불안한 마음이 점점 더 커지면서 귀를 기울이고 있었다. 그는 충분히 이해가 되지도 않았다. 거기에는 법안 범위에 대한 제시가 전혀 없었다. 그런데도 이와 같은 통과가, 초기단계이지만 그 응용 한계가 머릿속에 박혀 들어왔다. 그는 자리에서 벌떡 일어나 로비로 나가서 몇 사람의 위원들에게 진정을 하여 법안 초안을 보여 주기를 청했다.

데이비드는 그 초안 원고를 구하기 위해 베빙튼에게까지 접근을 했다. 그날 밤 바로 초안의 원고가 수중에 들어왔다. 그제야 비로소 새 법안의 의의를 이해했다. 그의 놀라움은 필설로 표현할 수 없을 정도였다. 그는 놀랐을 뿐만 아니라 간담이 서늘해져 버렸다.

우연하게도 뉴전트가 11일에 에절리에 나가 있었기 때문에, 데이비드는 그날 밤 혼자서 그 법안의 초안 원고를 검토했다. 검토하는 동안 그는 자기 눈앞에 놓여진 그 사실을 점점 더 믿을 수가 없게 되었다. 그 초안은 알맹이가 빠져 버린 빈 껍데기일 뿐이었다.

데이비드는 밤늦게 까지 앉아서 자기 자신의 행동 노선을 정하려고 생각했고, 그 해결책을 마음속에서 굳혔다. 그는 자기가 할 수 있는 모든 것, 즉 자기 의무의 한계를 발견했다.

그 다음날 데이비드는 원내 노동당 위원회의 회의에 일찍 참석했다. 그것은 평상시의 출석의 반밖에 안되는 위원들이 모인 조그만한 회의로 진행되었다. 빈약한 출석률을 보고 데이비드의 가슴은 철렁 내려앉았다. 최근에는 내각의 각료들의 출석도 불규칙했지만, 오늘의 이 모양은 특히 의미 심장한 것을 암시하는 일이었다. 게다가 광산상까지 결석했다는 것은 더욱 그러했다.

더전, 베빙튼, 뉴전트, 롤스튼, 차머즈, 그리고 20여 명 남짓한 의원들만이 방안에 있었다. 점심식사 후라는 해이한 기분이 감도는 분위기였다. 차머즈는 조끼의 아래쪽 단추 두 개를 풀어 놓고 있는가 하면, 클렉혼은 졸음이 오는 눈으로 달콤한 낮잠이라도 한숨 자고 싶다는 그런 태도였다.

짐 더전은 위원장석에 앉아 있었다. 그는 종이집게에 꽂힌 서류를 힐끗 바라보고는, 부엉이눈 같은 시선으로 테이블을 살폈다. 그리고는 잽싸게 읽어 나갔다.

"금주의 하원 의안은 실업 문제에 대한 토의, 주택 문제에 대한 토론, 그리고 탄광 법안의 제2차 낭독을 포함하고 있고…….."

이때 데이비드가 벌떡 일어나서 소리쳤다.

"위원장, 의사 진행에 관한 문제로서 이 법안은 노동당 정책을 제시하는 것으로 의도된 것인지, 또는 그렇지 않은지 알고 싶습니다."

"옳소! 옳소!"

그 말을 동조하는 몇몇 의원이 소리쳤다.

더전은 조금도 난처해하는 기색이 없었다. 그는 데이비드를 상냥스런 눈초리로 훑어보았다.

"귀 의원은 이 법안이 당 정책을 제시하고 있지 않다고 믿을 어떤 이유라도 있소?"

데이비드는 침착하려고 안간힘을 썼다. 그러면서도 물어뜯는 듯한 신랄함을 자기의 말투에서 억제할 수가 없었다.

"이 법안은 현재의 형태로서는 약간 부적합한 듯합니다. 우리는 국유화를 공약하고 이 하원에 되돌아왔습니다. 우리는 탄광 지방의 비극적인 궁핍을 완화시키고, 근본적으로 국가적 국유화에서 산업을 재조직하겠다는 서약 서명서에 구속을 받고 있는 것입니다. 그런데 우리는 그것을 어떤 식으로 행하기 위해 제안하고 있습니까? 혹시 이 위원회의 모든 위원들께서 이 법안의 완전 초안을 다 보셨는지의 여부는 모르겠습니다만, 저는 그것을 다 보았습니다. 그 결과, 저는 이 법안이 우리가 한 약속 하나하나를 다 짓밟고 있다는 것을 여러분에게 확언할 수 있습니다."

침묵이 장내를 휘감았다. 더전은 생각에 잠긴 듯 자기의 턱을 쓰다듬으며, 커다란 뿔테 안경 뒤에서 데이비드를 바라보았다.

"귀 의원이 망각하고 있는 점은 우리는 여기서 정무에 관여하고 있는 것이지, 권력을 장악하고 있는 것이 아니라는 것입니다. 우리는 최선을 다해서 방편을 강구하는 것이고, 그러면 정부는 타협을 해 오게 된다는 것입니다."

"타협이라고요! 이건 타협이 아니올시다. 이것은 순전히 비겁한 행위입니다. 야당이라 해도 탄광주들과 야합하는 이 따위식 법안을 만들 수는 없었을 것입니다. 이 법안은 철두철미 탄광주 편입니다. 할당제를 파기하고 작업 시간의 융통성도 슬쩍 못 본 체 넘기는, 이것은 보수당의 법안입니다. 그리고 모든 의원들은 얼마 안 가서 이 마각을 다 알아차릴 것입니다."

"잠깐만,"

더전이 부드럽게 중얼거렸다.

"본인은 실무적인 인간이올시다. 적어도 본인은 실무적인 인간으로 평판이 높습니다. 본인의 신앙은 요점으로 나아가는 일입니다. 자, 귀 의원의 이의는 정확히 무엇입니까?"

"본인의 이의라구요!"

데이비드는 분노를 터뜨렸다.

"위원장께서는 본 법안이 우리의 애로 상황에 대한 근본적인 해결책을 전혀 제공하지 않고 있다는 것을 알고 계십니다. 이것의 본질적인 목적은 석탄의 판로(販路)입니다. 명백히 타협이 불가능한 두 가지 원칙을 타협시키려는 것은 어리석은 노력입니다. 노동의 할당제는 광부측에 절대적으로 손해를 끼치는 일로서 그 외의 어느 것도 될 수 없는 일입니다. 우리가 행하겠다고 스스로 공약한 것과 정부가 지급하겠다고 제안한 것을 비교해 볼 때, 이것이야말로 언어 도단의 무법적 처사라 하겠습니다."

"그렇다 하더라도 그럼, 그것에 대한 대안은 무엇입니까? 우리의 입장을 상기하십시오."

더전이 항변했다.

"본인이 생각하고 있는 것도 바로 그것입니다."

데이비드는 격렬한 분노의 목소리로 말을 이었다.

"우리는 입장과 우리의 명예를 상기해야 합니다."

"아니! 이거 원!"

차머즈가 천장에 시선을 준 채 거칠게 말을 꺼냈다.

"귀 의원이 원하는 게 무엇이오?"

"본인의 생각은 우리의 공약을 이행하고, 당내(黨內) 모든 사람들의 양심을 충족시킬 때, 본 법안은 그 형태가 수정된 것이라고 간주 된다는 것입니다. 그럼 다음에 그것을 의회에 제출하는 겁니다. 만약 의회에서 받아들이지 않는다면, 우리는 우리의 법안을 걸고 의회를 해산하여 국민의 총의에 물어 보는 것입니다. 그렇게 되면 국민들은 우리가 국민을 위해서 싸웠다는 것을 알게 됩니다. 그보다 더 나은 안은 있을 수 없습니다."

의사당 맨 끝에서 몇몇이 옳다고 소리쳤다. 그러나 대개는 반대하는 수군거림으로 테이블 주변에서도 소리가 일었다. 차머즈는 몸을 천천히 앞으로 내밀었다.

"본인은 여기에 선출되어 나온 의원입니다."

그는 자기의 발언을 강조하기 위함인 듯 한쪽 집게손가락으로 테이블을 톡톡 두들기면서 말했다.

"그러니 본인은 그대로 의원직에 머물러 있을 작정입니다."

"귀 의원은 모르시오?"

더전이 상냥스럽게 말을 이어 나갔다.

"우리는 당의 정치 능력을 국민에게 보여 주어야만 한다는 것을 말입니다. 지금 우리는 국사를 다루는 우리의 방법으로 인해 국민들로부터 굉장한 호평을 얻고 있습니다."

"착각하지 마십시오."

데이비드는 신랄하게 응수했다.

"국민들은 우리를 비웃고 있습니다. 보수당의 신문들을 보십시오. 상류 계급을 원숭이처럼 흉내내고 있는 하층 계급, 길들여진 순회 동물원 같은 인간들이라고 하고 있지 않습니까. 그 신문들에 따르면 우리는 정치를 하고 있는 것이 아니라 연기를 하고 있는 것입니다. 만일 우리가 본 법안에서 국민을 외면한다면, 국민들은 우리들에게 경멸 말고는 아무것도 가지지 않을 것입니다."

"조용히 하시오!"

더전은 책망하듯 한숨을 쉬며 말했다.

"당내에서는 혹평을 삼갑시다."

그는 점잖게 분격하는 표정을 지으며 데이비드에게 눈짓을 보냈다.

"우리 당에서는 점진주의를 취하고 있다는 것을 이미 명백히 하지 않았던가요?"

"점진주의!"

데이비드가 사납게 되받아 말했다.

"이런 속도라면 아마도 국유화를 준비하는 데 2천 년은 더 걸려야겠군요?"

그때 처음으로 뉴전트가 발언을 했다.

"펜윅 의원의 말은 지당합니다."

그는 천천히 말을 이었다.

"정강(政綱)의 면에서 볼 때 우리는 투쟁해야 할 것 이외에는 아무런 의심도 할 필요가 없습니다. 물론 앞으로 일 년 동안은 정권을 주무르고, 겉만 번지르하게 보이면서 마냥 자기 망상에 빠져 이 자리를 지켜 나갈 수야 있겠지요. 그러나 결국엔 우리 스스로 곤란해져서 물러나게 될 것입니다. 왜 깃발을 휘날리며 당당히 물러날 수 없습니까? 게다가 펜윅 의원의 말처럼, 우리는 국민들을 생각해야 합니다. 타인캐슬에서는 궁핍의 극단에까지 도달하고 있습니다. 본인은 이 점을 여러분에게 자신있게 말씀드릴 수 있고, 또 본인도 잘 알고 있는 바입니다."

클렉호언이 신랄하게 말했다.

"만일 귀 의원께서 타인캐슬의 한두 명의 불평 분자 때문에 의원직을 사임하도록 우리에게 요구한다면, 귀 의원은 생각을 잘못하셨습니다."

"귀 의원께서는 그들의 표를 요구했을 때, 그들을 불평 분자라고 불렀습니까? 그런 발언은 그들을 혁명으로 몰아넣기에 충분한 발언이군요."

데이비드가 말했다.

차머즈는 화가 난다는 듯 테이블을 탕 쳤다.

"귀 의원은 스스로 귀찮은 존재가 되려 하고 있군, 펜윅 의원. 혁명이라니, 뭐 말라죽은 혁명이란 말인가! 우리는 이같은 시국에 러시아 사상 같은 것이 등장하는 걸 원하지 않소."

"중산 계급들에겐 불쾌하기 짝이 없는 발언이야!"

베빙튼이 냉소하는 듯한 낮은 목소리로 호응했다.

"이것 보시오."

더전이 부드럽게 말을 이었다.

"우리는 모두 인간의 노력에 대한 완전한 재평가가 있어야 한다는 것을 인정합니다. 그러나 우리는 마치 헌구두를 내버리듯이 당장에 현 제도를 때려부술 수는 없습니다. 우리는 조심스럽게 나아가야 합니다. 우리는 헌법에 입각해서 일을 해 나가야 합니다. 매우 유감스럽게도 본인은, 영국 헌법에 위배되는 어떠한 일도 할 수 없다는 것을 잘 알고 있는 사람이올시다."

"위원장께서는 차라리 아무것도 하시지 않는 편이 좋을 것 같습니다."

데이비드의 분노가 폭발하고 말았다.

"수천 명의 광부들이 실업 수당에 의존하면서 굶주림으로 죽어 가는 동안, 내각의 한 위원으로 앉아서 월급이나 타먹으면서 말입니다."

이 말에 노호가 일어나면서 여기저기서 외쳐댔다.

"당장 그 발언 철회하시오!"

"본인은 그 누구를 위해서도 정치적 자살은 하지 않겠소."

더전은 얼굴을 시뻘겋게 물들이면서 더듬거렸다.

"그게 이 위원회의 결론이오?"

데이비드는 사납게 주위를 돌아다보며 물었다.

"여러분은 어쩔 작정이십니까? 공약을 지킬 것입니까, 아니면 파기할 것입니까?"

"본인은 미치지 않았다는 것을 보여 주는 편을 택하겠소."

베빙튼이 차갑게 말했다.

"찬성이오!"

몇 사람이 소리쳤다. 그때 클렉혼의 목소리가 들려 왔다.

"다음 의제로 넘어가기를 청합니다, 위원장."

그 발언은 곧 받아들여졌다.

"본인은 본 법안의 형태를 재고하기를 위원장에게 요청합니다."

데이비드는 결사적으로 위원회의 전진을 막았다.

"본인은 여러분이 수정안을 거부하리라고는 믿지 않습니다. 국유화 문제는 차치하고라도 말씀입니다. 적어도 최저 임금 조항의 삽입만큼이라도 고려해 주실 것을 호소합니다."

이번에는 차머즈가 의자에 앉은 채 화난 말투로 소리쳤다.

"위원장, 이 문제를 더 이상 끌 만한 시간이 없다고 생각합니다. 제발 각 의원께서는 자기 이론일랑 혼자서 간직하고 현재와 같은 상황에서는 가능한한 모든 것을 정부가 하도록 일임해 둡시다."

몇몇 목소리가 동의한다고 외쳤다.

"본인은 이론적인 말을 떠들고 있는 것이 아닙니다."

데이비드도 지지 않고 외쳤다.

"본인은 남과 여라는 인간의 견지에서 발언하고 있습니다. 본인은 위원회에 경고합니다. 본 법안은 광부들을 절망 속으로 몰아넣고 드디어는 폭동으로 몰아넣을 것입니다……."

"귀 의원은 적당한 시기에 그 수정을 행할 기회를 갖게 되시리라 생각합니다."

더전은 간단하게 응수했다. 그러고는 목소리를 높여서 물었다.

"여러분의 의견은 어떻습니까?"

더전을 지지하는 위원들로부터 아우성이 일어났다.

"다음 의제로 넘어갑시다."

데이비드는 결사적으로 이것에 대한 논쟁을 계속하려고 했다. 그러나 소용이 없었다. 더전의 단조로운 목소리는 그 중단된 회의의 실마리를 되찾아 가고 있었다. 위원회의 의사(議事)는 계속 진행되었다.

넵튠의 위기

몹시 추운 12월의 아침, 아더는 넵튠 탄광으로 나가서 사무실로 들어갔다. 그는 평상시보다 일찍 출근하였다. 모자와 외투를 걸고, 한동안 서서 달력을 바라보다가 잽싸게 앞으로 나아가 한 장을 찢어냈다. 또 하루가 시작된 것이다. 그것은 의미 심장한 일이었다. 그는 결국 또 하루를 살아넘긴 셈이기 때문이다.

아더는 책상 앞에 앉았다. 잠자리에서 방금 일어났지만, 잠을 잘 이루지 못한 까닭에 피로함을 느꼈다. 끝없는 싸움에 지친 것이다. 그를 파멸시키려고 위협하는 경제적인 위력과 맞서며 끝없는 전쟁에 지쳐 있었다. 걱정으로 지쳐 버린 얼굴은 핼쑥해졌으며 주름살이 생기기 시작하고 있었다.

아더는 책상 위의 초인종을 눌렀다. 그 즉시 직원이자 작업 시간계인 퍼티트가 아침 우편물을 가지고 들어왔다. 그것들은 제일 큰 것은 밑에 있고 가장 작은 우편물은 맨 위에 얹혀져서 깨끗이 포개져 있었다. 퍼티트는 언제나 깔끔한 사람이었다.

"안녕하시오, 퍼티트."

아더는 기계적으로 인사를 건넸다. 목소리를 정답고 힘있게 내려고 했지만, 아무래도 억지인 듯한 기분을 느꼈다.

"안녕하십니까, 사장님. 간밤엔 땅에 무서리가 내렸습니다."

"음, 날씨가 무척 춥군, 퍼티트."

"지독합니다. 사장님, 난로에 석탄을 더 넣을까요?"

"괜찮소, 퍼티트."

퍼티트가 막 문밖으로 나가려 할 때, 아더는 맨 위에 얹힌 편지에 손을 대었다. 그 편지는 타인캐슬의 은행에서 온 것으로 그가 기다리고 기다리던 것이었다.

아더는 빳빳한 봉투를 찢어서 재빨리 읽었다. 그는 공식적인 서신 내용에 놀라거나, 아니면 절망하는 기색이 없었다. 은행의 현 정책은 더 이상의 단기채에 반대하고 있어, 당 은행은 자기들의 무력함을 심히 유감스럽게 생각하고 있다는 것이었다.

아더는 그 편지를 놓았다. 물론 '유감'이란 단어는 멋진 말이 아닐 수 없었다. 누구나 다 돈에 대한 요청을 거절해야 할 때는 심심한 유감의 뜻을 갖게 되는 법이다. 그는 한숨을 내쉬었다.

아더는 편지를 보내기 전부터 이미 이같은 답장이 오리라고 예상했음을 생각했다. 그는 당좌 대월의 한계점에 도달해 있었고, 탄광 설비와 반출탑을 담보로 마지막 1원까지 다 빌려 썼기 때문이다. 아더는 자신이 지금 어떤 입장에 놓여 있는가 하는 것을 알고 있는 것만도 다행스러운 일이라고 생각했다.

아더는 그대로 책상 앞에 앉아 있을 수가 없었다. 비록 피로했지만 가만히 있는 것은 더 견딜 수가 없었다. 그의 신경은 뭔가 격렬한 돌파구를 바라고 있었다.

아더는 재난 사건 이래 복잡하긴 했으나 인생의 대로를 걸어왔다. 그런데 지금은 대로는 사라지고, 일종의 늪과 같은 사업의 난국인 의기소침 상태만이 기다리고 있는 것이다. 석탄의 가격은 톤당 15실링이 더 내려갔다. 그런데도 그것을 판매할 길이 없었다.

합동 탄광, 그러니까 거창한 합동 탄광에서는 석탄의 판매로를 가지고 있었다. 그러나 사사로운 소기업의 생산자인 그는 힘이 없었다. 그러면서도 경비는 자꾸 많아졌다. 펌프를 움직여야 했고 채굴권료도 물어야 했기 때문이다. 즉 탄광에서 캐내는 모든 석탄에 대해 톤당 6펜스를 지불해야 했다. 그런데 광부들은……

이러한 생각을 하다가 아더는 다시 한숨을 내쉬었다. 타협과 안전이라는 정책에서 그는 종업원들을 납득시키리라 희망했다. 그러나 실패의 연속뿐이었고 환멸감만을 느껴야 했다. 사실상 그들은 자기들을 재조직시켜 준 그에게 분노를 나타냈으며, 그의 철저한 개혁 뒤에 숨은 동기를 의심하고 있는 듯했다.

많은 광부들에게는 갱구 목욕탕이 여전히 분격의 초점이었고, 비판의 대상이 될 뿐이었다. 아더 역시 자신에게는 지도력이 부족하다는 것을 잘 알고 있었다. 때때로 그는 어떤 일을 결정해야 하는 때에 주저하였다. 그리고 그가 단호한 조처를 취해야 하는 때는 오히려 타인에게 설복을 당했으며, 마음이 강한 사람이라면 한바탕 껄껄 웃고 말 일에 괜스레 고집을 피우기도 했다.

광부들은 아더의 약점을 알아차리고는 그것을 이용하여 그를 농락했다. 그의 아버지 발라스가 과거에 자신들을 들볶던 일을 오히려 잘 받아들이고 있었다. 그것을 겁내거나 또는 칭찬하기까지 하는 것이었다. 그와 함께 그들은 아더의 박애주의와 높은 이상은 믿기보다 오히려 경멸하고 있었다.

무자비한 역설(逆說)의 현실이 아더를 찔러 골수까지 사무치게 했다. 그는 분노의 뜨거운 물결에 사무친 머리를 치켜들었다. 그는 그러한 사실을 부정했다. 인정하려 들지 않았다. 그는 패배하지 않은 것이다. 다만 저조할 뿐이다. 자기는 전진을 하고 있으며 끝내는 승리할 것이다. 밀물은 다시 가득 차 올 것이 분명하다. 이 제 가득 차 오는 것도 얼마 남지 않았다.

아더는 새로운 열의를 쏟아부었다. 그의 정신적인 집중의 열기 속에서 현재의 입장은 명백해지고, 사실은 환히 들여다보였으며, 숫자들이 마음의 눈앞에 정렬되어 있었다. 탄광은 저당잡힌 상태 이고, 신용은 다 끊어졌다. 또한 석탄 생산고는 20년 이래 최저선 에 머물고 있었다.

그러나 아더는 멀지 않아서 이 상황이 좋아지리라는 강한 신념 을 가졌다. 불황은 끝나야 한다. 곧 끝장 날 것이 틀림없다. 불황 이 끝날 때까지 자기는 악착같이 달라붙을 것이다. 그러면 만사는 순조롭게 진행될 것이다. 그는 적어도 한 해 동안은 계속 분발하 리라 마음먹었다. 이것만은 확실히 알고 있었다.

아더는 은행에서 융자를 빌려 줄 것을 거절하리라는 예상을 하 면서도 한 해 동안 나아갈 일을 생각했고, 마지막 세밀한 곳까지 모두 계산을 해보았던 것이다. 그가 미리 알지 못할 일은 하나도 없었다. 더욱 절약하면 된다. 즉 규모를 축소하고 끝까지 늘어지 는 것이다. 눌러붙어 앉아서 끝까지 지탱해 나가면 되는 것이다. 그는 그런 것쯤은 할 수 있다고 생각했다.

"그렇다, 그런 것 정도는 할 수 있는 것이다!"

아더는 거세고 신경질적인 한숨을 내쉬었다. 규모를 축소한다는 것이 가장 큰 문제였다. 그러나 그렇게 하지 않으면 안되었다. 오 늘 또 50명이 쫓겨나가야 한다. 그는 제5갱구의 광부들을 해고시 키고, 사업이 잘될 때까지 그곳 도갱을 폐쇄시켜야겠다고 생각 했다.

이들 50명을 일에서 풀어 버린다는 것이 그의 가슴을 무너지게 했다. 이들을 이미 넵튠 탄광에서 쫓겨나 실업 수당으로 연명하는 600명과 합류케 한다는 것이 그의 가슴을 찢어지게 했다. 자기는 힘이 생기는 즉시 이 사람들을 다시 고용할 것이다. 그는 날쌘 동작으로 벽시계를 바라보았다. 암스트롱에게 당장 이 사실을 알려야겠다고 생각한 것이다. 그는 문을 열고 빠른 걸음으로로 복도를 따라 암스트롱의 집무실 쪽으로 갔다.

아더는 암스트롱과 반 시간 동안에 걸쳐서 광부들 중 누구누구를 해고시켜야 하겠는가를 의논했다. 일이 이 정도까지 되고 만 것이다. 아더는 명단에서 이름을 삭제하기 전에 그 광부들 한 사람 한 사람의 경우를 잘 심사 숙고하기를 주장했다. 그에게 이보다 더 가슴아픈 일은 없는 것이다.

그들 광부 중 몇몇은 고참으로 20년 이상이나 넵튠 탄광에서 채탄을 해 온, 경험과 기술이 풍부한 사람들이었다. 그런데 이들도 실업 수당을 타고 있는 600명에 합류되도록 내보내야 하는 것이다. 슬리스케일에 소용돌이치고 있는 가난과 불만을 더욱 팽창시킨다 해도 내보내야만 한다.

드디어 그 작업은 끝이 났다. 아더는 암스트롱이 한 손에 펄럭이는 벽보를 들고 시간계 주둔소를 향해 구내를 건너가는 모습을 바라보았다. 그들 50명의 목을 마치 칼로 자르는 듯한 기분이 들어 더욱 마음이 아팠다. 그는 한 손을 들어서 이마에 가져다대었다. 그리고는 계속 떨리고 있는 그 손으로 이마를 꽉 눌렀다. 이윽고 몸을 돌려서 자기 사무실로 돌아갔다.

사무실에는 누군가 와 있었다. 바로 문 안쪽에서 허즈페드가 그를 기다리고 있었다. 시뻘겋게 화가 난 얼굴이었다. 허즈페드는 한 젊은이와 함께 있었는데, 그 덩치가 큰 젊은이는 한 손을 호주머니에 집어넣고, 다른 한 손에는 캡을 들고 뿌루퉁한 표정으로 서 있었다. 그 청년은 버트 윅스였다.

아더는 그가 광부들의 탄량을 검사하는 젝 윅스의 아들인 것을 알았다. 버트는 글로브 갱구에서 일하고 있었다. 아더는 그들 두

사람을 바라보고 대번에 무슨 불상사가 일어났음을 알았다. 신경
이 다시 한번 곤두서는 느낌이었다.

"뭔가?"

아더는 침착하려고 애쓰면서 물었다.

"보십시오."

허즈페드가 말하면서 담배 한 갑과 성냥 한 통을 내밀었다.

두 사람은 담배와 그 성냥갑을 자세히 바라보았다. 버트 윅스도
바라보았다. 이같은 사소한 물건으로 인해 초래케 될 결과는 두
말할 것 없이 어마어마한 것이었다.

허즈페드가 말했다.

"역시 마구간 앞에서 그랬습니다. 신 글로브 갱도 안에서 말입
니다. 짚이 잔뜩 깔린 마구간 안에 앉아 담배를 피웠답니다. 사장
님, 죄송한 말씀입니다만 이건 있을 수도, 또 믿을 수도 없는 기막
힌 일입니다. 조감독인 포브즈가 이자를 밖으로 끌고 나왔습
니다!"

아더는 그 담배와 성냥을 계속 뚫어지게 바라보았다. 그는 특히
성냥에서 눈을 뗄 수가 없었다. 잔잔한 감정의 파도가 몸 위로 자
꾸 덮치어 그의 신경을 건드렸다. 그는 온몸을 긴장시키며 자기에
게, 자기의 신경 위로 거세게 밀려오는 그 파도를 억제하려고 애
썼다. 새 글로브 도갱 안에는 폭발성 가스가 있었다. 최근의 조사
에서 폭발성 가스는 폭발 농도까지 증대되었다는 사실이 드러났
었다. 그는 그것보다 자기 내부의 모든 것들이 먼저 폭발할까 두
려워 젊은 윅스를 바라보지 않으려 했다.

"할 말이 있는가?"

"없습니다."

버트 윅스가 말했다.

"담배를 피우고 있었구먼."

"마구간에서 한 모금밖에 피우지 않았습니다. 그리곤 아무 짓도 하지 않았습니다."

아더의 몸이 부르르 떨렸다.

"너는 성냥을 갱내에 가지고 들어갔고 또 담배를 피우고 있었단 말이다!"

웍스는 아무 말도 하지 않았다.

"규정을 위반했어."

아더는 입술에 힘을 주며 말을 계속했다.

"글로브에선 어떤 화기도 안된다고 분명히 경고했는데도 말이야."

버트 웍스는 모자챙을 비틀었다. 그는 광부들이 아더를 어떻게 생각하고 있으며, 그에 대해 무슨 말을 하고 있는지 다 알고 있었다. 그가 광부들을 살살 꾀는 식의 행동에서부터 그 젠장할 보안 규정에 이르기까지, 아더가 하는 행동은 무엇이든 다 저주를 하고 있다는 사실을 알고 있었다.

버트는 성격이 사나운 자였기 때문에 풀이 죽거나 하는 일이 없었다. 그는 좀 겁이 나면서도 여전히 뚱한 표정으로 말했다.

"우리 아버지가 그러는데 넵튠에는 폭발 가스가 전혀 없대요. 성냥을 가지고 들어가면 안된다는 명령은 다 거지 같은 짓이래요."

드디어 아더의 분노가 터졌다. 내부의 모든 것이 폭발하고 말았다. 이 무식한, 이 멍청이 같은 생각에 이 오만 무례한 모습. 그는 자기를 희생해 가며 거의 자신을 파멸시킬 정도로 애를 썼다. 거의 죽을 지경이 될 때까지 넵튠 탄광을 안전하게 하려고, 또 광부들을 우대하려 하면서 걱정했던 것이다.

그런데 그 보답이 이런 것이다. 그는 이성을 잃어버렸다. 아더는 한 발자국 앞으로 나아가 웍스의 얼굴을 후려쳤다.

"이 바보야!"

그는 외쳤다.

"이 저주받을 무식한 바보. 넌 탄광을 산산조각으로 만들고 싶은 거야? 또 다른 재난 사건이 일어나기를 바라느냐구? 정말로 그걸 원해? 그렇게 되기를 원하느냐고 내가 묻잖아? 지금 나는 훌륭한 광부들까지 자꾸 해고해야 하는 처지야. 그런데 너는 구석에 숨어서 게으름을 피우고 담배를 빨아대면서 우리들 모두를 지옥으로 날려 보낼 작정을 하고 있구나. 꺼져, 이 녀석아! 내 눈앞에서 사라져! 넌 모가지다. 성냥과 그 더러운 담배를 가지고 가. 발길로 차내기 전에 나갓!"

아더는 윅스의 두 어깨를 움켜쥐고 한바퀴 돌려서 문 쪽으로 내쫓아 버렸다. 윅스는 바깥 복도에서 나동그라지면서 한쪽 다리가 계단에 부딪쳤다. 아더는 문을 쾅하고 닫아 버렸다.

사무실 안에는 침묵이 흘렀다. 아더는 달음박질을 할 때처럼 여전히 숨을 헐떡이면서 책상에 몸을 기댔다. 거의 숨이 막힐 지경이었다. 허즈페드가 재빨리 난처한 눈길을 그에게 힐끗 보냈다. 아더도 본능적으로 그것을 눈치챘다.

"그 새끼는 그래야 마땅해!"

그가 소리쳤다.

"모가지를 날려야 하는 일이었어!"

"그렇구말굽쇼. 그렇게 무식한 자를 계속 탄광에 놔둘 필요가 없습니다."

허즈페드는 어색하게 방바닥을 내려다보며 말했다.

"난 그따위 일을 참고 앉아 있을 수가 없어!"

"그럼요, 당연히 사장님께서는 참아서는 안 됩니다."

허즈페드는 불안한 표정으로 여전히 방바닥을 내려다보면서 말했다. 그는 잠시 입을 다물었다가 다시 말했다.

"그자는 당장 제 아비한테 가서 말하겠죠? 젝크 웍스, 그 탄량 검사계 말입니다."

아더는 진정하려고 안간힘을 썼다.

"난 그자를 세게 때리지 않았어."

"그자는 사장님께서 거의 죽이려고 했다고 조작할 겁니다. 그것들은 사고뭉치들이죠. 웍스라는 집구석 인간들은 말씀이죠."

허즈페드는 말을 뚝 끊고 문 쪽으로 몸을 돌렸다.

"제가 그쪽으로 가 보는 것이 좋겠습니다."

그는 밖으로 나갔다.

아더는 몸을 책상에 그대로 기대고 있었다. 자기가 한 짓은 잘못이었다. 아주 큰 실수를 하고 말았다는 생각이 들었다. 불안과 긴장이 쌓이고 쌓여서 결국 버트 웍스를 구타하게 된 것이다.

허즈페드는 그 실수를 무마하려고 나갔다. 그는 이 일로 다른 탈이 없기를 바랐다.

허즈페드는 곧장 사무실 밖에 붙어 있는 탈의실 안으로 들어갔다. 그는 아침에 신 파라다이스갱을 검열할 예정이었기 때문에 갱내복을 갈아입었다. 갱내에 들어가기 위해 승강기에 발을 들여놓았을 때도 여전히 아무 일없기를 바랐다.

그러나 허즈페드의 바람은 헛된 것이었다. 버트 웍스는 넘어졌다가 일어나서 자기 아버지가 선로를 달려오는 탄차를 체크하는 갱안으로 들어갔다. 계단에 부딪친 다리가 몹시 아팠다. 그 다리에 대해 생각을 하면 할수록 더욱 아픈 것 같았다. 그는 다리를 절룩거리며 아버지에게로 갔다.

젝크 웍스는 절룩거리며 다가오는 아들을 보았다. 젝크는 탄차들을 정지시켰다.

"왜 그러니, 버트?"

버트는 갑자기 울음을 터뜨리면서 자초지종을 말했다.

"그자가 그따위 짓을 할 수는 없지!"

젝크는 사나운 눈길을 아들에게 돌렸다.

"그런데 했단 말입니다. 사장은 나를 때려 눕히고 발길질을 했어요. 사장이 그랬어요. 내가 넘어지자 마구 발로 찼어요."

젝크는 탄차들을 체크하던 장부를 주섬주섬 저고리 호주머니에 꾸겨 넣고 가죽 허리끈을 질끈 조여맸다.

"그자가 그럴 수는 없지."

그는 다시 말했다.

"우리에게 그따위 짓을 하고 무사히 넘어갈 수는 없지."

그는 상을 찡그리며 잠깐 생각했다. 버트가 갱내로 들어가기 전에 호주머니에서 성냥 한두 개비 꺼내놓은 것을 깜빡 잊어버린 그이유 때문이라니. 바로 그것 때문에 그따위 짓을 하다니, 제기랄 그따위 새 규정 때문에. 어느 누가 이런 일을 그냥 넘길 수 있겠는가? 광부들의 탄량을 검사하는 나로서는 더욱 참을 수 없는 일이다. 그가 느닷없이 말했다.

"따라와라, 버트."

젝크는 탄차들을 그대로 버려 두고 병원까지 버트를 데리고 갔다. 웨버 의사는 최근에 의사 자격을 딴 사람으로 병원에 근무한 지 얼마 안 되는 젊은 외과의사인데, 마침 그가 근무 중이었다.

젝크는 자기 직위를 의식하는 자의 거만한 태도로 웨버 의사에게 버트의 다리를 진찰해 달라고 요청했다. 젝크 윅스는 탄량 검사계에 찰리 가우런이 한때 가졌던 직책인 의료원호위원회의 회계이기도 했다.

웨버 의사로서는 그러한 젝크 윅스의 환심을 사는 것이 아주 중요한 일이었다. 그래서 그는 아주 기쁜 태도로 고분고분하게 버트의 다리를 오랜 시간에 걸쳐서 정중하게 진찰했다.

"다리가 부러졌소?"

젝크가 물었다.

웨버 의사가 보기에 그렇게는 생각되지 않았다. 눈으로 보아서도 그의 다리가 부러지지 않았다는 것을 알 수 있었지만 단언할 수는 없었다. 그리고 어떤 경우든간에 확인한다는 것은 현명치 못한 일이었다.

의학 잡지는 언제나 골절의 경우, 흔히 의사의 진단과 반대되는 부상의 예를 보도하고 있었다. 그리고 젝크 웍스는 달갑지 않은 손님이었다. 솔직히 말해 웨버 의사는 젝크를 두려워하고 있었다.

"X레이를 찍어 봐야겠군요."

젝크 웍스는 X레이라는 말에 더욱 흡족해했다.

"하룻동안 입원시키는 게 좋겠군요."

웨버 의사도 기분이 좋아져서 말했다.

"24시간 동안 침대에 누워 있는 것도 나쁘지는 않을 게요. 버트, 안전을 기하기 위해서는 적절한 진찰을 받아야 합니다. 어떻습니까?"

젝크와 버트는 현 상황으로서는 그게 가장 좋은 것처럼 느껴졌다. 버트는 남자 병실에 입원하였고, 젝크는 곧장 노동조합으로 가서 타인캐슬의 지부 사무소장인 헤든에게 전화를 걸었다.

"여보세요, 여보세요!"

그는 조심스럽게 말했다.

"톰 헤든 지부장입니까? 전 젝크 웍스입니다. 지부장님, 아시잖아요. 넵튜의 탄량 검사계 말입니다."

젝크의 어조는 웨버 의사에게 하던 것과는 아주 딴판이었다.

"뭐라구?"

헤든의 목소리가 퉁명스럽게 전화에서 울려 왔다.

"그런데? 간단히 말해, 이 친구야. 온종일 자네 말만 듣고 있을 순 없다구. 무슨 이야기야?"

"제 자식놈 이야긴데요, 버트 그놈 말입니다."

젝크는 비위를 맞추며 겸손하게 말했다.

"폭행으로 피해를 당했거든요. 이야기 좀 들어 주셔야겠는데요, 지부장님."

헤든은 꼬박 5분 동안이나 귀를 기울였다. 그는 수화기를 귀에 가져다대고 전선의 맞은편에 앉아서 엄지손가락의 손톱을 물어뜯었다. 그러고는 그 작은 조각을 앞에 있는 휴지에다 마구 뱉었다.

"알겠어, 알았다니까. 곧 간다고 하잖나."

그는 끝에 가서 말했다.

두 시간 후 아더가 파라다이스 갱구에서 나와 승강기를 내려 구내로 나왔을 때, 헤든이 사무실에 앉아서 그를 기다리고 있었다. 헤든은 일어나지도 않고 마치 뿌리가 돋은 것처럼 의자에 떡 버티고 앉아서 아더를 쏘아보고 있었다.

아더 역시 한동안 아무 말도 하지 않았다. 그는 화장실로 가서 세수를 했다. 물기를 닦으면서 나왔지만, 세수를 잘하지 못해서 수건에 검댕이가 시커멓게 묻었다. 그는 오래도록 손을 닦으면서 창가에 등을 대고 서 있었다.

아더는 뭔가를 하는 것이 마음이 편할 듯했다. 손이라도 닦고 있어야 신경이 편안해지는 것 같았다. 자연스럽게 말을 하려고 애쓰면서 말을 걸었다.

"이번엔 무슨 일이오, 헤든 지부장?"

헤든은 책상에서 자를 하나 집어서 만지작거리기 시작했다.

"알고 계실 텐데."

그가 말했다.

"당신이 오신 것이 웍스 때문이라면 나도 어쩔 도리가 없소. 난 이미 그 친구를 규칙 위반으로 해고했으니까."

"그래요?"

"그자는 글로브 갱내에서 담배를 피우다가 붙들렸소. 거기엔 폭발 가스가 있다는 걸 우리가 발견했단 말이오. 난 이 탄광을 안전하게 하려고 많은 돈을 허비했소. 헤든 지부장, 난 지난번보다 더 심한 사고가 일어나지 않기를 바라고 있을 뿐이오."

헤든은 여전히 태연스럽게 다리를 꼬고 앉아 있었다. 그는 서두를 이유가 없었다.

"버트 윅스는 지금 입원 중이야."

그는 손에 들고 있는 자를 바라보며 말했다.

아더는 내장이 뒤엎어지며 속이 텅 비는 느낌과 함께 구통증이 일어났다. 그는 수건으로 손을 닦는 일을 그만 두었다.

"입원했다구!"

한동안 침묵이 흘렀다.

"그자에게 무슨 일이 일어났소?"

"뻔히 알고 있으면서."

"난 모르오."

"다리가 부러졌다구 하는 모양이던데."

"설마……!"

아더가 외쳤다.

"난 아무 짓도 한 적이 없어요. 허즈페드가 거기에 있었죠. 허즈페드가 그때 아무렇지도 않았다는 것을 말해 줄 것입니다."

"윅스는 내일 X레이를 찍어야 하는데, 그렇게 되면 과연 당신이 아무 짓도 하지 않았는지 알게 될 거요. 웨버 의사의 지시였소. 난 막 병원에서 오는 길이오."

아더의 얼굴이 새파래졌다. 힘이 쭉 빠져서 창문턱에 걸터앉지 않으면 안 될 것 같았다. 그는 윅스의 아들이 문밖에서 세게 넘어졌던 기억이 떠올랐다.

"부탁하오, 헤든 지부장."

그는 나지막한 목소리로 말했다.

"그래서 어쩌겠다는 거요."

혜든은 자를 손에서 놓았다. 그는 상냥함도 우정 같은 것도 없는 친구였다. 그의 직업은 사납고 제멋대로 하는 그것이며, 그는 지금 그러한 자기 직업을 수행하려는 것뿐이었다.

"이봐, 발라스 사장, 솔직하게 말하겠소. 당신은 오늘 화가 나서 한 인간을 때렸소. 그건 부정할 수 없겠지? 그 인간이 무슨 짓을 했든 그건 상관할 바 아니야. 당신은 그 친구의 다리를 부러지게 했어. 그건 중대한 문제야. 그건 복직 문제 따위가 아니라 그보다 훨씬 더 복잡한 형사법에 걸리는 일이야. 내 말을 가로막지 마시오. 내가 지금 말을 하고 있잖은가! 난 당신의 탄광에 남아 있는 모든 광부들을 대표하고 있는 거요. 그리고 만일 내 손가락 하나만 까딱하고 올리면 그자들은 대번에 파업에 들어갈 거야."

"그게 그 사람들에게 무슨 이익이 있소. 그들은 일을 하고 싶어 하오. 파업 같은 건 원하지 않을 것이오."

"광부들에게 일치 단결 하는 것이 필요해. 한 사람에게 끼치는 영향은 전체에게 끼치는 영향이라 이 말씀이야. 난 이놈의 넵튠 탄광이 마음에 들지 않거든. 침수 사건이 있었던 그때부터 이놈의 탄광은 내내 구린내가 난단 말씀이야. 난 어리석은 수작엔 절대 참지 않을 작정이니까."

혜든의 사나운 목소리가 아더의 가슴을 윽박질렀다.

"난 이 탄광 때문에 얼마나 고심하고 있는지 모르오. 당신이 지금 노리고 있는 것이 무엇이오?"

"그걸 알려면 아직 시간이 많이 있으니까 염려하지 마시오."

혜든이 대답했다.

"우린 6시에 회관에서 집회를 가질 테니까. 지금 그 문제로 감정들이 대단히 사납소. 난 다만 경고만 하는 거야. 이젠 당신이 무슨 짓을 하든 아무 소용이 없어, 엎질러진 물이니까. 당신은 지금 난처한 입장에 **빠졌어**. 당신은 아주 곤란한 구렁텅이에 **빠져** 있다 이 말씀이야."

아더는 말을 하지 않았다. 그는 헤든의 공갈에 몸이 축 늘어지고 속이 메스꺼워졌다. 그러한 공갈 행위는 헤든의 본직인 것이다. 헤든은 그를 괴롭히려 했으며 어쩌면 그게 성공을 거두었는지도 모른다. 그러나 아더는 헤든이 광부들에게 파업을 시키리라고는 믿어지지 않았다.

넵튠의 광부들은 다들 일하기를 너무나 바라고 있으니까 파업을 일으킬 수는 없을 것이다. 그 지역의 빈곤 상태는 무시무시한 것이었고, 시내는 실업 사태로 곪아터지고 있었다. 일을 하고 있는 사람들은 그래도 행운아들인 것이다. 아더는 냉담한 태도로 일어서며 말했다.

"당신 마음대로 해 보시구려. 당신도 시끄러운 일은 싫어한다는 걸 나도 알고 있으니까."

헤든도 자리에서 일어섰다. 그는 주먹으로 책상을 치면서 고래고래 소리를 지르며 나가라고 고함을 치는 그러한 사람들에겐 익숙해 있었다. 그는 노한 소리와 덤벼들어 응수하는 행동과 욕설, 공갈, 협박 따위엔 아주 익숙한 사람이었다. 그는 싸우기 위해 월급을 타고 있으며 싸우는 것이 그의 직업인 것이다.

그런데 아더가 이처럼 무기력하게 대하는 것을 보자 그의 눈에 어떤 연민의 표정이 이는 것이었다.

"그것뿐이오. 나중에 소식을 알려 주겠소."

헤든은 약간 고개를 끄덕여 보이고 나가 버렸다.

아더는 그대로 움직이지 않고 서 있었다. 여전히 반이 접힌 수건을 들고 있다가 그것을 완전히 다 접었다. 그는 화장실로 들어가 수건을 뜨거운 파이프 위에 얹었다. 그때 그 수건이 그다지 깨끗하지 않다는 것을 알자, 그것을 둘둘 뭉쳐서 빈 욕탕 안에다 던져 버렸다.

아더는 옷을 갈아 입었다. 오늘 밤엔 목욕도 하고 싶지 않았다. 그는 여전히 피곤했고, 몸이 늘어질 대로 늘어지는 기분이었다. 속이 다시 메스꺼워졌다. 모든 것이 비현실적이라는 생각이 들었다.

아더는 옷을 입는 자신의 몸마저 가벼워진 느낌이 들어 옷을 입고 있다는 사실을 믿을 수가 없었다. 그는 너무나 감수성이 예민하여 언제나 날카로운 반응을 보였다. 그러나 일단 감정이 그 예리한 어떤 점을 지나쳐 버리면 그저 무감각한 상태가 되어 버리는 것이다.

지금이 바로 그런 무감각한 상태였다. 아더는 하얀 에나멜칠이 된 벽에 걸린 조그마한 네모꼴의 거울 속에서 갑자기 자기 모습을 발견하였다. 그 자신 이래서는 안되겠다고 느끼긴 했다. 그는 서른 여섯이라는 나이보다 열 살이나 더 많아 보였던 것이다. 그의 눈언저리에는 주름이 잡혀 있고, 머리털은 광택이 없을 뿐만 아니라 대머리까지 벗겨지고 있었다.

나는 왜 이처럼 인생을 낭비하고 있는 것일까? 필요없는 정력을 쏟아가면서 정상적이라고 생각할 수도 없는 이상을 추구하며, 정의라는 이상한 환상을 따르면서 말이다. 자기는 이렇게 이 재미도 없는 탄광에 틀어박혀서 다람쥐 쳇바퀴 돌 듯 속을 썩이면서 일하고 있다. 아무도 고맙게 여겨주지도 않는데 말이다.

자신이 이렇게 사는 동안 다른 사람들은 인생을 즐기며 돈을 아주 멋있게 쓰고 있지 않은가. 그는 처음으로 제기랄, 난 정말 바보였다! 하는 생각까지 드는 것이었다.

아더는 사무실에 돌아와서 시계를 보았다. 거의 6시가 다 되었다. 그는 모자를 들고 밖으로 나갔다. 텅 빈 탄광 구내를 나와 카우펀 가를 걸어갔다. 물론 그는 병원에 가서 윅스의 아들을 문병해야 했다. 그러나 그 일은 다음으로 미루었다. 이러한 우유 부단한 자세야말로 전형적인 그의 성격을 보여주는 것이었다.

아더는 가로수 길을 걸어 올라가면서 광부 회관에서 높은 목소리들이 흘러나오는 것을 들었다. 그 목소리들은 먼 곳에서 들려오는, 자기와는 아무 관계도 없는 공허한 울림 같았다. 그는 결코 시끄러운 사건이 발생할 수 없을 것이라는 것을 알고 있었다. 이같은 시국에 시끄러운 사건을 생각한다는 것은 너무도 바보스러운 것이었다.

분노하는 광부들

그러나 아더의 생각은 잘못된 것이었다. 현실은 가끔 가다가 논리에 역행하는 법이다. 어쩌면 12월 14일 저녁의 사건은 반드시 아더의 판단이 틀렸다고만 할 수 없는 것이기도 했다. 결국 사건이 터지고 말기는 했지만.

회관에서의 집회는 6시에 열렸으나 간단히 끝이났다. 헤든이 그 집회가 간단히 끝내도록 유의를 했던 것이다. 헤든의 책략은 아주 명료했다. 그는 시끄러운 것을 절대로 원하지 않았다. 연맹의 고갈된 자금 사정이 시끄러운 사건이 발생했을 때 지탱하지 못하리라는 것을 알고 있었다.

헤든의 책략은 아더를 협박하여 24시간 동안이나마 근심 걱정으로 몰아 넣었다가, 그 다음에 아더와 가혹한 조건으로 흥정을 하려던 것이었다. 버트 윅스의 복직과 배상, 그것에 더 보태져서 들어오는 무엇을 계산하고 있었던 것이다. 그러나 무엇보다도 헤든은 어서 집에 들어가 지독스럽게 땀이 많이 나는 발의 젖은 양말을 갈아신고, 저녁을 먹은 후 난롯가의 의자에 앉아 파이프 담배를 피우고 싶었다.

헤든은 과거처럼 젊지도 않고, 야망도 사라졌다. 다만 젊은 시절의 증오심이 마음속에서 끓어오를 뿐이었다. 그의 책략은 아직도 아주 힘찬 데가 있었다. 그러나 그것은 헤든의 머리에 의해 다스려지기보다 다리에 의해서 좌우되는 경우가 더 많았다.

헤든은 집회를 급히 진행시켜서 젝크 윅스를 윽박지르고, 해리 오글의 간단한 말로 표현된 견해를 옹호하였다. 그러고 나서는 타인캐슬행 6시 45분 열차를 타려고 급히 나왔다.

헤든은 회관의 돌층계 위에서 밖에 모여선 군중의 수를 보고 약간 아연해지면서 발을 멈추었다.

'제기랄, 왜 이렇게 많이 모여 있담!'

그는 마음속으로 혀를 찼다. 거의 5백명 가량이 모여서 서성대며 저희끼리 지껄여대고 있었던 것이다. 그들은 대부분 실업 수당을 타서 사는 사람들이었다.

이 군중들과 마주친 헤든은 그들에게 한바탕 연설을 해 줘야 할 의무감을 느꼈다. 그는 호주머니에 두 손을 쑤셔넣고 머리를 앞으로 내밀고는 조용히 이야기를 시작했다.

"들어 보시오, 여러분. 우리는 막 집회를 열어 오늘 발생한 사건에 대해 논의했습니다. 우리는 조합원 중 그 어떤 사람도 희생당하는 것을 용납할 수 없습니다. 본인은 부당한 해고를 그냥 보고 넘기지 않을 것입니다. 그러나 오늘 우리는 정당한 의사에 따라 집회를 하다가 이제 해산한 것입니다. 본인은 내일 다시 이곳에 와서 교섭을 계속하기로 하겠습니다. 그것뿐입니다, 여러분."

헤든은 형식적인 몸짓을 해보이면서 돌층계를 내려와 정거장 쪽으로 갔다.

헤든이 프리호울드 가를 걸어갈 때, 광부들은 환호하는 갈채로 그를 전송했다. 그는 이들 군중의 희망이었다. 이들이 잘 알고 있

는 막연하고도 희미한 환상적인 희망이긴 했지만, 역시 희망임에
틀림없는 무엇을 나타내 주는 사람이었다. 그는 곧 담배와 맥주와
따뜻한 침실, 좋은 의복과 직업을 상징하는 사람이기도 했다.

그래서 군중은 그에게 환호의 갈채를 보낸 것이었다. 그러나 그
갈채는 아주 소리높은 갈채가 아니었다. 그 속엔 맥이 빠진, 그러
니까 불만과 불안을 느끼는 그런 것이 있었다.

헤든이 떠난 지 5분 후에 젝크 윅스가 회관에서 나왔다. 그 역시
만족감과는 거리가 먼 그런 표정이었다. 그는 기분을 잡친 표정을
지으며 천천히 돌층계를 내려왔다. 그러자 그는 금세 그 집회에
대해 좀더 알고 싶어하며 기다리고 있던 군중에게 둘러싸였다. 모
든 사람이 다 알고 싶어했는데, 그 중에서도 특히 잭 리디와 그의
무리들이 더욱 그러했다. 잭의 무리 역시 기다리는 군중의 일부였
지만 그들과는 뭔가 성질이 달랐다.

군중들 대부분은 젊은 사람들로 별로 말이 없었지만, 모두 담배
를 가지고 있었다. 그들은 이상하게도 표정이 비슷하여 각 사람이
다 될대로 되라는, 일종의 자포 자기한 얼굴들이었다. 잭의 얼굴
에 생긴 주름살들은 모두 아래로 힘없이 처져 있었다. 뺨 언저리
와 관자놀이가 움푹 들어간 얼굴의 윗입술 구석에 누런 니코틴 물
이 들어 있는 것을 빼놓고는 모두 창백했다. 그러나 단호한 빛이
흐르고 있었다.

"어떻게 됐나?"

잭이 앞쪽으로 어깨를 비비며 다가와 물었다. 젝크 윅스는 잭
리디와 우드, 슬래터리와 챠 리밍을 차례로 바라보았다. 그들은
모두 그에게 바싹 다가 섰다.

"이럴 수가 있나!"

잭크는 씩씩거리며 말했다.

"그 호로새끼, 모든 걸 다 망쳐 놓고 가 버렸어."

그는 몹시 흥분하여 열을 뿜는 목소리로 집회에서 일어난 자초지종을 설명했다.

"그치가 보조금에 대해선 아무 말도 하지 않았나?"

해리 킨치가 군중의 가장자리에서 소리쳤다.

"개새끼, 아무 말도 없었어."

젝크가 대답했다. 무리들 사이에 처절한 침묵이 흘렀다. 실업 수당은 그달 초에 이미 절감되었고, 임시 보조금도 중단되어 있었다.

잭은 아까의 단호한 눈빛으로 윅스를 노려보았다. 그 냉담한 얼굴에는 뭔가 무서운 기가 감돌았다. 그는 딱딱하고 도발적인 어조로 다음과 같이 물었다.

"동맹 파업은 어떻게 되는 건가?"

"그런 건 입 밖에도 내지 않더군,"

젝크는 분노로 거품을 내씹으며 말했다.

"그 새끼, 마음이 약해졌어. 아무것도 하지 않으려 한단 말이야."

"아무것도 하지 않으려 한다구?"

잭이 그 말을 되받아 혼잣말처럼 되뇌었다.

"좋아, 우린 뭔가 하지 않으면 안 돼."

"우리는 한 번 더 데모를 해야 한다."

우드가 말했다.

"데모라구!"

잭이 달갑지 않은 어조로 말하자, 그것으로 데모란 말은 쑥 들어가 버렸다. 그주에 이미 한바탕 데모를 했던 것이다. 실업자들은 빨강색 기를 들고 스누크까지 행진했으며, 말탄 경찰관이 따르고 연설도 있었다. 점잖은 데모여서 경찰관이 말을 타고 친구처럼 따랐으며, 아무런 추태도 없이 만사가 멋지게 끝났던 것이다.

그러나 잭의 생각은 그런 것이 아니었다. 그는 좀더 통렬하고 좀더 속이 시원해지는 것을 바랐다. 그따위 데모는 소용도 없는 것이다. 진짜 소용이 없는 데모라는 생각에 불만이 많았다. 그는 행동을 원했다. 그의 온몸은 행동을 갈구하고 있었다.

잭은 윅스의 아들이 해고당했다는 것을 구실로, 헤든이 파업을 선언할 것을 미치도록 바랐다. 파업은 집단 행동이며, 그 집단 행동만이 유일한 방법인 것이다. 두세 명이 직장을 나와 버리는 것이나 2,3백 명이 직장을 나와 버린다는 것은 모두 아무런 의미가 없는 것이다. 그러나 모든 사람이 몽땅 나와 버린다는 것은 의미가 있는 것이다.

그것은 넵튠의 파멸을 의미하는 것이다. 즉 본때를 보이는 것을 의미하며 행동, 바로 그 행동을 의미하는 것이 되는 것이다. 그런데 파업은 냄새도 피우지 않겠다는 것이다.

잭의 이마가 마치 통증이라도 느낀 듯 주름살 투성이가 되었다. 그의 모습은 마치 말을 못하는 인간이 이해할 수 없는 것을 이해하려고 애쓰는 것 같아 보였다.

"너희들의 집회는 아무 소용이 없었다. 우리는 다른 집회를 열겠다. 우린 뭔가 해야겠어. 야, 부탁이다. 담배를 한 대 다오."

우드가 재빨리 담배를 꺼내 주었다. 이 담배는 우드가 자동 판매기에서 슬쩍 빼낸 것이었다. 슬래터리가 손으로 바람을 막으며 성냥을 그어 내밀었다. 잭은 뼈다귀같은 창백한 얼굴을 약간 기울여서 불을 붙이기가 바쁘게 깊이 빨아들였다. 그는 주위의 군중들을 바라보며 소리를 높였다.

"여러분, 들으시오! 8시에 군중 대회를 열겠습니다. 알겠습니까? 이 말을 전하시오. 8시에 군중 대회가 있다고."

그의 말은 다른 광부들에게도 전해졌다. 그러나 젝크 윅스는 좀 놀란 듯 비위를 맞추는 듯한 어조로 반대를 했다.

"몸조심해야 돼, 잭."

"아, 무슨 그따위 소릴 하고 있어!"

잭은 안하 무인격으로 떠들었다.

"오기 싫거든 집구석에 틀어박혀 있으라구. 그렇지 않으면 버트가 있는 병원에나 가 있든가."

젝크의 투박한 얼굴이 뻘개졌다. 그러나 그는 대답은 하지 않았다. 잭에게는 대답을 하지 않는 것이 언제나 더 나았던 것이다.

"자, 가자!"

잭이 다른 동료들에게 말했다.

"밤새도록 여기에 박혀 있을 작정이냐?"

잭은 절룩거리며 앞장을 서서 초면집으로 가기 위해 카우편 가를 내려갔다. 잭은 모두 그와 초면집의 회전문을 어깨로 밀고 들어갔다. 다른 사람들도 모두 그와 똑같이 했다.

술집은 만원이었다. 버트 어무어는 카운터 뒤에 서 있었다. 술집 주인인 버트는 그렇게 카운터 뒤에 서서 꽤 많은 세월을 보냈다. 그는 늘 거기에 서 있었다. 구릿빛 얼굴에 머리털은 납작하게 머리가죽에 붙어 있었다. 앞머리의 머리카락은 마치 소가 헛바닥으로 핥아올린 것처럼 축축하고 부드러웠다.

"어, 버트."

잭이 정답게 인사를 하고 함께 온 사람들을 향해 물었다.

"모두, 뭘 마실래?"

사람들이 마시고 싶은 것들을 말하자 버트는 술을 따라 주었다. 아무도 돈을 내는 사람은 없었기 때문에 버트는 좀 기분이 언짢은 듯한 표정으로 미소를 짓고 있었다.

"가득 부어, 버트."

잭이 말했다. 버트는 기가 질린 듯 얼굴빛이 아까보다 더욱 진한 구릿빛으로 변했다. 그러나 그는 다시 술을 따랐다.

버트 어무어는 카운터 뒤에서 오랜 세월을 서서 지내는 동안 술을 가득 따라야 할 때와 미소를 지을 때, 아무 말도 하지 말아야 할 때를 잘 깨닫고 있었다. 술장사라고 하는 것은 묘한 직업이다. 버트는 잭 리디나 그의 패거리와 잘 지내는 것이 훨씬 이익이 된다는 것을 잘 알고 있는 것이다.

"그건 지나쳤어, 잭."

버트는 이야기를 하고 싶다는 얼굴이었다.

"윅스의 아들 버트의 일 말이야."

잭은 이야기를 안 듣는 척했으나, 챠 리밍이 점잖게 카운터 쪽으로 몸을 내밀었다.

"자네가 어떻게 그걸 다 아나?"

버트는 챠 리밍을 바라보고는 신경을 안 쓰는 것이 현명하겠다고 생각했다. 챠는 자기 아버지를 꼭 닮았다. 챠는 전쟁에 출전하였고, 그래서 훨씬 개명했다는 것을 제외하고는 슬로거 리밍과 똑닮아 있었다.

챠는 전쟁에서 육군 훈장까지 받았다. 그는 지난주에 스누우크에서 데모를 할 당시에 그 육군 훈장을 거리에 떠돌아다니는 똥개의 꼬리에다 매달아 주었었다.

그 똥개는 아름다운 육군 훈장을 진흙 속에 질질 끌면서 온 시내를 쏘다녔다. 그리고 챠는 그 개를 '전쟁 영웅'이라고 칭했다. 그따위 짓을 하면 누구나 형무소감인 건 당연지사다. 버트는 유감스럽지만, 챠는 언젠가 곧 형무소로 가게 될 것이 틀림없다고 생각했다.

버트는 위스키 병을 집어 넣으려고 손을 내밀었다. 그러나 잭이 그전에 병을 카운터에서 번쩍 들고 구석의 테이블로 가 버렸다. 패거리들은 모두 그 테이블로 몰려갔다. 그 테이블에는 이미 먼저 자리를 잡은 손님이 있었으나, 그들은 순순히 자리를 비켜 주었다. 잭과 그의 패거리는 앉아서 이야기를 시작했다. 버트는 그들이 이야기하는 모습을 바라보았다. 그는 카운터 위를 훔치면서 그들을 힐끔힐끔 보았다.

그들은 테이블에 앉아 이야기하면서 결국 그 병을 다 비우고 말았다. 그들이 거기에 앉아 있는 동안, 그들 주위에 사람들이 점점 몰려들어 귀를 기울이다가 떠들어대면서 술을 마시곤 했다. 소리가 자꾸 높아져서 서로 무슨 이야기를 떠드는지도 모르는 체 사납고 열띤 분위기로 휘말려 들고 있었다.

그들은 주로 윅스 아들의 이야기, 헤튼의 소극적인 태도, 보조금의 중단, 새로 나타날 탄광 법안에 대한 자신들의 희망 등에 대해 떠들고 있었다. 잭 리디를 빼놓고 모두가 떠들어댔다. 잭은 굳어 버린 사람처럼 앞을 뚫어지게 노려보며 테이블에 앉아 있었다. 그는 술이 취하지 않았다. 아무리 많이 마셔도 취하지 않았다. 그러나 그것은 좋지 못한 일이었다.

잭의 입술은 꽉 다물어져 있었다. 그는 마치 자기 자신의 처절한 모습을 저주라도 하는 듯이 이빨을 꽉 깨물고 있었다. 잭이라는 인간의 인생은 처절한 주형(鑄型)으로 그 형태가 꽉 짜여진 듯 변할 수가 없는 것 같았다. 그의 가슴속에는 괴로운 일들 만이 자리잡고 있으며, 그의 시선은 고통스러운 세계를 바라보아만 했다.

그날의 재난 사건이 잭을 이렇게 만들었다. 그리고 전쟁과 평화. 빈궁과 실업 수당의 비참함, 쑤시는 듯한 마음의 괴로움과 이럭저럭 변통하며 살아가는 목숨 등이 그것인 것이다. 이제는 모든 것을 전당포에 다 잡혀 버렸다. 궁핍에 대한 무거움, 그것은 영혼을 참담하게 눌러 버리고 숨을 막히게 만드는 견딜 수 없는 것이다.

이렇게 모두가 지껄이는 모습을 보는 잭의 마음은 더욱 절망으로 어두워가기만 했다. 모두들 다 큰소리를 치고 있지만 허풍일 뿐이다. 8시에 집회를 연댔자 결국 마찬가지일 것이다. 또 여러 가지 말이 오가겠지만 그것은 아무런 의미도 아무 소용도 없는, 또한 아무런 방향도 잡을 수 없는 공허한 이야기들인 것이다. 아무런 희망도 가질 수 없는 무거운 절망이 그를 짓눌렀다.

바로 그때 문이 확 열리며 해리 킨치가 술집 안으로 뛰어 들어왔다. 해리는 윌 킨치의 조카였다. 윌 킨치는 그 옛날 자기 딸에게 주기 위해 고기를 한 조각 얻으러 라메지의 정육점에 갔다가 거절 당하고, 이 초면집으로 뛰어들어왔었다. 그러나 그들 두 사람은 전혀 닮지 않았다.

해리는 윌보다 정치에 관해 아는 것이 훨씬 많았다. 그의 손에는 〈아거스〉지가 들려 있었다. 그는 다른 사람들을 똑바로 쳐다보며 한동안 서 있다가 외쳤다.

"신문에 났어. 이 친구들아, 드디어 신문에 보도됐단 말이야!"

그의 목소리가 깨지듯이 터져 나왔다.

"놈들이 우리를 팔아 넘겼어. 놈들이 우리에게 사기쳤단 말이다!"

모두의 눈이 킨치에게로 쏠렸다.

"뭐가 어째?"

슬래터리가 투박한 목소리로 물었다.

"무엇이 어떻게 됐다는 거야, 해리?"

해리는 흘러내린 머리카락을 뒤로 넘기며 말했다.

"신문에 났단 말이다……. 그 신 법안이……, 최근에 없던 큰 사기 행위다. 우리에겐 아무런 이득도 없다, 이 말이다! 이 새끼들아. 단 한 가지도……."

그는 다시 말을 잇지 못했다.

죽음같은 침묵이 술집 안을 뒤덮었다. 그들은 모두 자기들에게 무엇이 약속되어 있는지를 알고 있었다. 그들 모두의 희망이 그 법안에 집중되고 있던 참이었다. 잭 리디가 제일 먼저 몸을 움직였다.

"제기랄, 그 신문 이리 줘."

잭은 신문을 뺏어 들었다. 모두들 그에게 모여들어 어깨 넘어로, 머리 사이로 고개를 드밀고 신문을 보았다. 신문에는 2단 기사로 공약을 배신한 보도가 실려 있었다.

"제기랄, 역시 그렇구나!"

그때 챠 리밍이 긴장한 얼굴로 분노를 띠며 벌떡 일어섰다.

"이건 너무하다. 도저히 참을 수 없다."

모든 사람들이 너도 나도 한꺼번에 이야기를 시작하여 술집은 떠나갈 듯했다. 신문은 이 사람 손에서 저 사람 손으로 건너갔다. 잭 리디는 일어났다. 그의 태도는 지극히 냉담하고 침착했다. 혼란의 도가니 속에서 기회를 찾은 것이다. 그의 눈빛은 이제 죽어 있지 않았다. 활활 불타고 있었다.

"위스키 한 잔 더 줘! 빨리빨리!"

잭은 위스키를 꿀꺽꿀꺽 마신 후에 군중들을 둘러본 다음 목청껏 소리쳤다.

"난 회관으로 간다! 오고 싶은 사람은 따라오라!"

굉장한 아우성이 일어났다. 그들은 모두 그의 뒤를 따라갔다. 그들은 집단을 이루어 술집을 나왔다. 그리고는 잭을 앞세우고 카우펀 가의 어둠을 뚫으며 회관 쪽으로 무리를 지어서 몰려갔다.

회관 밖에는 더 많은 사람들이 모여 있었다. 그들 대부분은 넵튠에서 해고를 당한 젊은이들이었다. 고지촌으로 빠르게 전달된 그 소식을 듣고 마지막 희망이 사라져 버림으로 인해 절망의 극치에 도달한 사람들이었다.

잭이 회관 돌층계 위로 뛰어올라가 군중들을 바라보며 섰다. 회관 문 바로 위에 달린 전구가 마치 딱딱한 나뭇가지 끝에 매달린 노란 배처럼 볼거져 나와 있었고, 그 전구에서 비쳐나오는 빛이 잭의 굳은 얼굴 위로 쏟아져 내리고 있었다. 거리는 컴컴했다. 가로등이 조그마한 웅덩이 모양으로 창백한 빛을 던지고 있을 뿐이었다.

잭은 어둠 속에 서 있는 군중들을 잠시 바라보고 서 있었다. 위스키로 인한 취기가 그의 처절한 마음속에 불을 질러 주고 있었다. 그의 온몸은 원한에 사무친 처절함으로 떨려 왔다. 그는 중대한 순간이 닥쳐 오고 있음을 느꼈다. 그토록 괴로워하고, 그것 때문에 이 세상에 태어났다고 할 수 있는 그러한 순간이 다가오고 있다는 느낌이었다.

"여러분!"

잭이 소리쳤다.

"우리는 막 소식을 들었습니다. 우리는 사기를 당했습니다. 그 새끼들은 헤든이 그런 것처럼 우리를 배신했습니다. 그 새끼들은 언제나 그렇듯이 우리에게 역습의 농간을 부렸습니다. 공약한 그 모든 것이 있음에도 불구하고 말입니다!"

잭은 헐떡이는 듯한 괴로운 한숨을 내쉬며 번쩍이는 눈으로 군중들을 둘러보았다.

"그 새끼들은 우리를 도와 줄 생각이 없는 것입니다. 우리를 도와 줄 사람은 아무도 없습니다. 아무도 없단 말입니다. 내 말이 들립니까? 이렇게 된 이상 우리는 우리 스스로가 모든 것을 해 나가야 하겠습니다. 우리가 그렇게 하지 못한다면 우리는 이 지독스런 시궁창에서 벗어날 수 없습니다. 나는 하느님께 묻고 싶습니다. 내 말을 이해하시겠습니까? 그 새끼들은 돈을 벌어서 자가용을 타고 다니고, 멋진 저택에다 바닥엔 융단을 깔고 사는데 우리는 이 모양입니다. 우린 밥도 제대로 먹지 못합니다. 여러분, 난롯불도 입을 옷도 자식들에게 신길 신발도 없습니다. 조금만 잘못하면 우리는 일자리에서 목이 달아납니다! 목이 달아나 빵과 인조 버터로만 연명을 하며, 처자들에게 그것마저 충분히 먹일 것이 없다니! 돈이 없어 그렇다고 말하지 마십시오. 이 나라에는 지금 돈이 숨통이 막힐 정도로 꽉 차 있습니다. 은행엔 돈이 쌓여서 터져 나갈 판입니다. 수백 수천만 파운드의 돈이 있다 그겁니다. 식량이 없어서 그렇다고 말하지 맙시다. 지금은 잡은 고기를 다시 바다에 던져 넣는 형편이며, 커피와 보리는 태워 없애는 중이고, 돼지는 죽여서 썩이고 있습니다. 그런데 우리는 이렇게 굶주림으로 죽어 가고 있는 것입니다. 그것이 정당한 일이라면 여러분, 나는 전능하신 하느님의 벌을 받아 죽어도 좋습니다."

여기서 그는 다시 흐느껴 우는 듯한 숨을 내쉰 다음 더 높은 목소리로 말을 이었다.

"그 지독한 재난 사건이 일어나 100여 명의 사람들을 죽였을 땐 우리는 그것을 몰랐습니다. 전쟁에서 수백만의 사람들이 죽어갔을 때도 우리는 그걸 몰랐습니다. 그러나 지금은 거룩하신 그리스도의 이름을 걸고 말씀드립니다만 이제 그걸 알게 되었습니다! 우리는 도저히 참을 수가 없습니다. 여러분, 우리는 뭔가 하지 않으면 안되겠습니다. 우리는 그 새끼들에게 본때를 보여주어야겠습니다. 우리는 해야 합니다. 진정으로 호소합니다. 그러지 않는다면 우리는 한평생을 지옥에서 썩어 갈 수밖에 없습니다."

잭의 목소리는 높아지다 못해 이제는 사납고 미친 듯한 아우성으로 바뀌었다.

"난 뭔가를 할 작정입니다. 여러분, 따르고 싶은 사람은 따라오십시오. 나는 이 순간부터 시작할 생각입니다. 나는 내 두 형제가 파묻혀 죽은 넵튠 탄광에 가서 본때를 보여줄 작정입니다. 난 지금 그놈의 탄광을 때려 부수러 갈 생각입니다. 여러분! 나는 내가 받은 것에 대해 조금 보복을 할 작정입니다. 여러분! 나와 함께 가겠습니까, 가지 않겠습니까 ? "

"그렇다 ! 때려 부수자 ! "

"옳소, 옳소 ! "

커다란 외침이 폭도들로부터 울려왔다. 리디의 말에 불이 붙은 그들은, 잭이 돌층계를 뛰어내리자 그를 호위하듯 둘러싸고 한덩 어리가 되어 거리로 쏟아져 나갔다. 몇 명은 겁에 질려서 고지촌 으로 사라져 버렸지만, 100여 명의 사람들이 잭과 합류하였다. 그 들은 넵튠 탄광을 향해 나아가기 시작했다. 그것은 오래전, 라메 지의 가게 쪽으로 밀려나가던 군중과 똑같았다. 그러나 그때보다 인원수가 훨씬 더 많았다.

탄광은 라메지의 가게보다 더 매력적인 곳이다. 탄광은 이들의 소란과 분노가 집중되는 중심부이며 초점인 것이다. 탄광은 그들 의 생활의 무대이며 투기장인 것이다. 생사와 노동, 노임과 피땀 이다. 그리고 그것들이 어두운 무대와 그 어두운 투기장의 검은 먼지 속에 뒤엉켜 있는 것이다.

군중은 잭 리디를 선두로 해서 탄광 구내로 쏟아져 들어갔다. 탄광 구내는 조용했다. 사무실들은 닫혀 있었으며, 갱구는 커다란 빈 무덤의 입구처럼 텅 비어서 입을 벌리고 있었다. 지하에도 사 람은 없었다. 지금은 야간 교대반이 없기 때문에 갱내에는 사람의 그림자 하나 보이지 않았다.

갱안 역시 적막했다. 안전 경비과 사람들인 펌프계들이 거기에 있긴 있었다. 두 사람의 펌프계 직원은 탈의실 뒤의 기관실 안에 있었다. 죠 데이비드와 휴 골튼이었다. 군중은 죠 데이비드와 골 튼이 있는 기관실 쪽으로 몰려갔다.

골튼이 제일 먼저 그들이 다가오는 소리를 들었다. 기관실의 창 문 하나가 반쯤 열려 열기와 기름의 뜨거운 냄새를 빼내고 있 었다. 짧은 재색 구레나룻을 기른 늙은 골튼이 그 창문 밖으로 고개를 내밀었다.

군중은 이제 기관실을 둘러싸고 있었다. 100여 명의 무리들이 기관실의 높은 창안의 골튼을 치켜보고 있었다.

"뭐냐?"

골튼이 내려다보며 소리쳤다. 잭이 얼굴을 치켜올린 채 말했다.

"이리 나와. 우리는 당신이 이리로 나오기를 바라고 있어."

"뭣 때문에?"

잭은 소름이 끼치는 목소리로 다시 말했다.

"이리 나와. 이리 나와야 부상을 당하지 않는단 말이다!"

골튼은 머리를 안으로 집어넣고는 창문을 쾅 닫아버렸다. 약 10초 가량의 침묵이 흐르는 동안 양수(揚水) 엔진이 느릿느릿 물을 퍼내는 소리가 들려 왔다. 그때 챠 리밍이 소리를 지르며 벽돌 한 장을 던졌다. 창문이 산산조각 나면서 부서지는 소리가 양수 엔진의 덜커덩덜커덩 하는 소리를 짓누르고 일어났다.

드디어 일은 터졌다. 잭 리디가 기관실의 계단을 달려 올라가자, 리밍과 10여 명의 다른 무리들이 그의 뒤를 따라 뛰어올라 갔다. 그들은 기관실문 안으로 밀려들어갔다.

기관실은 환하게 불이 켜져 있었다. 그곳은 매우 더웠고, 기름내가 나는 열기와 진동음으로 가득 차 있었다.

"도대체 무슨 짓이냐?"

죠 데이비드가 항의했다. 그는 마흔 살쯤 되어 보였는데, 청색 작업복에 소매를 걷어 올린 채 걸레조각을 목에 감고 있었다. 그는 경석(輕石)과 파라핀통을 손에 들고 구리 파이프를 닦고 있던 참이었다.

잭 리디는 죠 데이비드를 바라보며 급히 말했다.

"당신네 두 사람에게 폐를 끼칠 생각은 없어. 밖으로 나와 주기만 하면 돼. 나갓, 알았지?"

"쓸데없는 소리 말아."

죠 데이비드는 완강히 버티었다. 잭이 한 발자국 앞으로 다가섰다. 그는 죠 데이비드를 뚫어지게 보며 말했다.

"밖으로 나가 달란 말이야, 모두가 그러기를 바라고 있어."

"어떤 사람들이?"

죠 데이비드가 물었다. 그때 잭이 죠 데이비드에게 달려들어서 그의 허리를 껴안았다. 두 사람은 모든 사람이 바라보는 가운데 한동안 부둥켜안고 뒹굴었다. 두 사람이 싸우다가 그만 파라핀통을 엎어 버렸다. 커다란 깡통에서 흘러내리는 파라핀이 쇠창살을 타고 내려와 청소 걸레조각이 든 상자 안으로 쏟아져 들어갔다.

불타는 탄광

　무서운 재난은 시작되고 있었다. 불행히도 파라핀이 걸레조각 안으로 흘러들어가는 것을·본 사람은 슬래터리뿐이었다. 다른 사람들은 둘의 싸움을 구경하고 있었다. 그때 슬래터리가 일종의 반사 작용에서 담배꽁초를 입에서 빼어 걸레조각에 휙 던졌다. 불이 붙은 담배꽁초는 그 걸레조각 상자의 한복판에 떨어졌다.

　슬래터리를 제외하고는 아무도 그 꽁초가 떨어지는 것을 보지 못했다. 데이비드가 미끄러져서 잭의 아래에 깔렸기 때문이었다. 군중들이 고함을 치며 앞으로 덤벼들었다. 그들은 죠 데이비드를 잡아끌어서는 골튼과 함께 기관실 밖으로 쫓아내 버렸다.

　그 후 사건은 눈깜짝할 사이에 터졌다. 어떤 한 사람의 탓이라고 볼 수 없는 불가항력적인 일이었다. 그것은 그들 모두가 한 짓이었다. 흩어져있는 연장들, 스패너, 무거운 쇠망치, 경석의 깡통까지 천천히 움직이는 피스톤의 덩어리 속으로 내던져졌다. 그 중에서도 쇠망치의 위력은 대단했다.

　쇠망치가 피스톤 꼭지를 때리며 다시 튀어나오는 순간 실린더의 중요한 부분을 깨뜨리면서 베어링 속으로 요란스럽게 떨어져 들어 갔다. 무서운 맷돌질의 소음과 함께 스팀의 분출음이 일어났다. 부드러운 유동음 속에 단조롭게 움직이던 기계가 뒤틀리면서 기분 나쁜 소리를 내며 멈춰 버렸다. 기관실 전체의 기초까지 흔들리는 듯한 굉장한 소리와 함께 딱 멈추어 버렸다.

그때 슬래터리가 마치 대발견이라도 한 것처럼 고함을 질렀다.

"불이야, 야단났다! 저길 봐. 불이 붙었다."

군중들은 불길이 춤추는 걸레조각 상자를 바라보고, 또 쥐죽은 듯이 조용한 양수펌프 엔진을 바라보았다. 그들은 문 쪽으로 나아 갔다. 공포에 질려서 문밖으로 튀어나왔다. 잭 리디는 맨 뒤에 남 았다.

잭은 언제나 지혜로웠다. 그는 기름 드럼통 쪽으로 다가가 그 주둥이를 비틀었다. 한동안 그는 기름이 시커멓게 흘러내리는 모 양을 바라보았다. 그것을 바라보는 그의 얼굴은 무서우리만치 창 백하고 냉랭했다. 어떤 처참한 승리감마저 엿보이고 있었다.

잭은 결국 하고 만 것이다. 기어코 해내고 만 것이다. 그는 잽싸 게 문밖으로 걸어나와서 문을 세차게 닫아 버렸다.

바깥으로 나온 군중들은 구내 마당에 덩어리져 서 있었다. 처음 엔 불꽃이 없고 다만 뭉쳐져서 두꺼운 연기의 두루마리만이 치솟 았다. 그러나 곧 불꽃이 치솟았다. 거대한 혓바닥이 널름거리며 모든 것을 태웠다. 그들은 자신들의 생사를 걸었던 투기장에 섰다. 그리고는 위로 치켜올린 자신들의 얼굴을 비추어 주는 불길 앞에서 약간 뒤로 물러섰다. 뜨거운 열기와 바람이 밤의 차가움을 뚫고 그들 쪽으로 밀려왔다.

그때 불길이 동력기계가 있는 건물의 지붕 쪽으로 치솟자, 지붕 의 슬레이트판이 펑 하고 터지기 시작했다. 슬레이트가 펑펑 터지 는 광경은 굉장했다. 마치 콩알이 튀듯 튀어 올랐다가 아름다운 불길의 곡선을 그으면서 마구 쏟아져 내려왔다. 그리고는 콘크리트로 다져진 구내 마당 위에서 부서지는 것이었다.

군중은 다시 더 멀리 후퇴해서 사무실의 벽에 기대 서야 할 정도로 밀려갔다가 카우펀 가로 나갔다. 그때에야 그들은 골튼과 죠 데이비드를 놓아 주었다. 이젠 그들로서는 아무 일도 할 수 없을 것이기 때문에 놓아준 것이다. 골튼은 사무실 본부 안으로 달려들어가 전화 쪽으로 뛰어갔다. 그들은 그를 그대로 내버려 두었다. 이제는 괜찮을 것이다. 이제 아무래도 괜찮았다.

또 다른 슬레이트들이 일제히 쏟아져 내려 램프실에도 불이 붙어서 따닥따닥하는 소리를 내며 타들어갔다. 골튼은 미친 듯이 다이얼을 돌리기 시작했다. 그는 아디와 암스트롱, 소방서 등 사방으로 전화를 걸었다. 타인캐슬의 광산조합 사무소에도 전화를 했다.

골튼은 지금의 비상 사태에 도움이 될 만한 이 고장의 모든 사람들에게 다 알리도록 교환대에 부탁을 했다. 그는 자신이 할 수 있는 일은 무엇이든지 하려고 사무실 밖으로 뛰쳐나왔다. 그가 문을 나와 구내 마당 쪽으로 갈 때, 빨갛게 달은 슬레이트가 그의 머리 위로 아슬아슬하게 지나갔다. 그것은 사무실 바닥에서 박살이 나면서 파편들이 기분 좋은 듯이 사방으로 흩어졌다. 파편 하나가 곧장 휴지통 속으로 떨어져 들어갔다. 기다렸다는 듯이 사무실 역시 불이 붙기 시작했다.

모든 것이 아주 순식간에 발생한 일이었다. 더욱 많은 사람들이 탄광 구내로 들어오고 있었다. 조감독인 퍼브즈와 해리 오글, 직원들, 고참 광부들도 보였다. 그때에야 경찰이 도착했다. 로덤 경사와 10여 명의 경관이 달려왔다. 골튼은 경관들과 조감독, 직원들과 합류하여, 죠 데이비드가 이미 호스를 풀어젖힌 안전실로 달려갔다.

그들은 호스를 소화전에 연결하였다. 데이비드가 마개 나사를 비틀었다. 그러나 호스는 벌떡 튀면서 바닥을 차고 일어나 여기저기의 구멍에서 물을 품어댔다. 누군가가 호스를 쓰지 못하도록 깊게 째놓은 것이다. 호스는 아무런 소용이 없게 되었다.

아더와 암스트롱이 동시에 도착했다. 아더는 골튼이 전화를 걸었을 때 방에서 책을 읽고 있었다. 암스트롱은 막 자려던 참이었다. 그들은 안전실 밖에 있는 군중들 속을 뚫고 달려들어왔다. 춤추는 불꽃의 명암이 그림자를 던지고 있는 속에서 두 사람은 잠시 서서 뭔가를 급하게 의논했다. 그리고 나서 아더는 전화를 걸려고 사무실 쪽으로 달려갔다.

아더는 사무실에도 불이 붙었다는 것을 알았다. 드디어 슬리스케일의 소방차가 도착했다. 캠하우가 호스를 연결하자, 가느다란 물줄기가 불길 속으로 떨어져 들어갔다. 또 다른 호스가 연결되어 두 번째의 물이 솟아올랐다. 그러나 그 물은 너무도 가늘고 빈약했다. 그리고 이 두 개의 호스가 소방서가 갖고 있는 호스의 전부였다.

사태는 더욱더 무섭고 빠르게 확대되어 갔다. 더 심한 혼란이 일었다. 사람들은 머리를 숙이며 구내 마당을 이리 뛰고 저리 뛰었다. 대들보가 무너져내리고 새빨갛게 단 벽돌이 튀었다. 불길은 모든 것을 집어삼켰다. 나무, 벽돌조각, 돌, 쇠붙이, 그 모든 것을 다 삼켜 버렸다. 커다란 폭음소리가 가끔 일어났고, 그 소리는 바다에서 들려오는 포성처럼 시내를 뒤흔들었다. 카우펀 가는 사람들로 꽉 차 모두가 구경을 하느라고 뒤범벅이었다.

헤든이 탄광에 도착했을 때는 이미 갱밖의 건물의 반이 불타고 있었다. 그는 역에서부터 대낮처럼 환한 불빛 속을 군중을 헤치며 달려왔다. 그가 구내에 들어가려고 애쓰고 있을 때, 합동 채탄소의 소방차 두 대가 사이렌을 울리며 거리를 달려왔다. 그는 몸을

날려서 소방차 뒤에 올라탔다. 그리고 넵튠 탄광 구내로 들어
갔다.

동력 건물은 이미 불타 없어졌고 안전실과 램프실, 양수장 등도
다 타 버리고 없었다. 거세게 불어닥친 바람이 사무실의 망가진
박공벽 아래의 불길에 부채질을 하고 있었다. 화기에 의해 내뿜어
지는 열은 무서울 정도였다.

헤든은 저고리를 벗어젖히고 합동 채탄소의 소방부들과 합류
했다. 호스가 연달아서 그 힘찬 물줄기를 타오르는 갱구 위로 뿜
어 올렸다. 수증기가 연기 속에서 끓어올라 장막처럼 펼쳐졌다가
는 서서히 사라졌다. 사닥다리가 여기저기에 놓여졌고, 소방부들
은 그것을 타고 올라가 때려부수며 땀범벅이 되어 일했다. 밤은
그렇게 지나갔다.

먼동이 텄을 때는 불이 다 꺼지고 연기만이 피어 올랐다. 아침
의 차가운 빛에 탄광의 모습이 드러났다. 폐허처럼 황량한 참혹스
런 모습이었다.

아더는 사닥다리에 몸을 기댄 채 타 버린 탄광 입구를 바라보
았다. 그의 가슴에서 한숨이 터져 나왔다. 갱내는 더욱 엉망일 것
이다. 별안간 누군가가 소리지르는 것을 들었다. 헤든이었다.

"자, 암스트롱. 빨리 새 양수기를 설치해야 하지 않겠나."

헤든이 소리쳤다.

암스트롱은 헤든을 바라보다가 새까맣게 탄 반출탑 쪽으로 다가
갔다. 그곳에는 아더가 빈 승강기 옆에 서 있었다. 암스트롱이 갈
라진 목소리로 말했다.

"새 펌프 장치를 들여놓도록 해야겠는데요. 당장 타인캐슬로 전
화를 해 보는 게 어떻겠습니까?"

아더는 천천히 머리를 들었다. 이마는 새카맣게 연기로 그을었
고, 눈은 독한 연기로 인해 빨갛게 충혈되어 있었다. 얼굴은 정신

이 나간 것처럼 멍해 보였다.

"부탁이오."

아더는 중얼거렸다.

"부탁이오. 나를 이대로 내버려 두시오."

넵튠의 최후

리차드의 일기장에는 '넵튠 탄광 보강계획 P호'라고 시작한 새롭고도 힘찬 각서와 복잡한 숫자가 있었다. 로버트 엘스머의 소설책의 여백에도 확실히 곱셈까지 해 둔 복잡한 숫자가 적혀 있었다.

매일 정오가 되면 그는 있는 힘을 다해서 잔디밭 끝으로 내려갔다. 그리고는 앙상한 나무를 지나 말을 매어 두는 마당의 새하얀 문에 몸을 기대어 섰다. 이곳에서는 넵튠의 반출탑 꼭대기를 바라볼 수 있었는데, 그는 이곳을 관측소 제1호라고 이름붙였다. 그런데 오늘은 이상했다. 아주 이상했다.

반출탑 둘레에는 아무런 활동의 징후가 보이지 않고 있었다. 수증기도 연기도 보이질 않았다. 윈치는 제대로 돌고 있는 것일까? 제1관측소를 더 잘 볼 수 있도록 떨리는 두 손을 둥글게 모으고 자세히 바라보았다. 그러나 전혀 알 수가 없었다.

"이상하다. 음, 아주 이상한걸."

그는 혼자 중얼거렸다.

1월 10일 리차드는 당황스럽고도 의기 양양한 모습으로 제1관측소에서 집안으로 되돌아왔다. 뭔가 성가신 일이 있구나, 내가 예언한 시끄러운 일이 있었구나, 하는 것을 어슴푸레하게 느꼈다. 사고가 일어날 것을 미리 예언하고 있었기 때문에 그것이 들어맞았다는 것만으로도 기분이 매우 좋았다.

'얼마 안 있어서 그놈들은 나를 부를 것이다. 그 사고를 해결하기 위해서, 그놈들이 !'

그러나 그토록 득의 양양함에도 불구하고 몸이 떨리는 병든 노인임을 어쩔 수 없었다. 리차드는 걷기가 매우 힘들었다. 캐리 고모마저도 최근에 와서는 가련한 리차드의 병세가 별로 진전이 없다는 것을 인정하고 있었다. 그는 잔디밭을 건너 돌아오다가 비틀거려서 하마터면 쓰러질 뻔했다. 그의 걸음걸이는 더듬거리는 말씨와 꼭 같았다. 조금 달리는 듯 걷다가는 또 쉬어야 했다.

휘청거리는 발을 겨우 옮기기 시작하여 빨리 걷다가는 멈추는 폼이, 꼭 말을 시작할 때 좀더 잘하려고 입술을 우물우물하는 것과 같았다. 그러나 그렇게 힘이 드는데도 불구하고 그는 꼭 혼자서 걸었다. 캐리 고모의 거드는 팔을 한사코 거절하였다.

리차드의 그러한 태도는 당연한 것이었다. 그는 방해와 감시와 위협을 받고 있다고 생각하고 있었다. 때문에 그는 자신을 지킬 필요가 있었던 것이다. 인간이란 스스로를 돌보아야 하는 것이다.

리차드는 잔디밭을 건넜다. 그는 현관 옆에서 자기를 기다리고 있는 캐리 고모의 슬프고도 애정에 찬 눈길을 피해 비틀거리며 거실의 프랑스 식 유리창 쪽으로 돌아갔다. 그는 창문 밑바닥의 좁다랗게 내민 곳에 아주 조심스럽게 발을 들어올려서는 그 안으로 들어갔다.

리차드는 끽연실로 들어가 글을 쓰기 위해서 의자에 몸을 앉혔다. 의자에 몸을 앉히는 방법도 특이했다. 먼저 의자에다 등을 정확히 조정해서 대고, 그 다음에 몸을 쾅 떨어뜨리는 것이었다.

리차드는 떨리는 손으로 글씨를 썼다.

'제1관측소에서의 각서 12. 15×3.14 오늘은 전혀 연기가 나지 않음. 나쁜 징조임. 주범자는 나타나지 않았으나 분쟁 발생을 확신할 수 있음. 넵튠 방위를 위해 나를 불러내 주기를 매일 기다리고 있음. 의심스런 점이 있음. 왜? 이에 대하여 나는 아직도 불안을 느끼고 있음. 왜? 이에 대한 해답은 곧 분규 사고의 실마리를 드러내 줄지도 모르겠음. 그리고 앤이 없어진 이래 특히 사람들의 출입이 많아지고 있음. 무엇보다도 나는 내 자신을 보호하고, 만반의 준비를 하고 대기하고 있어야 하겠음.'

어떤 소리가 들리자, 리차드는 기록을 그만두고 슬그머니 눈길을 돌렸다. 캐리 고모가 들어와 있었다. 캐럴라인은 언제나 저렇게 들어온다. 왜 저 여자는 나를 혼자 내버려 두지 않을까? 그는 그 기록장을 몹시 주의하면서 닫아 버리고는 화난 표정으로 의자 속에서 몸을 웅크렸다.

"낮잠을 주무시지 않으시겠어요, 리차드 오라버님?"

"자고 싶지 않아."

"좋아요, 리차드 오라버님."

캐리 고모는 강요하지 않았다. 그녀는 평상시의 슬프고도 애정에 찬 시선으로 리차드를 자세히 바라보았다. 그녀의 눈언저리가 빨갛게 부어 있었다. 그녀의 가슴은 리차드를 향한 애정으로 가득 찼다.

가엾은 리차드, 그가 사실을 모르고 있어야 한다는 것은 얼마나 무서운 일인가. 그러나 만일 그가 이 사실을 알게 된다면 더욱 무서운 일이 일어날 것이다. 캐리 고모는 이런 생각을 하는 것만으로도 견딜 수가 없었다.

"물어 볼 말이 있는데, 캐럴라인."

둔탁하고 의심에 찬 눈이 살살 꾀는 듯한 교활한 빛을 보이기 시작했다.

"말해 줘, 캐럴라인, 넵튠에서는 모두들 뭘 하고 있는 거지?"

"어머나, 아무 일도 없어요, 리차드 오라버님."

그녀는 말을 더듬거렸다.

"나는 내 이익을 보호할 의무가 있어. 사람은 자기 자신을 스스로 돌봐야 하는 법이야. 나처럼 쓸데없는 간섭을 받고 있는 사람은 더 그래. 알겠지, 캐럴라인?"

무거운 침묵이 흘렀다. 캐리 고모는 애원하듯 다시 말했다.

"오라버님, 이제 좀 주무셔야 해요."

루이스 의사는 언제나 리차드가 좀더 잠을 자야 한다고 주장했었다. 그러나 리차드는 좀체로 더 이상 잠을 자려고 하지 않았다. 캐리 고모는 리차드가 좀더 잠을 잔다면 그의 이상해진 머리도 나아질 것이라 믿고 있었다.

리차드가 말했다.

"힐다는 왜 여기에 와 있나?"

캐리 고모는 눈물에 젖은 밝은 눈빛으로 미소를 지었다.

"오라버님을 뵈러 왔죠. 그리고 아더를 만나려구요. 그레이스도 올는지 모르겠어요. …… 그레이스는 또 아기를 갖게 된다는군요. 기억나시죠, 리차드 오라버님. 다 말씀드렸던 것인데요."

"왜 모든 사람들이 늘 집으로 오고 있는 거야?"

"그러니까……."

캐리 고모의 눈물어린 미소는 용감했다. 어떠한 사나운 인간이라도 그녀로부터 사실을 캐내지는 못할 것이다. 리차드 역시 사실을 알아야 한다 해도 그녀로부터 알게 되지는 못할 것이다.

"아니, 어떤 사람들 말이에요, 리차드 오라버님? 자아, 어서 한숨 주무세요. 제발 부탁입니다."

리차드는 눈을 번쩍이며 그녀를 노려보았다. 그의 분노가 험악하게 열기를 뿜고 치솟으려다가 갑자기 사라져 버림과 동시에 어리둥절한 표정이 돼 버렸다. 그의 어두운 눈빛이 힘없이 돌려졌다. 일기장을 들고 있는 손이 덜덜 떨고 있었다.

가끔 이런 식으로 그의 두 손과 다리가 뒤틀릴 때가 있었다. 그것은 전기 때문이었다. 급작스럽게 리차드는 소리를 지르고 싶어졌다.

"좋아!"

리차드는 고개를 밑으로 떨구고, 마치 동정을 구하는 어린애 같은 얼굴로 말했다.

"전류가 또 왔어……, 전기야."

캐리 고모는 의자에서 그를 떠받들어 일으켜서 거의 껴안다시피 하고 이층으로 올라갔다. 그리고는 옷을 벗는 것을 돌봐 주고 침대에 편안히 눕도록 거들어 주었다. 늙고 기진 맥진한 모습의 얼굴이 상기되어 있었다. 그는 그 즉시 잠이 들어 두 시간이나 잠을 잤는데, 이날따라 코를 몹시 골았다.

눈을 뜨자 리차드는 상쾌한 기분을 느꼈다. 완전히 원기를 되찾은 기분이었다. 정신도 맑았고 온몸에 힘이 넘쳤다. 그는 상당한 분량의 빵과 우유를 맛있게 먹었다.

그의 손도 전기 때문에 뒤틀리는 일이 없었다. 리차드는 캐리 고모가 밖으로 나갔는지 안 나갔는지를 살핀 후에 혓바닥으로 그릇 밑까지 핥아먹었다. 그렇게 하면 훨씬 더 맛이 있는 것 같았다.

그 후에 리차드는 누워서 천정을 바라보며 따뜻해 오는 배 위에 손을 얹었다. 창문턱에서는 쇠파리가 윙윙대며 날고 있었다. 그의 머릿속에서도 여러 생각들이 윙윙 소리를 내며 날으는 듯한 느낌이었다. 상쾌했다. 모든 기능이 정상적으로 되돌아온 듯한 기분이었다.

온갖 계획과 추측들이 그의 마음속에서 번득이기 시작했다. 그 모든 생각 뒤에 환상처럼 희미하게 결혼식의 모습이 떠올랐다. 점점 크게 울려 퍼지는 오르간의 음악을 따라 걸어들어오고 있는 여인의 모습이 보이는 듯했다.

굉장한 미인인 그 아가씨가 자기를 사모하여 결혼식을 올린다는 것이었다. 그때 자동차가 도착하는 소리가 그의 환각을 방해했다. 그는 팔꿈치를 괴면서 몸을 일으켜서 귀를 기울였다. 그리고는 직감적으로 사람들이 왔다는 것을 알아차렸다. 갑자기 그의 얼굴은 즐거움과 생기로 넘쳤다. 이제야말로 기회가 온 것이다. 이렇게 힘이 넘치고 전기도 없는 동안 한바탕 할 위대한 기회가 온 것이다.

리차드는 침대에서 일어났다. 일어나는 일은 그렇게 쉽지 않았다. 움직인다는 것은 복잡한 여러 가지 단계를 거쳐야 하는 귀찮은 것이었으나 지금은 그렇지 않았다. 그는 팔꿈치에 비스듬히 몸무게를 실으면서 침대에서 굴러떨어졌다. 무릎을 꿇는 자세로 쾅 소리를 내며 떨어졌다.

리차드는 혹시 누가 자기가 떨어지는 소리를 듣지 않았을까 하는 불안감에서 귀를 기울였다. 아무도 굴러떨어진 소리를 듣지 못한 모양이었다. 그는 무릎으로 엉금엉금 기어서 창가로 다가가 창밖을 내다보았다. 차가 두 대나 와 있었다. 그것이 그를 흥분케 했다. 그는 기분이 좋아서 껄껄 웃고 싶은 심정이었다.

리차드는 창문턱에 몸을 기대며 천천히 몸을 일으켰다. 해냈다. 이것이 제일 힘들었지만 결국 해냈다.

그는 잠옷을 입기 시작했다. 잠옷을 입는 데 꼬박 5분이 걸렸다. 두 팔이 너무 말을 듣지 않아 잠옷의 등을 앞으로 돌려서 겨우 입을 수 있었다. 내복 위로 잠옷끈을 단단히 매었다.

리차드는 신발은 신지 않았다. 신발을 신으면 소리가 나기 때문이었다. 그는 내복 위에 잠옷과 양말을 신고 의기 양양하게 서 있었다. 그리고는 조심스럽게 방을 나와 계단을 내려가기 시작했다.

계단을 내려가는 방법도 특이했다. 난간은 별 도움이 되지 않았다. 오히려 그가 내려가는 것을 지체시키고 방해가 되었다. 계단을 내려가는 유일한 방법은 계단 맨꼭대기에 똑바로 서서, 수영할 때의 다이빙 자세처럼 앞을 똑바로 바라보고 있다가 갑자기 다리를 떨어뜨리는 것이었다.

리차드는 다리를 털썩거리면서 계단을 내려갔다. 그러나 그때 다리를 바라보거나, 다리에 대하여 생각을 하는 일이 절대로 없어야 한다는 것 역시 중요했다. 그는 이런 식으로 해서 현관홀까지 내려갔다. 그는 무사히 내려온 것에 흡족해하면서 홀 중간에 서서 귀를 기울였다. 그들은 모두 식당에 있었다.

리차드는 그들의 목소리를 똑똑히 들을 수 있었다. 그는 식당의 문까지 살금살금 다가가서 귀를 기울였다. 그들은 모두 거기에 앉아 있었다. 그는 그들이 이야기하는 것을 들을 수 있었다. 문앞에 바짝 귀를 대던 리차드는 타일을 깐 홀바닥 위에 무릎을 꿇고 열쇠구멍에다 한 눈을 가져다댔다. 그는 이곳이 제2관측소라고 생각했다. 모든 것이 너무나 좋았다. 리차드는 모든 것을 보고 들을 수 있었다.

그들은 모두 식당 테이블에 둘러앉아 있었다. 변호사인 베너먼 씨가 위쪽에 앉아 있고, 아더가 아래에 있었다. 캐리 고모, 힐다와 애덤 토드, 그리고 티즈데일이라는 사나이도 있었다. 배너먼 씨는 많은 서류를 가지고 있었으며, 아더 역시 서류를 가지고 있었다.

애덤 토드도 서류를 한 장 가지고 있었으나, 힐다와 캐리 고모, 티즈데일은 아무런 서류도 없었다. 배너먼 씨가 말을 하고 있었다.

"이건 하나의 제안이오."

배너먼 씨는 힘을 주어서 말했다.

"그게 나의 생각이오. 이건 하나의 제안이니까."

아더가 대답했다.

"그건 제안이 아니라 비열한 이야깁니다, 모욕입니다!"

리차드는 아더의 목소리에 무슨 일이 발생했다는 암시가 들어 있었으므로 기분이 좋았다. 아더는 고개를 숙인 채 절망한 모습을 하고 있었다. 그는 한 손으로 이마를 짚고 이야기하고 있는 것이다. 리차드는 내심으로 껄껄 웃었다.

배너먼 씨는 조사할 필요도 없는 서류들을 조사했다. 그는 얼굴이 핼쑥했으며 몸도 몹시 말라 보였다. 게다가 자리가 편치 못한 탓인지 목의 칼라 근처가 꽉 끼는 눈치였다. 그는 넓은 흑색 리본이 달린 외알박이 안경을 다시 고쳐쓰고 부드럽게 말했다.

"그건 제안이라고 나는 되풀이해서 말씀드립니다. 우리가 받은 유일한 제안이지요. 그것은 아주 구체적입니다."

침묵이 흘렀다. 이윽고 애덤 토드가 말했다.

"갱내의 물을 배수할 수는 없을까? 갱외 시설을 재건할 수는? 그게 안될까?"

"누가 투자를 하겠습니까?"

아더가 소리쳤다.

"그건 이미 다 의논이 되어 있는 일인데요."

배너먼 씨는 아더를 안 보는 척 곁눈질로 그를 바라보며 말했다.

"그것 참 딱하게 됐군."

토드가 풀없는 어조로 말하다가 갑자기 머리를 쳐들었다.

"그 그림들은 어떨까? 자네 아버님이 소장하고 있는 그림 말이야? 그것으로 돈을 마련할 수는 없을까?"

"값어치가 없는 것들입니다. 빈센트 아들에게 값이라도 알아 보게 내놔 봤었죠. 그는 웃기만 했어요. 구덜의 작품도 코프의 작품도 살 사람이 없습니다. 지금은 아무도 그런 그림들을 원하지 않습니다."

또다시 침묵이 흘렀다. 그때 힐다가 결연하게 말했다.

"아더는 이제 더 이상 걱정을 해서는 안되겠어요. 내가 할 말은 이것뿐이에요. 현재 상태로는 아더가 더 이상 견뎌낼 수가 없어요."

아더의 어깨가 축 늘어졌다. 그는 손으로 얼굴을 감싸며 무겁게 말했다

"고마워, 힐다 누나. 그러나 난 누나의 생각이 무엇인지 알고 있어. 내가 어쩔 수 없이 난장판을 만들어 버렸다는 거지. 나는 내가 정당하고 최선이라고 생각한 것을 했을 뿐이야. 달리 어쩔 도리가 없었다구. 그렇지만 여기 계신 분들은 모두들 이렇게 생각하실 거예요. 만약 아버지가 여기에 계셨더라면 절대 이런 일은 일어나지 않았을 것이라고요."

문밖에서 이 말을 들은 리차드의 얼굴이 만족감으로 가득 찼다. 물론 그는 무슨 이야기인지 이해가 가지 않았다. 그러나 어떤 사고가 발생했고, 저들은 그 사고를 수습하기 위해 자기를 원하고 있음을 알 수 있었다.

아더가 다시 말을 시작했다. 몹시 무거운 어조였다.

"난 언제나 정의에 관해서 개탄해 왔습니다. 그런데 이제 그 정의를 이런 식으로 얻게 되다니! 우리는 광부들을 착취했고, 탄광을 침수케 해서 광부들의 목숨을 잃게 했었습니다. 이제 나는 광부들을 위해 온갖 것을 다 해주려고 노력하고 있는데, 광부들은 배신하여 탄광을 침수케 했으며 나를 매장시키고 말았습니다."

"어머나, 아더, 그런 식으로 말하지 말아라."

캐리 고모가 갑자기 우는 소리를 하며 덜덜 떨리는 손을 아더의

손 쪽으로 내밀었다.

"죄송합니다. 그렇지만 나는 이 사태를 그렇게 보고 싶습니다."

"사업 이야기만 하도록 제한해 주시면 좋겠습니다."

배너먼 씨가 무감각한 얼굴로 말했다.

"그럼, 말씀해 보시지요. 어서 말씀하셔서 이 지겨운 일을 결판 내어 끝을 보게 합시다."

"그게 좋겠습니다!"

아더의 말에 배너먼 씨가 동의했다.

힐다가 도중에 끼여 들었다.

"그 제안이라는 게 도대체 어떤 거죠, 배너먼 씨? 그렇게 되면 어떻게 되는 거예요?"

배너먼 씨는 그 외알박이 안경을 고쳐쓰면서 힐다를 보았다.

"저의 입장은 명백히 말해서 이렇습니다. 우리는 뒤죽박죽이 된 탄광과 침수가 가득한 작업장, 그리고 다 타 버린 반출탑이라는 난관에 직면하고 있습니다. 그런데 넵튠을 인수하여 조업 중지를 하고 있는 기업 전체를 몽땅, 기계류, 저탄, 통조각, 그리고 침수 된 물까지도 몽땅 사들이겠다는 제안을 해 온 분이 있음을 알려드 립니다."

"그들은 침수된 물을 쉽게 없앨 수 있다는 것을 너무도 잘 알고 있겠죠."

아더가 신랄하게 말했다.

"난 그 지하 갱도를 건설하느라 수천 파운드를 소비했습니다. 넵튠은 이 지역에서 최고의 탄광입니다. 그 사람들이 그러한 사실 을 알고 있는 거죠. 그런데 이 훌륭한 탄광을 인수하겠다고 하면 서 원래의 가격의 십분의 일도 주려 하지 않고 있습니다. 그러한 제안을 받아들인다는 것은 전적으로 미친 짓입니다."

"참으로 어려운 시기에 처해 있다고 할 수 있습니다, 아더. 그리고 특수한 사정이므로 더욱더 힘든 일인 것도 사실입니다."

배너먼 씨의 말에 힐다가 물었다.

"우리가 그 제안을 수락했다고 가정하면 어떻게 되죠?"

배너먼 씨는 말을 주저했다. 그는 외알박이 안경을 벗고 그것을 자세히 바라보았다.

"그렇게 되면, 우리로서는 채무를 청산하는 것이 되지요."

그는 잠시 말을 멈추었다가 다시 입을 열었다.

"아더는, 감히 말씀 드리자면, 경비 지출에 있어서 앞뒤 분간이 없었습니다. 우리는 우리가 지고 있는 그 채무를 기억해야 합니다."

힐다는 배너먼 씨를 불쾌한 표정으로 바라보았다. 그 '우리'라는 표현이 특별히 힐다를 분노케 했다. 왜냐하면 배너먼 씨는 전혀 개입되어 있지 않았고, 또 그에게는 아무런 채무도 없는 것이다. 힐다는 불쾌한 어조를 감추지 않았다.

"그 제안자에게 돈을 좀더 내놓으라고 할 수는 없나요?"

"그 사람들은 빈틈이 없는 사람들입니다. 아주, 정말 빈틈이 없는 사람들이죠. 그 제안이 그들 최후의 것이지요."

"그건 순전히 날강도 행위야."

아더가 신음하듯이 중얼거렸다.

"도대체 그 사람들이 누구예요?"

힐다가 묻자 배너먼 씨는 아주 기묘하게 손을 놀리며 안경을 다시 끼었다.

"모슨 가우런 상사입니다. 좀더 정확히 말하면 죠 가우런 씨죠!"

침묵이 흘렀다. 아더가 천천히 머리를 치켜들어서 힐다를 건너다보았다. 그는 사납고도 빈정거리는 목소리로 말했다.

"그 친구, 누님도 알고 있잖아? 그 레인저 가의 새로운 회사 건

물을 전부 까만 대리석으로 지은 작자 말이야. 대지만 4만 파운드라더군. 그자는 바로 넵튠에서 탄차의 손수레를 끌던 죠 가우런이지."

"지금은 넵튠에서 일하고 있지 않습니다."

배너먼 씨가 정정하듯이 말한 후에 편지지에 인쇄된 명의를 조사하면서 다시 선언하듯 말했다.

"모슨 가우런 상사는 현재로서는 북부철강 주식회사, 합동 놋쇠 주조회사, 타인사이드 상공회사, 북부증권 주식회사, 게다가 러스포드 항공회사의 관리권을 가지고 있습니다."

또다시 침묵이 흘렀다. 애덤 토드는 매우 불쾌한 표정이 되었다. 그는 정향의 좋은 맛까지 잃어버린 찌푸린 얼굴로 그것을 씹고 있었다.

"다른 방법은 없을까?"

토드는 불안스럽게 자리를 옮겨 앉으며 말했다.

"난 넵튠에 있는 탄의 질을 다 알고 있지. 놀랄 만큼 훌륭한 탄질이야. 그것은 언제나 발라스의 넵튠이었으니까. 다른 어떤 방책이 없을까?"

"선생께서는 무슨 좋은 생각이 없으신지요?"

배너먼 씨가 점잖게 물었다.

"만일 있으시다면 저희들도 좀 알게 해주십시오."

"그 가우런이라는 자에게 한번 가 보는 게 어떨까."

토드가 아더를 향해 갑작스럽게 말했다.

"그와 접촉을 해보는 거야. 그와 직접 홍정을 하는 거야. 그 사람에게 현금을 받고 팔아 넘기고 싶지는 않다고 말해 보게. 그 사람과 합동으로 일하기를 원한다고 하든가, 그와 공동 운영을 한다는 약속으로 중역의 한 자리를 원한다든가, 아니면 주(株)를 원한다든가 말이야. 가우런과 접촉할 수만 있다면 성공할 수 있을 것 같은데 ! ”

아더의 얼굴이 천천히 붉어지면서 노기를 띠었다.

“아주 멋진 생각입니다만 토드 아저씨, 불행하게도 그건 소용이
없습니다. 이미 제가 해 봤습니다.”

아더는 좌중을 바라보며 분노에 찬 목소리로 소리쳤다.

“이틀 전에 전 가우런에게 갔었습니다. 그놈의 신축 회사라는
곳으로. 참, 기가 막혀서 ! 한번 그 회사를 구경해 보시는 것도 괜
찮을 겁니다. 탄탄한 청동문에다, 캐나다 대리석, 티크 목재에 융
단을 간 엘리베이터같은 것을 말입니다. 어쨌든 저는 그자에게 제
자신을 팔아 넘기려고 했습니다. 그자가 어떤 인간인지 아시죠 ?
그자는 밀링튼에게서 주물공장을 편취해서 그 사업이란 것을 시작
한 인간입니다. 그자는 경기가 좋을 때 주주들을 속여 먹었습
니다. 그는 평생 단 하루도 정직한 일을 한 적이 없는 인간입니다.
그가 가진 모든 것은 부정한 수단으로 벌어들인 것뿐이죠. 자기
종업원의 피땀을 짠다든가 아니면 부정 입찰, 어마어마한 군수품
을 사취하는 것 같은 것이었죠. 그러나 난 그 모든 것을 다 꿀꺽
삼켜 버리고 내 영혼을 팔아 넘기려고 했습니다.”

아더는 몸을 떨면서 잠시 말을 멈추었다.

“이런 말씀을 드리면 웃으시겠죠. 그놈은 마치 쥐를 다루는 고
양이 같은 얼굴로 나를 놀렸습니다. 그놈은 우리 두 사람의 생각
이 약간 다르다는 것 이외엔 자기는 매우 영광스럽다는 식으로 이
야기를 꺼내기 시작하더군요. 그는 러스포드에 있는 새로운 비행
기 제작소에 관한 이야기로 화제를 끌고 가서, 몇백 대의 비행기
를 만들어 유럽의 여러 나라에 팔거라고 지껄여대더군요. 그자의
말을 들으면 비행기는 어떤 다른 무기보다도 더욱 큰 위력이 있으
니까, 러스포드 항공 회사의 미래는 찬란할 것이라면서 거창하게
말하더군요. 그자는 이쪽 이야기에서 힌트를 내밀다가 또 저쪽 이

야기에서 약속을 해주는 척하며 조금씩 조금씩 나를 이야기 속으로 끌고 들어가서는 결국은 내가 갖고 있던 모든 생각을 다 털어 없애도록 해 버릴 작정이었어요. 그자는 내 마음속을 완전히 홀랑 벗겨 놓고는 나를 비웃듯이 넵튠의 조감독 자리를 주겠다는 것이었습니다."

또 한번 침묵이 흘렀다. 아주 긴 침묵이었다. 댄 티즈데일이 갑자기 몸을 움직이면서 처음으로 말했다.

"아더, 그런 모욕을 당하다니……."

그의 혈색 좋은 얼굴이 분노로 시뻘개졌다.

"이제 그만 모든 걸 다 팽개쳐 버리고 우리에게로 오면 어때? 물론 큰 돈벌이를 할 수는 없어. 그렇지만 우리들은, 그런 것이 필요치 않아. 돈 같은 것이 없어도 충분히 행복하다 이거지. 그보다 더욱 중요한 것이 얼마든지 있으니까. 이건 모두 그레이스가 내게 가르쳐 준 것이지만 건강과 신선한 공기를 마시며 일하는 것, 그리고 아이들이 건강하게 자라는 것을 바라보는 것보다 더 좋은 것은 없어. 그러니 우리에게로 와요. 아더, 우리와 함께 새 출발을 하는 거예요."

"보기 좋은 꼴이 되겠지."

아더가 실망의 고뇌 속에서 말했다.

"병아리들 가운데 있는 내가."

배너먼은 또 한번 지루한 듯한 거동을 보였다.

"그렇다면 어떻게 하라는 건지 지시를 해 주시죠?"

"팔아 넘기라고 말씀드렸잖습니까?"

아더는 모든 일을 다 끝내기라도 하려는 듯이 벌떡 일어났다.

"이 집도 파시오. 가우런은 그것도 원하고 있더군. 그 사람에게 모든 걸 다 사도록 해 주시오. 나를 조감독으로 채용하라 하시오. 난 무엇이나 다할 테니까."

　문밖에서 무릎을 꿇고 앉아 있던 리차드 발라스는 입을 딱 벌리고 말았다. 그의 얼굴빛은 매우 상기되고 무섭도록 혼돈을 일으키고 있었다. 안에서 무슨 일이 일어나고 있는지 명확한 추측을 할 수는 없었으나, 둔하게 돌아가는 머리로 지금 넵튠에는 어떤 사건이 일어났으며, 자기만이 그것을 재조정할 수 있음을 알았다.

　리차드는 또한 저들 모두는 자기를, 불가능을 극복해 낼 수 있는 자신의 존재를 깜박 잊어버리고 있음도 알았다. 이것은 아주 멋진 이야기이다. 그는 현관홀의 타일을 간 바닥에 엉덩방아를 찧듯 거칠게 뒤로 물러 앉았다. 안에서는 더 이상 이야기가 없었고, 자기 몸도 조금 피로했던 것이다. 그래서 그는 좀더 편안한 자세를 잡고서 생각을 깊이 하고 싶었다.

　리차드가 그렇게 웅크리고 있을 때, 갑자기 식당의 문이 열리며 사람들이 밖으로 나왔다. 그 갑작스러운 일로 그는 뒤로 넘어지고 말았다. 넘어지는 바람에 잠옷이 홀렁 벗겨지며 여윈 정강이와, 속옷 따위가 지저분하게 드러났다. 한 인간의 가엾고 추한 모습이 그대로 드러나 있었다. 그러나 그는 그러한 것을 개의치 않았다.

　리차드는 아까처럼 그 자리, 현관홀의 차가운 타일 위에 앉아 매우 교활한 웃음을 지었다. 그는 조소하고 있었던 것이다. 모든 사람들이 놀라며 걱정스러운 얼굴이 되어 버렸다. 힐다가 앞으로 달려들며 소리쳤다.

　"가엾은 우리 아빠!"

　티즈데일과 힐다가 그를 일으켜 세워 이층의 방으로 데려 갔다. 배너먼은 한쪽 눈썹을 치켜올리며 어깨를 실룩해 보인 후 아더를 향해 형식적인 작별 인사를 했다.

　아더는 그대로 현관에 남아 있었다. 그는 애덤 토드의 노란 빛이 진한 눈을 뚫어질 듯이 바라보고 있었다. 토드는 그 동안 오랜 세월을 두고 시류에 역류하지 말라고 사정까지 했었다. 아더가 급작스럽게 말했다.

"타인캐슬로 갑시다. 토드 아저씨, 난 술이라도 마셔야겠어요."

발라스의 최후

그 후 며칠 동안, 리차드는 아주 저조한 상태로 누워 있었다. 그가 수첩에 제2관측소에서의 발견이라고 기입한 그 사건 후에, 힐다는 아버지를 침대에 눕혀 두어야 한다고 강력하게 주장했다. 아버지는 이제 너무 허약해지고 다리가 떨려서 침실에 누워 있게 해야 한다는 것이었다.

그 말을 듣고 리차드는 깜짝 놀랐다. 침실에 누워 있어서는 작업을 지휘할 수 없다는 사실을 깨달았기 때문이다. 그러나 그의 태도는 갑자기 달라졌다. 착하고 순종하는 태도로 캐리 고모의 말은 무엇인든 다 고분고분하게 받아들였다.

리차드는 모든 생각을 넵튠 탄광을 위한 위대하고도 새로운 것을 창안하는데 집중하였다.

그날 금요일 오전 중에도 리차드는 자기의 아이디어에 너무나 흥분해 있어서 자기 자신을 가눌 수가 없었다. 방안에 가만히 앉아 있는데도 그의 머릿속은 연신 망치질을 해대고, 신경은 큰북의 가죽처럼 팽팽하게 긴장되어 있었다.

전기가 또 온다는 생각이 들었지만, 가만히 누워서 그 전기가 떠나갈 때까지 눈을 감고 있었다.

정신을 되찾았을 때, 그는 눈앞에 서 있는 아더를 보았다.

"괜찮습니까, 아버지?"

아더는 슬픔에 지친 표정으로 아버지를 바라보았다. 그러나 아더의 내부에는 아무런 느낌도 없었다. 멍청하면서도 교활한, 그 핏발선 눈이 무엇을 생각하고 있는지 읽어낼 수도 없었다.

"아버지께도 미리 말씀드릴까 해서 들렀습니다. 아버지, 제 말을 이해할 수 있으세요?"

'이해할 수 있겠느냐라니!'

그 불손한 언사가 리차드의 머리에 다시 피를 끓어오르게 했다. 그는 대번에 자기 속으로 오므라들었다.

"지금은 안 된다."

"아버지께 사태를 똑바로 말씀드리고 싶습니다, 아버지. 그렇게 하면 아버지의 마음도 편해질 겁니다. 아버지께선 불안하고 너무 흥분한 상태예요. 그것이 아버지의 건강에 얼마나 해로운지 왜 생각하지 못하세요."

"난 건강하다."

리차드가 노기 찬 어조로 말했다.

"지금까지 이처럼 좋은 때는 없었다."

"아버지, 이런 생각을 해 보았습니다."

아더는 임박한 집안의 붕괴를 될 수 있는 대로 부드럽게 털어놓으려고 애쓰면서 말을 이었다.

"우리가 이 집을 팔고, 좀더 작은 집으로 이사하더라도 그다지 나쁜 일은 아닐 것 같다는 것 말씀입니다. 아버지께서도 아시다시피 ……."

"지금은 아무 말도 말아!"

리차드가 말을 가로막았다.

"내일은 괜찮을지도 모르겠다. 지금은 아무 말도 듣고 싶지 않아. 나중에 해라. 나는 네 말을 듣고 싶지 않단 말이다. 지금은 안돼."

리차드는 눈을 딱 감고 의자에 등을 젖히고 앉아서 아더의 말에 귀를 기울이려 하지 않았다. 아더는 결국 포기하고 방밖으로 나갔다.

리차드는 아더와 말하는 것조차 싫었다. 넵튠의 새로운 계획이 완성되었을 때, 그때 아더에게 그 계획대로 행할 것을 명령할 것이다.

리차드는 번쩍 눈을 떴다. 먼 곳을 바라보는 열기에 찬 시선이 멍하니 천장을 향하고 있었다. 그 무엇이었던가? 아아, 이제 생각이 났다. 그의 얼굴에서 멍한 표정이 사라졌다. 둔탁한 눈에는 눈물이 번쩍였다.

'왜 나는 진작 그러한 생각을 진작 하지 못했을까? 탄광은 내 소유가 아닌가!

그의 생각은 아주 훌륭한 것이었다. 아주 무시무시하면서도 멋진 아이디어였다.

리차드는 아더가 한 것들을 모두 백지로 돌려 버리기 위해 넵튠에 직접 나갈 결심을 하고 눈을 빛냈다.

리차드는 조바심과 흥분으로 몸을 떨면서 일어나 아래층으로 내려갔다. 아래층에는 아무도 없었다. 식구들은 자기 일에 열중해 있었고, 근심 걱정에 둘러싸여 그를 돌볼 여유가 없었던 것이다. 그는 홀안으로 살금살금 기어들어갔다. 거기서 산고모자를 집어들어 머리에 눌러썼다. 머리를 오랫동안 깎지 않았기 때문에 산고모자 뒤로 머리털이 꽤 길게 삐져 나왔다.

그러나 리차드는 상관하지 않았다. 그는 살그머니 현관문을 빠져 나와 돌층계 위에서 몸의 균형을 잡으며 섰다. 차도가 열려진 대문과 함께 그의 앞에 펼쳐져 있었다. 또한 그곳에는 아무도 없었다. 그러나 그곳은 잔디밭과 등나무로부터 멀리 떨어진, 가서는 안 될 위험한 곳이었다.

힐다와 루이스 의사가 가지 못하도록 엄중히 금한 위험한 곳이었다. 그가 밖으로 나간다는 것은 무시무시한 일인 것이다. 그러나 리차드는 상관하지 않았다. 그는 돌층계와 차도를 비틀거리며 내려가 결국 밖을 향해 나섰다.

"이젠 됐다! 자유의 몸이다!"

이제 그는 자유의 몸이 된 것이다. 리차드는 비틀거리다가 하마터면 쓰러질 뻔했다. 그러나 그게 무슨 문제인가. 이제 곧 비틀거리는 것도 없어지게 될 것이다. 그리고 머릿속의 망치질과 전기가 몸에 오는 것, 그리고 자기 몰래 공모를 꾸미는 모든 무서운 일도 문제될 것이 없다. 모든 것은 곧 없어질 테니까.

리차드는 슬루스 모래언덕 꼭대기를 향해 차도를 걸어갔다. 그는 넵튠으로 가는 넓은 길을 택하지 않았다. 왜냐하면 그 길에는 틀림없이 누군가가 있을 것이기 때문에 방해를 받을 것이다.

"그 길은 안 되지, 안 돼! 내가 그들보다 더 지혜롭다는 것을 보여 줄 것이다."

리차드는 길을 멀리 돌아서 갔다. 슬루스 모래 언덕의 숲을 끼고 돌아 들판과 스누크를 지나 넵튠의 뒤쪽으로 들어가는 길로 가기로 한 것이다. 그는 자기의 반격이 아주 멋진 것에 희열을 느꼈다.

그러나 비가 많이 온 뒤였기 때문에 리차드가 걷는 길은 진흙밭이었고 험했다. 그 심한 비 때문에 차가 지나간 바퀴자국에는 커다란 웅덩이들이 파여 있었다. 그러나 리차드는 다리를 치켜올릴 수가 없었다. 그는 물과 진흙으로 범벅이 되어 철벅거리며 갔다. 드디어 비틀거리면서 슬루스 모래 언덕의 꼭대기에 있는 나지막한 목책에까지 도착했다.

그 목책 앞에서 리차드는 발을 멈추었다. 그 목책은 그가 생각지 못했던 장애물이었다. 그는 그 목책을 기어이 넘어야 한다는 사실을 알았다. 그러나 그 목책은 18인치나 되는 높이였다. 그는 기껏해야 6인치 정도의 높이로만 다리를 쳐들 수 있었던 것이다. 이 난관이 생각보다 몹시 어려운 것이라는 사실을 깨닫자 그의 희미한 눈에 눈물이 솟았다.

눈물과 분노가 그의 내부에서 무섭게 치밀어올랐다. 리차드는 질 수 없다고 생각했다. 그 목책은 그 음모의 한 부분인지도 모른다. 그렇다면 이것을 굴복시켜야 한다. 리차드는 분노로 몸을 사시나무 떨듯하면서 두 팔을 치켜들고 목책 위로 기어올라갔다. 배가 목책의 횡목에 찔렸다. 그 다음 순간 그는 마치 헤엄을 치듯 목책의 꼭대기 횡목 위에서 몸을 가누고 내던지듯 떨어져 버렸다.

어쨌든 통과한 것이다. 신기했다. 목책을 넘은 것이다! 리차드는 얼굴과 머리를 흙탕물의 웅덩이에 쑤셔박고 쓰러져 헐떡이면서도 기뻤다. 그러나 눈 안이 핑핑 돌기 시작했다. 머리는 망치로 내리치는 듯했고, 온몸이 뒤틀리는 그 전기가 다시 엄습해 오는 것을 느꼈다.

리차드는 웅덩이에 머리를 쑤셔박은 채로 아주 오랫동안 누워 있었다. 머릿속에서 무엇이 터져 버린 듯 머리가 몹시 무거웠는데, 그 찬물 속에 담그고 있는 동안 시원했기 때문이다. 그는 다시 일어났다. 팔꿈치로, 무릎으로, 그리고 죽을 힘을 다해서 일어섰다.

땅이 약간 흔들리는 기분이었다. 그러는 통에 모자를 잃어버리고 말았다. 그의 얼굴과 옷과 두 손이 완전히 진흙으로 범벅이 되었다. 그러나 염려할 것은 없다. 전혀 염려할 것이 없는 것이다.

리차드는 다시 일어나 걸었다. 어떻게든 넵튠까지 가야 했기 때문이었다.

걷는다는 것이 이젠 그리 쉽지 않다는 느낌이 왔다. 그의 머릿속의 망치질은 점점 더 거세어졌다. 오른쪽 다리가 무거워지며 전혀 말을 듣지 않았다. 그는 그 다리를 마치 화물 관리인이 화물을 끌고 가듯 질질 끌어야 했다.

그것은 괴상한 일이었다. 다른 때는 머리를 망치질하는 것이나 전기가 오르는 일이 왼쪽 다리에서 일어나곤 했었다. 그런데 지금은 오른쪽 다리와 오른쪽 팔에서도 일어나고 있는 것이다. 이제 오른쪽 몸까지 몽땅 마비되어 버린 것이다.

리차드는 자꾸 나아갔다. 숲 뒤로 오솔길을 따라 스누크 쪽을 향하여 갔다. 모자도 없이 진흙으로 범벅이 된 채 비틀거리고 다리를 질질 끌면서 나아갔다. 그의 빨갛게 핏발이 선 두 눈은 넵튠의 반출탑에서 떨어질 줄을 몰랐다. 그 반출탑은 스누크를 경계로 한 여러 고지촌 집들의 맨끝에 우뚝 솟아 보였다. 빨리 가고 싶었지만 걸음이 느려졌다. 몸은 결박당한 듯 그 자리에서 움직이지를 못하고 있었다.

리차드는 자기의 걸음이 점점 더 느려지고 있음을 알았다. 그것이 그를 다시 분노케 했다. 그는 무슨 일인가가 넵튠 탄광에서 발생하고 있다는 생각이 들었다. 음모 아니면 큰 재난일 것이다. 그러므로 자기는 시간에 맞추어 도착해야 한다. 그 생각 때문에 미칠 것만 같았다.

그때 비가 내리기 시작했다. 아주 억수같이 휘몰아치는 소나기였다. 비가 그의 몸과 맨머리 위로 사정없이 쏟아졌다. 머리카락은 빗물에 찰싹 달라붙었고, 눈으로는 진흙물이 흘러들어 앞을 볼 수가 없었다.

리차드는 걸음을 멈추었다. 이제껏 품었던 모든 분노도 비에 씻겨 내려가 버렸다. 그는 거세게 쏟아지는 비를 흠뻑 맞으며 목석처럼 서 있었다. 그는 겁이 나서 어린아이처럼 울다가 눈을 감은 채 다시 앞으로 나아가려고 애썼다. 그는 비를 피하고 싶었다.

스누크와 경계를 이루고 있는 고지촌 집들의 맨 끝에 '채탄부 휴게소'로 알려진, 조그마한 주막이 하나 있었다. 허술하고 다 찌그러져 가는 집으로 스잔 미쉘이라는 과부가 경영하고 있었다. 그곳은 스누크 근처에서 오는 가장 가난한 광부들 외에는 아무도 드나드는 사람이 없었다. 리차드는 그곳으로 들어갔다.

리차드는 바람에 날리듯이 안으로 들어서서 돌바닥 위에 빗물을 뚝뚝 떨어뜨렸다. 비틀거리는 모양이 마치 늙은 술주정꾼처럼 보였다. 그 술집에는 두 사람밖에 없었다. 노동자가 분명해 보이는 무명옷을 입은 두 사람이 빈 맥주잔을 옆에 놓고 장기를 두고 있었다. 그들은 리차드를 노려보다가 껄껄대고 웃었다.

다행히 그들은 리차드를 알지 못했다. 다만 한잔 들이키려고 온 늙은 주정꾼이라고 생각했다. 그중 한 사람이 상대방에게 눈을 끔벅해 보이더니 리차드에게 말을 걸었다.

"야아, 친구 결혼식에라도 다녀온 모양이군."

리차드가 그들을 바라보았다. 몸을 흔들거리며 바라보는 그의 모습이 그들을 몹시 즐겁게 해주었다. 그들은 홀이 떠나가도록 웃었다.

다른 사나이가 말했다.

"염려말게, 우리도 다 즐거운 일을 맛본 사람들이니까."

그는 리차드의 어깨를 붙들고 창가의 나무의자 쪽으로 갔다. 리차드는 그 의자에 털썩 소리를 내면서 쓰러졌다. 그는 자기가 어디에 있는지도 알지 못했다. 자기를 노려보고 있는 이 두 사나이가 누구인지도 알 수 없었다.

리차드는 손수건을 꺼내려고 무감각한 손으로 호주머니를 뒤졌다. 그때 은화 한닢이 묻어 나와 돌바닥 위에 굴러떨어졌다. 반 크라운짜리였다.

두 번째 사나이가 그 은화를 주워 들고 거기에다 침을 탁 뱉 았다. 그리고는 이빨을 드러내고 웃었다.

"에, 영감, 영감이 최고야. 아주 그만인걸. 이거면 한잔쯤은 더 마실 수 있어. 우리 같이 한 잔씩 마시는 게 어때?"

리차드는 무슨 말인지 이해하지 못했다. 두 번째 사나이가 카운 터 앞으로 가더니 탕탕 두들겼다.

"술 좀 줘, 한 사람에 한 잔씩이다."

그가 소리쳤다.

여자가 뒤에서 나왔다. 빼빼마른 까무잡잡한 피부를 지닌 여자 였다. 그녀는 위스키를 석 잔 따랐다. 석 잔째를 따르면서 리차드 를 이상스럽게 쳐다보았다.

"마시지 않는 것이 더 좋을 것 같은데."

첫번째 사나이가 말했다.

"한 잔 더 한다구 나쁠 건 없어."

두 번째 사나이가 리차드에게 다가왔다.

"자아, 이 사람아, 술을 마시라구."

리차드는 그 사나이가 주는 술잔을 들어서 단숨에 마셔 버렸다. 위스키는 숨을 돌리게 해주었다. 금방 뱃속이 따뜻해 오면서 머 릿속에서 욱신거리던 망치질이 다시 일기 시작했다. 넵튠 탄광에 대한 생각도 다시 일어났다. 그는 비가 그쳤다는 것을 알았다. 두 사나이가 그를 뚫어지게 바라보았다.

리차드는 그들이 겁이 났다. 그는 자신이 넵튠 탄광의 소유주이 고, 권위와 재산이 대단한 사람이라는 것을 생각해 내자 빨리 이 자리를 떠나고 싶어졌다. 어서 여기를 벗어나 넵튠 탄광으로 가야 한다. 그는 의자에서 힘겹게 일어나 문 쪽으로 비틀거리며 걸어갔다. 사나이들의 웃음소리가 그의 뒤에서 일어났다.

리차드가 '채탄부 휴게소'에서 나왔을 때, 비가 멈춘 하늘에는 구름이 흩어지고 있었다. 밝은 태양이 스누크의 무럭무럭 김을 뿜는 황야에 비치고 있었다. 그 빛 때문에 다시 눈이 아프기 시작했다.

그러나 눈을 잘 뜰 수 없으면서도 리차드는 넵튠의 반출탑이 천국의 영광을 나타내듯 번쩍이며 솟아 있는 것을 바라볼 수 있었다. 넵튠 탄광, 자신의 소유인 넵튠 탄광, 리차드 발라스의 넵튠 탄광이 보였다. 그는 수누크를 뚫고 나아갔다.

스누크를 건너가는 길은 지독하게 험했다. 리차드 발라스는 자기가 걷고 있다는 사실을 의식하지 못했다. 발이 흠뻑 젖어버린 채로 작은 구덩이 천지인 험한 길에서 몇 번이나 넘어졌다. 발은 점점 부자유스러워지면서 그의 뜻대로 잘 움직이지 않았다.

리차드는 엉금엉금 기면서 올라갔다. 그는 마치 이상한 양서류처럼 허위적거리며 나아갔다. 그는 이미 자기가 무엇을 하고 있는지 느낄 수 없는 상태가 되어 있었다. 그는 쓰러졌다가 다시 일어나고 또 쓰러지곤 하는 것도 느끼지 못했다. 그의 육체도 두뇌도 다 죽어 있었다. 정신만이 생생한 목적을 향해 떠오르고 있었다. 넵튠, 넵튠 탄광, 넵튠의 그 우뚝 솟아 있는 반출탑의 영광만이 그의 정신을 끌어당기고 지탱시켜 주는 것이었다.

그러나 리차드는 넵튠 탄광에 도착하지 못했다. 스누크를 반쯤 건너가다가 쓰러진 채 다시 일어나지 못했다. 진흙 덩어리 밑에 깔린 얼굴이 잿빛으로 변했다. 입술은 시퍼렇게 죽었고, 숨결은 급한 것이 코고는 소리처럼 불규칙하였다. 이제는 전기도 느껴지지 않았다. 전기가 사라지면서 몸이 흐늘흐늘해지고 말았다. 그러나 머릿속의 망치질은 다시 더 심해지고 있었다.

망치질은 그의 머릿속을 마구 부수어 버리려는 듯했다. 그는 일

어나려 해보았다. 그때 머릿속의 망치질이 최후의 일격을 가해
왔다. 그는 앞으로 고개를 툭 떨어뜨리고 다시는 움직이지 못
했다. 마지막 석양이 탄광의 시커멓게 타버린 반출탑과 그의 식어
버린 몸뚱이 위에 아름답게 쏟아져 내리고 있었다.

리차드의 생명없는 한손은 앞으로 쭉 뻗쳐진 채 한움큼의 흙을
꽉 움켜쥐고 있었다.

외로운 정치가

탄광 법안의 마지막 심의를 하는 날이었다. 그 법안은 이제 보고 단계에 올랐지만, 야당의 수정안으로 묘하게 깎이어 그것이 중간 중간에 들어가 있었다. 그날은 케스튼 구의 의원인 선트 클레어 부운의 명의로 된 수정안을 검토 중에 있었다.

선트 클레어 부운 의원은 법률에 대해 놀랄 만한 정확한 지식을 갖고 있었다. 그는 제7조 3행의 '임명된'이라는 말 앞에 '정당히'라는 말을 삽입해야 한다는 이의를 정식으로 제출하였다. 이 애매한 어휘에 관한 얼빠진 논쟁이 세 시간 이상이나 벌어져, 정부 및 반대당 내의 정부 추종자들이 이 법안을 칭찬할 충분한 기회를 제공해주었다.

데이비드는 팔짱을 끼고 앉아서 무표정한 얼굴로 그 토론에 귀를 기울였다. 정부 측 의원들이 한 사람씩 차례로 일어나 정부가 직면한 여러 가지 애로 사항과 정부가 현재 행하고 있으면서 계속 극복해 나가려는 비상한 노력 등을 예를 들어 가면서 설명했다.

데이비드는 의분에 불타면서 그냥 귀를 기울이고만 있었다. 더전과 베빙튼, 흄, 그리고 클렉혼 등의 연설은 그 하나하나가 다 타협과 지연 작전의 표현뿐이었다. 그의 귀는 이미 풍부한 경험으로 잘 훈련되고 길들여져 있어서 그 모든 말들의 용어 속에 숨겨진 굴절까지 다 알아들을 수 있었다. 잠재되어 있는 변명과 전화 위복을 꾀하는 유도적인 의도 등을 너무나 쉽게 파악할 수 있었다.

데이비드는 냉정한 표정 속에 불타오르는 정열을 숨긴 채 자리에 앉아서 의장의 시선을 잡을 때를 기다리고 있었다. 그는 발언을 해야만 했다. 이와 같은 배신 앞에서 수동적으로 앉아 있을 수만은 없었다. 지금까지 인생을 바치면서 일하고 싸워 온 것이 바로 이러한 것을 위해서였단 말인가?

말할 기회를 기다리고 있노라니, 지난 몇 년 동안 노력해 온 온갖 일들이 눈앞에 선명히 떠올랐다. 노동연맹 사무실에서 초라하게 인생을 출발하던 일, 지방 정치의 혼탁 속에서의 투쟁, 몇 년 동안의 끈질긴 노력 등 모든 삶을 다 바쳐 가며 악전 고투해 온 일들이 눈앞에 떠올랐다.

그런데 만일 이 아무 소용도 없는 법안, 모든 공약을 다 뒤엎어 버리고 정의를 농지거리로 만든 이러한 법령이 그 모든 것의 마지막 결과를 나타내는 것이라고 한다면, 과연 자신은 무슨 목적을 위해 싸워 왔다는 말인가! 그는 결연한 분노에 가득 차서 머리를 꼿꼿이 들고 연설 준비 위원들을 노려보았다.

지금 등단한 사람은 스토운 의원이었다. 그는 급진파로 출발하여 자유당 표를 끊어 버리고 전향했던 자로, 전쟁시에는 보수당의 보호를 받으며 화려한 전성기를 누렸던 늙은 여우 같은 사나이였다. 정치적인 궤변가로 대표되는 그는 다음 기회에 작위를 받을 것이라는 부푼 희망감에서 그 법안을 극구 찬양하고 있었다. 스토운은 평생을 두고 귀족 신분이 되기를 갈구해 왔다.

그런데 지금, 마치 달콤한 포도송이가 바로 눈앞에 늘어져 있는 것처럼 작위를 받을 수 있는 기회가 코끝에까지 와서 이제는 냄새를 맡을 정도가 된 것이다. 스토운은 자기의 인기를 넓히려는 노력에서 장내에 웃음다발을 뿌리며 화려한 연설조의 말을 마구 내뱉고 있었다. 그의 논지는 광부라는 신분의 숭고함이었다. 그는 광부들 사이에서 더욱 큰 불만을 도발시킬지도 모르는 이 법안의 모든 반론이 맥을 못추도록 그 숭고함에 대한 논지를 기묘하게 전개해 나갔다.

"이 하원에서 누가 감히 영국의 광부들 가슴속에 불충의 그림자가 조금이라도 숨겨져 있다고 선언할 수 있겠습니까? 이 점에 관한 한 카나븐 지구 위원의 시적인 표현보다 더 적절한 것은 없습니다. 본인은 이 원내에서 잊을 수 없는 그 글귀를 인용하도록 인내있게 참고 허락해 주시기를 간절히 바라마지 않습니다."

스토운은 입술을 동그랗게 벌리고 그 문제의 시를 암송했다.

나는 광부를 노동자로 보았으나 이보다 더 착한 노동자는 없다.
나는 그를 정치가로 보았으나 이보다 더 건강한 정치가는 없다.
나는 그를 가수로 보았지만 이보다 더 멋진 가수는 없다.
나는 그를 축구선수로 보았지만 그야말로 어마어마한 선수이다.
게다가 그는 모든 면으로 볼 때 충성스럽고 성실하며 용감하도다……

'제기랄, 이따위 허무맹랑한 짓거리가 얼마나 오랫동안 계속되어야 한단 말인가.'

데이비드는 마음속으로 신음을 토했다. 넵튠 탄광을 불태워 버렸던 그 무서운 사건을 회상했다. 그 자체는 용서하기 어려운 미친 짓이었지만, 그것은 자기들의 운명에 대한 광부들의 반항이 극단적으로 표현된 것에 불과한 것이었다. 아직도 그 교활한 스토운의 입에서는 위선에 찬 말들이 끊임없이 미끄러져 나오고 있었다.
이에 따라 데이비드의 가슴에서는 더욱 격렬한 울분이 복받치고
있었다.

데이비드는 옆 자리에서 얼굴을 한손으로 가리고 있는 뉴전트를
힐끗 바라보았다. 뉴전트 역시 그와 똑같은 것을 공감하고 있
었다. 그러나 뉴전트는 일종의 숙명론자였다. 그의 내부에는 쉽사
리 체념할 수 있는 성분이 다분히 섞여 있었다. 그러므로 불가피
한 일 앞에서는 쉽사리 머리를 숙이는 것이 그리 어렵지 않을 것이
었다. 그러나 데이비드는 머리를 숙일 수 없었다. 절대로 절대로
그럴 수는 없었다.

데이비드는 아무 말없이 앉아 있을 수가 없었다. 아무래도 발언
을 해야만 했다. 그는 격렬한 감정을 누르려고 애썼다. 냉정해야
한다. 침착해야 하는 것이다. 그는 용기있게 나서자고 생각했다.
스토운은 겨우 결론까지 도달하여 만면에 미소를 띠우면서 의사당
을 휘돌아보며 자리에 와 앉았다.

그때 데이비드가 자리를 박차고 일어났다. 그의 온몸이 긴장으
로 뻣뻣해졌다. 그는 의장을 정면으로 쏘아보며 가슴속으로 천천
히, 그리고 통증을 느낄 정도로 거대하게 밀려들어오는 결연한 파
도 속에서 긴 숨을 들이마셨다. 그는 필사적으로 평생을 건 그 목
적을 이 법안과 대결시켜야 한다고 또 한 번 굳게 결심했다.

데이비드는 다시 한 번 길게 숨을 내쉬었다. 그러자 자신의 감
정을 지배하는 일이 훨씬 수월해졌다. 그는 느리면서도 아주 냉정
하게 이야기를 시작했다. 앞선 연설자가 심한 과장과 허풍의 말을
떠들어댄 후인만큼 만장의 주의를 대번에 그에게로 집중시킬 수
있었다.

"본 의원은 오늘 오후 내내 토론을 경청하였습니다. 본 의원도
이 법안에 대해 여러 의원들과 함께 그 칭찬을 나눌 수 있기를 충

심으로 바라고 있습니다."

침묵만이 감돌았다.

"그러나 여러 의원님들의 잘 다듬어진 말씀을 경청하는 동안, 본 의원은 바로 조금 전에 발언하신 의원께서 그토록 시적으로 아름답게 말씀하신 광부들의 일을 생각하지 않을 수 없었습니다. 여러분은 본 의원이 몇 번에 걸쳐서 우리 나라의 탄광 지방에 있어서의 궁핍 상태에 관해 여러 의원님들의 주의를 촉구해 드렸던 것을 기억하고 계시리라 생각합니다. 본 의원인 여러분에게 누차 본 의원의 선거구의 거리에 만연해 있는 그 무섭고 손댈 수조차 없는 절망스런 모습을 여러분 스스로의 눈으로 목격해 주십사고 초대했었습니다. 사회에서 버림받은 사나이들, 슬픔으로 가슴이 찢어져 버린 여인들, 굶주림이 명백하게 새겨져 있는 어린아이들을 목격하게 해드리려고 그랬던 것입니다. 만일 존경하는 의원들께서 본 의원의 초대를 받아들였더라면, 그들이 살고 있는 비참한 현실에 놀라지 않을 수 없었을 것입니다. 그 사람들은 살고 있는 것이 아닙니다. 그들은 그저 존재하고 있을 뿐입니다. 무거운 짐을 진 채, 파멸하고 타락한 상태에서 존재하고 있을 따름입니다.

그러나 그 무거운 짐은 약한 자와 어린 자에게 더욱 무겁게 지워져 있기 때문에 점점 더 견딜 수 없는 것으로 변해 가고 있습니다. 존경하는 의원 여러분께서는 혹시 본 의원이 지나치게 감상적인 언어로 희롱하고 있다고 말씀하실지도 모르겠습니다. 혹시 그러한 분들이 계시다면, 그분들은 이 지구, 즉 본 의원의 선거구의 학교 보건원의 보고서를 한번 읽어봐 주시기를 원합니다. 여러 의원님들께서는 거기에서 그같은 것이 사실임을 알 수 있는 충분한 증거를 발견하실 수 있을 것입니다. 옷이 없고 기아에 허덕이는 어린이들, 신발조차 없는 이 아이들은 평균 체중에도 훨씬 미달되어 영양 부족으로 인한 열등아라는 진단을 받았습니다. 영양 부족!

아마 존경하는 의원들께서는 이 점잖고도 빙 돌려서 말한 발언의
의미를 충분히 이해하실 수 있을 것입니다. 최근 우리는 국회를
열면서 온갖 호화로움을 다 갖춘 성대하고 화려한 행렬을 목격할
기회를 여러 번 가졌었습니다. 여러 의원님께서는 이러한 것은 모
두 우리 나라의 위대함을 말해주는 것이라고 단언하시겠지요? 그
러나 단 일 초간만이라도 그러한 것과 이 나라의 위대함 속에 숨어
있는 구걸과 빈곤, 비참, 결핍 등을 비교해 보신 분이 있습니까?
어쩌면 본 의원은 지금 이 자리에서 커다란 잘못을 저지르고 있는
지도 모르겠습니다."

처절한 분노가 그의 목소리를 통해 나타나기 시작했다.

"본 의원은 존경스런 어떤 의원이 발언대에서 말씀하신 것을 들
었습니다. 국회에서 모자를 돌려서 돈을 거두어 그러한 탄광 지구
의 괴로움을 덜어 주자고 하시던 것을 말입니다. 세상에! 이보다
더 염치없는 언사가 어디 있겠습니까? 궁핍에 지쳐서 죽을 지경
에 달했다 해도 그들은 여러 의원님들의 자선 행위를 원하고 있는
것이 아니올시다. 그들이 구하고 있는 것은 정의입니다! 본 법안
은 그들에게 정의를 부여하기 위한 것이 아닙니까. 그런데 그런
이야기는 말로만 행하는 봉사이고, 선일 뿐입니다. 의원 여러분께
서는 석탄 산업이 본질적으로 모든 산업과 다르다는 것을 똑똑히
알고 계시는지요? 이것은 유일하게 다른 것과는 비교가 되지 않
는 것입니다. 그것은 석탄을 채굴하는 단순한 과정이 아닙니다.
그것은 이 나라의 번영 중에 있는 산업에 대한 원료를 공급하는 기
초 산업입니다. 그런데 이 유일 무이하고 중요한 상품을 생산해
내는 일에 생명의 위험을 걸고 있는 사람들은, 이 의사당 안의 어
떤 의원이 피우는 궐련 값도 안 되는 노임을 받고 고용되어 빈곤과
비참 속에 버려져 있습니다.

존경하는 의원 여러분들 중 이같은 부당하고도 위선적인 법안이

종국에 가서는 이 산업을 구출하는 것이라고 진심으로 믿고 계신 분이 한 명이라도 있습니까? 만일 믿고 계시다면 본 의원은 감히 그분에게 앞으로 나와 보시라고 말씀드리고 싶습니다. 우리 나라의 현재의 석탄 산업 조직은 제멋대로 성장한 것입니다. 그것은 경제적 원인의 결과가 아닌 역사적, 개인적인 원인에 의한 것입니다. 이미 아시는 바와 같이 그것은 지질학적으로 계획된 것이 아니라 가계 혈통적 견지에서 계획된 것입니다. 존경하는 의원들께서는 우리 나라가 석탄에 있어서는 아무런 국가적 통제도 행하지 않은 유일한 주요 석탄 생산국이라는 것을 똑똑히 알고 계시는지요? 국회의 두 개의 위원회에서는 국가가 현대 과학의 방침 위에 서서 이 탄전을 재조직하기 위해서는 단호히 탄광의 국유화가 필요하다고 권고하고 있는 것입니다. 현 내각은 정권을 장악하기 전에 탄광의 국유화를 공약했었습니다.

그렇다면 우리는 그 공약을 어떻게 수행하려 하고 있는 것입니까? 예전의 경쟁 제도를 통하여 맹목적으로 판로를 찾게 하고, 생산제한이라는 구속을 적용시켜서 어떻게 하자는 것입니까. 시장을 확장하는 것이 아니라 오히려 생산을 위축시키고, 국가의 보조에 의하여 내버려진 탄광 폐쇄를 계속하도록 하여, 이 나라를 부유케 하는 생산자들인 노동 계급을 몇백 몇천 명씩 길거리에 내버려 두는 혼란을 계속하면서 어떻게 공약을 수행하겠다는 것입니까? 본 의원은 의원 여러분에게 경고하고자 합니다. 이러한 방법으로 당분간은 계속될 수 있을 것입니다만, 그 결과는 기필코 노동자의 타락과 국가 전체의 몰락을 초래하지 않을 수 없다는 것을 경고하고 싶습니다."

그의 목소리가 높아졌다.

"석탄 산업에 새로운 생기를 부여하기 위해 광부들의 혈관에서 더 이상 피를 짜낼 수는 없습니다. 그들의 혈관은 이제 말라 버려서 한 방울의 피도 더 나올 것이 없습니다. 본 의원의 바로 앞서 발언하신 존경하는 의원께서는 과거에 우리가 평생 동안 번영과 평화로움 속에서 살려면, 독일 군인들을 죽이기만 하면 된다고 항상 말씀하셨습니다. 그러나 독일 군인들을 죽여서 전쟁이 끝났음에도 불구하고 그 후의 탄광 지방은 여전히 형편없는 노임과 기아 상태에 계속 머무르고 있습니다. 이 국회에서는 주의를 기울여서 그들을 바라보아 주어야 합니다. 탄광 사회를 더 이상 비참한 상황 속에 그냥 버려 둔다는 것은 용납할 수 없습니다."

잠깐 숨을 돌리고 난 그의 어조는 애원하는 듯한 설득조로 바뀌었다.

"이번에 제안된 법안은 근본적으로 대 합동 기업과의 경쟁에 직면한 개인 경영 탄광의 파산을 인정하고 있는 것입니다. 그것은 바로 그 자체가 산업의 국유화를 결정적으로 말해 주는 것이 아니겠습니까? 국회는 지금까지의 낭비를 막고, 최고의 능률을 올리면서 원가와 판매가를 낮추게 하는 동시에 고도로 강력한 소비를 자극하기 위해 석탄의 대규모적인 국유화 계획을 준비해왔다는 사실에 대해 눈을 감고 있을 수가 없는 것입니다. 어째서 우리 나라의 노동당 정부는 허무한 자본가들의 합동은 지원해 주고 전체적인 통합은 무시하는 것입니까? 왜 정부 당국은 대담하게 말하지 못합니까? '우리는 전(前) 보수당 정권의 잔재물인 혼란을 단호히 일소하려 하고 있습니다. 우리들을 이같은 혼란에 빠뜨린 제도를 영원히 끝맺게 하려는 것입니다. 국민의 이익을 위하여 석탄 산업을 정부 당국이 인수해서 우리 나라의 복지를 위해 경영코자 합니다'라고요."

마지막으로 접어들면서 데이비드의 목소리는 열띤 탄원의 극치에 도달해 몹시 떨리고 있었다.

"본 의원은 국회에 명예와 양심의 이름으로 다음과 같이 호소하겠습니다. 본 의원이 제안한 이 건을 잘 검토해 주시기를 부탁드립니다. 그리고 가부(可否)를 결정하기 전에 본 의원은 현 정부의 각료를 겸한 모든 동료 의원님들에게 특히 호소하고 싶습니다. 제발 부탁하건대, 여러분을 본 국회에 보낸 유권자들과 그들의 바람을 배반하지 말기를 간청합니다. 본 의원은 여러 의원님들께서 자신의 입장을 다시금 깊이 생각하시어, 한때의 미봉책에 불과한 이 법안을 부결하기를 바랍니다. 그리하여 여러 의원님들의 공약을 수행하며, 공명 정대한 국유화 법안을 제출할 것을 간청하는 바입니다. 우리가 이 하원에서 그것을 이루지 못하고 실패했을 경우, 때에 따라서는 우리는 하원을 해산함으로써 국민 전체의 의사를 묻도록 해야 할 것입니다. 인도적인 견지에서 본 의원은 되풀이해서 부탁드립니다. 그 영광의 패배를 무기로 국민 전체의 의사에 호소하도록 탄원합니다."

데이비드가 자리에 앉았을 때 의사당 안에는 죽음과 같은 침묵이 흘렀다. 그것은 당장에 어떤 결정을 내릴 수 없는, 긴박감이 흐르는 그런 침묵이었다. 의사당 안은 존재 자체를 다 잊어버린 듯 깊은 감명에 휩싸였다. 그때 베빙튼이 냉랭하고 초연한 목소리로 입을 열었다.

"존경하는 슬리스케일 출신 의원께서는 현 정부가 개 사육에 대한 감찰을 내듯 그렇게 쉽게 탄광을 국유화할 수 있다고 믿는 모양이지요?"

불쾌하고 성실성없는 웅성거림이 의사당 내에 일었다. 그리고 배질 이스트먼 의원의 그 역사적인 조롱이 튀어나왔다. 그는 여러 주의 합동 투표에서 선출된 보수당의 젊은 하원의원이었다. 국회에는 어쩌다 한번씩 출석해서 유전적인 혼수 상태의 낮잠으로 시간을 보내는 친구였다. 국회의원으로서의 진기한 특징이 하나 있어서 당내에서는 귀엽게 보아 주고 있었다.

배질 이스트먼은 의원들이 발언을 할 때마다 동물의 음성을 기막히게 흉내내는 소질을 갖고 있었다. 지금도 개라는 말이 튀어나오자 몽롱한 낮잠 상태에 잠겨 있던 그가 눈을 번쩍 뜨고 일어났다. 그리고는 놀란 사냥개가 짖어대는 소리를 하는 것이었다. 의사당 안은 깜짝 놀라 숨을 죽이는 듯하더니 이윽고 킬킬대는 웃음소리가 번져 갔다. 킬킬거리는 소리는 점점 더 커다란 웃음소리로 부풀어 올라 끝내는 의사당 안을 뒤흔드는 듯한 폭소로 변하고 말았다.

몇몇 의원들이 자리에서 일어나 질문을 하고 곧 찬부 가결로 들어갔다. 그것은 위엄에 찬 순간에 해피엔드로 끝나 버리는 결과를 가져왔다. 의원들이 찬부 투표를 하기 위해 로비로 쏟아져 들어갔을 때, 데이비드는 아무도 모르게 의사당 밖으로 나왔다.

슬픈 재회

데이비드는 성 제임스 공원 안으로 들어갔다. 마치 무슨 정해진 약속 장소에라도 가는 듯 그는 머리를 약간 앞으로 내밀었다. 눈은 길게 뻗어 있는 길만을 바라보면서 빠른 걸음으로 걸었다. 그는 자기가 공원으로 들어왔다는 사실을 전혀 의식하지 못하고 있었다. 단지 자신의 패배만을 의식하고 있었다.

데이비드는 자신의 패배로 인해 굴욕감도 억울함도 느끼지 않았다. 다만 커다란 슬픔이 산더미처럼 무겁게 그의 마음을 짓누르는 것이었다. 베빙튼의 그 마지막 빈정거림도 그에겐 아무런 고통을 주지 않았다. 이스트먼의 조롱과 의사당 전체의 비웃음에 대해서도 전혀 아무런 원한이 느껴지지 않았다.

데이비드의 생각은 훨씬 멀리에 있는 한 점만을 바라보며, 자기 자신에게서 탈피되어 슬픔 속으로 뭉치어 녹아 버리는 것이다. 그 슬픔은 결코 자기 자신에 대한 슬픔이 아니었다.

데이비드는 해군성의 아치 앞에서 공원을 빠져 나왔다. 그것도 어떤 목적에서가 아니라 무의식적으로 맬 산책길에서 걸음을 되돌려 버렸을 뿐이다. 거리로 나오자 혼잡한 도시의 소음이 그의 슬픈 마음을 뚫고 들어왔다.

데이비드는 한동안 서서 바쁘게 돌아가고 있는 삶의 모습을 바라보았다. 이리저리 움직이고 있는 남녀들, 택시와 버스와 고급 승용차들이 눈앞을 물결처럼 흘러가고 있었다. 그 차량들은 조금이라도 서로 앞서려고 악착같이 달리며 클랙슨을 울려댔다. 비비고 추월(追越)해서 조금이라도 앞서려고 안달을 하는 것이었다.

차량들은 모두 방향이 같았으므로 한덩어리가 된 채 그 싸움들을 계속하고 있었다. 그것은 바라보는 동안 그의 슬픈 눈에 괴로움이 더욱 깊어졌다. 그 미친 듯한 복잡한 거리가 인간들이 사는 생명의 상징, 인생의 일방 통행적인 교통망으로 느껴졌다. 앞으로 앞으로 언제나 같은 방향으로, 그리고 각자는 자기 자신만을 위해 달리고 있는 것이 아닌가.

데이비드는 종종걸음을 치고 있는 사람들의 얼굴을 자세히 바라보았다. 그들 각자의 얼굴은 바로 그 얼굴 뒤에 숨어 있는 자기만이 아는 특별한 삶에 몰두되어 있을뿐 다른 것에는 무관심하기 짝이 없었다. 그 얼굴에는 이상한 진지함이 떠올라 있었다. 한 사나이는 돈에, 또 한 사나이는 먹는 것에, 그 다음 사나이는 여자에, 각기 열중해 있는 것이었다.

첫번째 사나이는 그날 오후 주식거래소에서 그 누군가로부터 50파운드를 받아내어 기분이 좋았다. 두 번째 사나이는 새우와 파테와 아스파라거스를 공상하며 그중 어느 것이 가장 맛있을까 하는 문제로 머리를 괴롭히고 있었다. 세 번째 사나이는 지난밤 저녁식사 때 의미있는 미소를 보내던 친구의 아내를 유혹할 기회가 없을까 하고 열심히 머리를 짜내고 있는 것이다.

각 사람들은 이 거대한 눈이 핑핑 도는 삶의 물결 속에서 자기 자신의 이익, 자기 자신의 만족을 위해서 살고 있는 것이다. 자기 자신의 안락, 그러니까 자기만을 위해서 살고 있다는 무서운 생각이 데이비드의 머릿속에 떠올랐다.

각 사람들은 자기 자신만을 의식하고 있는 것이다. 타인들의 삶은 자기 자신의 종속물 정도로밖에 생각하지 않는 것이다. 그러니까 타인들은 문제가 되지 않는다. 문제는 자기인 것이다. 자기, 즉 자기 자신이라는 인간만이 문제인 것이다.

다른 모든 사람들의 삶은 자기 자신의 행복에 영향을 끼칠 때에만 문제가 되는 것이다. 자기 자신의 복지, 자기 자신의 이익, 자기 자신을 위해서는 다른 사람들은 어떻게 되어도 괜찮다. 자기 자신을 위해서 다른 사람들의 행복과 삶을 희생시키고, 속이고, 탈취하고, 송두리째 없애버리는 것이다.

그런 생각들이 데이비드의 마음을 몹시 괴롭혔다. 그는 그러한 생각과 미친 듯이 빙빙 돌아가는 교통의 혼잡으로부터 돌아섰다. 그는 걸음을 더욱 빨리해서 헤이 상가로 들어섰다. 팬튼 가 모퉁이에 있는 그 상가의 노상에서 몇 사람이 노래를 부르고 있었다. 네 명이 함께 몰려 있었는데 광부들임을 금방 알 수 있었다.

그들은 서로 이마가 맞닿을 정도로 몸을 굽히고 마주 서서 노래를 부르고 있었다. 모두 젊은 사람들이었다. 웰즈어로 된 노래를 부르는 것으로 보아 웰즈 지방의 광부들인 것을 알 수 있었다. 그들은 끼니가 궁한 나머지 거리로 나온 것이다. 그들이 노래부르는 동안 런던의 부자와 사치가들이 그들 옆을 지나가고 있었다.

노래가 끝나자, 그들 중 한 사나이가 상자를 내밀었다. 그렇다, 이 사람들은 틀림없이 탄광부들이다. 입은 옷이 초라하고 구색이 맞지 않았지만, 수염을 깨끗이 깎았고 용모도 깨끗했다. 그것은 마치 그들이 빠지기만을 기다리고 있는 깊은 못으로부터 자신을 지키려고 버둥거리는 모습과 같았다.

데이비드는 한 광부의 깨끗한 얼굴 위에 탄광에서 입은 상처가 분명한 청색자국이 있는 것을 볼 수 있었다. 데이비드는 그 상자 속에 1실링을 넣었다. 그 사나이는 비굴한 모습이라기보다 큰 슬픔이 담긴 표정으로 그에게 감사를 표했다. 데이비드는 과연 이 1실링이 그들에게 지난 5년 동안에 자신이 한 모든 일과 싸움과 연설보다 더 많은 도움이 됐을까 하고 생각했다.

데이비드는 천천히 피카델리 지하철 쪽으로 걸어갔다.

길을 건너서 표를 사고 지하철에 올라탔다. 맞은편 자리에 앉은 사람은 노동자 같았는데 석간을 읽고 있었다. 그는 데이비드의 발언에 관한 기사를 읽고 있었다. 신문을 아주 작게 접어들고 천천히 읽고 있었다. 그러는 동안 기차는 지하의 터널을 울리면서 암흑 속을 내닫고 있었다.

데이비드는 그 사나이가 자신의 발언 연설을 어떻게 생각하는지 물어보고 싶은 충동이 일어났다. 그러나 묻지 않았다.

데이비드는 베터시 정거장에서 내려 블라운트 가 쪽으로 걸어갔다. 집으로 들어서자 피로가 한꺼번에 몰려왔다. 그는 안도감을 느끼며 밝은 카펫이 깔린 이층계단을 올라갔다. 그러나 반도 채 못 올라갔을 때 터커 부인이 그를 불러 세웠다. 그녀는 아래층 거실의 열린 문에서 말했다.

"발라스 박사님이 전화를 하셨어요. 아주 여러 차례 하셨어요. 직접 말씀하실 일이 있으신가 봐요."

"고맙습니다, 터커 부인."

"들어오시는 대로 언제든지 전화해 달라고 하시더군요."

"네, 알겠습니다."

그는 힐다가 자기를 위로하려고 전화를 했으려니 생각했다. 고맙기는 하지만, 사실 그녀의 위안을 받고 싶은 기분은 일지 않았다. 그러나 터커 부인이 자꾸 재촉을 했다.

"의원님이 들어오시는 즉시 전화를 거시도록 해드리겠다고 발라스 박사님께 약속했답니다."

"아아, 그러세요."

그는 바로 자기 뒤 중간계단에 있는 전화 쪽으로 몸을 돌렸다. 힐다의 전화번호를 돌리자 터커 부인은 만족스러운 듯이 문을 닫았다.

힐다에게 전화가 연결되는 데는 시간이 좀 오래 걸렸다. 연결이 되자 곧 힐다의 목소리가 울려 왔다. 1초 가량 벨소리가 울렸을까, 곧 힐다의 목소리가 들려 왔다. 그녀는 전화기 옆에 앉아서 데이비드의 전화를 내내 기다리고 있었던 것이었다.

"여보세요, 힐다. 나 데이비드입니다."

그는 자신의 목소리가 탁하고 피곤해진 것을 느꼈으나 어찌할 수 없는 일이었다.

"데이비드, 겨우 연락이 되는군요. 지금까지 얼마나 기다렸는지 몰라요. 지금 곧 만나고 싶어요, 당장."

그는 주저했다.

"미안해요, 힐다. 난 좀 피곤해서요. 실례가 아니라면 ……."

"아녜요, 만나야 해요."

그녀는 그의 말을 막으며 단호하게 나왔다.

"중대한 일이에요. 지금 만나요."

잠깐 말이 끊어졌다.

"무슨 일입니까?"

그가 다시 물었다.

"말할 수 없어요. 전화로는 말할 수가 없으니까요."

그녀는 잠깐 말을 멈추었다가 다시 이었다.

"당신 부인에 대한 일이에요."

"뭐라구!"

"부인의 일이라니까요."

그는 피곤도 절망감도 순간적으로 다 잊어버렸다.

"제니 문제군?"

그는 혼잣말처럼 중얼거렸다.

"그래요."

그녀는 되풀이했다. 또 잠시 말이 끊어졌다. 그러다가 갑자기 그가 겨우 제정신이 돌아온 듯 성급하게 묻기 시작했다.

"제니를 만났군요. 그 여자 어디 있습니까? 말해 줘요, 힐다. 제니가 있는 곳을 알고 있습니까?"

"아주 잘 알고 있어요."

힐다의 차분한 대답은 그의 가슴을 울렁이게 했다.

"그렇다면 말해 주십시오. 내게 말해 줄 수 있잖습니까?"

"이리로 오세요."

그녀가 딱 잘라 대답했다.

"그쪽으로 오라면 내가 그리로 가겠어요. 전화로는 말할 수 없으니까요."

"알겠소, 알겠소."

그는 성급하게 대답했다.

"지금 내가 그리로 가겠소."

데이비드는 수화기를 놓자 천천히 올라왔던 계단을 달음질쳐 내려갔다. 그는 불 가에서 지나가는 택시를 잡아 급히 힐다의 아파트로 달려갔다. 7분도 안되어서 힐다의 집 벨을 눌렀다.

가정부가 외출 중이었기 때문에 힐다가 문을 열었다. 그는 간절한 열망과 성급함을 겨우 억제하면서 힐다를 유심히 보며 그녀의 얼굴빛을 살폈다.

"자, 그런데."

그는 빠른 어조로 말했다. 제니가 혹시 힐다의 아파트에 있을지도 모른다는 희망을 갖고 있었다. 그렇기 때문에 힐다가 자기를 아파트로 오라고 했을 것이다.

그러나 힐다는 머리를 흔들었다. 그녀의 얼굴은 창백했다. 강을 내려다 볼 수 있는 전망이 좋은 방으로 그를 데리고 들어가는 그녀의 얼굴은 슬퍼 보이기까지 했다. 그녀는 그를 바라보지도 않고 자리에 앉았다.

"어떻게 된 거요? 뭐 잘못된 일은 없겠지요?"

그녀는 오늘도 수수한 검정색 옷을 입고 있었다. 힐다는 창백한 이마 위로 흘러내린 머리를 쓸어 올리며 조용히 앉아 있었다. 무릎 위에 아름다운 흰 손을 모은 채 데이비드를 오라고 한 것도 잊어버린 듯했다. 그녀는 사실을 말하기를 두려워하고 있음이 분명했다. 실제로 힐다는 두려웠다. 그러나 해야만 했다.

"제니가 병원으로 찾아왔어요."

"병이 났던가요?"

그의 얼굴 위에 근심의 빛이 덮였다.

"네, 병이에요."

"입원했나요?"

"네, 입원했어요."

침묵이 흘렀다. 기쁨이 컸던 만큼 고통과 괴로움도 컸다. 그의 목구멍으로 덩어리 같은 것이 솟구쳤다.

"어떻게 된 거요? 제니가 많이 아픕니까?"

"그래요, 좀 심해요. 아무래도……."

그녀는 여전히 그를 외면했다.

"부인이 오늘 오후에 외래 환자로서 찾아왔었어요. 자기가 어느 정도 아픈지도 모르고 있더군요. 갑자기 불쑥 들어와서 나를 만나겠다고 하잖겠어요. 나를 알고 있기 때문이었겠죠……."

"그런데 중환인가요?"

그는 불안스런 어조로 물었다.

"그래요, 내장이 병들었어요. …… 그렇죠, 결국 그런 거예요."

데이비드는 힐다를 바라보고 있었으나 그의 눈에는 힐다가 아닌 제니가 보였다. 가엾고도 귀여운 제니의 모습이었다. 마음속이 걱정스러움과 감당할 수 없는 애정으로 점점 차오르고 있었다.

그는 벌떡 몸을 일으키며 소리쳤다.

"지금 그 병원으로 가 보겠소. 우물쭈물하지 맙시다. 같이 가 주시겠소, 아니면 나 혼자 갈까요?"

"잠깐!"

힐다의 말에 그는 문 쪽으로 가다가 중간에서 발을 멈추었다. 그녀의 입술은 창백해져 있고, 몹시 난처한 표정이었다.

"난 제니를 성 엘리자벳 병원에 입원시킬 수가 없었어요. 물론 최선을 다했지만 할 수 없었어요. 이유가 있었죠. 그 이유는……, 하는 수 없이 주선을 해서 이송해야만 했어요. …… 다른 병원에다 입원시킬 수밖에 없었어요. …… 우선 말이죠."

"어느 병원입니까?"

그녀는 드디어 그를 바라보았다. 저 사람은 결국 알게 될 것이라는 생각이 들었기 때문에 체념한 소리로 입을 열었다.

"캐넌 가의 성병원이에요."

처음에는 데이비드는 그녀의 말을 이해할 수 없었다. 그는 힐다의 난처한 얼굴을 놀란 표정으로 바라보았다. 그러나 그것은 불과 몇 초 동안이었다. 그는 미친 사람처럼 고함이 튀어나오려는 것을 겨우 참는 듯 두 손으로 얼굴을 가렸다.

"나로서도 어쩔 도리가 없었어요."

힐다는 같은 말을 되풀이하고 있었다. 그녀는 그의 괴로운 얼굴을 바라보는 것이 너무 잔인한 것 같아 눈길을 돌려 버렸다. 그녀는 바로 밑에서 넘실거리며 흘러가는 강물 쪽으로 트인 창밖을 내다보았다. 강물은 말없이 흐르고 있었다. 방안에도 침묵이 흘렀다. 그것은 오래오래 계속되었다. 이윽고 데이비드가 입을 열었다.

"면회할 수 있을까요?"

"그럼요. 내가 주선해 드릴게요. 지금 전화를 걸어 보죠."

그녀는 여전히 먼 곳을 응시하며 머뭇거렸다.

"내가 같이 가 줄까요?"

"아니, 나 혼자 가 보겠소!"

그는 낮게 중얼거렸다.

그녀가 전화를 걸어 당직 의사에게 부탁을 하는 동안 데이비드는 멍하니 서 있었다. 그녀가 면회가 된다고 말하자, 그는 급히 고맙다고 인사하고 밖으로 나왔다.

데이비드는 실신할 것만 같았다. 그는 쓰러지려는 몸을 아파트 둘레에 쳐진 철책에 기댔다. 너무나 형편없는 모습이었다. 그는 혹시 힐다가 창문에서 내다보고 있지나 않을까 해서 몸을 바로 세우려 했으나 어쩔 수 없었다. 그 아파트의 맨아래층 방에서 레코드 음악이 흘러나왔다.

'그대는 내 마음의 기쁨'이라는 노래였다. 그는 점심을 먹은 이래 아무것도 먹지 않았다는 생각이 나서 뭘 좀 먹는 게 좋겠다고 생각했다. 그렇지 않으면 병원에서 쓰러지는 소동을 일으킬지도 모른다.

데이비드는 차가운 철책을 놓고 강변로를 따라가다가 간단한 음료를 파는 곳을 찾았다. 커피를 파는 곳이 있었다. 자동차 운전사들이 모이는 허름한 가게였다. 주인 아가씨는 데이비드를 아픈 사람이라고 생각한 모양이었다. 그가 말도 하지 않았는데, 따끈한 커피와 샌드위치를 날라다 주었다.

데이비드가 커피를 마시고 샌드위치를 먹는 동안, 그 레코드의 노래가 계속 머릿속에서 돌아가고 있었다.

제니가 입원해 있는 성병원(性病院)은 그 커피점에서 그리 멀지 않은 곳에 있었다. 그러나 그는 택시를 탔다. 차안에는 노란 색의 조화가 스테인레스 꽃병에 꽂혀 있었고, 담배 연기와 엷은 향료 냄새가 감돌고 있었다. 그래서 노란 조화가 향료와 담배 연기의 냄새를 토해내고 있는 듯한 느낌이었다.

캐넌 가의 성병원 수위는 안경을 낀 노인이었다. 나이가 많아서 그런지 동작이 몹시 느렸고, 힐다가 전화를 걸어 놓았는데도 상당히 시간이 걸렸다.

데이비드는 노인이 전화로 병실에 연락을 취하는 동안 수위실 밖에서 기다렸다. 붉은 색과 푸른 색의 바둑판 무늬로 된 모자이크 바닥은, 먼지가 쌓이는 것을 막으려 함인지 벽 쪽으로는 곡선을 이루고 있었다. 그는 바닥을 멍하니 내려다보고 있었다.

엘리베이터가 천천히 올라가 그를 병실 앞에 내려놓아 주었다. 자신의 아내인 제니가 이 병실 안에 있는 것이다. 그의 심장은 터질 듯이 심하게 뛰었다. 그는 간호사의 뒤를 따라 병실 안으로 들어섰다.

폭이 좁은 대신 길이가 긴 방안은, 온통 하얗게 칠해져서인지 몹시 썰렁한 느낌을 주었다. 양쪽으로는 폭이 좁은 하얀 침대가 죽 놓여 있었다. 모든 것이 다 하얀 색깔뿐이었다. 새하얀 깨끗한 침대에 누워 있는 사람들 모두 여자들뿐이었다. '그대는 내 마음의 기쁨'이라는 노래가 여전히 머릿속에서 계속 울리고 있었다.

제니, 드디어 제니가 보였다. 그의 아내인 제니가 제일 안쪽의 하얀 침대 위에, 하얀 스크린 뒤에 누워 있었다. 자신이 너무나 잘 알고 있는 사랑스러운 제니의 얼굴이, 그 큰 병실의 하얀 색 사이에서 그의 눈에 뜨인 것이다. 그의 가슴은 뒤엎어지는 듯한 느낌이었다. 갑자기 가슴이 질식할 것처럼 답답해지고, 몸은 사시나무 떨듯 떨리고 있었다.

"제니!"

그가 소곤거렸다.

병실 담당 간호사가 힐끗 그를 쳐다보더니, 두 사람을 내버려두고 가 버렸다.

"제니."

그는 다시 소곤거렸다.

"당신이 오실 줄 알았어요."

제니는 그 옛날에 보아 온 뭔가를 물으며 아양을 부리는 듯한 낯익은 미소를 보냈다.

그의 가슴은 다시 한번 무너져 내려앉는 느낌이었다. 데이비드는 아무 말도 할 수가 없었다. 그는 침대 옆자리에 털썩 주저앉았다. 그녀의 눈이 그의 마음을 가장 아프게 해주었다. 그 눈은 마치 두드려 맞은 개의 눈과 똑같았다. 그녀의 뺨에는 붉은 모세 혈관이 그물처럼 드러나 보였고 입술은 파리했다.

제니는 여전히 아름답고 별로 늙지도 않은 것 같았다. 그러나 자세히 보면 아름다움이 사그러져 가고 있음을 알 수 있었다. 마치 오랫동안 사용해서 이제는 내버려진 물건과 같은 비참한 모습이었다.

"당신이 오실 줄 알았어요. 내가 발라스 박사를 만나러 간다는 건 좀 이상스러웠지만, 병이 나니까 낯선 사람은 싫더군요. 그리고 난 힐다 발라스의 소문을 듣고 있었거든요. 슬리스케일에서는 그 사람과 제법 친했잖아요. 그런데 …… 저어, 당신도 오실 거라고 생각했었고 ……."

데이비드는 그녀가 자기를 만난 것을 기뻐한다고 생각하였다. 그러나 그를 못 견디게 하던 아름다움은 전혀 찾아볼 수 없었다. 그동안의 자신에 대해 변명하고 싶은 듯 간절한 표정과 그를 만난 것이 기쁘다는 것만이 엿보일 뿐이었다. 그는 겨우 물었다.

"여기 있는 것이 편안하오?"

제니는 얼굴을 붉혔다. 옛날 같으면 이러한 자기의 입장을 어떤 식으로 말했을까 하는 것을 생각하고 약간 창피스러워진 듯했다. 그녀는 어색하게 말했다.

"그럼요, 아주 편안해요. 여기가 자선 병원이라는 것은 알고 있지만 간호사들이 아주 멋있어요. 정말 좋은 사람들이에요."

그녀의 목소리는 약간 쉬어 있었다. 얻어맞은 듯한 한쪽 눈이 유난히 더 검어 보였고, 다른 한쪽보다 더 큰 것 같았다.

"편안하다니 다행이오."

"네, 전 병원 같은 곳엔 절대로 찾아가는 일이 없었지요. 하지만 우리 아버지가 다리를 다치셨을 때가 기억나는 군요."

제니는 다시 그에게 미소를 보냈다. 몹시 마음을 아프게 하는 미소였다. 다시 그 두드려 맞은 개와 같은 비굴한 표정이 나타났다. 그는 나지막한 목소리로 말했다.

"편지라도 해 줬더라면, 제니!"

"신문에서 당신에 관한 기사를 읽었어요. 난 당신의 기사를 아주 많이 읽었죠. 아시겠어요, 여보?"

그녀의 목소리는 갑자기 활기를 띠웠다.

"길에서 당신이 내 옆을 스쳐 가셨던 것 아세요? 스트랜드에서였죠, 당신은 아주 닿을듯 말듯 내 옆을 스쳐 가셨어요."

"그런데 왜 내게 말하지 않았소?"

"그러니까, 하고 싶었지만 어쩐지 해서는 안 될 것 같았어요."

그녀는 다시 살짝 얼굴을 붉혔다.

"난 친구와 같이 있었거든요."

"그랬군……."

말이 끊어지고 다시 어색해졌다.

"내내 런던에 있었겠군?"

"그래요."

그녀는 고개를 끄덕이며 말을 이었다.

"난 웬지 런던이 굉장히 좋았어요. 특히 번화한 음식점과 상점 같은 것들이요. 사실 난 아주 잘 살았죠. 난 당신이 내가 몹시 비참하게 살았으리라고 생각하는 것이 싫어요. 난 재미있게 살았어요."

그녀는 잠시 말을 멈추고 침대 옆에 놓인 컵을 잡으려고 손을 뻗쳤다. 그가 재빨리 컵을 집어서 그녀에게 주었다.

"컵이 너무 크죠? 꼭 차 항아리 같아요."

"목이 마른 모양이군."

"괜찮아요, 위가 나빠서 그래요. 그러나 곧 회복될 거래요. 내가 어느 정도 회복되면 발라스 박사가 수술을 하기로 되어 있어요."

그녀는 자랑스럽게 말했다.

"그렇다고 하더군."

그도 고개를 끄덕여 주었다. 그녀는 물컵을 그에게 건네 주고 그를 바라보았다. 그녀는 그의 눈을 바라보자 그 속에서 뭔가를 느낀 듯 시선을 밑으로 떨구었다. 침묵이 흘렀다.

"미안해요, 데이비드. 당신을 제대로 대접해 드리지 못했다면 용서해 주세요."

그의 눈에 눈물이 핑 돌았다. 그는 잠시 말문이 막혔다. 그러다가 겨우 소곤대듯 말했다.

"빨리 낫도록 해. 제니, 내가 당신에게 원하는 건 그것뿐이야."

그녀는 낮은 소리로 물었다.

"이 병실이 어떤 곳인지 당신도 아시죠?"

그는 고개를 끄덕였다.

"수술하기 전까지 치료를 해 준대요."

"그래, 제니."

또다시 침묵이 흘렀다. 갑자기 그녀가 울기 시작했다. 제니는 베개에다 얼굴을 파묻고 소리없이 울었다. 두드려 맞은 것 같은 눈에서 한없이 눈물이 흘러내렸다.

"아아, 여보."

그녀는 헐떡이듯 말했다.

"난 당신을 바라보는 것조차 부끄러워요."

그때 간호사가 다가왔다.

"자아, 자아, 이제."

간호사는 냉정하게 말했다.

"오늘 밤은 이 정도로 끝내는 것이 좋겠군요."

그녀는 냉랭하고 엄한 모습으로 두 사람 사이에 섰다. 이때 데이비드가 말했다.

"또 오겠소, 제니. 내일."

그녀는 눈물을 흘리며 미소지었다.

"네, 또 와 주세요. 데이비드. 어서 가요."

그는 일어났으나 다시 몸을 굽혀서 그녀에게 키스했다.

간호사가 그를 회전문까지 바래다 주었다. 그녀는 돌아서기 전에 비난하는 어조로 말했다.

"알아두셔야 합니다. 이 병실에선 키스 같은 것은 서로에게 다 유익되지 못한 것이에요."

그는 대답하지 않고 그대로 병원 밖으로 나왔다. 병원 밖의 캐넌 가에서는 손풍금으로 '그대는 내 마음의 기쁨'이라는 노래가 연주되고 있었다.

나의 인생을 찾아서

10시쯤 되어서 캐럴라인은, 린든 플레이스의 자기 방 창문으로 청명한 10월의 하늘을 올려다보았다. 가벼운 산책을 하기에는 알맞은 날씨였다. 그녀에게는 하루에 두 번씩, 오전과 오후에 날씨가 좋은 날이면 가벼운 산책을 하는 것이 습관이 되어 버렸다. 이것이 런던에 살고 있는 기쁨 중 제일 큰 것이기도 했다.

캐럴라인도 런던에서 살게 된 것이다. 멀리 있으면서도 내내 그녀를 현혹시키고 위협해 오던 대제국의 거대한 중심지에 자기 자신이 살고 있다는 것은 생각만 해도 믿을 수 없는 일이었다. 그러나 어떻게 보면 전혀 이상스러울 것이 없었다.

리차드는 죽고, 넵튠 탄광은 팔려서 모슨 가우런 상사 주식회사의 소유가 되어 새로운 모습으로 출발하였다. 발라스 가의 집도 넘어가 버렸다. 가우런이 그 집을 원했기 때문이다. 소문에 의하면, 그 저택을 개수하고 정원도 새로 꾸미느라 막대한 돈을 들였다고 했다.

"아아, 슬픈 일이야!"

캐럴라인 자신이 가꾸던 아스파라거스 밭에 낯선 손길이 닿았으리라는 것을 생각만 해도 몸이 움츠러드는 기분이었다. 그녀가 이같은 변화를 어떻게 견디면서 슬리스케일에 머물 수 있겠는가? 뿐만 아니라 그녀는 머물러 달라는 부탁도 받지 못했다.

아더는 뚱하고 심술궂은 사람으로 변해 버렸는데, 그 탄광의 조감독으로 남았다. 허들리 로에 전세로 조그마한 집을 얻기는 했으나 고모인 자기에게 함께 있자는 말은 하지 않았다. 뿐만 아니라 그녀는 그에게 너무 심한 대접을 받았다.

아더가 타인캐슬에서 만취가 되어 돌아와서 그녀에게 무서운 이야기를 마구 퍼붓던 날 밤의 두려움을 결코 잊을 수 없었다. 그때 아더는 '혼자 아무 데나 가 버리라'고 행패를 부렸다. 가엾은 놈! 그놈은 자기가 한 말이 이 고모의 가슴을 얼마나 아프게 도려내는 듯했는지 모르고 있을 것이다. 그러나 걱정할 것 없다. 그녀 역시 싫으면서 동정해 주는 그러한 것의 희생이 되기를 원하지는 않으니까. 또 옛날의 품위를 유지하려고 우물쭈물하면서 살아가는 것도 원하지 않는다.

자신은 아직 예순네 살밖에 되지 않았다. 그리고 그녀에게는 해마다 백이십 파운드의 수입이 들어오고 있지 않은가. 이제부터는 나 혼자 사는 거다. 게다가 지성과 교양의 도시 런던이 자기를 기다리고 있지 않은가.

캐럴라인은 자기의 대담스러움에 놀라면서도 신중하게 여러 가지로 검토를 해 보았다. 그녀가 런던에서 산다면, 최근 들어서 자기에게 다정해진 힐다와 가까이 있을 수 있다. 또 언제나 다정스러운 그레이스와도 그다지 멀지 않다.

그레이스는 지금도 단순하게 멋을 부릴 생각도 없이 남편, 자식들과 함께 가난하지만 멋진 생활을 하고 있다. 돈이나 물질적인 것은 전혀 염두에도 두지 않고, 주어진 것만으로 행복하고 건강하게 살고 있는 것이다. 그렇다, 일년에 한두 달은 바넘에 가서 사는 것이 좋겠다. 거기에는 로러도 있지 않은가.

로러 밀링튼은 지난 몇 년 간 번마우드에서 내내 자기 남편을 간호하며 살고 있었다. 로러도 꼭 찾아가 보자. 이렇게 되고 보니 영국 남부에서 새 생활을 시작하는 그녀의 앞날에는, 새롭고 밝은 빛이 가득 비추고 있는 것이다. 그녀는 지난 30년 동안 해리어트와 리차드의 병실에서만 살아온 것이나 마찬가지였다. 캐럴라인 역시 마음속 어느 구석에서는 병실과 더러운 시트를 갈아 주는 것에 조금은 넌더리를 내고 있었음에 틀림없다.

캐럴라인의 마음이 끌린 고장은 베즈워터라는 곳이었다. 그녀만큼 베즈워터의 성하고 쇠한 것을 알고 또 이해하는 사람도 없었다. 그녀는 자신도 성하고 쇠했다는 어떤 의식을 자랑스럽게 지니고 있었다. 베즈워터에 점잖은 옛날의 흔적이 남아 있다는 것은 그녀의 가슴에 하나의 감상적인 메아리를 불러일으켰다. 그래서 즐겁게 살 수 있으리라는 희망을 갖게끔 되었다.

사실 린든 플레이스는 그녀의 마음에 너무나 꼭 드는 곳이었다. 봄이면 나무들의 초록빛이, 벽토칠이 되어 있는 오래된 집들 위의 퇴색한 황색 페인트칠과 대조되어 우아하고 아름다웠다. 거리의 끝에는 교회가 있었는데, 그것이 독특한 분위기를 자아 내면서 마음에 평안을 안겨 주었다.

최근에 와서 캐럴라인은 훨씬 더 신앙이 깊어졌다. 성 필립 교회의 첨탑에서는 가끔 높고 맑은 종소리가 울려나왔다. 우유 소매상이 시내를 즐거운 듯이 외치고 다니는 소리와 양고기를 굽는 냄새가 살고 있다는 느낌을 생생하게 느끼게끔 해주기도 했다.

캐럴라인이 잘 조사해서 셋방을 얻은 키틴즈 부인의 1040번지는 유난히 모양이 좋은 집이었다. 비록 목욕통이 갈라지고 에나멜칠은 벗겨지고 있었지만 언제나 깨끗했다. 자동 온수 장치가 되어 있어서 2펜스만 집어넣으면 뜨거운 물을 얼마든지 쓸 수 있었다. 그런데 당연한 일이긴 하지만 목욕탕에서 세탁하는 일은 엄격히 금해져 있었다.

키틴즈 부인집에 세들어 있는 사람들은 모두 나이가 지긋한 부인들이었다. 그러나 단 한 사람만은 예외로 법과 대학생인 젊은 인도 청년이 있었다. 그러나 그 청년 역시 비록 피부 색깔은 검지만, 욕실은 아주 소심하다고 할 정도로 깨끗이 사용했다.

캐럴라인은 자기에게는 이처럼 모든 것이 다 알맞고 유쾌하다고 생각하면서 창문에서 눈을 돌려 방안을 훑어보았다. 방안 역시 모두 자기를 행복하게 해주는 것뿐이었다. 자신은 이렇게 보물처럼 소중한 세간들에 둘러싸여서 안락하게 살고 있는 것이다. 평생토록 자신의 것을 어느 것 하나 버리지 않았다는 사실은 그 얼마나 행복스러운 일인가!

캐럴라인의 방은 귀중하고 값비싼 물건들로 장식되어 있었다. 테이블 위에는 해리어트가 40년 전에 스위스의 루세르느에서 가지고 온 스위스 농가의 모형이 놓여 있었다. 정교한 조각이 멋졌는데, 그 모형의 집안에는 작은 암소들의 모형도 들어 있었다. 실은 이것을 센트 제임스의 고물 시장에 내놓으려 했던 때가 있었다. 아, 생각만 해도 그 얼마나 끔찍스러운 일인가!

또한 대리석의 벽난로 옆에는 까만 초인종 손잡이에 매달려 디룽거리고 있는 세 장의 그림 엽서도 있었다. 그것들은 아더가 부울로뉴에서 보내 주었던 것인데, 액자 속에다 끼워 두었던 소중한 것이었다. 그녀는 이 그림 엽서들을 아주 좋아했다. 색채가 좋았고, 또 뒷면에 붙여진 채로 있는 그 외국 우표가 언젠가는 값이 나갈지도 모르기 때문에 더욱 좋았다.

그림 엽서의 맞은편 벽에는 그녀가 14년 전에 해리어트에게 만들어주었던 나무에 새긴 그림이 걸려 있었다. '그대가 이 세상에

처음으로 태어난 경사스런 날'이라고 시작되는 시(詩)도 멋있을 뿐
아니라 그림 자체도 얼마나 아름다운지 모른다. 아아, 그녀도 한
때는 이런 그림을 그릴 수 있을 것이라고 생각한 적이 있었다.

그러한 모든 추억이 다 이 방에 있는 것이다. 그리고 그녀의 모
든 소유물, 즉 그녀의 앨범, 고스 지방의 도자기 세트, 아더의 공
부방에 있었던 노란 색깔의 지구의, 그 옆에 항상 있었던 커다란
자주색 조가비, 구멍을 파는 노리개 등이 고스란히 있었다. 그 노
리개의 유리구슬 하나는 아더가 일곱 살 때 잃어버리고 말았지만
말이다.

그때 자기는 아더가 구슬을 집어삼킨 것이 아닌가 하고 얼마나
걱정을 했는가. 또한 여기에는 펜을 닦는 것을 겸한 흡수지와 궁
실 안내도, 1907년의 지명 사전 등도 있었다. 그녀는 리차드가 죽
기 조금 전에 산 버들가지로 만든 파리채까지 보관하고 있었다.

이 단칸방에 캐럴라인의 평생 기록이 다 놓여져 있었다. 때문에
그녀는 방안에 있노라면 자기가 불행하다는 생각을 할 수 없었다.
그녀는 이 모든 것들을 통해서 자기의 행복을 바라볼 수 있었던 것
이다. 그리고는 그 행복감이 감사해서 하나하나 꼽아 보는 것이
었다.

지금은 잠시 산책을 나가야 할 시간이었다. 캐럴라인은 작고 네
모진 거울 앞에서 모자를 썼다. 그 모자는 7년 전에 산 것으로 지
금은 많이 퇴색되고 깃털도 힘이 없어졌다. 그러나 여전히 아주
좋은 것으로 검정색이어서 어느 옷에나 다 잘 어울렸다.

캐럴라인은 장갑을 낀 다음 마치 총을 끼듯 단단히 접혀진 우산
을 겨드랑이에 끼었다. 그녀는 마지막으로 방을 한바퀴 휘이 돌
아다 보았다. 빵 반쪽과 작은 우유 주전자가 깔끔하게 선반 위에
놓여 있었고, 어제 먹다 남은 토마토도 있었다.

코코아 깡통은 습기가 차지 않도록 뚜껑을 꼭 닫아 놓았고, 가

스의 마개도 잘 닫혀 있었다. 창문은 공기가 통할 수 있도록 조금 열려져 있고, 성냥도 흩어지지 않았다. 모든 것이 다 깨끗하게 정돈되어 있었다. 그녀는 흡족한 마음으로 머리를 꼿꼿하게 치켜세우고 밖으로 나갔다.

캐럴라인은 쇼윈도를 기웃거리며 상점 안의 여러 가지 상품들을 보았다. 그녀는 감탄하면서 린든 플레이스에서 웨스트보언의 숲으로 천천히 걸어들어갔다. 웨스트보언 숲의 끝까지 오자, 그녀는 특별한 용무가 있는 듯 아주 익숙한 태도로 메리트 백화점 안으로 들어갔다.

메리트는 언제나 기분을 즐겁게 해주는 곳으로 모든 것을 다 갖추고 있는 큰 백화점이었다. 때문에 구경을 하기에는 참으로 좋은 장소였다. 그녀는 약 30분 가량 검은 구식 모자를 쓴 머리를 한쪽으로 기울이고 메리트 백화점의 구내를 이리저리 돌아다녔다. 점원들은 모두 친절했고, 메리트 백화점에는 그다지 비싸지 않은 물건들도 있었기 때문에 그것이 특히 좋았다.

1년에 120파운드라는 그녀의 재정 상황은 확실한 것이었지만, 그렇다고 해서 무모한 짓은 할 수 없는 형편이었다. 그러나 오늘 아침 그녀는 무모했다. 몇 주일 전부터 편지 뜯는 칼에 눈독을 들이고 있었다. 그것은 진짜 상아와 구별할 수 없을 정도로 고급스러워 보였고, 그 한쪽 끝은 앵무새 주둥이처럼 만들어져 있었다.

'어쩌면 이렇게 만들 수 있을까?'

캐럴라인은 경탄해마지 않았다. 아아, 정말 보물 같은 편지칼인데 그 값은 9펜스나 하지 않는가. 그러나 그녀의 눈은 기쁨으로 휘둥그래졌다. 그 편지칼에 '6펜스 반으로 할인'한다는 작은 표찰이 붙어 있었던 것이다. 그것은 다시없는 기회였다.

캐럴라인은 그 편지칼을 샀다. 그 칼이 초록색 포장지에 싸여 초록색 끈으로 묶여지는 것을 보았다. 그 자리에서 그녀는 그 편지칼을 힐다에게 주어야겠다고 결심을 했다.

캐럴라인은 물건을 산 것이 기뻤다. 가끔 메리트 백화점에서 뭔가를 산다는 것은 그녀에게는 어떤 면으로 보아 명예로운 것이었다. 그녀는 승강기 쪽으로 걸어갔다. 승강기의 안내 아가씨는 경마의 기수와 같은 복장을 하고 있었다. 그 아가씨는 버튼을 눌러서 그녀를 옥상까지 태우고 올라갔다.

안내하는 아가씨가 활달한 목소리로 외쳤다.

"독서와 글쓰기와 쉴 수 있는 휴게실이 있는 곳입니다."

그 휴게실은 나무의 질이 좋은 삼목으로 벽을 댄 아름다운 방이었다. 거기에는 거울이 걸려 있었고, 기분을 좋게 해주는 의자와 신문, 잡지 등이 많이 눈에 띄었다.

부인들은 모두 쉬고 있는 중이었다. 그 방은 무료로 들어갈 수 있는 방이기도 했다. 절대적으로 믿을 수 있는 무료 제공인 것이다.

캐럴라인이 승강기에서 나오려 할 때 아까부터 총처럼 끼고 있던 우산이 그만 승강기 안내 아가씨의 엉덩이를 찌르고 말았다.

"어머나, 미안해요."

캐럴라인은 깜짝 놀라며 사과를 했다.

"정말 실수였어요. 고의가 아니었어요."

"괜찮아요. 아주머니."

승강기 안내 아가씨는 웃어 보였다. 얼마나 예의바른 아가씨인가!

그녀와 비슷한 처지의 많은 부인들이 신문을 읽는 가운데에서 캐럴라인도 신문을 읽는 데 한 시간을 보냈다. 그 부인들은 모두 구두쇠 같아서 옷차림이 거의 비슷했고, 무료 신문을 최대한 이용하고 있는 사람들이었다. 사실 신문들은 읽을 만한 뉴스로 가득했다. 온 나라가 흥분의 도가니에 싸여 있었다.

먹도날드 씨가 국왕을 다시 배알했다는 것과 거국 내각(擧國內閣)의 훌륭한 성명서, 앞으로 있을 선거에 관한 기사가 나와 있었다. 캐럴라인은 거국 내각 정부의 대찬성자였다. 그것은 아주 안전하게 생각되었기 때문이다. 〈트리뷴〉 지에는 '사회주의자에게 당신의 돈을 낭비하지 말라'라는 제목의 무수한 논설이 실려 있으며, 〈미터〉 지에는 '과격파 미치다'라는 또 다른 논설이 실려 있었다.

캐럴라인은 두 논설을 다 읽었다. 아주 즐겁게 신문이란 신문은 모두 통독했다. 단 무시무시한 노동당의 걸레조각 같은 신문을 빼고 말이다. 노동당 신문은 남부 웨일즈 계곡의 궁핍 상황에 관한 왜곡된 기사로 가득 차 있었던 것이다. 발라스의 집에서는 신문을 읽을 시간이 거의 없었다. 하여 지금의 이러한 여가를 더욱 고맙게 생각하는 것이었다.

아까 타고 올라왔던 바로 그 승강기가 그녀를 다시 아래층으로 내려다 주었다. 승강기 안내 아가씨 역시 똑같은 사람이었는데, 그녀는 캐럴라인을 향해 생긋 웃어 보였다. 인상이 좋고 얌전해 보이는 아가씨였다. 캐럴라인은 그 아가씨가 좋은 자리로 승진하기를 진심으로 바랐다.

캐럴라인은 메리트 백화점 밖으로 나왔다. 그리고는 산책의 방향을 힐다의 아파트 쪽으로 잡았다. 백화점에서 산 선물을 빨리 전해 주고 싶었기 때문이다. 그녀는 평상시와 마찬가지로 켄징튼 공원 옆을 지났다. 쭉 뻗은 도로가 공원까지 이어져 있는 그 공원 안에 '사과꽃 식료품점'이라는 가게가 있었는데, 언제나 유혹을 느끼게 하는 것이었다.

캐럴라인은 그 집에서 즉석으로 만들어 주는 케이크와 비스킷을 여간해서 물리치고 지나갈 수가 없었다. 무모한 낭비를 한 뒤이면서도 그녀는 '사과꽃 식료품점' 안으로 들어갔다. 젊은 여주인이 그녀를 알아보고 미소를 지었다. 그녀는 철사로 만든 광주리 쪽으로 가서 설탕을 바른 2펜스짜리 케이크를 집어 종이봉지에 넣어 주었다.

"비가 올 것 같아요."

젊은 여주인이 설탕 바른 케이크 봉지를 건네 주면서 말했다.

"비가 안 왔으면 좋겠어요."

캐럴라인은 2펜스를 지불하면서 대답했다. 그녀는 편지칼에다 2펜스짜리 케이크까지 산 것이다. 케이크를 조금씩 뜯어 먹으면서 차를 마실 때의 기쁨은 굉장하다. 오늘은 아침 쇼핑으로서는 과한 것이었다.

공원은 아름다웠다. 특히 둥근 연못가의 어린이들은 언제나 사랑스러웠다. 오늘은 아이가 한 명밖에 없었다. 비틀거리며 걷는 모습이 무척이나 귀여웠다. 작은 빨간 외투를 입고 앙증맞게 비틀거리며 걷고 있었는데, 유모가 손을 놓아 버리면 금방이라도 연못에 굴러떨어질 것만 같았다. 참으로 예뻤다.

갈매기도 날고 있었는데, 그것은 빵과 베이컨의 껍질을 찾으며 울고 있었다. 캐럴라인은 그 갈매기에게 빵 조각을 던져 주었다. 때문에 둥근 연못가에는 수백 개의 빵 조각이 둥둥 떠서 흩어져 있었다. 빵을 연못에다 내던지다니, 그녀는 생각했다. 아까 메리트 백화점에서 읽은 그 무서운 신문기사가 사실이라면, 빵이 없기 때문에 많은 어린이들이 죽어 가고 있는데 이처럼 빵을 낭비한다는 것이 이상스러웠다. 그러나 그럴 리가 없다. 그 기사는 심한 과장을 하고 있는 것일 게다. 언제나 자선 행위라는 것이 있는 법이니까.

캐럴라인은 안심을 하면서 박람회장 옆을 걸어내려갔다. 남(南)켄징튼은 즐거운 곳이고, 첼시도 그러했으며 카알라이와 뽕나무도 좋았다. 아니, 그건 관상목이었던가?

드디어 힐다의 아파트 가까이에 왔다. 그녀는 힐다를 찾아가는 것을 특히 좋아하고 있었다. 사실인즉 그녀의 마음속에는 언젠가는 힐다가 자기에게 집을 돌봐 달라고 부탁할 것이라는 막연한 희망이 감돌고 있었다.

캐럴라인은 깃이 높은 검은 옷을 입고, 매우 병이 깊은 상류층의 환자들을 힐다의 진찰실로 안내하는 자기 모습을 상상해 보았다. 병이 심하면 심할수록, 신분이 높은 사람이었으면 좋겠다. 그녀는 병실에서 자신을 해방시켰음이 분명한데도 병이라는 것이 역시 그녀에게는 이상한 매력을 주는 것이다.

가정부는 힐다가 집에 있다고 말해 주었다. 캐럴라인은 가정부에게 특별한 미소를 지어 보이며 그녀의 뒤를 따라 아파트 안으로 들어갔다.

그녀는 깜짝 놀랐다. 힐다는 혼자가 아니었다. 또한 방문객이 다름아닌 데이비드 펜윅이었기 때문에 놀라지 않을 수 없었다. 방 안에 들어선 순간, 그녀는 못이 박힌듯 딱 멈추어 섰다. 얼굴이 금방 새빨개졌다.

"미안하구나 힐다."

그녀는 숨을 내쉬었다.

"전혀 생각하지 못했어. 난 네가 혼자인 줄 알았다."

힐다가 일어났다. 그녀는 그때까지 내내 말없이 앉아 있었다. 고모를 만났다고 해서 기뻐하는 눈치도 아니었지만 친절했다.

"들어와요, 고모도 데이비드 펜윅 씨를 아시잖아요."

캐럴라인은 더욱 당황하면서 데이비드와 겨우 악수를 나누었다. 그녀는 힐다와 데이비드가 서로 사이가 좋다는 사실을 알고 있었다. 그는 옛날에 아더의 가정교사 노릇을 했었고, 최근에는 국회에서 굉장히 선동적인 연설을 하였었다.

캐럴라인은 이렇듯 훌륭한 힐다의 젊은 친구를 갑자기 만났기 때문에 그만 넋을 잃고 만 것이다. 그녀는 방해가 되고 싶지 않다는 얼굴로 창가로 가 의자에 살며시 앉았다.

데이비드가 시계를 들여다보고 힐다에게 말했다.

"이제 가 봐야겠군요. 오후에 병원에 가려면 슬슬 가 봐야겠어요."

"어머나, 저 때문에 일어나지 마세요."

캐럴라인이 황급하게 말했다. 그녀는 데이비드의 얼굴이 몹시 창백하고 야위었다고 생각했다. 눈동자도 근심에 차 있었다. 그것도 깊은 근심이 가득했다. 가슴 아픈 무슨 일이 일어날 것을 기다리는 그런 표정이었다.

"바깥은 날씨가 참 좋아요."

캐럴라인이 재빨리 말을 이었다.

"비가 올 것 같았는데 그렇지 않군요."

"비는 오지 않을 거예요."

내내 입을 다물고 있던 힐다가 겨우 입을 열었다.

"정말, 그랬으면 좋겠어요."

또 말이 끊어졌다.

"난 공원을 지나왔단다. 공원은 지금 아주 아름답더구나."

"그래요? 아, 정말 그렇겠군요. 지금이 제일 아름다울 때죠."

"둥근 연못가에서 아주 귀여운 사내아이를 보았단다."

캐럴라인은 미소지으며 말을 이었다.

"빨간 외투를 입고 있었어. 너도 한번 봤더라면 아주 기뻤을 거야. 그 아이는 정말 귀엽더구나."

캐럴라인은 방안의 분위기를 즐겁게 하려고 무척 애를 썼다. 그러나 그녀는 힐다가 무관심하게 자기 이야기를 듣고 있다는 사실을 깨달았다. 무슨 일일까, 생각하면서 데이비드를 바라보았다. 데이비드는 창가에서 뭔가 깊이 생각하는 모습이었다.

캐럴라인은 뭔가 좋지 않은 일이 있음을 느낄 수 있었다. 그녀는 좋지 못한 일에 대해서는 재빨리 알아내는 감각을 지니고 있었다. 데이비드는 다시 한 번 시계를 보고 급하게 몸을 움직였다.

"정말 가 봐야겠소. 3시에 다시 만납시다."

데이비드는 힐다에게 말한 후, 캐럴라인과 악수를 하고 밖으로 나갔다. 캐럴라인은 귀를 기울였다. 현관홀에서 그가 무슨 이야기인지를 힐다에게 했기 때문이다. 그러나 안타깝게도 그 말의 내용은 알 수가 없었다. 그녀는 이상하게도 그들에 대해 몹시 알고 싶었다. 호기심을 참고 있을 수가 없었기 때문에 힐다가 들어오자 급히 물었다.

"무슨 일이냐, 힐다? 데이비드가 무척 걱정하고 있는 것 같던데…… . 병원에 간다는 건 무슨 일이니?"

힐다는 이 말을 못 들은 척했다. 그러나 고모의 호기심을 딱 잘라 버리려는 듯 억지로 대답을 했다.

"데이비드의 부인이 병원에 있어요. 입원 중이에요. 오늘 오후에 수술을 할 거예요."

"어쩜 좋아!"

캐럴라인은 입을 막으며 눈을 둥그렇게 떴다. 그러나 그녀의 얼굴에는 이제 알았다는 흡족한 표정이 역력히 나타났다.

"그렇지만…… ."

"뭐가 그렇지만에요."

힐다는 얼른 말을 가로막았다.

"제가 수술을 하는 거예요. 그러니 이 문제는 이제 말하지 않는 게 좋겠어요."

캐럴라인의 눈이 더욱 크게 떠졌다. 그러나 힐다의 기분을 상하게 하는 것이 두려워 입을 다물고 있다가 조심스럽게 물었다.

"네가 그 여자를 낫게 해주겠구나 힐다?"

"또 뭘 아시려고 그러세요?"

힐다가 거칠게 말하자 캐럴라인의 얼굴이 숙여졌다. 그녀는 힐다의 무뚝뚝한 태도가 조금 섭섭했다.

캐럴라인은 데이비드의 부인이 무슨 병에 걸렸는지 꼭 알고 싶었지만, 힐다의 표정을 보고 그만두었다. 풀이 죽은 얼굴로 깊이 한숨을 내쉬고는 잠시 동안 입을 다물고 앉아 있었다. 그러다가 갑자기 떠오른 생각으로 얼굴이 다시 밝아졌다. 그녀는 미소를 지으며 말했다.

"아참, 힐다. 내가 너한테 줄려고 아주 예쁜 선물을 가지고 왔는데, 깜빡 잊고 있었구나."

그녀는 잠깐 말씨를 겸손한 어투로 바꾸었다.

"어쩌면 너는 대수롭지 않은 것이겠지만."

그녀는 여전히 우울해 있는 힐다를 향해 생글생글 웃어보이며 편지칼을 자랑스럽게 내밀었다.

제니의 죽음

그날 오후 1시 반에 데이비드는 성 엘리자벳 병원으로 갔다. 만족할 만한 혈액 검사의 결과에 따라 제니가 이미 그곳에 이송되어 있었던 것이다. 그는 시간이 너무 이르다는 것을 알았지만, 수술을 받게 될 제니를 생각하면 방안에 가만히 앉아 있을 수가 없었다.

그녀가 수술하기 전에 필요한 치료를 받고 있던 이 몇 개월 동안, 데이비드는 가끔 제니에 대한 자신의 감정을 자문해 보았다. 그것은 사랑이 아니었다. 그렇다, 그것은 사랑일 수가 없었다. 그녀에 대한 사랑은 이미 오래전에 죽어 버린 것이다. 그러나 그럼에도 불구하고 이것은 커다란, 엄청난 감정이었다. 연민 이상의 그 무엇인 것이다.

데이비드는 그동안 그녀가 살아온 내력을 아주 명백하게 알게 되었다. 제니는 이야기를 이것저것 토막토막 끊어서 해주었고, 자주 거짓말을 섞어서 꾸며대었다. 그러나 가엾게도 사실을 숨기려는 그녀의 노력은 번번이 실패로 돌아갔다.

제니는 런던에 처음 상경해서 어느 백화점에 직장을 얻었다. 그러나 그 일은 처녀 시절에 다니던 슬래터리 부인복 상점에서 하던 일보다 훨씬 더 힘들었다. 게다가 보수도 상상 외로 적었다. 곧 제니에게 친구가 생겼고 또 다른 친구도 생겼다. 그들은 처음엔 모두 점잖은 신사들 행세를 하다가 마지막에는 험상궂은 마각을 드러내었다.

귀부인을 돌봐 주고 있다는 예전의 편지 사연은 물론 거짓말이었다. 그녀는 한 번도 영국 밖을 나가 본 적이 없었다. 제니는 왜 그토록 자신의 분수를 알지 못했을까? 그는 이해할 수 없는 일이었다. 그녀는 아직도 어린애와 같이 자기 자신을 자꾸 변명하려는 어리석음에서 벗어나지 못하고 있었다. 그녀는 상처를 입고 타락했지만, 그것은 자신의 탓이 아니라는 것이었다.

"남자들 때문이에요, 그건."

그녀는 울었다.

"당신은 모르실 거예요. 다시는 사내라는 존재는 만나지 않으려고 했어요. 살아 있는 동안엔."

제니는 예전과 달라진 것이 없었다. 데이비드가 병원에 꽃을 가져다 주었을 때 그녀는 매우 고마워했다. 그러나 그것은 그녀가 꽃을 좋아해서가 아니었다. 자기는 그 병실에 입원한 어느 여인들보다 한층 더 높은 사람이라는 것을 간호사에게 자랑하고 싶기 때문이었다.

데이비드는 제니가 간호사에게 또 어떤 이야기인가를 꾸며댔으리라는 것을 짐작할 수 있었다. 틀림없이 점잖고 로맨틱한 이야기를 꾸며댔을 것이다. 성 엘리자벳 병원으로 옮겨서 그가 응접실이 붙은 병실을 주선해 주었을 때도 마찬가지였다. 데이비드가 자기를 얼마나 높게 생각해 주고 있는가를 나타내는 것이라고 담당 간호사에게 자랑할 수 있는 것이다.

제니는 병원에 입원하고 있으면서도 로맨틱했다. 그녀의 행동은 과연 저럴 수 있을까 싶을 만큼 어처구니 없는 것이었지만, 그것은 사실이었다. 그녀는 사내들은 다 짐승이라고 경멸할 때도 그에게 자기 백속에서 립스틱을 좀 꺼내 달라고 부탁하는 것이었다. 그녀는 백을 병실의 침대 밑 옷장에다 살짝 감추어 두고 있었다.

제니는 또 테이블 옆의 서랍 밑에 언제나 작은 손거울을 하나 감추어 두고 있었다. 그리고는 데이비드가 찾아오기 전에 꼭 화장을 했다. 거울은 절대 병원에 가지고 들어오지 못하게 되어 있었다. 그러나 제니는 거울을 보관하고 있었다. 그녀는 그에게 아름답게 보이려고 애썼다.

데이비드는 해안을 따라 걸으면서 한숨을 쉬었다. 그는 모든 것이 잘 되기만을 바랐다. 그는 진심으로 그렇게 되기를 바랐다.

데이비드는 병원의 현관 아치 위에 걸린 시계를 바라보았다. 역시 너무 이른 시간이었다. 그러나 병원 안으로 들어가야 할 것 같았다. 그는 밖에서 기다리며 길에서 어슬렁거릴 수가 없었다. 그는 수위실을 지나 2층으로 올라갔다. 제니가 수술받고 있는 수술실 옆의 썰렁한 느낌이 드는 천정이 높은 복도에 서 있기로 했다.

수없이 많은 방들이 그 복도의 양쪽에 줄지어 있었다. 힐다의 방과 간호사실, 대기실도 있었다. 그중에 유난히 커 보이는 유리문이 그의 눈길을 끌었다. 수술실이었다. 그는 수술실의 하얀 우윳빛 유리를 낀 두 개의 문을 바라보았다. 그 문안에서 일어나고 있는 일을 생각하지 않을 수 없었다. 슬픔이 가슴속으로 퍼져 아프게 했다.

담당 간호사인 클레그 간호사가 병실에서 나왔다. 그녀는 수술실 간호사가 아니었다. 그녀는 부드러운 얼굴로 왜 왔느냐는 듯 그를 바라보더니 입을 열었다.

"너무 일찍 오셨어요. 이제 막 시작했는데."

"네, 알고 있어요. 그러나 오지 않을 수가 없었습니다."

그녀는 대기실로 들어가라는 이야기도 하지 않고 가 버렸다. 그녀가 아무 말도 하지 않았기 때문에 그는 벽에 등을 기대고 눈에 뜨이지 않게 서서 수술실의 우윳빛 유리를 바라보았다. 혹시 누군가가 거기 있으면 안 된다고 이야기할까봐 두려웠기 때문이었다.

문에 의사들의 그림자가 뚜렷하게 비치어, 수술실 내에서 일어나고 있는 일이 다 보이는 것만 같았다. 그가 군에서 위생병으로 있었을 때 기지 병원에서 수술을 도운 적이 가끔 있었다. 때문에 마치 자기가 수술실 안에 있는 것처럼 모든 것이 똑똑하고 생생하게 보이는 것이었다.

수술실의 중앙에는 금속으로 만든 수술대가 있었다. 그것은 빛나는 기계와 같이 번쩍이는 지레와 바퀴가 달려 있어 자유 자재로 옮길 수 있게 되어 있었다. 아니, 그것은 역시 기계 같은 것이라고 할 수 없다. 그것은 마치 꽃과 같은 것, 하나의 커다랗게 번쩍이는 쇠붙이꽃, 수술실 바닥에 돋아난 번쩍이는 줄기 위에 자라는 꽃과 같았다.

힐다는 이 번쩍거리는 수술대의 한쪽과 같았다. 힐다의 조수는 그녀의 반대편에 있고, 간호사들이 수술대 주위를 꽉 메우고 있어 마치 수술대 위에 있는 것을 구경하러 온 것처럼 보였다. 모두 하얀 옷에 하얀 모자를 쓰고, 하얀 마스크에 시커멓고 번들거리는 손을 하고 있었다. 손에 검은 고무장갑을 끼었기 때문에 검어 보이는 것이었다. 손들은 젖어 있었으며, 미끈거렸다.

수술실 안은 매우 더웠으며, 뜨거운 물이 끓는 소리와 수증기가 새는 소리로 꽉 찼다. 수술대의 베개 옆에는 마취의가 금속으로 된 실린더에 빨간 고무호스와 커다란 빨간 보자기를 옆에 두고 서 있었다. 그는 몸을 둥글어 보이게 굽히고 아주 조용하고도 지루한 듯한 표정을 짓고 있었다.

색깔이 있는 방부액이 든 큰 병들이 수술대 근처에 놓여 있고, 증기 소독기에서 막 끄집어낸 수술도구들이 쟁반 위에 놓여져 있었다. 그 수술 도구들이 힐다에게 건네졌다. 힐다는 그것들에겐 눈도 주지 않고, 단지 검은 고무장갑을 낀 손을 내밀어 도구가 손 위에 놓여지면 재빠르게 사용하기만 했다.

힐다는 수술대 쪽으로 약간 몸을 굽혀서 수술을 하고 있었다. 간호사들이 들여다보며 수술대 위의 것을 감추는 듯이 둘러싸고 있었기 때문에 수술대 위의 것은 거의 볼 수가 없었다. 그러나 그것은 제니, 제니의 육체가 분명했다. 그러나 또한 그것은 제니도, 제니의 육체도 아니었다. 뭔가 큰 비밀이나 되는 것처럼 그 모든 것이 하얀 타월로 덮여진 위에 클리프가 끼워져 있는 것이 보였다.

다만 한 곳만이 단정히 네모지게 노출되어 있었는데, 이 네모난 부분은 선명한 황색으로 칠해져 있어서 하얀 타월과 대조되어 명확히 드러나 보였다. 피크린 산(酸) 작용 때문에 그렇게 보이는 것이었다. 바로 이 네모진 곳 안에서 모든 일이 일어나고 있었다. 힐다의 부드러운 고무장갑을 낀 손이 움직이는 곳이 바로 거기였다.

처음엔 절개를 했다. 뜨겁고 번쩍이는 란셋이 선명한 황색 피부에 천천히 단단한 선을 하나 긋자, 피부가 입술처럼 갈라지며 넓게 붉은 색깔의 미소를 지었다. 그러한 미소짓는 붉은 입술에서 붉은 색의 무엇인가가 가늘게 쭈욱 솟구쳐 올랐다. 힐다의 검은 두 손이 연방 움직이자 그 상처 주위에 번쩍이는 핀셋이 놓여졌다.

절개가 다시 더욱 깊게, 상처의 붉은 입안에서 이루어졌다. 이제 그 상처는 미소짓는 것이 아니라 입술을 활짝 벌린 채 크게 웃는 모습이 되었다.

힐다의 손 하나가 바로 그 상처 안으로 들어갔다. 검고 번쩍이는 손이 마치 뱀의 검은 대가리처럼 작고 뾰족해지면서 상처 속으로 깊이 뚫고 들어갔다. 그것은 흡사 붉은 색의 웃고 있는 입이 뱀 대가리를 집어삼키는 것만 같았다.

그 후에 더 많은 도구들이 사용되었고, 죽 늘어놓은 핀셋들이 하나하나 자꾸만 늘어갔다. 도구들은 서로 섞여져서 복잡한 듯했지만 질서 정연했다. 그것은 모두 다 필요한 것이었고, 정밀한 수학처럼 틀림없는 것이었다.

힐다는 하얀 가제 마스크를 쓰고 있어서 힐다의 얼굴을 볼 수는 없었지만, 마스크 위로 눈은 볼 수 있었다. 그 눈빛은 강렬했다. 힐다의 손놀림은 바로 그 강한 눈빛의 투영이었고, 손들 역시 냉혹하여 강철처럼 단단했다.

수술을 하는 손은 그렇게 강철처럼 단단할 필요가 있다. 수술실에서는 인간의 건강한 육체는 매력이 없다. 모든 더러운 것을 다 보이게 되는 것이다. 인간은 일단 수술실로 들어오면 붉은 색칠이 된 사물처럼 취급되어 밑바닥까지 다 보여 주게 되는 법이다.

꾸미려고 하거나 감추려는 것은 아무런 소용이 없다. 전혀 소용이 없다. 망각이 너무나 빨리 찾아들기 때문이다. 제니의 몸 역시 깊은 망각 속에 묻혀진 채 공포나 두려움이 전혀 없이 피로 물든 하나의 사물처럼 놓여져 있는 것이다.

마치 미소짓는 것처럼 벌려져 있던 상처가 봉합되었다. 힐다는 놀랄 만큼 정확하게 봉합침을 집어넣어 상처의 입술을 가늘게 오므리게 했다. 이제 수술은 거의 끝나 마무리돼 가는 순간이었다.

뜨거운 물이 끓어오르는 소리가 조금 낮아지고 방안의 열기도 줄어들었다. 간호사들도 수술대를 둘러싸고 있지 않았다. 그중 한 간호사가 마스크를 한 채로 기침을 했다. 그것을 계기로 긴 침묵이 깨어졌다. 어떤 간호사는 피에 젖은 소독면을 세기 시작했다.

데이비드는 천정이 높은 썰렁한 복도의 입구에서 우윳빛 유리에 눈을 둔 채 조용히 서 있었다. 드디어 문이 확 열리며 담가차(擔架車)가 나왔다. 두 명의 간호사가 고무 타이어로 된 소리없이 움직이는 담가차를 밀었다. 간호사들은 벽에 딱 붙어 서 있는 그를 돌아다보지도 않았으나, 그는 담가차 위에 누워 있는 제니를 보았다.

제니의 얼굴은 그가 있는 쪽으로 돌려져 있었다. 얼굴은 빨간 빛을 띤 채 부어 있었다. 특히 눈꺼풀과 뺨이 부은 것처럼 보였는데, 마치 술에 취해 깊은 잠에 곯아 떨어진 사람 같았다. 코를 골 때마다 뺨이 움푹 들어갔다 나왔다했다. 머리털은 하얀 모자 밑으로 삐져 나와 얽혀 있는 모양이 마치 누군가가 머리채를 잡아당기는 것처럼 보였다. 제니에게는 이제 낭만적인 모습이라고는 없었다.

데이비드는 간호사들이 담가차를 병실 끝의 방까지 끌고 안으로 들어가자, 회전문이 닫히는 것까지 바라보았다. 그는 돌아서서 힐다가 수술실의 경사진 곳을 내려오는 모습을 보았다. 그녀의 태도는 차갑고 초연했다. 별것 아니었다는 표정까지 내비치고 있었다. 그녀가 갑작스럽게 말했다.

"자, 끝났어요. 이제 부인은 괜찮을 거예요."

그는 그녀의 냉혹스런 태도가 오히려 고마웠다. 친절했다면 더 이상 견딜 수 없을 것 같았다.

"면회는 언제 할 수 있나요?"

"오늘 저녁에는 되겠지요. 그다지 심한 마취는 아니었으니까."

그녀는 잠깐 말을 멈추었다.

"8시에는 면회를 할 수 있을 거예요."

데이비드는 여전히 차가운 그녀의 태도에서 다시 한 번 다행스럽게 느껴졌다. 수술실의 냉혹함과 차가움이 아직도 남아 있어서 그녀의 말은 메스를 가하듯 날카롭게 딱딱 잘라졌다. 그녀는 복도 입구에 서 있고 싶지 않은 듯했다. 신경질적으로 자기 방문을 확 열더니 들어가 버렸다.

힐다는 문은 그대로 열어 두었으나 그를 잊어버린 듯 데이비드에 대해서는 신경을 쓰지 않았다. 데이비드는 그녀의 뒤를 따라 방안으로 들어갔다. 그리고는 나지막한 목소리로 말했다.

"내가 고맙게 생각하고 있다는 것을 알아 주었으면 좋겠소, 힐다."

"고맙기는요."

힐다는 서류를 들고 보는 척했다. 냉혹한 표정 아래에서 마음이 깊은 혼란을 겪고 있었다. 그녀는 그 수술을 성공적으로 끝내기 위해 모든 힘을 다 기울였다. 데이비드에게 자신의 수술 기술의 뛰어남을 과시하고 싶었던 것이다. 그런데 막상 끝나고 나니, 그러한 마음으로 수술에 임했던 것이 부끄럽게 생각 되었다.

자신은 다만 육체의 부분만을 조정한 것 뿐이다. 머리와 영혼의 상처는 건드릴 수도 없다. 자기의 절묘한 솜씨라는 것도 결국은 난폭하고 잔인한 것에 불과하다는 생각까지 들었다. 기술을 발휘했다는 것이 도대체 무슨 의미가 있단 말인가!

힐다 자신은 짐승의 시체와도 같은 인간을 꿰맸을 뿐이며 그것이 전부였다. 그 무가치한 여자는 이제 저 남자에게 다시 돌아갈 것이다. 영혼은 여전히 병이 든 채로. 그러한 생각은 힐다를 고통스럽게 했다. 그 이유는 데이비드에 대한 자기 자신의 감정 때문이었다. 그 감정이란 절대로 사랑 같은 것은 아니었다. 그것은 그것보다 훨씬 더 신비한 것이었다.

데이비드는 그녀로 하여금 매력을 느끼도록 한 유일한 남성이었다. 한때는 정말 하마터면 그와 사랑에 빠질 뻔했다. 아, 그러나 그것은 있을 수 없는 일! 자기는 어떠한 남성도 사랑할 수 없었다. 남성과의 사랑은 실패하리라는 두려운 의식이 그녀의 마음 속에 깊이 자리잡고 있었다. 또한 자기는 데이비드를 좋아할 뿐 그를 사랑할 수 없다는 마음이 그 여인, 제니라는 여자를 그에게 되돌려 주어야 한다는 것을 더욱 못 견디게 해주는 것이었다. 그 녀는 몸을 돌리고 그를 향해 말했다.

"난 오늘 저녁 8시에 이리로 오겠어요. 만일 만나고 싶다면 말해 놓고 나가죠."

"좋습니다."

힐다는 수도가 있는 쪽으로 다가가 물을 틀었다. 그리고는 물을 컵에다 가득 채우고 먹고 싶지도 않은 물을 마셨다. 그에게 아무 감정도 보이고 싶지 않았기 때문이다.

"이제 병실을 돌아봐야 해요."

"그러시죠."

데이비드는 힐다의 방을 나왔다. 계단을 내려와서 병원 밖으로 나와 존 가 끝에서 베터어시교 행 버스에 뛰어올랐다. 버스 안에 서 그는 여러 가지 생각에 잠겼다. 제니가 데이비드 자신과 그녀 자신에게 무슨 짓을 했든, 그녀의 수술을 무사히 끝났다는 것이 다행스러웠다.

데이비드는 제니로부터 자신을 완전히 끊어 버릴 수가 없었다. 그녀는 마치 그의 가슴에 언제나 들어와 앉아 있는 가벼운 그림자 같았다. 그녀가 떠나 버렸던 지난 모든 세월 동안에도 그녀는 여 전히 희미하게 그와 함께 살았던 것이다.

데이비드는 그녀를 절대로 잊을 수가 없었다. 그녀를 찾은 지 금, 사실 이제는 두 사람 사이의 모든 관계는 다 없어져 버렸다. 그러나 자기는 여전히 그녀에게 묶여 있고, 그녀에게 어떤 의무를 갖고 있다는 묘한 기분이 집요하게 달라붙어 떨어지질 않았다. 그 는 제니를 너무나 잘 알고 있었다. 그녀가 거리의 창녀였다는 사실도 알고 있었다.

데이비드는 보통때 같으면 그 불쾌함을 증오했어야 할 것이었다. 그런데 그녀에 대해서는 그러한 태도를 가질 수 없는 것이다. 참으로 이상한 일이었다. 제니의 내부에 있는 가장 좋은 면만이 그의 눈앞에 떠오르는 것이었다. 제멋대로가 아닌 어린아이처럼 천진스러울 때의 제니, 갑작스럽게 충동적으로 사근사근해지는 제니를 떠올리는 것이다. 또한 돈에 담백한 그녀, 특히 컬러코츠에 신혼 여행을 갔을 때, 그의 양복을 사기 위해 자기 돈을 내놓으면서 아무 말도 하지 못하게 하던 제니를 잊을 수가 없었다.

데이비드는 버스에서 내리자 블라운트 가를 걸어 자기 방으로 들어갔다. 집은 매우 고요했다. 그는 창가에 앉아서 그 맞은편의 지붕 사이로 보이는 공원의 나무들의 가지 끝과 그 가지 끝에 매달려 보이는 하늘을 바라보았다. 방안의 고요함이 마음에 깊이 스며들었다. 괘종시계의 재깍거리는 소리가 천천히, 그리고 규칙바르게 리듬을 싣고 들려 오고 있었다. 그것은 행진하는, 천천히 행진해 가는 사람들의 발걸음 소리와 같았다.

데이비드는 무의식적으로 자세를 똑바로 하고 먼 하늘에 불타는 듯한 시선을 보냈다. 그는 자신이 패배했다고 생각하지 않았다. 싸우고 싸우고 또 싸워서 이기는 것이라는 집요한 충동이 마음속에 되살아났다. 패배라는 굴복을 수반할 때 비로소 경멸해야 하는 것이다.

자기는 절대 그 어떤것도 포기하지 않을 것이다. 그는 아직도 신뢰받고 있다고 생각했다. 자신의 배후에는 광부들의 신뢰가 있는 것이다. 자기에게는 아직 요원한 장래가 남아 있다. 희망이 대전진의 함성과 함께 다시 그에게 되돌아오는 것이다.

데이비드는 느닷없이 벌떡 일어나서 테이블로 다가가 세 통의 편지를 썼다. 뉴전트와 헤든, 그리고 슬리스케일의 선거 사무장인

제니의 죽음 · 345

윌슨 등에게 편지를 썼다. 윌슨에게 보내는 편지는 중요한 것이
었다. 그는 그 다음날 슬리스케일로 가서, 지방 집행위원회의 회
합 석상에서 연설을 하겠다고 윌슨에게 확약을 했다. 그 편지 속
에는 그의 확고한 낙관론이 담겨져 있었다.

데이비드는 그 편지를 다시 읽어 보고 자기도 그러한 희망을 느
끼며 기뻐했다. 이 며칠 동안 제니의 수술만을 생각하고 다른 것
은 머릿속에서 완고히 내쫓는 동안, 정국(政局)은 빠른 속도로 막
바지로 치닫고 있었다. 그가 예언한 대로, 동요하고 있던 정부는
재정계의 타격을 받아 8월에는 어쩔 수 없이 정권을 내놓고 말
았다. 지난주인 10월 6일 이 임시 연립 내각은 자발적으로 해산
했다.

앞으로 있을 총선거의 입후보자 지명일은 10월 16일이었다. 데
이비드의 입술이 꾹 다물어졌다. 이번 선거에서는 지금까지보다
더욱 열렬히 싸우겠다는 결심을 했다. 공표된 국가 정책은 큰 은
행의 이익이 원인이 된 사태에 곧바로 응하기 위하여 만들어진 것
이었다. 때문에 그는 그것을 노동자의 생활에 대한 결정적인 도전
으로 간주했다. 실업 수당의 단호한 삭감은 '희생의 균등화'라는
기괴하기 짝이 없는 문구 아래서 정당화되고 있는 것이다.

노동자의 희생은 정확히 계획을 짜듯 만들어 내면서 사회의 다
른 방면에 있어서의 희생은 그렇지 않았다. 그런 한편, 40억 파운
드라는 영국 자본이 해외에 투자된 사실이 있었다. 노동당은 당
사상 이제야말로 최대의 위기에 봉착해 있는 것이었다. 뿐만 아니
라 당의 지도자들이 연립 내각과 운명을 같이했다는 것은 노동당
의 이익이 되지 못했다.

6시 반. 데이비드는 괘종시계를 한번 힐끗 바라보고 생각한 것
보다 시간이 많이 늦어졌다는 것을 느꼈다. 그는 코코아를 끓여
천천히 마시면서, 방금 터커 부인이 가져다 준 석간을 읽었다. 신

문은 제멋대로 고쳐쓴 선전 기사로 가득했다. 산업을 국유화에서 지키자, 과격파들 미치다, 노동당 지배의 악몽 등등의 문구가 눈에 띄었다.

용감한 시민이 증오감을 느끼게 하는 독사를 밟아 죽이는 만화가 그려져 있었는데, 독사 밑에는 명백하게 '사회주의'라는 표제가 붙어 있었다. 신문에는 베빙튼류의 명문구가 거창하게 보도되어 있었다. 베빙튼은 이제야말로 국가적인 위기 앞에서 영웅이 되었다. 어제 그자는 다음과 같은 성명을 발표하였다.

'산업에 있어서의 평화는 계급 투쟁이라는 주의에 의하여 위협을 받고 있다. 우리는 노동자를 노동자 자신들로부터 지켜야 한다.'

데이비드는 음울한 미소를 지으며 신문을 테이블 위에 내던졌다. 슬리스케일에 돌아가면 자기도 이 문제에 대해서 할 말이 있는 것이다. 베빙튼과는 약간 다른 관점에서이겠지만.

7시가 넘었다. 데이비드는 의자에서 일어나 세수를 한 다음 모자를 손에 들고 집을 나섰다. 이상스러우리만치 마음이 가벼워졌다. 저녁의 아름다운 황혼을 바라보자 즐거워지기까지 했다. 베터어시 교를 건널 때 하늘은 적황색으로 물들어 있었고, 강물도 그 빛을 받아 빨간 색으로 보였다.

데이비드는 오후의 우울했던 것과는 아주 다른 기분으로 병원에 도착했다. 인간에게 용기만 있다면 모든 일은 쉽게 풀리는 것이다. 계단 꼭대기에서 그는 힐다와 부딪쳤다. 그녀는 막 저녁 회진을 마치고, 클레그 간호사와 복도 입구에 서서 잠시 이야기를 나누는 중이었다. 그는 걸음을 멈추었다.

"이제 들어가 봐도 괜찮은가요?"

"네, 아무 일없어요."

힐다가 말했다. 그녀는 아까보다 더 침착해져 있었다. 아마 그

녀도 스스로 사리를 분별하여 평정을 되찾았으리라. 그녀의 태도
는 여전히 초연하고 형식적이었으나, 무엇보다도 침착하다는 느낌
이 두드러졌다.

"아마 지극히 평안하신 부인을 보시게 될 거예요. 마취가 심하
지 않아서 가볍게 깨어났답니다."

데이비드는 대답할 말을 찾을 수가 없었다. 그는 두 여인이 자
기를 바라보고 있음을 깨달았다. 특별히 클레그 간호사는 늘 그에
게 여자다운, 억누를 수 없는 호기심을 가지고 있는 듯했다.

"부인에게 당신이 오실 거라고 얘기해 주었어요. 매우 기쁜 모
양입니다."

클레그 간호사는 힐다를 바라보며 비난하는 듯한 표정으로 말
했다.

"부인께서는 자기 머리 모양이 잘 되어 있는지 내게 물어볼 정
도였어요."

데이비드의 얼굴이 약간 붉어졌다. 클레그 간호사가 제니의 허
영심을 폭로해 버리는 말에는 뭔가 잔인한 것이 깃들어 있었다.
대번에 그의 입술에서 어떤 대답이 튀어나오려고 했다. 그러나 그
는 아무 말도 하지 않았다.

데이비드가 클레그 간호사에게로 시선을 돌렸을 때, 젊은 간호
사가 병실에서 급히 달려나왔다. 그녀는 견습 간호사였다. 그렇지
않다면 그렇게 당황해서 뛰어나오지는 않을 것이었다. 그녀의 얼
굴빛은 밀가루처럼 새하얗게 질려 있었다. 클레그 간호사를 보자
안도의 숨을 내쉬며 소리쳤다.

"이리 와 봐요, 언니. 큰일났어요!"

클레그 간호사는 아무것도 묻지 않았다. 그녀는 이미 견습 간호
사의 얼굴 표정이 왜 그런지를 알고 있었다. 그것은 긴급 사태를
의미했다. 그녀는 말 한마디 없이 돌아서더니 병실 안으로 들어

갔다. 힐다도 잠시 서 있다가 그녀들을 따라 들어갔다.

데이비드는 혼자 복도 입구에 남았다. 사건이 너무나 급작스럽게 일어나서 어리둥절할 뿐이었다. 병실에 무슨 사고가 있는 것은 분명한데 병실 안으로 들어가 봐야 하는지 어쩐지조차 분별할 수가 없었다. 그가 결정을 내리기도 전에 힐다가 되돌아왔다. 몹시 긴장한 모습이었다. 그녀의 이런 얼굴을 보는 것은 처음이었다.

"대기실 안으로 들어가세요."

데이비드는 힐다를 바라보았다. 두 간호사가 병실에서 나와 수술실로 황급히 걸어갔다. 그들이 어깨를 나란히하고 걸어가는 모습은 웬지 현실의 모습 같지 않고, 곧 있게 될 행렬을 미리 예시하는 듯했다. 곧 수술실의 전등불이 켜지고, 우윳빛 유리문이 환히 밝아져서 조명을 받은 영화의 화면처럼 전체가 하얗게 보였다.

"대기실로 가세요."

힐다가 다시 말했다. 긴급 사태는 이제 그녀의 목소리와 눈빛, 거칠게 명령하는 듯한 얼굴에서 잘 드러났다. 그는 순순히 대기실 안으로 들어갔다. 문이 닫히자 힐다의 급한 발걸음 소리가 다시 들렸다.

긴급 사태의 장본인이 제니라는 것을 예감할 수 있었다. 데이비드는 아무것도 걸려 있지 않은 텅빈 대기실에서 복도를 왔다갔다 하는 발자국 소리에 귀를 기울였다.

데이비드는 승강기가 지나가는 소리를 들었다. 그러더니 더 많은 발자국 소리가 들렸다. 잠시 침묵이 일고 다시 좀더 무서운 기분을 느끼게 하는 소리를 들을 수 있었다. 그것은 누군가가 뛰어가는 소리였다. 누군가가 수술실에서 힐다의 방으로 뛰어가는가 싶더니 곧 다시 뛰어서 돌아왔다.

데이비드는 가슴이 오그라들었다. 어떤 급작스러운 사건이라도 이미 익숙해져 있는 병원에서 이렇게 당황하는 것을 보니, 치명적인 긴급 사태임이 틀림없었다. 절망적인 위독 상태가 분명했다. 그러한 생각이 들자, 그는 마치 얼어붙은 것처럼 몸을 전혀 움직일 수가 없었다.

아주 긴 시간이 흘렀다. 데이비드는 얼마나 오래 되었는지 알 수가 없었다. 꼼짝도 않고, 내내 긴장하여 바깥 소리에만 귀를 기울이다 보니 근육이 굳어 시계마저 바라볼 수 없게 되었다.

돌연히 문이 열리며 힐다가 방으로 들어왔다. 힐다의 모습이라고 믿을 수 없을 만큼 그녀는 이상스러운 얼굴을 하고 있었다. 그녀의 얼굴 변화가 너무나 컸기 때문이다.

힐다는 기진맥진한 것 같았으며, 영혼의 마지막 기력까지 다 빠진 것 같았다. 그녀는 곧 쓰러질 듯한 목소리로 말했다.

"지금 가서 만나 보시는 게 좋을 거예요."

그는 급히 앞으로 나섰다.

"어떻게 된 거요?"

"출혈이에요."

데이비드는 그녀의 말을 되받아 중얼거렸다.

힐다는 아무런 감정도 담기지 않은 말투로 상황을 설명했다.

"간호사가 그 방을 나오자마자 부인은 침대에서 일어났어요. 거울을 잡으려고 손을 벌렸던 거죠. 자기가 예쁜지 어떤지를 보려고 했던 거예요."

힐다의 목소리에 깃든 쓸쓸함과 의사로서의 패배 의식은 대단했다.

"자기가 예쁜지 어떤지, 머리가 잘 되어 있는지 어떤지를 보려고, 그리고 립스틱을 입술에 바르려고……. 세상에, 그런 걸 생각할 수조차 있을까요? 내가 어려운 수술을 겨우 끝낸 뒤인데 거울을 보려고 몸을 움직이다니."

힐다는 그날 오후의 냉혹하던 태도도 다 잊어버렸다. 자기가 한

일이 완전히 실패로 돌아갔다는 것에 자신을 단단히 잡아매고 있
던 끈을 놓쳐 버린 것이다. 그녀는 이제 몸도 마음도 기진 맥진한
상태가 되어 버린 것이다. 그녀는 문을 활짝 열어젖혔다.

"만나 보고 싶으면 어서 가 보세요."

데이비드는 대기실을 나와 제니의 방으로 들어갔다. 제니는 침
대 끝을 대 위에 높이 매단 것에 반듯하게 누워 있었다. 클레그 간
호사가 제니의 팔에 주사기를 꽂고 있었다. 방은 난장판이었다.
여기저기에 세수대야와 얼음, 타월들이 흩어져 있고, 그 사이로
박살이 난 손거울 조각들이 흩어져 있는 것도 보였다.

제니의 얼굴은 흙빛이었다. 그녀는 시선을 천장에 둔 채 숨을
헐떡거렸다. 그 눈빛은 겁에 질려 있는 듯했으며, 마치 천장이 무
너져내리는 것을 두려워하는 듯 천장에 달라붙어 있었다.

그는 가슴이 녹아내리는 것 같았다. 침대 옆에 무릎을 꿇었다.

"제니, 오오, 제니, 제니!"

제니의 시선이 천장에서 겨우 돌려졌다. 그녀는 데이비드 쪽을
향해 변명하듯 새하얀 입술로 소곤거렸다.

"난 당신애게 예쁘게 보이고 싶었어요."

눈물이 그의 얼굴에 주루룩 흘렀다. 데이비드는 제니의 핏기없
는 손을 쥐었다.

"제니, 오오, 제니, 제니, 여보!"

그녀는 마치 교과서를 읽어내리듯 소곤댔다.

"난, 당신에게 예쁘게 보이고 싶었어요."

데이비드는 눈물로 목이 메었다. 말을 할 수가 없었다. 그는 제
니의 하얀 손을 자기 뺨에 가져다대고 꼭 눌렀다.

"목이 말라요."

그녀가 숨을 헐떡이면서 말했다.

"물 좀 줘요."

그는 컵을 집었다. '괴상해라. 마치 작은 차 항아리 같네!' 하던 제니의 말을 회상하며, 컵을 입술에 대어 주었다. 그녀는 힘없이 한손을 들어서 그 컵을 잡았다. 그녀의 온몸이 달달 떨렸다.

컵이 흔들리자 그녀의 잠옷 위로 물이 쏟아졌다. 제니다운 아름다운 최후였다. 컵을 들고 있던 손의 새끼손가락이 우아하게 휘어졌다. 만일 제니가 알았다면 그 모양을 보고 기뻐했을 것이었다. 그러나 제니는 숨이 끊어진 후였다.

죠와의 한판 승부

　제니의 장례식을 끝낸 다음날 아침 8시 반, 데이비드는 슬리스케일 역 플랫폼을 빠져 나와 피터 윌슨의 마중을 받았다. 그 전날인 10월 15일은 온종일 분주하게 지나갔다. 가엾은 제니의 장례식 뒤처리를 끝내고, 제니의 유해를 따라 묘지까지 가서 무덤 위에 꽃다발을 놓고 왔다. 모든 슬픈 일들이 전혀 현실을 자각할 수 없는 사이에 지나갔다.

　데이비드는 밤차로 런던을 떠났기 때문에 제대로 잠도 자지 못했다. 그런데도 그는 피곤을 느끼지 않았다. 바다에서 불어닥치는 칼날 같은 바람이 어떤 긴장감을 일으켜서 힘이 솟게 해주었다. 그는 여행가방을 내려놓고 윌슨과 악수를 했다.

　"오셨군요. 그리고 시간도 꼭 맞추셨군요."

　인사를 하는 윌슨의 얼굴에 늘 떠오르던 호인다운 미소가 보이지 않았다. 코밑에 돋은 구레나룻이 그의 마음에 있는 괴로움을 암시해 주는듯 불안스럽게 실룩거렸다.

　"어제 회합에 나오시지 못한 것은 정말 유감입니다. 위원회는 백팔십 도로 방향이 전환되었습니다. 우리와는 완전히 반대가 되어 버린 판국입니다."

"고전을 면치 못할 것이라고 생각합니다."

데이비드가 조용히 대답했다.

"아아, 그 이상일 겁니다. 위원님의 적수를 누구로 세웠는지 이야기를 들으셨습니까?"

윌슨은 잠시 말을 멈추고 걱정스러운 표정으로 데이비드의 눈빛을 탐색했다. 그러다가 격한 어조로 말을 내뱉었다.

"가우런입니다."

데이비드의 심장이 딱 정지해 버리는 듯한 기분이었다. 그의 이름만 들어도 온몸이 얼음처럼 굳어 버리는 것이었다.

"죠 가우런이라구!"

그는 억양이 없는 말투로 중얼댔다. 긴장된 침묵이 흘렀다. 윌슨은 불쾌한 듯이 미소지었다.

"불과 어제 저녁의 일이었습니다. 그 새끼는 지금 발라스의 옛집에 살고 있는데, 호화판 생활이지요. 그 새끼가 넵튠 탄광을 시작한 후로는 지방의 명사가 되어 버렸습니다. 그는 라메지를 부하로 삼았고, 커놀리와 로 목사놈도 그편이 되어 버렸죠. 보수당의 집행 위원 대부분을 손아귀에 집어 넣었습니다. 타인캐슬에서도 굉장한 후원을 하고 있습니다. 그래서 그 새끼가 지명되어 버린 겁니다. 이제 다 결정이 되어 버린 거예요."

일종의 공포가 뒤엉킨 무거운 초조감이 데이비드의 몸과 마음을 휘감았다. 그는 믿을 수가 없었다. 그 일은 너무나 어처구니없는, 도저히 있을 수 없는 일이다. 데이비드가 윌슨을 향해 되물었다.

"그게 정말이오?"

"어처구니없는 일이지만 사실입니다. 믿을 수 없지만……."

두 사람은 똑같이 입을 다물어 버렸다. 그것은 사실이다. 현기

증을 일으키게 하는 이 뉴스는 거짓말이 아닌 것이다. 데이비드는
얼굴이 굳어져서 여행가방을 들고 윌슨과 함께 걷기 시작했다. 역
을 나왔다. 그들은 묵묵히 카우펀 가를 지나갔다.

죠, 죠 가우런이라는 이름이 데이비드의 머릿속에서 자꾸만 반
복되어 떠올랐다. 사실 죠의 입후보자로서의 자격은 완벽한 것이
었다. 돈이 있었고, 성공을 하여 한창 세력을 뻗치고 있는 상황이,
마치 레나어드 의원 같았다.

레나어드는 가구 장사로 한밑천을 잡아, 지난 선거 때에는 클립
튼 선거구를 돈으로 사 버렸었다. 그자는 평생토록 연설 한번 해
본 적이 없었다. 가끔 국회에 출석해 바에서 술이나 사고, 끽연실
에서 퀴즈풀이 같은 것이나 하는 그런 자였다. 국가의 입법자인
자가 그 모양인 것이다. 그따위로 빈둥거리는 레나어드 같은 자가
국회에 또 한 사람 늘어난다는 것은 반가운 일이 못된다. 더구나
죠라는 인간은 국회를 퀴즈풀이 장소 정도로 만들어 놓는 것에 만
족하지 않을 것이다. 죠 자신의 지위를 여러 가지 흥미진진한 것
으로 발전시켜 나갈 것이다. 그러나 데이비드는 그러한 씁쓸한 생
각들을 툭툭 털어 버리기로 했다. 어찌할 도리가 없지 않은가 말
이다. 이러한 상황에 대한 유일한 해답은 죠가 당선되지 않게 하
는 일이었다.

'아아, 하느님, 제게 단 한 가지만 더 할 수 있도록 허락하신다
면, 이번 선거에서 부디 죠 가우런을 이기도록 해 주십시오.'

데이비드는 자신도 모르게 기도를 올리고 있었다. 그는 지금까
지 느껴 보지 못했던 무거운 책임감을 실감했다.

윌슨의 집에서 함께 아침식사를 하면서 두 사람은 상황에 대비
하여 심각하게 의논을 했다. 윌슨은 자신이 알고 있는 모든 사실
을 다 이야기해 주었다. 데이비드가 슬리스케일에 돌아오는 것이
뜻밖에도 늦어졌기 때문에 좋지 못한 감정을 자아내게 된 것이다.

뿐만 아니라 데이비드도 이미 알고 있는 사실이지만, 노동당의 집행 부대에서는 그가 지명되는 것을 달갑게 여기고 있지 않았다.

탄광 법안에 관한 그의 발언 연설이 있은 후, 그는 반역자라는 낙인이 찍혀서 적의와 의심의 눈길이 그에게 쏠리고 있었다. 그러나 당에서도 입회비 문제에 있어서 탄광부 연맹에 빚을 지고 있기 때문에 연맹에서 지명하는 사람을 정면으로 방해할 낌새는 보이지 않았다. 또한 당은 운수 노동 조합에서 운동원이 나와 광부들을 또 한 사람의 다른 입후보자 쪽으로 동원하려는 것을 방해하려 하지도 않았다.

"그 새끼는 마치 스파이로 온 것 같습니다."

윌슨이 나중에 불평을 털어놓았다.

"그렇지만, 그런 새끼 때문에 우리의 상황이 바꾸어질 수는 없죠. 연맹 지부에서는 의원님이 다시 나오시기를 바라고 있습니다. 그것으로 만사가 결정이 된 것이죠."

말이 끝나자 윌슨은 데이비드에게 3시에 열리는 위원회에 참석하기 전에 우선 집에 돌아가서 눈을 좀 붙이라고 자꾸만 권했다. 데이비드는 잠을 자야 할 필요성을 전혀 느끼지 않았으나, 좌우간 집에 가 보기로 결심했다. 집에 가서 여러 가지를 생각해 보고 싶기도 했다.

마사는 아들이 돌아오기를 기다리고 있었다. 그가 전날 밤 전보를 쳤던 것이다. 그녀는 데이비드의 검은 넥타이에 시선을 던졌다. 그러나 그녀의 눈빛은 아무런 변화가 일어나지 않았고, 또 묻지도 않았다.

"늦었구나. 아침상이 한 시간 전부터 너를 기다리고 있단다."

그는 식탁 옆에 앉았다.

"아침은 윌슨 집에서 먹었습니다."

그녀는 그의 말이 마음에 들지 않았다. 그러나 꾹 참으면서 다시 물었다.

"차라도 한잔 들지 않겠니?"

그는 머리를 끄덕였다.

"좋아요."

데이비드는 어머니가 차를 만드는 모습을 물끄러미 바라보았다. 그녀는 뜨거운 물을 갈색 찻잔에 넣은 다음 친정 어머니로부터 받은 구리쇠의 차통에서 차를 정확히 떠내어 그 속에 넣었다. 어머니의 그러한 정확하고 빈틈없는 동작을 보면서 그는 어머니가 조금도 변하지 않았다는 사실에 대해 경이로움마저 느꼈다. 나이가 70이 다 되었는데도 그녀는 여전히 억세고, 머리카락도 검었으며, 불굴의 정신을 지니고 있었다. 어느 누구도 그녀를 정복할 수는 없을 것 같았다.

그가 느닷없이 말을 꺼냈다.

"제니가 사흘 전에 죽었습니다."

그녀의 얼굴이 조금 무서운 표정이 되었지만, 무슨 생각을 하는지는 알 수가 없었다.

"그렇게 되리라고 생각했다."

그녀는 차를 그의 앞에다 놓으며 말했다. 그 다음에는 아무 말이 없었다. 어머니는 과연 그 말밖에는 아무런 할 말이 없는 것일까? 제니가 죽었다는 이야기를 들었으면서도 전혀 안 됐다는 말조차 없는 것이 그에게 서글픔을 느끼게 했다. 그가 어머니의 너무도 원한이 깊은 듯한 모습에 절망하고 있을 때, 그녀가 퉁명스럽게 말하였다.

"너를 슬프게 했으니 안 됐구나."

그것은 억지로 쥐어짜서 하는 말 같았다.

어머니는 뭔가 어색한 듯한 표정을 짓더니 그를 슬그머니 바라보았다.

"그런데 넌 이제 어떻게 되는 거니?"

"또다시 선거가 있어요 ……, 새로 시작하는 거지요."

"넌 그런 일에 지치지도 않는 모양이구나."

"그럼요, 어머니."

데이비드는 차를 다 마시고 이층으로 올라가 몇 시간 동안 드러누워 있었다. 눈을 감았으나 오랫동안 잠을 이룰 수 없었다. 아까부터의 염원이 머릿속에서 마치 기도처럼 끊이지 않고 들끓어올라 쾅쾅 울리는 것이었다.

'오오, 하느님, 죠 가우런을 이기게 해 주십시오. 부디 승리를 거두게 해 주십시오.'

데이비드가 지금까지 투쟁해 온 모든 것들이 이제 자신의 적수가 된 그 사나이에게로 집중되었다.

'나는 반드시 이겨야 한다, 반드시'

그는 그런 생각을 하다가 잠이 들었다.

그 다음날 10월 16일은 정식 지명일이었다. 그날 오전에 데이비드는 가우런을 만났다. 공회당 앞에서였다. 데이비드가 윌슨을 대동하고 서류를 제출하러 돌층계를 오르는 바로 그때였다. 라메지, 커놀리, 로 목사 등 선거 운동원과 수많은 후원자들에게 둘러싸여서 현관에서 내려오고 있는 중이었다. 죠는 데이비드를 보자 극적인 효과를 노리는 듯 급히 걸음을 멈추며 씩씩한 태도로 그와 마주섰다.

죠는 데이비드보다 두 계단 위에 서 있었다. 그는 활기띤 얼굴로 자신 만만하게 가슴을 쑥 내밀고 있었다. 새로운 유행을 따른 양복에는 푸른 수레국화의 꽃다발이 달려 있어 더욱 세련되어 보였다. 그는 위압하는 태도로 포동포동 살이 찐 손을 내밀면서 미소를 보냈다. 사나이다운 용감한 미소였다.

"잘 만났네, 펜윅. 늦게 만나는 것보다는 빨리 만나는 것이 훨씬

낯지, 안 그래? 이번엔 깨끗한 대결이 되길 바라네. 나는 어디까
지나 페어플레이를 할 테니까. 그리고 우리 사이에는 사적인 감정
은 전혀 없는 걸세. 무엇보다도 훌륭한 인물이 승리해야 한다고
생각하네. 안 그런가 펜윅?"

죠의 패거리에서는 그의 그러한 말에 찬탄하는 수군거림이 일어
났다. 데이비드는 아주 냉정한 얼굴이었으나, 마음속에서는 구역
질이 일어날 만큼 분노가 치밀어오르고 있었다.

"명심하게. 난 키드 장갑을 끼지 않기로 했어. 장갑 같은 건 전
혀 안 낀단 말일세. 끝까지 맨주먹으로 싸울 거야. 난 헌법을 위해
서 싸우는 것이라고 생각하고 있지. 알겠나? 대영 제국의 헌법을
위해서 말이야. 이에 대해서 오해하지 말게. 나는 자네에게 미리
경고하네. 어찌 되었든 우리는 깨끗이 싸우는 거야. 영국적인 스
포츠맨십, 알겠지? 내가 하고 싶은 말은 바로 그거야. 영국적인
스포츠맨십."

죠의 지지자들은 점점 더 불어나 함성을 올리기 시작했다. 그중
에서도 열광적인 몇몇 분자가 앞으로 나와 죠와 악수를 했다. 데
이비드는 차갑게 얼어붙어 버리는 기분이었다. 그는 죠를 외면한
채 한마디의 말도 없이 공회당 안으로 들어갔다. 그러나 죠는 자
기의 적수가 그토록 예의를 지켜 주지 않았는데도 전혀 기가 꺾이
는 기색이 없었다. 오히려 더욱 유쾌한 미소를 띠면서 악수를 받
았다.

죠는 뽐내고 있는 모습이 아니었다. 누구의 손이든 즐겁게 맞잡
는다는 그러한 태도였다. 예의바른 영국인으로서 또 스포츠맨십을
지키는 자로서 당연히 그렇게 해야 한다는 그런 자세였다. 그의
마음속에 공회당의 돌층계 위에 그런 모습으로 서 있는 자신의 기
분을 그대로 표현해 보고 싶다는 충동이 일어났다. 죠는 주저하지
않고 다음과 같이 소리쳤다.

"나는 예의바른 사람이라면, 그저 누구든 상관하지 않고 악수하는 것을 자랑으로 여기는 바입니다."

죠는 감정을 누르는 듯 잠시 말을 멈추었다가 다시 이었다.

"가령 나와 악수를 하고자 한다면 말이지요. 그러나 과격파 정치가가 악수하려는 것은 허락할 수 없습니다. 그렇습니다, 절대로 안 되지요!"

죠는 자, 누구든지 오너라 하는 폼으로 가슴을 쑥 내밀었다. 그는 군중들이 자기를 좋아하고, 자기에게 마음이 쏠리고 있음을 느끼자 더욱 신이 났다.

"나는 과격파 인간과 공산주의, 그리고 자기 직책을 게을리하는 인간들은 누구나 다 반대한다는 것을 여러분께서 알아 주시기 바랍니다. 나는 영국의 헌법과 영국의 국기, 영국의 화폐를 지지합니다. 우리는 전쟁 중에 국내 및 국외에 대해 전혀 아무 뜻없는 짓을 한 것이 아니올시다. 나는 법률과 질서와 스포츠와 사교적인 교제를 대찬성하는 사람입니다. 그러한 이유로 나는 이번 선거에 입후보했고, 또 그 때문에 여러분은 투표를 하게 되는 것입니다. 현재와 같은 부패한 세상을 그대로 내버려 둘 권리는 아무도 가지고 있지 않습니다. 우리는 이 세상을 보다 나은 세상으로 만들기 위해 전력을 다해야 하겠습니다. 우리는 윤리와 교육과 십계명을 지킬 필요가 있습니다.

그렇습니다, 당연히 십계명을 지켜야합니다. 우리는 반기독교적인 과격한 무정부주의, 즉 십계명에 반하는 어떠한 것도 용서할 수 없습니다! 그리고 영국 국기와 영국 헌법과 영국 화폐에 반대하는 무정부주의는 절대로 용납할 수 없습니다. 그렇기 때문에 나는 여러분에게 깨끗한 한 표를 부탁드리는 바입니다. 그리고 만일 여러분이 실업 상태를 바라지 않는다면 부디 이것을 잊지 말아 주시기 바랍니다."

라메지가 선창을 하자 만세소리가 끊이지 않고 일어났다. 군중들의 환호성은 죠를 도취케 하고도 남음이 있었다. 그는 자기 자신이 천부적인 웅변가이기라도 한 듯한 기분이 들었다. 또한 그것을 여기 모인 모든 사람들이 인정해 주고 찬양해 주고 있다고 생각하자 사기가 더욱 높아졌다. 그는 만면에 미소를 머금고 자기 가까이에 있는 모든 사람들과 악수를 나눈 후 돌층계를 내려왔다.

"자아 ! "

죠는 마치 자기가 아버지나 되는 듯 앞에 있는 아이를 내려다보며 껄껄 웃었다. 죠의 그러한 웃음이 그 아이를 놀라게 했다. 몹시 가난한 집 아이인 듯 여섯 살쯤 되어 보이는 그 아이의 옷은 형편없이 더러웠고, 제대로 먹지를 못해 영양 실조가 분명한 파리한 얼굴에는 오랫동안 깎지 못한 머리카락이 덮여 있었다. 그 아이는 갑자기 울기 시작했다. 그 훌륭한 어른의 친절이 무서웠던 모양이었다. 갓난아기를 한 팔에 안은 어머니로 보이는 여인이 앞으로 나와서 그 아이를 급히 자기 편으로 잡아당겼다.

"아주 잘생긴 놈이군. "

죠는 만면에 미소를 띠었다.

"아주 멋진 녀석인데, 이 아이의 이름이 뭡니까 ? "

젊은 엄마는 갑자기 위대한 사람의 주의의 대상이 되고 있다는 것을 깨닫자, 겁을 집어먹은 얼굴이 더욱 붉어졌다. 그녀는 아들을 품에 꼭 안으면서 겨우 입을 열었다.

"아이 이름은 죠 타운리랍니다, 가우런 나으리. 이 애의 아빠의 동생, 그러니까 이 애의 삼촌은 톰 타운리라고 옛날에 파라다이스에서, 나으리 옆의 도갱에서 일했죠. 나으리께서 옛날에 갱내에서 몸소 일하셨을 때 나으리께서 이렇게 되시기 전에 …… , 이렇게. "

"아아, 그렇군요. "

죠는 싱글싱글 웃으면서 대꾸했다.

"정말 그렇군요! 그럼, 아주머니의 남편도 넵튠에서 일하고 계시나요, 타운리 부인?"

타운리 부인은 더욱 얼굴이 붉어지며 어쩔 줄을 몰라했다. 자기가 혹시 너무 당돌하게 대답하고 있지 않나 하는 두려움 때문이었다.

"아니에요, 가우런 나으리. 그이는 실업 수당을 받고 있는 사람이랍니다. 그렇지만 나으리, 저희 집 양반이 다시 일터에 돌아갈 수 있다면 얼마나 좋을까요……."

죠는 갑자기 정중해지며 머리를 끄덕끄덕했다.

"그건 내게 맡겨 두십시오. 아주머니, 그런 것 때문에 내가 이번 선거에 출마하는 것입니다."

그는 큰소리로 선언하듯 말했다.

"그렇습니다. 정말이지 나는 이 고장을 보다 낫게 해 드리려는 것뿐입니다. "

죠는 어린 죠 타운리의 머리를 쓰다듬어 주며, 다시 미소를 머금고 아주 정중하게 군중들을 향해 말했다.

"훌륭한 어린 소년입니다. 그리고 이름도 죠란 말씀입니다! 자아, 그러니 이 아이가 앞으로 또 하나의 죠 가우런 같은 사람이 될지 누가 알겠습니까?"

죠는 여전히 싱글싱글 웃으면서 자기를 기다리고 있는 자가용 쪽으로 걸어갔다. 그 효과는 대단했다. 죠 가우런은 새러 타운리의 남편을 복직시켜서 그에게 가장 좋은 일자리, 그러니까 갱내의 가장 좋은 장소에서 일하도록 해주려 했다는 소문이 고지촌 광부 마을에 쫙 퍼졌다. 그리고 그 외에도 새러 타운리같이 그런 모양으로 일자리를 얻은 사람이 몇 사람 더 있었다. 그렇게 한 것이 죠에게 굉장히 좋은 결과를 가져다 주었다.

죠는 연설가로서의 능력도 날로날로 진보해 갔다. 그는 건강했고 절대적인 신념과 구리쇠같은 커다란 목소리를 지니고 있었다.
그는 사나이다웠다. 그러면서도 청중을 향하여 호소할 줄도 알
았다. 그는 슬로건을 내걸었다. 거창한 포스터가 시내의 모든 게
시판마다 나붙었다.

나태, 재난, 질병, 빈곤과 죄악을 박멸하자!
법률, 질서, 스포츠, 그리고 영국 헌법을 지키자!
죠 가우런에게 한 표를!!

죠는 스스로 자기를 도덕의 방파제라 자처했다. 물론 인간적이
고, 사나이 중의 사나이로서 진정한 스포츠맨이라는 것도 잊지 않
았다. 그의 첫 연설은 신 베들 가 국민학교에서 있었다.
　죠는 청중에게 국기를 존경해야 한다고 주장한 후에 의미 심장
한 미소를 보내며 말했다.
　"그리고 다음 고스포드 공원의 경마에서는 레이리오에게 돈을
걸어 보십시오."
　레이리오는 그가 소유하고 있는 말이었다. 그 결과 그의 마편의
주가는 갑자기 하늘을 찌를 듯한 상승률을 보였다.
　죠는 재산도 있고 사회적 지위도 있는 인간으로서의 위엄을 교
묘하게 감추어 버렸다. 그 대신 하느님을 믿고, 하느님을 두려워
하는 겸손한 태도를 지어 보임으로써 완전히 그들을 녹여 버렸다.
　"나는 여러분과 같은 평범한 사람들 중의 한 사람입니다."
　그는 울부짖었다.
　"나는 입속에다 은숟갈을 물고 태어나지 않았습니다. 고생고생
을 하면서 안해 본 일없이 이리저리 굴러다니면서 자랐습니다.
나는 싸워서 내 길을 개척했습니다. 내 정책은 여러분 한 사람 한
사람이 모두 나와 같은 인생길을 갈 수 있는 기회를 만들어 드리는

것입니다 ! "

죠의 트럼프 카드는 절대로 공공연하게 내보이는 것이 아니었다. 교묘하게 옷소매에서 살짝 내보이는, 즉 그들에게 일자리를 제공해 줄 힘이 있다는 것을 기회가 있을 때마다 과시하였다. 그리고 자신은 비천한 출신으로 광부들 중의 한 사람이며, 이 사회라는 물레방아에 찧이고 찧인 고난을 겪은 인간이라는 것을 보이기는 했지만, 그래도 역시 자신은 우두머리라는 사실을 알리는 것을 잊지 않았다.

죠는 온갖 허풍이 담긴 나팔을 불어대고 있었다. 그러면서 뒤로는 폐광되었던 넵튠을 떠맡아 이제 광부들 모두가 다 떳떳하게 일자리를 갖을 수 있도록 해주겠다는 것을 제의하는 그러한 은혜로운 자로서의 자신을 과시해 보이는 것이었다. 물론 그러한 일자리에 대한 약속은 선거가 끝난 뒤에 실행될 것이었다.

그의 선거 전략은 화려하고도 힘찬 것이었다. 죠가 어렸을 때 돼지의 방광을 훔쳤다고 엉덩이를 걷어찬 적이 있는 라메지는, 이제 그의 가장 헌신적인 협조자로 바뀌었다. 라메지의 명령으로 로 목사는 신 베들 가 교회의 설교 중에 법률과 질서와 죠 가우런의 인덕을 극구 찬양하였다. 그러면서 감히 펜윅에게 투표를 하는 자는 끝없는 지옥에 빠질 것이라고 공공연하게 위협을 하였다.

가스회사의 사장 커놀리는 자기 회사 직원으로서 가우런을 지지하지 않는 자는, 증오할 공산당으로 간주하여 즉석에서 파면하겠다고 공고했다. 타인 캐슬의 신문들도 모두 죠의 편을 들어 그를 후원하고 있음을 숨기지 않았다. 여전히 그 배경을 알 수 없는 수수께끼의 인물인 짐 모슨, 즉 죠 가우런의 동업자는 인도주의의 높은 이상 실현이라는 슬로건으로 배후에서 강력한 조종을 하고 있었다.

날마다 두 대의 비행기가 러스포드 공장에서 날아와 슬리스케일

의 하늘 위를 선전 비행했다. 날씨가 좋은 오후면, 그 비행기들이
연기를 내뿜으며 공중에다 선전 문구를 그려내기도 하여 사람들의
호기심을 불러 일으켰다. 돈의 힘은 여러 가지 우회적인 방법으로
큰 효력을 가져왔다.

낯선 사람들이 슬리스케일에 자주 나타나 노동자들 속에 섞이
어, 길 모퉁에서 사람들을 모으거나 '초면집'에서 마구 술을 사곤
했다. 죠는 공약에 대해서는 무슨 공약이든 다 해 버렸다.

데이비드는 반대파의 막강한 조직으로 이루어진 세력을 보았다.
그러나 실망하지 않고 결사적인 투지로 맞서서 투쟁했다. 그러나
그의 힘은 죠와 대항하기에는 너무나 비참한 것이었다. 어느 쪽을
돌아다보아도 죠의 세력과 금력이 판을 치고 있었다. 그것들은 그
의 활동 범위를 점점 좁혀 버려서 드디어는 숨통을 막아 버릴 것이
확실했다. 그러나 그러면 그럴수록 데이비드는 더욱 힘을 내었다.

자신이 지닌 모든 역량과 정치적 기량을 최대한 발휘하여 굴하
지 않고 싸웠다. 그러나 그가 싸우면 싸울수록 죠의 역습은 더욱
심해졌다. 데이비드의 연설을 방해하기 위한 목적으로 몰려온 작
자들의 야유나 소란은 너무 지나친 것이었다. 보통의 방해라면 그
도 그것을 조종하여 가끔 자기의 이익이 되도록 돌릴 수 있었다.
그러나 그들의 야유 행위는 합법성을 무시하고 있었다. 그들은 타
인캐슬의 깡패 패거리들로 싸움이라면 언제든지 받아들인다는 태
도였다.

전 중량급 복싱 선수였다가 맬모 방파제에서 술집 바텐더를 하
고 있는 피트 배넌이란 자가 주동자였는데, 데이비드의 선거 연설
이라면 어느때 어느 곳이든 꼭 나타나는 것이었다. 그리고는 손을
댈 수도 없을 만큼 무서운 싸움을 벌이는 것이었다. 때문에 데이
비드의 야외 강연회는 모조리 험악한 싸움터로 변해 버리는 것이
전례처럼 되고 말았다. 선거 사무장 윌슨은 분노를 참지 못하고

경찰에 항의하여 적절한 보호를 요청했다. 그러나 그의 항의는 쌀쌀한 반응으로 거절될 뿐이었다.

"그건 우리가 알 바 아니오."

로덤은 뻔뻔스럽게 그에게 말했다.

"그 배넌이라는 작자는 우리 구역에 살고 있는 자가 아니기 때문에 손을 댈 수가 없어요. 당신네들도 그 강연회를 보호해 줄 인물을 구하는 것이 상책일 것이오."

그런 식의 선거전은 시간이 흐를수록 더욱 미묘한 방향으로 발전해 나갔다. 데이비드는 그 다음주의 화요일 아침, 위원회실로 가는 도중 우연히 램 소로의 끝에 있는 벽에 흰 페인트로 지저분하게 갈겨쓴 낙서를 발견했다.

'펜웍에게 그의 마누라 이야기를 물어 보라!'

데이비드는 대번에 얼굴이 파랗게 질려서 벽 앞으로 한 발 다가섰다. 그리고 그것을 지워 보려고 했다. 그러나 소용이 없었다. 너무나 엄청나게 일이 번지고 있었다. 그 낙서는 사람의 눈에 잘 띄일 만한 벽이나 집 모퉁이, 선로의 대피선이 있는 곳 등에 모두 씌어져 있었다.

데이비드는 정신이 아찔해지는 것을 겨우 누르면서 램가를 지나 집안으로 들어섰다. 윌슨과 해리 오글이 그를 기다리고 있었다. 두 사람 다 그 낙서를 보고 달려온 것이었다. 오글의 얼굴은 분노로 실룩거리고 있었다.

"이건 너무 지나쳐, 데이비드."

해리 오글이 신음하듯 말했다.

"언어 도단이야. 그놈에게 가서 항의를 해야 해."

"그놈은 모른다고 꼬리를 뺄 거요."

데이비드는 침울한 목소리로 말했다.

"그 인간은 우리가 찾아가서 울며불며 사정하기를 기다리겠지."

"그렇다면 우리도 보복을 해야 해. 우리도 수단을 강구해야지."
해리는 열을 올리며 말했다.
"그놈에 대해서 나도 한마디 하겠어. 오늘 밤 스누크에서 자네
를 위해 강연을 할때 말이야."
"안 됩니다, 해리 형."
데이비드가 갑작스럽게 머리를 내저었다.
"나는 절대로 보복을 하지 않겠습니다."
사실 데이비드는 이같은 조직적인 부당한 횡포에 직면하여서도
노여움이나 증오심을 느끼지 않았다. 오히려 그의 내면적 삶이 더
욱 격렬해지는 것을 느낄 따름이었다. 그는 이러한 내면적인 삶을
종교라는 형태와는 분리된, 그리고 물질적인 면과 떨어질 수 없으
면서도 초연한 인간의 실존을 설명해 주는 일이라고 보았다. 즉
순수한 동기야말로 유일한 기준이며 영혼의 진실한 표현이라고 보
는 것이다. 그러므로 자기 자신의 인생 목적을 이처럼 완전하게
영적으로 설명해 주는 일을 수행하는 데는 악의라든가 증오심 같
은 것이 일어날 여지가 전혀 있을 수 없는 것이었다.
그러나 해리 오글은 다른 식으로 생각하고 있었다. 해리의 마음
은 분노로 불이 붙어 있었다. 그의 소박한 영혼은 어디까지나 정
정 당당한 대결을 요구하고 있었다. 만일 그렇지 않을 경우에는
적어도 주먹에는 주먹으로 대한다는 분명한 정의를 요구하고 있는
것이었다. 그날 밤 8시에 해리는 스누크에서 야외 후원자 대회를
열었다. 거기서 그는 연설이 너무 지나쳐서 죠의 선거 전략을 비
판하는 데까지 이르렀다.
데이비드는 허들리 로의 끝에 있는 신 광부촌에 갔다가 늦게야
집으로 돌아왔다. 그날 밤은 몹시 어둡고 바람이 심했다. 그는 몇
번이고 소리가 나면 혹시나 하고 밖을 내다보았다. 해리가 스누크
의 대회가 끝나면 꼭 들러서 상황을 보고해 줄 것이라고 생각했기

때문이다.

데이비드는 10시가 되자 현관문을 잠그려고 일어섰다. 바로 그때 해리가 들어왔다. 얼굴이 백지장처럼 하얗게 질려 있었다. 그뿐이 아니었다. 바로 눈위는 찢어져서 피가 흐르고 있었다. 해리는 거의 졸도 상태였다.

데이비드는 잭 킨치를 스코트 의사에게 뛰어가게 했다. 의사를 기다리는 동안, 그는 무섭게 벌어진 상처 위에 찬 물수건을 얹어주고 해리를 긴 의자에 눕혔다. 해리는 떨리는 소리로 헐떡이며 말했다.

"스누크에서 돌아오는 도중, 놈들이 습격해 왔어, 데이비드. 배년과 그를 추종하는 깡패 패거리들이었어. 난 가우런이 고용원들의 피땀을 빨아먹고 있다는 것과 그놈이 전투 비행기와 군수품 따위를 만들어 팔아서 돈을 벌었다는 이야기를 막 떠벌여댔거든. 나도 지지 않고 싸웠어. 그런데 놈들 중의 한 새끼가 몽둥이를 가지고 있었던 거야⋯⋯."

해리는 힘없이 미소지으며 그대로 정신을 잃고 말았다.

해리는 이마를 열 바늘이나 꿰맸다. 대단한 상처였다.

그런데 죠는 도리어 의분으로 불타올랐다.

"그따위 일이 영국 안에서 일어날 수 있는가!"

죠는 공회당의 연단 위에서 외쳐댔다. 파괴를 일삼는 공산주의 악당들이, 이제야말로 본색을 드러내 자기네들의 지도자를 배신해서 습격까지 한 것이라고 마구 꾸짖어댔다. 이렇게 해서 그 사건은 노동당 지지자들 자체 내의 일인 것처럼 몰아붙여 버렸다.

죠는 해리 오글에게 유감의 인사까지 보냈다. 죠의 이러한 인도적인 처사는 굉장한 평판을 일으켰다. 도량이 넓은 사람이라는 감탄과 함께 그에 대한 찬사가 넘쳐흘렀다. 신문마다 그의 인격의 고매함이 일문 일답식으로 대서 특필되어, 결국 그 사건은 그의

368 · 별이 내려다본다

신임도를 더욱 높여 주는 결과를 가져왔다.

데이비드는 거의 초인적인 인내력으로 최후의 노력을 기울였다. 10월 26일에 그는 첫번째 당선을 하게 해주었던, 옛날에 사용하던 소형 트럭을 타고 시내를 돌아다녔다. 하루 종일 간단한 음식으로 요기를 하면서 거리에 나가 있었다. 그는 목이 쉴 때까지 강연을 했다. 10시에 나프타유 등불 밑에서 마지막으로 회관 앞 연설을 끝마쳤다. 그리고는 램 소로로 돌아와 녹초가 된 몸을 침대 위에 던지고, 곧 잠이 들어 버렸다.

그 다음날이 투표일이었다.

오전 중의 보고에서는 투표율이 높다고 했다. 데비드는 오전 중에는 내내 집에 있었다. 이제는 더 이상 할 일이 없었던 것이다. 그는 의식적으로 결과에 대해서는 생각하지 않기로 했다. 자기에 대한 사람들의 판단을 생각하고 싶지 않았다. 그러면서도 희망과 공포가 엇갈리는 가운데 마음속에서 싸웠다.

슬리스케일은 언제나 노동당의 안전한 지반이고 광부들의 요새이기도 했다. 광부들은 그가 자기네를 위해 일했고, 자기네를 위해서 투쟁해 왔다는 사실을 알고 있었다. 만일 그가 낙선을 한다 하더라도 그것은 그가 잘못했기 때문이 아니었다. 기필코 그들은 그에게 일하고 투쟁할 기회를 다시 부여해 줄 것이다. 그는 가우런에 대해서도 과소 평가하지 않았다. 즉 넵튠 탄광의 소유주라는 가우런의 지위가 갖는 유리한 점은 무시할 수 없는 것이었다.

데이비드는 죠의 수단 방법을 가리지 않던 선거 방법이 틀림없이 광부들의 공고한 단결을 분열시켰으리라는 것을 잘 알고 있었다. 즉 자기 자신의 명성에 의심과 불신이 던져졌다는 사실을 알고 있는 것이다. 죠가 행한 온갖 허위 선전, 그 무엇보다도 제니에 대한 증오스러운 빈정거림을 생각하면 가슴이 졸아드는 기분이었다.

데이비드의 머릿속에 누운 제니의 모습이 번개같이 떠올랐다. 그리고 그 환상과 함께 크나큰 연민이 하나의 큰 파도처럼 덮쳐오는 것이었다. 제니와 함께 살 때의 낯익은 감정이 한층 격렬해지면서 밀려드는 것이다.

그는 모든 노력을 기울여서 승리를 하려고 했다. 그것은 인간의 악이 아닌 선을 증명하려는 노력이기도 했다. 그런데 사람들은 그가 혁명을 두둔한다고 비난하였다. 그러나 그가 요구하는 혁명은 인간의 마음속의 혁신이었다. 그가 추구하는 것은 비열과 잔인과 사리 사욕에서 탈피하여, 인간이 달성할 수 있는 최고의 헌신과 숭고성을 향한 그런 혁명이었다. 그러한 것이 없이는 어떠한 변화도 아무런 소용이 없는 것이다.

6시경에 데이비드는 해리 오글을 위문하기 위해 밖으로 나갔다. 카우펀 가를 천천히 올라가다가 프리호울드 가를 내려오는 한 남자를 보았다. 아더 발라스였다. 서로 가까와질 때까지 아더는 그를 못 본 체하고 지나치려는 듯 똑바로 걸었다. 그러나 아더가 걸음을 멈추고 갑자기 입을 열었다.

"난 당신에게 투표했습니다."

아더의 목소리는 풀이 없고 쉰 듯했다. 얼굴의 혈색도 나쁘고, 표정도 이상하게 일그러져 보였다. 그에게서는 술냄새가 풍기고 있었다.

"고맙소, 아더."

침묵이 두 사람 사이를 가로막았다.

"난, 아까까지 갱내에서 일하고 있었습니다. 그러다가 갱밖으로 나오자 갑작스럽게 생각이 나더군요."

데이비드의 눈은 당혹과 연민의 정으로 가득 찼다.

그는 어색한 어조로 말했다.

"난 당신의 지지를 기대하지 못했는데……."

"왜죠? 난 이제 아무것도 아닙니다. 빨간 색도 파란 색도 그 어 떤것도 아닙니다."

아더는 갑자기 신랄한 어조로 말을 이었다.

"어쨌든 그런 게 무슨 상관이겠습니까?"

또다시 침묵이 흘렀다. 데이비드는 침묵 속에서 자기의 말이 아 더의 마음을 아프게 했을 것이라고 생각했다.

아더는 어쩔 수 없다는 듯한 무거운 눈을 치켜들었다.

"우습잖습니까? 이렇게 끝장난다는 것이."

아더는 말을 끝내자, 아무런 표정도 없이 고개를 한 번 끄덕하 더니 몸을 돌려서 가던 방향으로 걸어가 버렸다. 데이비드는 계속 오글의 집 쪽으로 걸어갔다. 그러나 예기치 않았던 아더와의 만남 이 새삼스럽게 감정을 끓어오르게 했다. 마음이 괴로웠다. 그들은 서로 별 이야기를 나누지도 않았지만, 그 말 속에는 함축되어 있 는 것이 많았다. 그것은 경고와도 같았다.

전쟁은 끝났고, 전쟁으로 말미암은 화재 역시 꺼졌다. 데이비드 는 오글의 집안으로 들어가면서 한숨을 내쉬었다.

그는 해리와 함께 저녁을 보냈다. 오글은 많이 좋아져서 기분이 유쾌한 듯했다. 두 사람의 마음은 똑같이 조금 후면 알게 될 결과 에 집중되어 있으면서도, 그들은 선거에 대해서는 별로 이야기를 하지 않았다.

해리는 어디까지나 승리를 예언했다. 그 외에 다른 생각은 할 수조차 없었다. 두 사람은 저녁을 먹은 다음 11시 가까이까지 트럼 프놀이를 했다. 해리는 이 놀이를 몹시 좋아했는데, 금방 이것에 빠져 버렸다. 그러나 데이비드의 눈은 자주 시계 쪽으로 돌려 졌다. 이제 곧 어쩔 수 없이 알게 될 결과로 온몸이 조여드는 듯 했다.

데이비드는 두 번이나 이제 가 봐야 할 시간이 아닐까, 공회당

에서의 개표가 거의 끝나지 않았을까 하고 혼잣말처럼 중얼거리기
도 했다. 그러나 오글은 데이비드의 걱정스러움을 알면서도 조금
만 더 기다리고 있자고 말했다. 새벽 2시는 지나야 결과에 대한 윤
곽을 잡을 수 있을 거라는 것이었다.

그때까지 따뜻한 난롯불과 푹신한 의자가 있는 이곳에 있는 것
이 훨씬 현명하다는 것이었다.

데이비드는 초조감과 기대와 불안을 억누르면서 하는 수 없이
더 기다리기로 했다. 그러나 1시가 지나자 그대로 앉아 있을 수가
없었기 때문에 자리를 박차고 일어났다. 그가 방을 나가기 전에
해리가 그의 손을 잡았다.

"난 가지 못하니까, 여기서 미리 축하를 함세. 그러나 유감인
걸. 졌다고 하는 소리를 들었을 때의 가우런의 상판때기를 볼 수
없다는 것이 말이야."

거리는 몹시 고요했고, 달이 밝게 비치고 있었다. 그러나 공회
당 가까이에 이르러서 거리에 가득 찬 군중들을 보고 눈이 휘둥그
레졌다. 데이비드는 약간 애를 먹으면서 공회당 돌층계 쪽으로 군
중을 뚫고 나아갔다. 겨우 안으로 들어가 로비에 있던 윌슨과 합
류했다. 회의실 안에서는 개표가 한창 진행되고 있었다. 윌슨은
애매한 표정으로 고개를 돌리더니 데이비드가 자기 옆에 오도록
자리를 만들어 주었다. 그는 피곤한 표정이었다.

"30분만 더 있으면 알게 될 거요."

로비는 사람들로 꽉차 있었다. 그때 밖에서 자동차의 클랙슨 소
리가 들려왔다. 곧이어서 가우런이 그의 지지자들을 대동하고 위
세 당당하게 들어왔다. 그의 선거 사무장인 스내그, 라메지, 커놀
리, 보스톡, 타인캐슬에서 온 몇몇 친구들, 그리고 마지막 시간을
더욱 빛내려는 의미에서인지 짐 모슨까지 함께 들이닥쳤다.

죠는 러시아 식의 모피로 깃을 단 외투를 입고 있었다. 외투 단

추가 풀어져 있는 사이로 안에 입고 있는 화려한 야회복이 보
였다. 얼굴은 혈색이 좋아 보였는데, 약간 상기되어서 더욱 건강
해 보였다. 그는 자기 패거리들과 막 저녁식사를 끝내고 오는 길
이었다. 저녁식사는 호화판이었다. 식사 후에는 최고급의 브랜디
가 나왔고, 값비싼 고급 시가까지 피우고 오는 길이었다.

죠는 뽐내는 얼굴로 로비를 걸어나와 군중들을 비집고 나오더
니, 회의실 밖 데이비드와 등을 지게 되는 자리에서 걸음을 멈추
었다. 그를 지지하는 군중들이 대번에 그를 둘러쌌다. 이윽고 그
들의 높은 웃음소리와 이야기 소리가 그곳을 더욱 소란스럽게 만
들었다.

약 10분 후에 의회 서기이며 기록을 맡아 보는 러터 노인이 손에
종이를 들고 방밖으로 나왔다. 그 즉시로 소음이 뚝 멈췄다. 러터
는 자기가 뭣이나 되는 것처럼 미소를 짓고 있었다.

데이비드는 러터의 얼굴에 떠오른 그 미소를 보았을 때, 이미
가슴이 쿵하고 내려앉는 소리를 들었다. 러터는 여전히 미소를 지
으면서 금테안경 넘어로 혼잡한 로비를 휘둘러보고는 두 사람의
입후보자의 이름을 불렀다.

죠의 패거리들이 성급하게 러터를 따라 이중문을 밀치고 안으로
들어섰다. 동시에 윌슨도 자리에서 일어섰다.

"갑시다."

윌슨의 목소리에는 불안이 깃들어 있었다.

데이비드는 일어나서 군중들과 섞여 회의실 안으로 들어갔다.
거기에는 질서도, 윗사람에 대한 예우도, 아무것도 없었다. 오직
긴장과 제멋대로의 흥분만이 넘쳐흐르고 있었다.

"여러분, 자, 여러분! 입후보자들이 앞으로 나오시게 길을 비
켜 주십시오."

러터는 같은 말만 되풀이했다.

그 낯익은 쇠로 만들어진 계단을 올라가 위원회실을 지나서는 드디어 발코니로 나갔다. 실내의 연기와 불빛에 피로해진 터라 싸늘한 밤공기가 퍽 고마웠다. 그 아래, 공회당 앞의 광장은 어마어마한 군중들로 꽉차 있었다. 창백한 빛의 반달이 넵튠 탄광의 반출탑 위로 높이 걸려서 희미한 은빛 비늘 같은 빛을 바다 위에 던지고 있었다. 기다리고 있는 군중들 사이로 서로 예상하고 있던 것들을 주고받는 속삭임들이 잔잔한 물결처럼 흐르고 있었다.

발코니에도 사람들로 가득 찼다. 데이비드는 인파에 떠밀려서 맨구석에 서 있게 되었다. 역시 사람들에게 밀려서 가우런과 멀어진 라메지 역시 바로 데이비드 옆에 있었다. 기름기가 줄줄 흐르는 얼굴이 데이비드를 정면으로 내려다보고 있었다. 움푹 들어간 두 눈알이 숱이 많은 잿빛 눈썹 밑에서 흥분과 원한으로 번들거렸다. 데이비드가 패배하는 것을 꼭 보고야 말겠다는 광적인 열망이 그의 얼굴에 그대로 드러나 있었다.

러터는 숨소리를 죽인 군중들을 향한 채 한손에 서류를 들고 발코니의 한복판에 서 있었다. 전류가 흐르는 짜릿한 죽음같은 고요함의 순간이었다. 데이비드는 자기 평생에 이처럼 고통스럽고 이처럼 흥분되는 순간은 일찍이 없었던 것 같았다. 심장이 가슴속에서 튀어나올 것처럼 사납게 쿵닥거렸다. 이윽고 러터의 날카롭고도 높은 목소리가 울려 퍼졌다.

죠 가우런 …… 8,852표
데이비드 펜윅 …… 7,490표

뇌성같은 환호성이 일어났다. 선두로 외치는 자는 바로 라메지였다.

"만세, 만세!"

라메지는 기쁨의 도가니 속에서 두 팔을 치켜들고 흔들면서 황소처럼 울부짖었다. 끝이 없는 듯한 만세소리가 이어지면서 조용한 밤공기를 찢었다. 죠의 지지자들은 그에게 결사적으로 모여들었다. 축하의 인사와 환호로 죠의 몸이 짓눌려버릴 판이었다.

데이비드는 차가운 난간을 꽉 움켜쥐고 자제할 힘을 잃지 않으려고 안간힘을 썼다. 그는 눈을 치켜들고, 미친 사람처럼 기쁨을 마구 터뜨리며 자기 쪽으로 몸을 굽혀 오는 라메지를 보았다.

"네놈은 끝장이다, 모든 게 끝장이다."

"모두 다 끝난 것은 아니지."

데이비드는 나지막한 목소리로 대답했다.

우뢰와 같은 만세소리와 환호성, 죠를 불러대는 외침이 계속되었다. 죠는 흥분된 군중의 격앙된 환호성에 취하여 난간 손잡이에 몸을 기대고 있다가 발코니의 중앙으로 모습을 나타냈다. 그는 군중들 위에 탑처럼 높이 섰다. 달빛을 받아 시커멓게 보이는 육중한 몸이 갑자기 거인이 된 것처럼 더 커 보여 위협적이기까지 했다.

창백한 얼굴을 한 군중들이 그의 앞에 서 있었다. 그들은 이제 그의 물건이었다. 그들은 이제 그의 소유물이며, 그가 자기 목적을 달성하기 위해 마음대로 사용할 수 있는 도구들이었다. 이 대지도, 하늘도 모두 그의 것이었다. 멀리에서 비행기 소리가 들려왔다. 러스포드 공장 비행기의 야간 비행소리였다.

죠는 이제 왕이 되었다. 그는 신성 불가침이며 그의 권력은 무한한 것이다. 그는 이제 그러한 것의 출발점에 선 것이다. 이제 계속 앞으로 그렇게 나아갈 것이다. 전진할 것이다. 그의 발부리 밑에 서 있는 어리석은 자들은 그의 밥이 될 것이다.

죠는 정상에 올라 맨손으로 이 세상을 휘어잡고, 그 힘으로 하늘까지 갈라놓을 것이다. 평화와 전쟁이 그의 요구에 응해서 그를

이렇게 만들어 준 것이다. 그리고 그에게는 엄청난 힘을 가진 돈
이 있었다. 죠는 위선과 허위로 뭉쳐진 자신을 거리낌없이 드러내
며, 하늘을 향해 두 팔을 높이 치켜올리고 힘차게 소리치고 있
었다.

내일을 위하여

차가운 9월의 새벽 5시. 날은 아직 밝지 않았는데, 바다의 어둠
으로부터 불어닥치는 바람이 반원의 하늘을 내달아 새벽 별들을
더욱 높게 반짝이도록 씻어 주는 듯했다. 고지촌의 광부들 마을은
침묵으로 덮여 있었다.

그러나 그 침묵을 오래 가지 못했다. 해리 브레이스의 집 창문
에서 그 깊은 침묵과 어둠을 깨뜨리는 불빛이 빛났다. 그 불빛이
번쩍번쩍 흔들리는 듯하다가 10분 후에 문이 열리며 해리 노파가
집밖으로 나왔다.

그녀는 숄을 걸치고, 징이 박힌 장화에 추위를 막기 위해 갈색
의 기름종이로 안을 받친 페티코트를 여러 겹 입고 있었다. 그런
모습은 매우 이상스러웠다. 또한 남자용 모자로 헝클어진 반백의
머리를 가리고, 빨간 플란넬 헝겊으로는 턱에서부터 귀까지 싸매
었다. 그녀의 오른쪽 손에는 긴 막대기가 들려져 있었다.

톰 코울러 영감이 늑막염으로 죽은 이후, 해리는 고지촌의 광부
들이 새벽에 일하러 가도록 잠을 깨워주는 일을 하고 있었다. 그

녀는 이 일로 지금과 같은 불경기 때에도 부수입을 가질 수 있어
기분이 좋았다. 그녀는 탈장증 때문에 약간 어기적거리는 걸음으
로 잉커먼 통을 따라 천천히 걸어갔다. 거의 사람 같지도 않은, 불
쌍한 걸레뭉치 같은 모습이었다. 그녀는 탄광의 새벽 교대반 광부
들을 깨우기 위해 막대기로 이집 저집의 창문을 탁탁 두드리기 시
작했다. 그러나 23번지의 창문을 두드리는 것을 그만두었다.

예전부터 지금까지 23번지의 사람들을 깨울 필요가 전혀 없었던
것이다. 해리는 떨리는 손으로 막대기를 들어올렸다. 그리고는 창
문을 두드려 사람들을 깨우면서 시베스토펄 가 언덕길의 춥고 어
둠침침한 곳으로 사라져 갔다.

23번지의 집안에서는 마사가 불빛이 환한 부엌방에서 활기차게
움직이고 있었다. 난롯불은 이미 활활 타오르고 있었다. 벽 쪽 오
목한 곳에 놓여 있던 침대는 깨끗이 정리되어 있었다. 주전자에서
는 김이 펄펄 솟았고, 프라이팬에서는 소시지가 지글지글 익고 있
었다. 그녀는 식탁 위에 청색 바둑무늬의 상보를 재빠르게 깔고
음식 그릇을 올려놓았다.

마사는 나이가 일흔 살이라도 여전히 몸놀림이 가볍고 활발
했다. 얼굴에는 결코 남에게 뒤지지 않는다는 만족한 표정이 감돌
고 있었다. 그녀는 데이비드가 잉커먼 가의 낡은 집으로 돌아온
후로는 늘 이처럼 만족스런 표정을 짓고 있었다. 이마에 음산한
주름을 모으고 있던 음울한 표정이 밝고 활기차게 바뀐 것이다.

마사는 식탁 위를 휘 돌아보면서 모든 것이 다 갖추어져 있는지
확인한 후 힐끗 사발시계를 보았다. 그 시계는 저 유명한 보울링
대회에서 상품으로 받은 대리석 시계이다. 시계바늘이 5시 반을
가리키고 있었다. 그녀는 모전 슬리퍼를 신은 발로 가볍고 힘차게
계단 세 개를 올라갔다. 그리고는 이층방을 향해 소리쳤다.

"데이비드! 5시 반이다, 데이비드."

그녀는 한쪽 귀를 기울여서 데이비드가 이층에서 움직이는 소리를 들을 때까지 기다렸다. 아들의 힘찬 발걸음 소리와 수돗물 트는 소리도 들었다. 그리고 계속해서 몇 번이고 기침을 하는 소리까지도 다 듣고 있었다.

데이비드는 10분 후에 아래층으로 내려왔다. 그는 잠시 서서 난롯불에다 손을 쬔 다음 식탁 앞에 앉았다. 그는 광부복을 입고 있었다.

마사는 재빠르게 음식을 날라왔다. 잘 구운 소시지와 집에서 만든 빵, 혀를 델 것처럼 뜨거운 차가 놓여졌다. 그녀는 아들이 식사하는 모습을 자세히 바라보았다. 그녀의 얼굴에는 마음에서부터 우러나오는 애정이 듬뿍 담겨 있었다.

"차에다 계피가루를 좀 넣었다. 네 기침엔 그게 직효약이야."

"고맙습니다, 어머니."

"너희 아버지께도 그게 효험이 있었던 게 생각나는구나. 네 아버지도 내가 다려 준 계피차가 효험이 있다고 말했었지."

"저도 생각나는군요, 어머니."

그는 고개를 들고 어머니를 바라보았다. 마사는 데이비드가 자신을 바라보고 있는 것을 알지 못하는 듯했다.

데이비드는 어머니의 얼굴에 넘치고 있는 사랑에 당황하여 고개를 돌렸다. 그는 이제야 아무 가식도 없이 자기에 대한 사랑을 솔직히 보여 주고 있는 어머니를 본 것이다. 그는 감정을 감추려고 식탁에 더욱 몸을 굽혔다. 그리고는 뜨거운 차를 홀쩍이면서 마셨다. 그는 물론 어머니가 왜 이처럼 애정에 찬 표정을 하고 있는지 잘 알고 있었다. 드디어 자기가 탄광으로 다시 돌아왔기 때문이었다.

지난 10년 동안 어머니는 그에게 마음을 닫고 있었다. 공부를 하고, 교사 노릇을 하며, 노동연맹에 가담했던 때, 그리고 국회의원이 되었을 때에도 마찬가지였다. 하는 수 없이 넵튠 탄광으로 돌아온 지금, 이제야 어머니는 아들을 한 인간으로 보는 것이다. 아버지를 계승한 진정한 아들로서 말이다.

다시 그가 탄광에 돌아온 이유는 허세 때문이 아니었다. 데이비드는 무엇이든 하지 않으면 안되는 절박한 상황에 처해 있었다. 그는 직장을 구해야 했고, 그것도 빨리 구해야 했다. 그런데 취직하기가 얼마나 어려운지 놀라지 않을 수 없었다. 연맹 사무실에도 자리가 없었다. 운수 노동조합의 반대로 그곳에서 일할 수 없게 된 것이다. 교사직도 학위를 따지 못했기 때문에 길이 완전히 막혀 버렸다.

데이비드는 하는 수 없이 탄광으로 되돌아 와야 했다. 조감독실에서 일하는 아더 앞의 실직한 광부들 틈에 끼어 다시 지하로 들어가게 해 줄 것을 부탁했다. 불행이 그에게만 찾아온 것은 아니었다. 이러한 고난 속에서 직업을 바꾸게 된 사람은 그만이 아니었던 것이다. 노동당의 선거전에서 무너져내린 것은 의원직을 빼앗긴 많은 입후보자들을 절망적인 상태로 몰아 넣었다.

롤스튼 의원은 리버풀의 선박 소개 사무소에서 서기노릇을 하게 되었고, 본드 의원은 리즈에 있는 어느 사진관의 조수로 취직했다. 데이비드, 호남자인 늙은 잭 데이비드 의원은 론다극장에서 피아노 연주자가 되었다. 이들과 당을 배반한 자들과는 그 얼마나 처지가 다른가! 데이비드는 더전과 차머스, 베빙튼 등 당을 배신한 몇몇 국회의원들을 생각하며 침울하게 미소지었다.

그들은 거국적인 인기를 얻으면서 노동당의 심장부를 도려내는 정책에 순순히 서명을 하였다. 특히 베빙튼은 모든 신문에 특종으로 사진까지 곁들여 실렸고, 지난주에는 모든 방송국에서 그의 연설을 전파에 싣기까지 했다. 그것은 진부한 언어들을 구사하여 대외 강경론을 조심스럽게 펴나가는 위선에 찬 연설이었다. 그로 말미암아 위기에 빠진 국가를 구제한 자로서 대환영을 받고 있는 것이다.

데이비드는 의자를 뒤로 밀치고 일어났다. 그리고는 가스 레인지 위의 행주걸이에 걸어 둔 머플러를 꺼냈다. 머플러를 목에 두르고 무거운 신발끈을 매고는 돌바닥 위를 몇번 굴러 보았다. 그동안 마사는 아들의 도시락을 기름종이로 깨끗이 싸고, 물통에는 차를 가득 채워서 단단히 마개를 막아 놓았다. 지금은 선 채로 커다랗고 빨간 사과를 스커트에다 반질반질 윤이 날 때까지 문지르고 있는 참이었다. 그녀는 그것도 다른 것과 함께 도시락 통에 넣은 후 빙긋 웃었다.

"넌 옛날부터 사과라고 하면 정신이 없었지. 데이비드, 어제 판매조합에 갔을 때 생각이 나서 샀단다."

"맞아요, 어머니."

데이비드도 마사에게 미소를 보냈다. 어머니의 밝은 얼굴과 그 얼굴에 넘치는 애정이 감탄스러우면서도 우스웠다.

"그때는 많이 먹을 수가 없었죠."

어머니는 약간 꾸짖듯이 머리를 설레설레 흔들었다.

"오늘 밤에 샘을 데리고 오는 것 잊지 말아라. 샘이 좋아하는 건포도 케이크를 구워 놓을 작정이다."

"그렇지만 어머니!"

데이비드가 항의했다.

"끼니때마다 샘을 몰래 데려 오면 애니의 마음이 어떻겠어요?"

어머니의 눈길이 아래로 떨어졌다. 그녀의 얼굴에서는 이제 원한 같은 표정은 찾아볼 수 없었다. 다만 막연하게 곤혹스러운 빛이 보일 뿐이었다.

"정말 그렇긴 하다만……."

그녀는 가까스로 중얼거렸다.

"애니가 그렇게 생각한다면 그애도 오면 되잖니? 내 손자가 처음으로 탄광에서 일하게 되는 날인데, 건포도 케이크를 만들어 주지 않을 수는 없어."

어머니는 일부러 근엄한 태도를 지어서 부드러운 감정은 그 속에 감추었다. 그녀는 잠시 말을 멈추었다가 다시 이었다.

"알겠니? 오늘은 애니도 데려오도록 해라."

"알겠습니다, 어머니."

그는 문 쪽으로 가면서 큰소리로 대답했다.

마사는 문밖까지 따라나왔다. 자기 손으로 문을 열어 주지 않으면 성이 차지 않기 때문이다. 이제는 그것이 그녀의 습관처럼 되어 버렸다. 데이비드에 대한 애정이 하루하루 더 뜨거워져서 가만히 있을 수가 없었다. 자기가 할 수 있는 일이라면, 아들을 위해 무엇이든 다하고 싶었다. 아직도 밖은 어둡고 바람이 찼다. 그녀는 아들의 다녀오겠다는 마지막 인사에 천천히 머리를 끄덕여 주고, 한 손을 입술에 댄 채로 서서 아들이 잉커먼 가를 따라 내려가는 모습을 바라보았다. 그 모습이 눈에 안 보일 때에야 비로소 문을 닫고 부엌으로 들어왔다.

마사는 아직 너무 이르다는 생각이 들긴 했지만 케이크 재료를 조리대 위에 꺼내놓기 시작했다. 그녀는 밀가루와 건포도와 과일 껍질들을 꺼내면서 아무도 알 수 없는 깊은 기쁨을 느끼고 있었다. 마음이 더욱 사랑으로 부풀었다. 그녀는 그러한 자기의 마음, 즉 행복스런 모습을 감추려 했다. 그러나 그러면 그럴수록 그녀의 까무잡잡한 얼굴 위에는 득의 양양한, 행복이 가득한 표정이 더욱 드러나는 것이었다.

데이비드는 고지촌을 따라 걸었다. 이른 새벽의 얼어붙은 땅을 울리는 무리들의 발걸음 사이에서 그의 발걸음 소리도 울려왔다. 희미한 그림자들이 모두 한덩어리가 되어 그와 함께 움직이고 있

었다. 이른 새벽 어둠 속에서 일하러 나가는 사람들의 모습이
었다. 서로 친근한 인사가 오갔다. 어두워도 다 알아볼 수 있는 동
료들인 것이다.

네드, 톰, 데이비드 등이 인사를 나누었다. 그러나 대개는 모두
침묵이었다. 바람을 덜 맞기 위해 고개를 숙이고 가는 그들에게서
하얀 입김이 차가운 공기로 뿜어 나오고, 여기저기 담배의 빨간
불빛이 별빛처럼 어른거렸다. 이는 새벽의 미명을 밟고 가는 인간
들의 행진인 것이다. 그들 모두 기운차 보였다.

넵튠 탄광으로 돌아온 이후 데이비드는 이 순간이면 언제나 짜
릿하게 느끼는 무엇이 있었다. 그는 싸움터에서 선봉이 되는 것으
로는 실패했는지 모른다. 그렇지만 적어도 자신은 이 광부들과 함
께 전진해 가고 있는 것이다. 자신은 자기 자신이나 이들을 배신
하지는 않았다. 이들의 운명은 여전히 자신의 운명과 결속되어 있
고, 이들의 미래 역시 자신의 미래와 연결되어 있는 것이다. 그러
한 생각은 언제나 그에게 용기를 더욱 북돋아 주었다. 언젠가 나
는 탄광에서 다시 일어날 것이다. 새로운 자유를 향하여 나아갈
것이다. 그리하여 이렇게 터벅터벅 걸어가는 이 무리들에게 도움
을 줄 사람이 될 것이다.

데이비드는 머리를 치켜들었다. 방파제 맞은편에서 길을 건너
한 집의 문을 노크했다. 그리고는 대답도 기다리지 않고 문을 벌
컥 열고 안으로 들어섰다. 이 집의 부엌방 역시 불빛이 가득했다.
마지막 신발끈을 다 맨 샘이 방 한복판에서 초조하게 기다리고 서
있었다.

애니는 화덕 그늘에서 말없이 샘을 바라보았다. 염려스러운 얼
굴이었다.

"시간을 아주 꼭 맞추었구나, 샘."

데이비드가 경쾌하게 소리쳤다.

"혹시 너를 침대에서 끌어내야 하지 않을까 걱정했는데."

샘은 이빨을 드러내며 싱긋 웃었다. 홍분으로 열기를 띠고 있는 푸른 눈이 잠시 감겨졌다가 활짝 열렸다. 그는 열네 살이라는 나이에 비해 그다지 큰 편이 아니었다. 탄광 지하로 처음 일하러 간다는 커다란 모험심으로 인한 홍분이 온몸에 흘러넘치고 있었다.

"저 애는 일하러 간다는 것 때문에 지난밤엔 거의 한잠도 자지 않았어요."

애니가 앞으로 나오며 말했다.

"나까지 잠을 못 자게 성화를 댔답니다."

"샘, 아주 손색없는 광부로 보이는데."

데이비드가 미소를 지으며 말했다.

"넌 나와 함께 통기구에서 일하게 되는 거야. 보통 행운이 아니지. 그렇지요, 애니?"

"데이비드 삼촌, 이 애를 잘 돌봐 주세요, 정말 부탁합니다."

"참, 엄마도."

샘은 상기된 채 항의 비슷하게 말했다.

"염려말아요. 내가 철저히 감시할 테니까."

데이비드는 안심하라는 듯 빙긋 웃어 보였다. 애니의 늘 창백하던 얼굴이 지금은 난로의 열기로 붉게 상기되어 있었다. 여전히 아름다운 모습이었다. 블라우스의 단추 하나가 열려져 있어서 그녀의 부드럽고 곧은 목덜미가 드러나 있었다. 그녀에게는 힘차고 굳세면서도 부드러운 데가 있었다. 샘을 처음으로 내보내는 데서 오는 불안감을 감추고 있는 것이 그녀의 젊고 연약한 성질을 더욱 강하게 느끼게 해 주었다.

데이비드의 가슴은 갑자기 그녀에게 대한 애정으로 흔들렸다. 얼마나 용감한 여인인가. 또 얼마나 정직하고 희생적인 여인인가! 그녀는 정말 아름다운 사람이었다.

"그런데, 애니……."

그는 별다른 말이 아니라는 듯 나지막하게 말했다.

"어머니께서 애니와 샘을 초대하신답니다. 오늘 밤 집으로 오세요. 본격적인 진수 성찬이 나올 모양이에요."

침묵이 흘렀다.

"정말 저도 오라는 말씀이었나요?"

한참 후에 그녀가 묻자 데이비드는 애매한 얼굴로 고개를 끄덕였다.

"어머니가 직접 하신 말씀입니다."

그녀의 얼굴에서 생각에 잠긴 듯한 표정이 사라졌다. 애니는 눈길을 아래로 떨어뜨렸다. 그는 그녀의 표정에서, 드디어 어머니로부터 인정을 받게 되었음을 깊이 감사하는 마음을 똑똑히 볼 수 있었다.

"가겠어요, 데이비드. 꼭 가겠어요."

이미 문 쪽으로 걸음을 옮긴 샘은 나가고 싶어서 안달이었다. 그는 빨리 나가자는 듯 문의 손잡이를 비틀고 있었다.

데이비드는 애니에게 급히 작별 인사를 던지고 샘의 뒤를 따라 밖으로 나갔다. 그들은 나란히 탄광 쪽으로 걸어갔다. 데이비드는 처음엔 아무 말없이 걸었다. 자기 자신의 생각에 잠겨 있었던 것이다. 그들이 샘에 관해서 이것저것 이야기를 하고 있을 때, 애니의 눈에 떠올랐던 표정이 이상스럽게도 그의 마음을 움직이게 했던 것이다.

'용기와 희망! 그래, 용기와 희망이었어.'

두 사람은 라메지의 정육점 앞을 지났다. 작업 교대가 끝나고 넵튠 탄광에서 나올 무렵이면, 그곳의 덧문이 걷히고 문이 열린다. 그러면 라메지란 작자가 거기에 뿌리라도 내린 것처럼 꼼짝 않고 서서 데이비드에게 빈정대는 웃음을 보내려고 기다리고 있는 것이다. 그는 지난 4주 동안 하루도 빠지지 않고 악의에 찬 미소를 머금고 기다리고 있었다. 자신의 승리에서 오는 의기 양양한 기분의 마지막 찌꺼기까지 다 짜내려는 심사인 것이다.

데이비드와 샘은 탄광 구내 가까이로 접어들었다. 둘은 흰 글씨로 크게 '모슨·가우런'이라는 이름을 써 붙인 트럭들을 피하기 위해 약간 돌아서 갔다. 그들은 천천히 움직이는 광부들의 물결의 한 부분이 되어 앞으로 나아갔다. 광부들 머리 위로는 어둠 속에 희미하게 드러난 넵튠의 새 반출탑이 솟아 있었다. 그것은 저번 것보다 높아서 시내와 항구, 바다 모두를 위압하는 모습으로 내려다보고 있었다.

데이비드는 샘을 옆눈으로 슬쩍 훔쳐보았다. 샘의 얼굴에는 아까와 같은 기쁜 모습은 보이지도 않았다. 그 대신 엄청난 일이 가까이에 왔다는 느낌에 겁을 먹고 있는 듯했다. 데이비드는 샘에게 더욱 가까이 다가갔다. 긴장을 풀어 주어야 겠다고 느꼈기 때문이다.

"이번 토요일엔 같이 낚시질을 가도록 하자. 9월은 윈즈벡에서는 낚시질이 제일 잘 되는 때이지. 미들러릭에서 낚시찌를 사갖고 가는 거야. 넌 한 번도 못 가 봤지?"

"네, 저도 낚시질을 좋아해요."

샘은 반출탑 위로 열의에 찬, 그러면서도 좀 두려움을 느끼는 듯한 시선을 보내며 대답했다.

"그리고 돌아올 땐 샘, 내가 웹트 할머니 가게에서 파이하고 레모나드를 한턱 내기로 하마. 이 약속을 꼭 지킬게."

"네, 좋아요."

샘은 여전히 반출탑 위를 황홀한 눈으로 바라보고 있었다. 그러다가 약간 급한 어조로 말했다.

"갱 아래로 내려가면 굉장히 캄캄하겠지요? 아주 캄캄할 것 같은데요."

데이비드는 샘에게 용기를 북돋어 주어야 한다고 느끼면서 부드럽게 웃어 보였다.

"꼭 그런 것도 아니야. 하지만 그런 것엔 곧 익숙해진단다."

두 사람은 탄광 구내를 건넜다. 그리고는 다른 사람들과 함께 승강기 쪽을 향해 돌층계를 올라갔다. 데이비드는 샘을 꼭 붙들고 군중을 뚫고 들어가, 커다란 쇠냄비 같은 승강기 안으로 들어섰다. 샘은 이제는 데이비드에게 딱 달라붙어서 그의 손을 더듬어 꼭 잡기에 이르렀다.

"빨리 내려가나요?"

샘이 목구멍에 무엇이 걸린 듯한 목소리로 소곤거렸다.

"그다지 빠르진 않아."

데이비드도 소곤거려 주었다.

"처음엔 숨을 죽이면 돼, 샘. 이것도 꽤 재미있단다."

침묵 속에서 철책문이 쾅하고 닫혔다. 아무도 입을 여는 사람이 없었다. 먼 곳에서 울려오는 벨소리가 들릴 뿐이었다.

광부들은 묵묵히 한덩어리가 되어 서 있었다. 그들의 머리 위로는 높이 솟은 반출탑이 시내와 항구와 바다를 위압하고 있었고, 발 아래로는 지하의 암측이 무덤처럼 입을 벌리고 있었다. 승강기가 떨어져 내려갔다. 아주 급작스럽게, 그리고 재빨리 그 감추어진 암흑 속으로 떨어져 내려갔다. 이윽고 그 떨어져 내리는 소리가, 가장 멀리서 반짝이는 별들을 향해 내뿜는 커다란 한숨소리처럼 그 암흑 속에서 치솟는 것이었다.

—끝—

옮긴이 | 이정빈
고대 정외과 졸업, 미국 피츠버그 대학원 수료
<정상에서 만납시다>,<불가능은 없다>,
<이런 팀장이 회사를 발전시킨다>,<적극적 사고방식>,
<현대를 지배하는 아이디어맨> 등 다수의 역서가 있음.

A.J. 크로닌의 장편소설

별이 내려다 본다 ③

1판 1쇄 인쇄	1994년	8월	25일
1판 1쇄 발행	1994년	8월	31일
2판 1쇄 발행	2005년	6월	25일
3판 1쇄 발행	2008년	11월	15일
4판 1쇄 발행	2011년	6월	20일

지은이 | A.J. 크로닌
옮긴이 | 이 정 빈
펴낸이 | 김 용 성
펴낸곳 | 지성문화사
등 록 | 제 5-14호 (1976.10.21)
주 소 | 서울시 동대문구 신설동 117-8 예일빌딩
전 화 | (02) 2233-5554 / 2236-0654, 2952
팩 스 | (02) 2238-4240 / 2236-0655, 2953

정 가 15,000원